first story

영원의 미로

eternal maze

신해영

영원의 미로

first story

이리리

가하)

first story
영원의 미로

지은이 신해영, 이리리
펴낸이 이형기
펴낸곳 도서출판 가하

초판인쇄 2013년 1월 7일
1판 3쇄 2015년 5월 27일
출판등록 2008년 10월 15일 제 318-2008-00100호

주소 서울 영등포구 양평로 67, 1209 (당산동5가, 한강포스빌)
전화 02-2631-2846 **팩스** 02-2631-1846

www.ixbook.co.kr

ISBN 978-89-6647-469-1 04810
　　　978-89-6647-468-4 04810(set)

값 9,000원

Prologue

나는 전생을 기억한다.

죽음은 나에게 있어 짧은 휴식이다.

빛이 사라진다. 빛이 나타난다. 이것이 나에게 있어 생과 생의 경계였다.

희미한 빛이 나를 깨우는 걸 보니 그 짧은 휴식을 마치고 다시 원치 않는 시간을 살아야 할 모양이다.

이번엔 또 어떤 낯선 시간과 공간 속에 태어나야 하는 걸까.

"힘 줘어어어어어!"

무슨 뜻인지는 모르겠지만 귀청이 떨어져나갈 것 같은 목소리에 나도 모르게 빛의 반대편으로 몸을 틀었다. 그러자 세계가 흔들리며 비명소리가 울렸다.

"아악!"

너무 놀라 움직임을 멈췄다. 비명도 멈췄다.

그제야 정신이 들었다. 또, 태어나고 있는 거다.

"됐어. 엄마, 힘내. 엄마가 힘내야 애가 힘을 내."

낯선 언어다. 이번 생은 시작부터 마음에 안 든다. 또 말부터 새로 배워야 한다니……. 지난 두 번의 생은 그나마 쓰던 언어를 계속 쓰는 편리함이라도 있었는데.

"힘내요. 거의 다 됐어요!"

어둠이 밀려갈수록, 빛이 밝아질수록 알 수 없는 언어가 좀 더 생생해진다.

"좀 더!"

"자기야! 힘내!"

태어나고 싶었던 적도 없지만 태어나야 한다면 알고 있는 문화, 조금이라도 알고 있는 언어가 편하다. 완전히 새로운 언어와 문화를 받아들인다는 건…… 아, 귀찮아. 태어나기 싫어진다.

하지만 이쯤 왔을 때의 반항은 별 소용없다는 것을 알고 있다. 그리고 그것을 증명하듯 그 순간 몸을 압박하고 있던 힘이 사라지며 나는 눈부신 빛 한가운데로 던져졌다.

"됐어요!"

"으애애애앵!"

태어나는 순간의 괴로움. 하나의 세계에서 다른 세계로 내쳐지는 그 강력한 감각에 짜증을 확 냈지만 나를 둘러싼 사람들에겐 울음소리로 들릴 뿐이겠지. 지금은 몇 년도일까? 내 마지막 생으로부터 시간이 얼마나 지났을까? 전생에서도 신생아의 지적 수준에 대한 연구가 진행 중이었지만 대부분 소설에 가까웠다. 사실을 알고 있는 나 같은 사람의 말을 듣는 게 좋을 텐데 아무도 믿어주지 않는다는 게 문제다.

"고생하셨어요!"

"예쁜 공주님이에요!"

내 맘도 모르고 태평스럽게 들리는 목소리들은 기쁨에 가득 차 있었다. 그래도 다행이다. 태어나자마자 썰렁한, 환영받지 못하는 생도 있는데 이번 생의 시작은 적어도 우호적인 것 같다.

"어쩜! 정말 너무 예뻐요!"

억눌려 있던 몸의 감각이 느리게 돌아온다. 동시에 짜증도 가라앉았다. 어차피 내가 무슨 불만을 갖고 있는지 알지도 못할 사람들이다. 내가 얘기한다고 알아들을 것도 아니니 울 이유가 없다. 괜히 기운만 빠지지.

머리는 쌩쌩 돌아가기 시작했으나 육체는 여전히 어설퍼 옹알옹알 울음을 멈췄다. 바보같이 보이는 건 질색이다. 잘 다물어지지 않는 입을 다물고 눈을 열심히 굴렸지만 초점이 맺히지 않는 눈동자에 제대로 보이는 것은 없었다. 천장과 사람들이 마구 흔들려 말 그대로 정신만 사납다.

어차피 백일은 넘어야 초점이 제대로 맞을 거다. 그냥 눈이나 감고 있자.

"어머, 애 눈 감는 거 봐!"

"어디어디! 나도 좀 보여줘요!"

"세상에! 이렇게 차분한 애기는 처음 봐요! 엄청 새초롬한 공주 님이 될 것 같은데요?"

몸이 공중에 둥실 뜨는가 했더니 희미하게 젖내가 섞인 땀내가 코끝에 스며들었다. 누군가의 뜨거운 품…… 따뜻하고, 익숙한 냄 새가 난다.

날 낳은 사람이다.

"예뻐……."

내 뺨을 건드리는 손가락에 사랑이 가득 묻어 있었다.

나도 모르게 조금 웃었다. 언어는 낯설어도 느껴지는 게 있다. 태어나는 순간부터 사랑받는다는 감각은 흔한 것이 아니다. 언어 를 배우는 건 귀찮겠지만, 다른 언어의 문화에 적응하는 것은 쉽 지 않겠지만, 그래. 이 정도면 나쁘지 않은 출발이다.

"이거 봐! 이거 봐! 자기야! 애기가 웃고 있어!"

"애기가 어떻게 웃냐? ……하지만 사진은 찍을 수 있지! 자기도 웃어! 빨랑! 치이즈!"

번쩍 하고 불빛이 눈앞에서 터졌다.

아이! 이건 또 뭐야!

"우애애애애애애애애앵!"

"아이구, 우리 애기! 울지 마! 울지 마! 아빠가 사진 찍은 거야!"

선한 웃음소리가 이어졌다. 포근하게 나를 당겨 안은 손길, 쏟 아지는 따스한 시선들…….

정정해야겠다. 이 정도면 괜찮은 정도가 아니라 꽤 훌륭한 출발이다.

모든 전생을 기억하는 나에게 삶은 하나의 미로에서 빠져나와 다음 미로로 들어가는 것과 같았다. 미로는 매번 길이 달랐지만, 그래봤자 미로는 미로…… 모퉁이를 돌아섰을 때 무엇이 나오는지 모른다는 면에서는 별다를 것도 없다.

10번쯤까지는 태어나는 횟수를 세었으나 언젠가부터 그만두었다. 몇 번 환생했는지 알고 있는 것은 아무 의미도 없었으므로. 한때는 과거의 생들을 찾아봤던 적도 있는데 그것도 그만두었다. 역사서 귀퉁이에 꽂혀 있는 나의 흔적을 발견해봤자 현실감만 사라질 뿐이다. 언제나 현실은 지금 발을 딛고 있는 시간이었다. 많은 기억을 가지고 있다고 해서 현재가 달라지는 일은 없다.

그저 대충 가늠해보았을 때 평균적으로 한 세기에 한 번 정도, 태어나는 시공간은 말 그대로 제멋대로, 적어도 내가 아는 한 어떤 연관성이나 상관관계가 없는 무작위였다. 많은 사람들이 갖는 환상과는 달리 인연이란 것도, 인과응보란 것도 존재하지 않는다. 전생의 원수? 만나야 복수하지. 세계는 넓고 인구는 많다. 우연히 지나가다 만날 수도 있겠지만 그것은 말 그대로 100퍼센트 우연일 텐데 내 경험에 비춰보자면 가능성 0퍼센트였다.

규칙이 있다면 지구 외의 다른 행성에서는 태어난 적이 없다는 것, 그리고 세월은 놀라울 정도로 무심하고 인생은 무서울 정도로 허무하다는 것.

가끔 나도 그냥 평범한 사람처럼 백지 상태에서 생을 시작하고 싶다고 생각할 때도 있다. 무지해서 용감한 사람들을 보면서 이것저것 머리 아플 필요 없이 나도 단순하고 싶다고.

하지만 이내 그러거나 말거나 달라질 건 별로 없다는 생각이 들고 만다. 어차피 오랜 생의 기억이 있다고 해서 모든 생의 순간을 다 기억하는 것도 아니니까. 물론 몇 세기나 지구가 평평하다고 배우며 살다가 어느 날 태어났을 때 지구가 둥글다고 하는 바람에 펄쩍 뛴 적도 있긴 하지만, 점점 지식과 진실을 분리하는 법을 배우게 되었다. 지식의 발달을 제외하고 실제 사람의 삶이란 시대와 무관하게 생각보다 뻔하다. 유난하지 않은 평범한 생은 일상이 기억 속에 묻히듯 시간이 지나면 그냥 묻혀버린다.

그리고 그게 좋다.

지나온 생을 기억한다는, 그 남다른 현실을 받아들이기로 한 순간 내가 깨달은 것은 그거였다. 괜히 거창하게 발자취를 남기는 고통스러운 삶보다 조용하고 평범하게, 기억조차 나지 않을 그런 삶이 훨씬 좋다는 것. 다음 생의 나를 위해서.

내가 기억하는 최초의 생은 고대 수메르의 공주였고, 여신관이었다. 왕권을 놓고 벌어진 치열한 권력 다툼에다 치정극에까지 휘말려 결국 독살당했다. 언젠가는 노예였고, 언젠가는 귀족이었으며, 또다시 언젠가는 신전에 속한 창녀이기도 했다. 남자에게만 유리한 세상에서 살아야 하는 여자란 굴레가 지겨워 남장을 한 채 전쟁터를 누빈 군의관이었던 적도 있었다.

하지만 어느 순간부터 내가 노력한 것은 있는 듯 없는 듯 공기처럼 살다 아무도 나의 죽음을 모르게 세상을 떠나는 것이었다.

낯설고도 낯익은 나의 모습은 가끔 생생하게 꿈속에 나타난다. 기억하는 과거는 대부분 잔인하다. 나는 형편없는 실수를 할 때도 있었고, 끔찍하게 배반당하기도 했다. 왜 그랬는지 알 수 없는 행동을 할 때도 있었다. 꿈속에서 나는 내가 바꿀 수 없는 과거를 걷는다. 같은 실수를 반복하고, 같은 절망을 맛본다.

기억이란 그런 것이다. 그래서 나는 기억을 보태고 싶지 않다.

좋은 기억도 있지 않느냐고? 물론이다. 몇천 년간 반복한 삶 속 경험의 총량을 따진다면 나쁜 것보다는 무난하고 좋은 쪽이 분명 많았다. 나에게 있어서는 다행인 부분이다. 모두 다 그런 건 아닌 모양이니까.

당연하지만 전생을 기억하는 건 나뿐이 아니다.

자주는 아니지만 나처럼 전생을 기억하고 있는 존재를 만날 때가 있다. 그들이 나와 다른 점은 거의 모든 생을 기억하는 나와 달리 그들은 기껏해야 바로 앞, 혹은 앞의 앞 정도의 생을 기억한다는 것이다. 기억하는 이유는 대부분 염원이었다. 무언가 강렬한 바람이, 이루지 못한 기도가 그들에게 달라붙어 있는 것이다. 안타깝게도 그 염원은 대개 사랑보다는 원한이다.

왜인지는 모르겠다. 어쩌면 인간이란 사랑보다 원한이 더 깊은 종족일수도.

하지만 내 의견을 말하자면 그건 바보짓이다. 복수의 염을 품고 있는 사람들의 현생은 불행하다. 나는 전생에 얽매여 현생을 망치는 사람을 여럿 보았다. 이루지 못한 것에 대한 아쉬움, 혹은 빼앗긴 것에 대한 원망을 지우지 못한다면 그 사람은 아마 내생에도 같은 그림자를 안고 태어날 거다. 그렇게 몇 번이나 실패하고 다치는 동안 그 사람은 처음의 원한보다 더 큰 그림자에 눌리겠지. 때론 자신이 무엇을 원했는지조차 잊어버리고 그저 가장 강력했던 그 감정의 편린에 갇혀 허우적거리게 될 거다.

남들보다 더 많은 기억과 경험을 가지고도 그걸 깨닫지 못하다니 어리석다. 현명한 나는 일찌감치 원한도, 미련도 허망하다는 걸 깨닫고 조용한 삶을 추구하는 중인데.

그런 의미에서 이번 생은 무척이나 마음에 든다.

지난 수천 년을 통틀어 가장 지루하고 가장 무난한 생이 예견되는 상황. 아무리 들여다봐도 '평범'이라는 두 글자 외에는 아무것도 보이지 않는 시작은 나에게 무척이나 고무적인 상황이다.

이대로라면 두세 번 정도 생이 지나면 이번 생은 나에게 아무런 기억도 남지 않을지도 모른다.

다만 아주 가끔, 생각한다. 무슨 의미가 있을까? 나는 왜 여기에 있는 걸까? 왜 이렇게 끝나지 않는 기나긴 삶의 기억을 이어가는 걸까?

"여보, 당신도 알지? 내가 애기 별로 안 좋아하는 거."

이번 생의 아버지가 나를 안아 올리며 입을 열었다. 그는 '평범'

이라고 쓰여 있는 얼굴을 가진 선한 인상의 남자다. 나를 바라보는 눈에는 사랑이 가득 담겨 있고 입은 헤벌쭉 벌어져 있다. 아직 저들의 언어를 못 알아듣지만 내가 예뻐서 이러는 거라고 짐작이 된다. 좋은 아버지들이란 꽤 빤한 존재들이니까.

"그런데 내 딸이라서 그런가, 진짜 예쁘네."

"은주 때도 그래놓고 뭘. 당신 너무 빤해."

이번 생의 어머니가 조용히 타박한다. 차분한 성격의 다정한 타입이다. 꽤 다부지게 생긴 미인형으로 평소에는 그렇게 눈에 띄지 않지만 웃을 때면 놀랄 정도로 인상적인 얼굴이 된다.

"아냐. 은주 때와는 또 달라. 그때는 그냥 좀 쪼끄만 게 꼬물대네…… 이런 느낌이었는데, 얘는 꼭…… 내가 아빠라는 걸 알고 나를 쳐다보는 거 같아."

이번 생의 어머니가 피식 웃는다.

"흥! 내가 애가 웃었다고 할 때는 아니라고 하더니?"

"그땐 진짜 아니지! 태어나자마자 애가 어떻게 웃냐?"

"사진 찍은 건 누군데?"

"웃는 게 아니라 웃는 것처럼 보이는 걸 찍은 거지. 어어? 얘 또 웃는다!"

실제로 나는 웃었다.

선량하고 어린 사람들. 이 사람들 손에서 양육되는 건 상당히 행복할 것 같다.

"그나저나 애기 이름 지어야지. 출생신고도 하고. 언제까지 태명으로 부를 수 없잖아?"

"음, 그게 말이야."

이번 생의 아버지가 나를 내려놓더니 머리를 벅벅 긁었다.

"그냥 태명도 괜찮은 거 같아."

"은혜?"

은혜. 귀에 익은 단어다. 어둠 속에서도 나를 감싸 안는 것 같은 다정한 호명.

"물론 우리가 둘째를 갖기 위해 노력하다가 온 아이라서 '은혜'라고 태명을 정하긴 했지만 우연히도 우리 첫째 딸은 은주잖아? 세트라고!"

이번 생의 어머니가 고개를 갸우뚱하며 미간 사이를 좁혔다.

"은혜라……, 이름으로 쓰기엔 너무 평범하지 않아?"

"평범한 게 나쁜 건 아니지. 사실 평범한 게 여기서 제일 좋은 부분이야. 평범하기가 얼마나 어려운데?"

"하긴 당신은 평범 이하지."

"뭐야!"

투닥투닥 대화를 주고받는 모양새가 무척이나 정다운 부부다.

"하여간! 우리한테 은혜는 말 그대로 은혜 같은 아이잖아. 태아일 때는 은혜고 나오면 아닌가? 난 애 이름은 그냥 은혜 같단 말이야."

가장 귀한 보석을 보는 눈으로 이번 생의 아버지가 나를 쳐다본다.

"나는 왠지 얘가 굉장히 특별한 애 같거든. 뭔가 굉장한 애가 될 것 같아. 그러려면 많은 은혜를 받아야 할 테니까 밀고 나가자고."

"아깐 평범해서 좋다더니?"

"……좀 안 따질 수 없어? 우리 딸이 은혜를 받았으면 좋겠다는데 당신은 싫어?"

이번 생의 어머니가 잔잔하게 웃음을 흘렸다.

"교회에는 20년 전에 딱 사흘 나갔다더니 꼭 신자처럼 말하네."

"무슨 말을 그렇게 해? 10년 전이야. 그리고 1주일 나갔어."

와르르 웃는 얼굴이 선한 이번 생의 아버지를 바라보다 눈을 감았다.

내가 바라는 건 하나다. 이번 생도 조용히, 평화롭게 지나갈 수 있기를. 누군가를 아프게 하지도 않고 내가 아프지도 않고, 그렇게 내게 주어진 시간을 조용히 소비하고 쉴 수 있기를.

0 1

은혜, 22세, 영어교육과 4학년 봄

"은혜야! 김은혜!"

봄기운이 완연한 교정의 오르막길을 숨을 헐떡이며 달려오는 진주의 목소리에 뒤를 돌아본 은혜는 시큰둥한 표정으로 안고 있던 전공서적을 추슬러 올렸다. 그런 그녀의 코앞에서 멈춰 선 진주가 무릎을 손으로 짚고 가쁜 숨을 몰아쉰다.

"이 싸가지 없는 계집애! 내가 달려 올라오고 있으면 내려오는 시늉이라도 해야지."

"난 올라가고 있는 중이었는데 내가 왜요?"

"난 선배고 넌 후배니까!"

은혜가 피식 웃었다.

"알겠어요. 앞으로는 내려가는 시늉 정도는 해볼게요."

학번은 진주가 위지만 어학연수를 1년 다녀온 터라 함께 임용고시 준비를 하는 중이다. 과 특성상 선후배를 좀 따지는 편이긴 했으나 빡빡하게 수업 듣고 부전공까지 깔끔하게 이수하고 있는 은혜에게 얻어 건질 것이 많은 진주는 언제나 약자일 수밖에 없었다. 그게 아니라도 진주는 태생적으로 위계를 따지는 성격이 못 되었다.

그러니 까칠하기로 소문난 김은혜와도 절친으로 지내고 있는 것일 터다. 김은혜가 동글동글 순한 외모나 이름과 달리 그다지 은혜롭지 않은 성격이라는 것은 같은 과 학생은 다 아는 이야기니 말이다.

그렇다고 은혜가 이기적이라거나 예의가 없다는 소리는 아니었다. 오히려 예의가 지나치게 바르고 선이 분명해 곁을 주지 않는 쪽에 가까웠다. 문제 삼을 것은 없었지만 가까이 하기 어려운 스타일이라는 것이 총평이다.

그런 은혜에게 이런 식으로 말도 안 되는 소리를 하며 엉겨 붙는 건 진주가 유일했다.

"은혜야, 미팅하자! 우리의 청춘을 불태워보자!"

"언니."

은혜가 한숨을 내쉬었다.

"언니가 이럴 줄 알고 내려가는 시늉도 안 한 거라구요."

더 말 붙이지도 못할 정도로 쌩하니 돌아서서 가던 길을 계속 가기 시작한 은혜의 옆에 졸졸 따라 붙으며 진주가 조른다.

"아 왜! 아 왜! 멀쩡한 애가 왜 소개팅도 미팅도 안 해? 이러니까 너 레즈라는 소문이 돌잖아! 너만 레즈면 다행인데 너랑 친한 나까지도 레즈라고 우리 마덜이 들으면 내 머리를 박박 깎을 소문이…….”

“그런 소문이 날 리가 없죠. 선배가 섭렵한 남자가 몇인데? 내가 아는 사람만 줄 세워도 학관 한 바퀴를 휭하니 돌걸요.”

“야아…… 걔네들은 날 사귄 게 아니지. 날 징검다리 삼아 목표물로 향해 전진한 거지.”

“난 그렇게 생각 안 해요.”

오지랖이 오만팔천 평이라 결론적으로는 누굴 만나도 친구가 되어버린다는 게 진주의 문제였다. 처음에는 분명 핑크빛 로맨스의 기운이 서려 있는데 어느 정도 시간이 흐르고 연인이란 이름을 붙일 타이밍이 되면 남자들은 진주에게는 없는 불알을 느끼고, 어느새 둘은 죽마고우가 되어 있다. 그 죽마고우들은 진주에게 자신의 괜찮은 친구나 지인들을 끊임없이 소개해주고 진주는 그렇게 양산된 새로운 친구들에게 자기 주변을 연결해주고…… 결국 진주의 주변인들에게만 바람직한 덕 쌓기의 무한 반복. 보아하니 오늘도 그런 만남의 자리인 모양이다.

“어쨌든! 내가 문제가 아니고! 미팅 한 번만 하자! 응? 한 명 모자란단 말이야. 넌 왜 사지육신 멀쩡한 애가 남자한테 관심이 없냐? 남자애들이 말이야, 좀 멍청하고 쪼다 같긴 해도 같이 놀다 보면 귀엽기도 하고 그렇다구.”

고개를 절레절레 저으며 은혜는 그냥 웃고 말았다.

"그렇게 엄마 미소 지으며 웃지 말구! 야! 누가 보면 네가 언니고 내가 동생인 줄 알았다. 넌 귀염성 있게 생긴 얼굴로 왜 날 보는 눈이 손녀 재롱 보는 눈이야? 해탈했어? 네가 이러니까 소문이 자꾸……."

은혜가 놀랐다는 듯 눈썹을 치켜 올렸다.

"내가 불교에 귀의하려고 하는 거…… 어떻게 알았어요? 좀 있다가 말하려고 했는데……. 언니, 사실 나 스님이 될까 싶어요."

충격 받은 얼굴로 진주가 킥 하고 숨을 들이마셨다.

"으으응? 지, 진짜야?"

"으이그…… 진짜겠어요?"

가볍게 퉁을 준 은혜가 멍하게 서 있는 진주를 두고 도서관으로 총총히 들어가버린다.

"야아! 김은혜! 너 정말 이럴 거냐아아아!"

도서관 앞에서 떠드는 몰상식한 주진주는 알 리가 없었다. 지난 생을 모두 기억하는 은혜의 내면은 노년기도 다시 없을 노년기로, 진주가 하는 행동이 마냥 귀엽고 깜찍해 보이기만 하다는 것을.

전생의 기억을 가지고 있을 때 나쁜 점은 이런 거다.

시대가 바뀌고 화성에 우주선을 보낼 정도로 과학이 발전을 해도 인간의 행동은 희한할 정도로 변함이 없다. 무슨 일이 일어나도, 어떤 경험을 해도, 사람과 하는 거라면 거기서 거기 새로울 게 하나 없다. 같은 걸 10년 해도 지겨울 텐데 1,000년, 혹은 그 이상했다고 생각해보라. 뭘 한들 재미가 있을 수 있겠나.

하지만 그렇다고 해서 모든 행사를 보이콧한다는 것은 '평범' 과 '안정'을 삶의 모토로 눈에 띄지 않는 생을 추구하는 은혜의 신념에 어긋나는 일이다. 미팅, 소개팅까지는 아니더라도 단체 행사에는 미움 사지 않을 정도는 참석해주는 게 사회생활의 안녕을 위해 좋다는 것은 기본 상식.

그러니까 아무리 취향이 아니라고 해도 스터디 그룹의 중간고사 종료 기념 모임 같은 것에는 참석해준다는 뜻이다.

"오늘 시험도 끝났는데 우리 간만에 놀이공원에 가볼까? 주말엔 애들에 치여서 제대로 타지도 못하는데 바이킹이랑 새로 들여왔다는 그 뭐라더라? 높은 데서 확 떨어지고 빙빙 도는 거…… 그것도 타보자."

가만히 있는 걸 싫어하고 활동적인 수미가 운을 떼자 비슷한 취향인 세하가 얼른 맞장구를 쳤다.

"맞아, 나도 그거 인터넷에서 봤어. 완전 공포 체험 제대로라던데, 가서 막 소리 지르면서 쌓인 스트레스 다 풀고 오자."

"야…… 난 무서운 거 싫어. 우리 영화 보러 가자. 지난주에 '중매약혼' 개봉했대. 웃다가 죽을 뻔했다고, 다들 꼭 보라고 하더라."

"이런 날씨에 무슨 영화야!"

야외활동은 질색하는 지숙의 제안에 수미와 세하가 다시 반대하는 왈가왈부를 들으면서 은혜는 미간을 찌푸렸다.

다른 때라면 어디든 따라가 어울리는 척을 해줬겠지만 오늘은 날이 정말 좋지 않았다.

기다리고 기다리던 R&D 모터쇼가 열리는 주간. 하필이면 중간고사와 딱 겹치는 바람에 내내 쇼장으로 달려가고 싶은 다리를 꾹 부여잡고 시험이 끝나는 오늘만 기다려왔다. 염불보다 잿밥이라고 차보다는 늘씬한 레이싱걸을 둘러싸고 사진 찍느라 혈안이 된 남자들이 없는 청정 쇼. 구경뿐 아니라 온갖 최신 콘셉트 카며 바라만 보던 명품 차의 운전석에 앉아 시동도 걸어볼 수 있는 드문 기회였다.

문제는 스터디 그룹원 중 누구도 교통도 불편한 그곳까지, 오로지 차를 보겠다는 이유로 갈 사람은 없다는 거였다. 여기서 말을 꺼내봤자 지금 설전을 벌이고 있는 지숙과 수미, 세하가 대동단결해 펄쩍 뛸 거였다.

혼자 논다고 찍히더라도 이건 그녀도 포기할 수 없었다.

수세기 전 레오나르도 다 빈치의 제자였던, 이제는 이름도 기억나지 않는 남자가 만든 차를 처음 타본 이후 자동차는 그녀가 정열을 쏟는 거의 유일한 대상이었다. 레오나르도 다 빈치의 설계도를 이용해 만든 자동차는 지금 수준에서 볼 때 태엽을 돌려서 가는 모형 자동차보다도 더 허접한 수준이었다. 하지만 다른 동물이나 인간의 손을 빌리지 않고 스스로 굴러가는 그 탈것은 은혜에게 경이였다. 칙칙한 잿빛이던 그 우울한 생에서 유일하게 생생한 색을 가진 기억이기도 했다.

당시 마을에서 약간 정신이 나간 괴짜 취급을 받던 그 남자가 한 발명은 얼마나 끝내줬던가! 그것은 그저 상상으로 설계도를 끄적거린 뒤 아예 그 존재를 잊어버렸을 다 빈치도, 그걸 실제로 만들어낸 제자도 몰랐을 거다. 온 마을에서 유일하게 자동차에 경탄했던 건 은혜였고, 그녀만이 그 발명의 가치를 알아챈 사람이었다.

은혜가 그 자동차에 얼마나 빠져 있었냐 하면 다음 생에서 태어나자마자 자동차를 찾은 걸 보면 알 수 있다. 분명히 뭔가 발달이 이루어져 있을 거라고, 더 끝내주는 형태로 발전했을 거라고 믿었던 거다. 불행히도 과학은 진보만 하는 것은 아닌지 그 이후 수세기 동안 자동차는 아예 찾아볼 수도 없거나 허무맹랑하다고 믿어지는 공상 과학 소설 속에서만 존재했다. 그런데도 은혜는 태어날 때마다 자동차를 찾았다. 그러던 끝에 마침내 지난 생의 끝 무렵에 초기 자동차가 나온 것이다. 하지만 그녀가 살던 곳엔 그저 소식뿐, 그 실체는 볼 수 없었다는 것이 문제였다.

그리하여 드디어 이번 생, 그동안의 아쉬움을 벌충해주려는 듯 온갖 자동차들이 완벽한 모습으로 그녀 앞에 펼쳐져 있다. 그것만으로도 은혜는 이번 생에 충분히 감사하고 그 선물을 즐길 자세가 되어 있었다. 오늘 가기로 마음먹은, 아니, 꼭 가야만 하는 R&D 모터쇼는 1년에 딱 한 번 찾아오는 종합선물세트였다.

무슨 핑계를 댈까 머리를 굴리는데 저쪽에서 구원의 손길이 날아왔다. 오늘의 구세주는 스터디 그룹의 리더 격인 진주였다.

"얘들아, 내가! 스완레이크를! 쏜다!"

"에?"

은혜를 제외한 3명의 눈이 휘둥그레졌다.

스완레이크는 평범한 대학생들이 발을 들이기에는 멀고도 높은 클럽이었다. 진주가 스터디 그룹원 중에선 제일 사는 집 딸이긴 했지만 로또라도 당첨되지 않는 한 쏘겠다고 함부로 말할 가격대가 아니었다.

"야, 너 로또라도 됐니? 아님 은행 털었어?"

수미가 대놓고 물어봤지만 진주는 호호거리며 척 잘난 척을 해댔다.

"뒤풀이는 역시 파티가 최고 아니겠니? 자고로 예쁜 여자들은 모두 무도회장에서 활동했어. 중세 때도 사교계에서는 춤을 췄잖아!"

침을 튀기며 데불거리는 진주를 보고 은혜는 남몰래 미소 지었다.

중세 때 무도회장에 데뷔할 수 있는 여자는 전체 인구의 5퍼센트도 채 되지 않았다. 고귀한 혈통이거나 고귀한 혈통의 눈에 들었거나. 딱 두 종류의 여자들만이 무도회장을 즐길 수 있었다. 그런 의미에서는 요즘이 여자들에게는 노 난 시절이라고도 볼 수 있다. 솔직히 이런 시대가 올 거라고는 상상도 못 했다.

"짜라라라란!"

스마트폰을 높이 치켜든 진주가 갑자기 노래를 하기 시작했다.

"내 이름은 주진주, 거꾸로 해도 주진주, 내친구들 예쁘다고 이 바닥에 소문났지, 오빠친구 클럽사장 친구들좀 데려오라, 밥사주고 쿠폰주고 내게아부 실컷했네."

노래라기보다 4.4조의 시조에 더 가까운 운율이었다.

"우와, 정말 공짜야? 니 오빠 친구 진짜 멋지다."

영어교육과의 자타공인 퀸카, 부킹의 여왕인 지숙이 반색을 하며 진주의 스마트폰에 떠 있는 쿠폰을 확인했다. 요즘은 쿠폰도 스마트폰 없으면 못 받는다. 격세지감을 느끼며 은혜는 공짜에 신이 난 지숙을 쳐다보았다.

토종 부친과 모친에게서 태어난 지숙은 어째서인지 서양인의 비율과 이목구비를 타고 태어나는 바람에 종종 혼혈이 아니냐고 의심받는 미모의 소유자다. 아는 사람끼리는 그녀가 남고나 남중에 배치될 경우 과연 남학생들의 학업성취도를 높일 것인가 낮출 것인가에 대해 꽤 진지한 토론을 진행 중이다.

"원래 예쁜 여자들은 클럽에 공짜로 가는 법이지."

에헴, 하고 생색을 낸 진주가 은혜 쪽을 바라보았다. '너도 가는 거다.'라는 압력이 느껴지는 시선이었다.

클럽에서 모인다면 아무리 빨라도 8시 이후. 그 정도면 좀 빡빡해도 경기도에 있는 모터쇼장까지 다녀올 여유는 됐다. 안도하며 은혜는 가볍게 고개를 끄덕여주었다.

사실 은혜는 클럽을 싫어하진 않았다. 가끔 머리를 비우고 싶을 때 가서 정신없이 몸을 흔들면 더덕더덕 붙어 있던 잡념들이 떨어지는 느낌이 좋았다. 게다가 스완레이크라니, 이쪽으로는 영 무관심한 애들도 한 번씩은 들먹일 정도로 물 좋다고 소문난 곳 아닌가? 가끔 가는 홍대 클럽과는 뭔가 좀 다를 것 같다는 기대감도 든다.

"그럼 옷 갈아입고 9시까지 스완레이크 앞에서 모이는 거다! 늦는 건 용서해도 안 이쁜 건 용서 안 해! 꾸질하게 하고 오면 알지? 해 뜨고 집에 들어가는 건 기본이야!"

신이 난 진주가 먼 항해를 떠나는 배를 인도하는 선장처럼 스터디 그룹원들을 독려했다.

사당역에서 모터쇼장으로 가는 셔틀버스는 평일임에도 북적였다. 두어 살쯤 된 아기를 데리고 온 부부를 제외하고 버스 안에서 유일한 여자인 은혜에게 시선이 집중됐지만 다들 자동차라는 아주 열렬한 애인을 갖고 있는 사람들이라 그런지 관심은 잠깐이었다. 함께 가는 일행들과 어떤 차가 지금 전시되어 있고, 어떤 동선으로 움직일 것인지를 의논하느라 은혜의 존재는 금세 잊었다. 떠드는 소리들이 좀 시끄럽긴 했지만 워낙 좋아하는 주제라 주변에서 들리는 대화는 충분히 즐거웠다.

요란한 전화 통화 하나만 빼고.

"선배. 저 지금 가고 있거든요? 다 왔거든요?"

다들 즐거워 보이는 가운데 유일하게 남자 하나가 아주 죽을 똥을 싸고 있었다. 전화하는 자세만 봐서는 저 '선배'라는 사람이 대통령급이 아닐까 싶을 정도로 겸손하고, 얼굴은 가여웠다.

"지금 차도 안 끌고 버스 타고 가고 있어요. 버스 안에서도 3미터당 절 한 번씩 하면서 가고 있어요."

거짓말. 남자의 애원을 훔쳐듣던 은혜가 풋 하고 웃음을 터트리고는 창밖으로 시선을 돌렸다.

목적지가 가까워질수록 가슴이 두근두근 뛰었다.

그동안은 업계 관계자들에게만 공개하다가 최근에야 겨우 일반인들에게도 공개된 R&D 모터쇼는 은혜처럼 차를 좋아하는 마니아들에겐 절대 놓칠 수 없는 행사였다. 작년에는 요행히 시간이 맞아서 주말 포함해 3번이나 왔었는데. 새삼 하필이면 딱 맞물린 중간고사 기간이 아쉬웠다.

"그러니까 선배애……. 아! 거의 다 왔어요! 선배? 전화 끊지 마시고…… 선배!"

아직까지도 애원 중인 남자의 목소리가 높아졌다. 오는 내내 전화가 끊어지면 또 걸고, 전화가 끊어지면 또 걸고 하는 폼이 어지간히 속이 타는 모양이다. 그러거나 말거나 은혜의 흥분도 높아졌다. 흥분을 감추지 못하고 채 서지도 않은 버스 안에서 움직여 내릴 준비를 하며 은혜는 머릿속으로 돌아가는 데 걸릴 시간과 클럽에 가기 위한 최소한의 준비 시간을 계산했다. 어떻게 구경하면 잘 구경했다고 소문이 날까?

버스가 서고 문이 열리자마자 은혜는 버스에서 뛰어내렸다. 그리고 작년처럼 샅샅이 구경하는 건 불가능이니 올해는 슈퍼 카와 한국에 수입되지 않은 차들 위주로 잽싸게 돌아야겠다고 결심하고는 차들이 전시된 광장으로 달려갔다.

"선배님! 어디 계세요! 말씀만 하세요!"

있는 힘을 다해 뛰고 있는데도 남자가 은혜를 앞질러 가며 선배라는 사람을 소리 높여 불렀다.

여느 모터쇼장이 그렇듯 부스 앞에선 각종 행사와 이벤트들이 벌어지고 있었다. 하지만 은혜를 포함한 대다수의 관람객들은 그쪽에 눈도 돌리지 않았다. 다른 모터쇼라면 사진을 찍으려는 남자들로 둘러싸여 머리꼭대기만 봐야 했을 늘씬한 레이싱 모델도 겨우 한두 명. 그나마도 무관심한 관람객들 한 켠에 뻘쭘하니 '사진 한 장만 찍어주세요.' 하는 표정으로 서 있었다.

그렇다. 이곳은 마니아 중의 마니아의 집합소. 덕후 중의 덕후만 모이는 곳인 것이다. 미친놈들이 역사를 쓴다는 의미에서, 지금 여기에 폭탄을 떨어뜨린다면 대한민국 자동차의 역사가 바뀔 거라고 해도 과언이 아니다. 여기에 정상인은 하나도 없다. 있는 사람은 차에 미친 덕후들뿐.

행사장 한가운데에서 가장 먼저 눈에 들어오는 벤츠 SLS 63 AMG와 포르쉐 카이멘 R을 발견하자 은혜의 심장이 발걸음보다 더 빨리 뛰기 시작했다. 노란 포르쉐와 걸 윙 도어를 좍 펼친 벤츠의 모습은 지금까지 수천 년의 생에서 본 어떤 남자보다도 섹시했다. 양손을 기도하듯 가슴으로 모아 쥔 은혜의 입술에서 탄성이 절로 나왔다.

"하아. 정말 멋지구나."

월급을 몇 년을 모아야 저런 차를 살 수 있을까. 대충 따져봐도 미래 직업을 바꾸지 않는 한 저런 차를 실제로 몰아볼 확률은 거의 0에 육박했다.

시동이라도 걸어보고 싶었지만 그녀와 같은 소망을 가진 사람들의 줄이 벌써 장난 아니었다. 남은 시간과 눈앞의 긴 줄, 줄줄이 늘어선 다른 차들을 보면서 갈등하던 은혜는 빠르게 포기를 택했다.

내년에도 또 기회가 있겠지. 로또나 매주 사봐야겠다는, 지극히 평균적인 프티 부르조아의 딸 김은혜에게 가능한 유일한 횡재 기회를 새기면서 그녀는 서둘러 다른 차들이 있는 곳으로 움직였다.

아우디 A5 카브리올레를 비롯해 늘어선 차들을 구경하고 BMW 7시리즈에 앉아 그 소문난 쿠션감과 부드러운 엔진음을 느껴보는 사이 시간은 쏜살같이 흘러갔다. 정말 보고 싶었던 차만 골라서 슥슥 스쳐만 가는데 왜 시간은 이렇게 빠르게 가는지. 누가 시간을 훔쳐 가버린 것 같았다.

그렇지만 작년에는 없었던 알파 로메오 줄리에타만은 포기할 수 없었다. 하지만 안타깝게도 사람들이 하는 생각은 다 비슷하다. 한국에 수입되지 않는 차, 알파 로메오 줄리에타를 사모하는 것은 은혜만이 아닌 것이다. 줄은 예상보다 더 길었다. 인내, 또 인내. 그녀는 결연하게 시승하려는 무리에 동참했다.

일각이 여삼추라는 말은 이때를 위해 있는 걸까? 줄은 착실히 줄어들고 있지만 은혜는 답지 않게도 바짝 조바심이 일어났다.

아아, 부르다 산산이 부서질 이름, 알파 로메오 줄리에타여!

그때 아까 함께 셔틀버스를 타고 왔던 부부가 아기를 운전석에 앉히고 사진을 한 장 찍은 뒤 물러났다. 그리고 앞에 선 남자들은 일행인 듯 한꺼번에 우르르 차로 몰려들었다. 은혜는 아뿔싸! 땅을 쳤다. 떼로 나갔으니 금방 차례가 올 거라는 생각은 초보나 하는 거다.

"이전 모델하고 겉은 달라진 게 없는 것 같은데?"

"외관은 안 건드렸지만 2.0 JTDM-2 디젤엔진하고 1.4 멀티에어 터보 가솔린 엔진, 듀얼 클러치 자동변속기를 추가했다고 하더라고요."

"디젤엔진인데도 138마력에 350Nm/1,750rpm라니, 진짜 이태리 차쟁이들은 대단해."

"연비도 끝내주게 줄였다면서요?"

그래도 알파 로메오인데 연비 좀 높더라도 170마력짜리가 낫지 않겠냐는 둥, 건식 클러치라 가볍다는 둥, 파워 트레인 개선 버전이 어쩌고저쩌고 남자들의 대화는 끝이 없었다. 평소라면 즐겁게 들을 대화였지만 이제 얼마 남지 않은 셔틀버스 출발 시간이며, 러시아워와 겹쳤을 때 주차장이 될 도로 사정을 떠올리니 손이 부들부들 떨리고 호흡이 거칠어졌다.

내려와 내려와 내려와 내려와 내려와아아아아.

나잇살 먹은 남자들이 왜 저렇게 수다스럽단 말인가. 기다리는
사람 생각해서 빨리빨리 시동이나 걸어보고 잽싸게 내려오지 왜
저러고 있단 말인가. 대놓고 재촉은 차마 하지 못하고 은혜는 시
계와 차를 번갈아 보면서 초조하게 입술을 짓씹었다.

그러는데 시승을 하려고 차에 오르려던 젊은 남자와 막 시계에
서 얼굴을 든 은혜의 시선이 마주쳤다. 안타까움과 초조감이 그대
로 드러난 얼굴을 빤히 쳐다보던 남자가 싱긋 웃었다.

"많이 급한 모양이죠?"

"예? 아, 예…… 좀……."

평상시라면 낯선 남자가 말을 걸어오면 대꾸는 고사하고 시선
도 주지 않을 은혜였다. 하지만 좋아하는 자동차들로 인한 흥분과
알파 로메오를 눈앞에 두고 그냥 돌아가야 할지도 모른다는 안타
까움이 보통 때와 다른 반응을 끌어냈다.

차를 바라보는 은혜의 시선에 서린 간절함을 느꼈는지 남자가
차에서 내렸다.

"많이 바쁘면 먼저 시승해보세요. 전 아직 시간 여유가 좀 있어
요."

당장이라도 차에 뛰어들고 싶었다. 하지만 그 주변의 일행들이
걸렸다.

"저, 다른 분들도 계신데……."

요염한 알파 로메오에 홀려서 뒤에 선 은혜의 존재는 알지도 못하던 그 남자의 일행들이 휙 휘파람을 부는 시늉을 냈다.

"진호 씨, 영국 갔다 오더니 매너가 더 좋아졌어. 하하."

"영국 가기 전에도 진호 형 매너는 캡이었죠."

"하긴, 진호 씨 가고 나서 오프 나오는 여자 회원들이 팍 줄었는데 2030방이 다시 활성화가 되려나."

떠들썩한 놀림에 아랑곳 않고 오히려 여유만만하게 웃어 보인 남자는 은혜가 탈 수 있도록 차 앞에서 몸을 비켰다.

"레이디 퍼스트. 우리가 좀 시간을 많이 끌긴 했죠. 먼저 타보세요."

진호라고 불린 남자는 키도 훤칠하니 객관적으로 꽤 잘생긴 편에 속했다. 하지만 이 순간 은혜에겐 그 정도가 아니었다. 그의 머리 위에 황금색 후광이 하나 더해져서 눈부실 정도였다. 남자에겐, 특히나 낯선 남자에게는 절대 보이지 않는 환한 웃음이 그녀의 얼굴에 피어올랐다.

"고맙습니다."

잽싸게 남자들을 스쳐 차에 오른 은혜는 말 그대로 온몸의 세포가 몸서리치는 듯한 황홀감을 느꼈다. 저릿저릿 팔다리가 울리며 머리끝이 쭈뼛 일어섰다.

견고하면서도 늘씬한 차체의 규격, 알파 로메오의 가죽 시트는 상상하던 대로 몸에 착 감겼다. 여기서 이대로 죽어버리면 행복의 절정에서 죽을 수 있을 거라는 생각이 들 정도였다. 눈을 감은 채로 몸에 느껴지는 감각을 즐기면서 은혜는 시동을 걸었다. 부드럽게 울려 퍼지는 엔진음은 숨이 막힐 정도로 섹시했다.

모터쇼에서는 평소의 2배로 흐르던 시간이 알파 로메오에 앉자 10배로 흘렀다. 언제까지라도 차 안에 있고 싶었지만 안 될 일이다. 시간도 촉박했고, 일단 열망이 채워지자 비로소 차 밖에서 그녀를 구경하고 있는 구경꾼들의 존재가 의식되었다.

남자들은 희귀한 구경거리라도 되는 것처럼 차에 전율하는 그녀를 구경하고 있었다. 마니아스러운 만큼, 혼자 방문한 여자는 드문 것이 사실이다. ······아니면 혹시 의식하지 못한 새 소리라도 질렀던 걸까? 뒤늦게 밀려오는 창피함에 은혜는 후다닥 차에서 내렸다.

짧은 순간 침착함과 평소의 새치름함을 되찾은 은혜는 저도 모르게 진호라는 남자를 찾았다. 고맙다는 인사를 하고 싶기도 했고, 무엇보다 방금 그 감동을 나누고 싶다는 충동이 들었다.

하지만 남자는 약간 떨어진 곳에서 다른 사람과 이야기 중이었다. 그 사람은······ 아까 버스에서 내내 울부짖던 남자네?

"이걸 처리 못 해서 여기까지 뛰어와? 난 다음 주부터 정식 출근이라고."

"알아요, 선배. 이번 주까진 자유라는 거. 그래도 나 버스까지 타고 왔거든요. 저 이거 꼭 오늘까지 해야 하거든요."

"스마트폰은 어디에 쓸래? 파일로 보내면 내가 어련히 답 해줄까 봐."

"안 해줄 거잖아요. 차 보느라고."

"차 다 본 다음에 해주겠지."

"시간 그렇게 안 돼요. 제가 그럴 줄 알고 뛰어온 거라고요. 얼른 이 표 좀 봐줘요."

"으이그!"

남자의 머리를 쥐어박는 시늉을 하던 진호가 시선을 느끼고 고개를 들었다. 그런 진호를 빤히 쳐다보던 은혜가 '아!' 하고 고개를 숙였다. 감사의 의도였으나 고개를 숙이며 눈에 들어온 것이 시계였다.

"아!"

이번에는 좀 더 크게 은혜가 비명을 질렀다. 셔틀 시간이!

"저, 잠……."

진호가 '잠깐'이라는 짧은 단어를 끝내기 전에 은혜는 돌아서 뛰기 시작했다. 아주 잠깐, 아쉽다는 생각을 했다. 차에 홀려서 미친 걸까? 생전 처음 보는 남자와 공감대가 형성될 거라는 기분이 들다니.

12시 종 치는 소리를 들은 신데렐라처럼 뛰어가는 은혜의 뒷모습을 멍하게 보고 있던 진호가 교현의 머리통을 쥐어박았다.

"아야! 왜요!"

"그냥."

퉁퉁거리면서 진호가 돌아서자 동호회 회원이 싱글벙글 웃으며 그의 옆구리를 찔렀다.

"진호 씨도 퇴짜를 맞는구나? 우리 와이프한테 얘기해주면 절대 안 믿겠는걸. 와이프는 진호 씨가 킹카 중의 킹카라고 믿고 있는데!"

"제대로 알고 계시네요."

다른 회원도 거들었다.

"에이, 여기서 손 놓는 거 보니까 선수는 아니구만? 보아하니 저 아가씨도 서울 가는 것 같은데 태워준다고 따라가보는 게 어때? 혼자 여기까지 찾아올 정도면 저쪽도 완전 마니아인 것 같은데 진호 씨 벤츠 보면 껌벅 넘어갈 거 아냐."

진호가 하하 웃었다.

"됐습니다. 한국 오자마자 경찰서 구경하라고요? 요즘 세상엔 괜히 변태나 치한 취급 받죠."

"오올, 있는 자의 여유인가?"

"하긴, 그렇구먼. 우리 젊은 때나 한눈에 반했습니다, 하고 쫓아가는 헌팅이 가능했지, 지금은 미친놈이라고 뺨이나 안 맞으면 다행이지. 옛날이 작업 걸기엔 더 좋았어, 그치?"

한바탕 웃음을 몰아친 벤츠 동호회 회원들은 금세 은혜를 잊어버렸다. 잠깐 재미있는 화제였을 뿐 그들은 훨씬 더 요염하고 훨씬 더 섹시한 자태를 뽐내고 있는 차 쪽에 더 관심이 많았다.

하지만 진호는 은혜가 사라진 방향으로 왠지 아쉬운 눈길을 두어 번 더 돌렸다.

본래 붙임성 있고 여자를 배려해주는 편이긴 했지만 처음 본 여자에게 어찌 보면 껄떡거리는 걸로 느껴질 수 있을 정도로 친절하진 않았다. 평상시였다면 빨리 일어나줘야겠다는 정도의 압박감을 받았을 거였다. 그런데 차를 바라보는 여자의 눈은 외면하기 힘든 간절함이 가득했다. 초조함이 온몸에 드러난 걸 보건대 시간도 얼마 없어 보였고 눈물이라도 뚝 떨어질 것 같은 애절함이 이상하게 신경 쓰였다.

차례를 양보했을 때만 해도 그냥 무심한 친절이었다. 그런데 알파 로메오 줄리에타의 시트에 몸을 맡기고 엔진의 소리와 진동을 느끼는 모습은 정말 미치게 섹시했다. 아니라고 하긴 했지만 교현이 방해하지만 않았더라도 한창 혈기 왕성하던 중고등학생 때도 안 하던 헌팅이란 걸 한번 해보지 않았을까 싶을 정도로 차에 몰두한 여자는 매력적이었다.

많이 봐줘야 대학생 정도인 것 같던데 희한한 일이다. 진호가 느낀 건 분명 농익다 못해 폭발할 것 같은 과즙을 머금은 진한 석류 같은 매력이었으니까. 진호는 단전을 간질이는 묘한 흥분을 떨쳐내고 BMW 쪽으로 움직이는 일행을 쫓아갔다.

"이름이 뭐……."

"됐어요."

말 끝나기도 전에 도도하게 자르고 돌아서는 은혜를 바라보며 남자가 입맛을 다셨다. 7명째 접근했다 퇴짜 맞는 것을 목격하고 도시의 젠틀맨 이미지로 시도한 건데 8명째 퇴짜 명단에 이름을 올리고 말았다.

"뭐야, 물이 형편없잖아."

칼날보다 더 차게 남자를 내리치고 돌아선 은혜는 입을 비쭉이고 있었다.

명불허전(名不虛傳)이라더니, 들어올 때만 해도 특이한 외관과 화려하다 못해 사치스러운 인테리어에 두근거렸는데 정작 클럽을 채우고 있는 남자들은 수준 이하였다.

"뭐 춤추러 온 거니까."

빙긋 웃은 은혜는 내심 자신의 눈에 남자가 멋져 보이기 힘들다는 걸 인정했다. 눈이란 높아지기만 하고 낮아지지는 않는 성격을 가지고 있는지라 살면서 본 잘생긴 남자들, 몸 좋은 남자들. 점점 베스트가 경신되는 시간은 길어졌다. 마지막으로 '이 남자 최고다.'라는 느낌이 들었던 게 전전생이었던가? 전전전생? 언제인지 이젠 기억도 나지 않는다.

그때 문득 아까 낮에 알파 로메오 앞에서 만난 남자가 떠올랐다. 그 정도면…… 경신까지는 아니라도 괜찮은 축에 속하지 않을까? 물론 차례를 양보해줬단 사실에 흘려 은혜의 눈이 자체 포토샵을 했을 수도 있지만 남자란 종족에게 찾아보기 힘든 눈치와 사심 없는 배려가 있다는 것까지 보태면 근래에 본 중 가장 괜찮은 수준이 틀림없다. 다시 만날 일은 없겠지만 하는 일마다 잘 되고 복도 많이 받으라고 빌어줘야겠다.

새삼 감사의 마음으로 홍복을 빌어주며 음악에 맞춰 몸을 흔드는데 누군가 은혜의 엉덩이를 툭 쳤다. 어느 미친놈이! 콱 째려보는데 어느새 다가온 진주가 으흐흐 하고 만족스러운 웃음을 흔들며 눈썹을 치켜 올렸다 내리고 있었다.

"야! 물 죽이지?"

역시, 은혜의 눈이 너무 높은 거다.

"응, 괜찮네요."

"부킹 해! 부킹! 수미는 아주 난리 났다? 룸에 들어갔었는데 거기서 탤런트 홍수현 알지? '지구를 구했다'에 준현이로 나왔던 배우! 걔를 봤대! 박동건하고 함께 왔다는데 정말 끝내주게 생겼대. 머리 뒤에 후광이 비친다더라!"

"춤 좀 추고요."

관심 없다는 뜻이다.

"그래그래! 춤추고! 아싸라 좋다아!"

두 손을 치켜들고 엉덩이를 이리 씰룩 저리 씰룩 흔드는 진주를 귀엽다는 듯이 바라보던 은혜는 눈을 감았다.

온몸을 때리듯 쿵쾅거리는 음악소리, 눈을 감고 있어도 느껴지는 빛과 어둠의 교차, 화려한 조명들의 점멸…… '나라에서 허락한 유일한 마약, 음악'이라는 허세까지는 오버더라도 이 감각은, 좋다. 따분하고 지루했던 중세의 파티와는 비교할 수도 없고, 한때 은혜의 정신을 쏙 빼놨던 오페라와도 다른 감각이다.

눈을 감은 채 머리채를 흔들며 리듬에 몸을 맡기던 은혜의 손을 진주가 잡아당긴 것은 그로부터 두 곡이 채 끝나기 전이었다.

"야! 이제 가자! 때가 온 것 같다!"

거절한 지 10분도 안 지났는데…… 과연 주진주의 시간은 남들보다 빨리 간다. 앞서가는 주진주. 그래서 은혜는 대놓고 이야기하기로 했다.

"관심 없어요."

"얘가! 그럼 여긴 뭐 하러 왔어?"

"춤추러요."

"얘가 정신이 없어! 춤만 추면 클럽의 반만 경험하는 거라는 소리 몰라? 내가 괜히 너한테 지금 때가 왔다고 한 줄 알아? 진짜 때가 왔단 말이야! 진정한 여자의 훈장은 VVIP룸의 초청을 받은 거라구!"

"VVIP룸이요?"

음악소리 때문에 거의 소리를 지르고 있는 진주를 보며 은혜가 눈을 깜빡였다.

영국에서의 1년은 순식간에 지나갔다.

영국은 괜찮은 나라였다. 날씨가 구리다는 것과 음식이 형편없다는 걸 제외하면 깨끗하고 축구 좋아하고 사람들도 친절했다. 하지만 딱 하나, 진호에게 한국을 그리워하게 만든 것이 있었으니 바로 밤 문화 되겠다.

누가 젠틀맨의 나라가 아니랄까 봐 영국의 밤 문화는 지나치게 젠틀했다. 맥주를 부어라 마셔라 하고 큰 소리로 축구 이야기를 하는 것 정도로는 진정한 밤 문화라고 할 수 없다고 생각하는 진호다. 손바닥만 한 무도회장이나 창고로 보이는데 인테리어라고 주장하는 클럽들도 수준 미달이다. 아, 손바닥만 한 천을 옷이라고 우기는 바람직한 몸매의 언니들은 빼고.

그래도…….

"이 정도는 되어야 밤 문화지."

휘청거리다 못해 광란의 기운이 느껴지는 스완레이크의 전경을 VVIP룸에서 내려다보며 진호가 흐뭇하게 미소를 흘렸다. 실적 우수 사원으로 회사에서 보내준 연수를 성공리에 끝마치고 돌아온 기념으로 동기들과 밤을 불사르기로 한 사람치고 참 잘 놀게 생긴 얼굴이었다.

"야, 야, 영국은 어때? 여자들 좀…… 으흐흐, 해봤냐?"

"저질스러운 놈."

뇌가 아랫도리에 달렸다는 평가를 받는 범수의 이마를 가볍게 튕긴 진호는 가볍게 잔을 흔들었다. 크리스털 잔에 부딪친 얼음이 달그락달그락 맑은 소리를 낸다. 그는 대수롭지 않다는 듯이 시크하게 내뱉었다.

"확실히 외국 여자들이 대체로 화끈하고 적극적인 편이긴 해."

"우오! 이 짜식 봐! 화끈? 화끈? 적극적이래! 적극적이래!"

호들갑을 떠는 범수를 필두로 와자지껄 한바탕 야유가 쏟아졌다. 하지만 부러워서 그러는 거다. 그 증거로 모두 눈을 반짝반짝 빛내며 진호의 입에 집중하고 있다. 다들 영국 여자들이 어떻게 얼마나 화끈하고 적극적인지가 궁금해 죽을 지경이었다.

"디테일하게 말해봐. 뭐가 적극적이다? 아우, 하긴 걔들은 바디부터가 적극적이지."

애가 달아 바짝 앞으로 몸을 숙이는 범수에게 진호가 한 방 날렸다.

"너처럼 밝히는 이야기 하면 말이야, 영국 여자애들은 이렇게 핀잔을 줘. 너는 페니스가 너무 좁아서 뇌가 성장하지 않은 거니? ……네 뇌가 거기 들어 있다는 뜻이야."

진호의 말에 범수가 자신의 아랫도리를 내려다보았다. 그리고는 항의했다.

"야! 내 거 커!"

"난 모르고 알고 싶지도 않구나."

"자식! 화장실에서 봤잖아!"

"안 봤어! 내가 그걸 왜 봐?"

티격태격 싸우던 둘이 동시에 입을 다문 것은 방을 잡으면서 웨이터에서 뿌렸던 팁의 효과가 나타났기 때문이다. 적잖은 금액을 찔러 넣어주며 바란 것은 물론 하나였다.

클럽에서 최고의 여자들을 데려와라.

그리고 문이 열리며 들어온 여자들은…… 괜찮았다.

모두 5명, 그중 제일 예쁜 애는 이국적인 향기가 느껴지는 애로 쭉쭉빵빵 늘씬한 게 어지간한 모델 양 뺨을 치고도 남을 것 같다.

그 다음에는 좀 새침해 보이는 애…… 유행을 따르지 않고 앞머리 없이 이마를 드러낸 걸 보면 어린 모양이다. 실제로 어려 보이기도 한다. 화장이 진하지 않은데도 얼굴이 말간 것이 엄청 미인이라고는 할 수 없지만 몸매는 얘가 최고다. 그런데 묘하게 낯이 익어 보인다는 건…… 착각일까?

세 번째는 키는 좀 작지만 아담하니 귀여워 범수 녀석의 타입. 아니나 다를까, 여자애들이 들어오자마자 한달음에 달려가 거하게 환영한 범수가 아담한 애를 자신의 옆에 앉히고 수작을 부리기 시작했다.

"이름이 뭐야? 세하? 아니, 넌 어떻게 이름도 그렇게 귀여워? 이 오빠는 범수야. 이 오빠…… 능력 좀 있는 오빠다? 너 뭐 좋아하니? 뭐 안주 시킬래?"

네 번째는…… 신경 써서 세련되게 꾸민 티는 나지만 평균. 성격은 좋게 생겼지만 여성적인 매력은 좀 떨어진다. 아마 얘가 그룹의 리더인 듯 쭈뼛거리는 여자애들을 다부지게 챙겨 자리에 앉히고 있다. 마지막 다섯 번째는 전형적인 동양 미녀로 관리하는데 힘깨나 썼을 법한 긴 생머리 덕에 미모지수 +20퍼센트의 효과를 보고 있는 애다.

확실한 건 폭탄 없이 그룹 전체가 아주 바람직하다는 것. 그리고 그중에서도…….

순식간에 5명을 스캔한 진호는 자신의 취향에는 2번이 최고라는 결론을 내렸다.

"너 이름이 뭐야?"

"은혜요."

무심히 대답하며 2번이 진호를 바라보았다. 순간 그러는 눈빛 속에서 뭔가 푸른빛이 일렁거렸다. 적어도 진호는 그렇게 느꼈다. 그리고 한 가지 더. 얘, 분명히 어디서 만난 적이 있다. 그런데 어디서지?

돈 많은 집 아들들.

VVIP룸에 들어서는 순간, 은혜는 이 방 안 인구의 성분을 정의 내릴 수 있었다. 마시고 있는 술이나 안주, 입고 있는 옷과 걸치고 있는 시계들을 보면 우리나라 20, 30대가 벌어서 소비할 수 있는 수준은 아니다.

부모 돈을 쓰는 것에 대해 부정적인 시각은 없다. 잘생긴 외모를 부모에게 물려받아 그 덕으로 살든, 좋은 머리를 물려받아 머리 팔아먹고 살든, 그냥 돈으로 물려받든 거기서 거기다. 어차피 인간은 혼자 힘으로만 뭔가 할 수 없는 존재인 것이다.

"자아…… 칙칙폭폭칙칙폭폭 기차 갑니다아아아아!"

구김살 없이 자라서 그런지 노는 게 귀엽긴 했다. 특히 범수라는 남자는 분위기 메이커인 듯 아까부터 룸의 분위기를 주도하며 여자들을 웃기고 즐겁게 하는 데 여념이 없었다.

그에 반해 오늘의 주인공이라는 남자…… 방에 들어오자마자 은혜에게 이름을 물어봤던 남자는 몸개그는 사양한 채 점잖게 술

잔만 기울이고 있었다. 슬프지만 분위기 메이커는 분위기만 만들고 퇴장하고 정작 수확㉠을 얻는 건 저런 타입이다.

슬슬 진주를 필두로 세하, 지숙, 수미는 아까부터 부지런히 눈빛교환 중이었다. 이 방을 버릴 것이냐, 말 것이냐. 이 방에 머무른다면 누가 베스트냐를 논의하는 것이다. 남는 남자가 내 남자라는 사인을 보낸 은혜가 뒤로 빠져 앉았다.

그런데.

"재미없나 봐?"

베스트로 확정된 남자가 자세를 바꾸더니 은혜에게 말을 걸어오는 게 아닌가? 전혀 의도하지 않게 경쟁에 참가하게 되어버린 은혜가 못마땅하게 남자를 쏘아보았다.

"재미있는데요?"

"없어 보이는데?"

그래서 어쩌라고?…… 라는 눈빛을 순간 쏴버렸던 것 같다. 남자가 피식 웃더니 손을 내밀었다.

"난 김진호야. 넌 은혜랬지? 성이 뭐야?"

진호가 내민 손을 가만히 내려다보던 은혜가 그를 똑바로 쳐다보더니 말했다.

"김은혜요. 그리고 손 잡는 수법으로는 너무 고전적인 거 아니에요?"

잠깐 진호의 눈이 커졌다. 그리고 사이, 웃음이 터졌다.

"하하하! 너 보통이 아닌데? 보통은 알면서도 속아주던데."

진호가 웃는 모습이 꽤 보기 좋다는 것은 인정해야겠다고 은혜는 생각했다. 그녀가 그동안 만난 남자 중 최고는 아닐지 몰라도 꽤 상위권엔 속했다. 깔끔하고 단정한 인상, 이목구비는 또렷하고 복 있게 생겼다. 검은 머리카락은 솜씨 좋게 만져서 상당히 세련되어 보인다. 무엇보다 웃는 모습이 참 인상적인 남자다. 아까 낮에 본 남자처럼.

순간 은혜는 '앗' 소리를 낼 뻔했다. 100퍼센트 확신까진 할 수 없지만 이 남자, 아무래도 낮에 모터쇼장에서 알파 로메오를 타게 해준 그 사람이…… 맞다. 낮에 봤을 때 살짝 길다 싶은 머리가 확 짧아진 걸 보니 아마 클럽에 오기 전에 미장원이나 이발소에 들렀던 것 같다. 어두운 조명과 바뀐 머리가 아니었다면 아마 더 빨리 눈치를 챘을 거였다.

고맙다는 인사를 한 번 더 해야 하나. 하지만 상대는 은혜를 낮에 만났다는 건 전혀 알아채지 못한 것 같았다.

"새침하게 굴지 말고……. 사이좋게 지내자. 같은 김 씨잖아. 종씨끼리 만난 것도 인연이야."

"서울 시내 돌 던지면 김 씨가 맞는단 소리가 있죠, 아마……."

"하하하!"

진호는 또 웃었다. 웃음이 헤픈 사람이거나, 아니면 웃을 때 잘생겨 보인다는 걸 아는 게 분명했다.

은혜는 낮의 일은 지우기로 마음먹었다. 공연히 아는 척했다가 꼬리를 친다는 이상한 착각이라도 하는 건 절대 사양이다. 남자들이란 사소한 걸로도 여자들이 자신에게 마음이 있다고 착각하고 들이대기 십상이다. 낮은 낮대로, 지금 이 시간은 이 시간대로 그냥 이렇게 스쳐버리면 되는 거다.

"어디 김 씨야?"

"네?"

"본관."

"김해 김 씨예요."

"어이구, 다행이다."

"……뭐가요?"

능청스러운 표정으로 진호는 자기의 잔을 은혜의 잔에 부딪쳤다.

"동성동본금혼법은 폐지됐어도 노친네들은 아직 좀 신경 쓰잖아. 쓸데없이 장애 있으면 속상하잖냐."

저도 모르게 은혜는 피식 웃고 말았다.

이 남자, 여자 꽤나 울리고 다닐 타입이다. 사랑스럽게 능글맞고, 애교 있게 음흉하다. 하지만 김은혜가 누군가? 한 생에 한 번은 아니더라도 지금까지의 생을 모두 다 합치면 이런 남자를 본 게 열 손가락으로 꼽기 모자란 정도다. 빤하다. 가슴이 설레지도 않고 기대하지도 않는다. 이 남자가 선수라면 그녀는 전설쯤 되는 셈이다.

"웃었네."

선수는 전설이 웃은 거에만 만족스럽다는 듯 잔을 들어 보였다.

그런 선수가 가소로워 전설은 그 건배를 기꺼이 받아주었다.

"오빠 딜러거든. 딜러 알아?"

평일 대낮에 업계 관계자나 골수 자동차 오타쿠들만 모이는 모터쇼장에 와서 줄자와 레이저 포인터로 차체 길이며 수평까지 재고 난리를 치기에 자동차 회사에 다니는 줄 알았더니 의외다. 하지만 뭘를 팔든 무슨 상관이랴.

"마약 딜러는 알아요."

"우리 은혜 귀엽기도 하지……. 하지만 오빠는 마약을 다루는 게 아니라 선물옵션을 다뤄. 돈은 마약 딜러보다 쫌 덜 벌지만 대신 합법적이지. 오빠 멋있니?"

"1인칭 호칭으로 오빠를 사용하는 남자는 멋있을 수가 없어요."

"내가 언제 1인칭 호칭으로 오빠를 사용했어?"

"5초 전이요."

"우리 은혜는 정확해서 좋구나. 아직 학생이라고? 대학생? 몇 학년?"

"4학년이요. 그리고 난 우리 엄마아빠 건데 왜 자꾸 '우리' 은혜라고 그러시는지?"

"하하하하!"

클럽에서 나와 2차를 가기로 한 일행들이 남자들의 차가 나오길 기다리는 동안에도 진호는 은혜의 옆에 꼭 붙어 실없는 소리를 늘어놓고 있었다. 룸에서부터 내내 진호가 은혜에게 껌딱지를 하고 있는 중이었으므로 여자들은 진호를 포기했고 남자들은 주인공 예우 차원에서 은혜를 젖혀놓았던 터라 그룹은 진호와 은혜, 그 나머지로 양분된 참이었다.

이런 상황이니 은혜는 더 이상 2차를 갈 이유가 없었다. 분위기를 맞춰주려고 참석한 모임 뒤풀이에 가야 할 필요가 남아 있지 않았던 거다. 그녀는 휴대전화를 꺼내 진주에게 문자를 찍기 시작했다.

<언니 덕분에 오늘 잘 놀았어요. 분위기 안 깨려고 그냥 빠집니다. 재미있게 노세요.>

어깨너머로 은혜의 문자를 훔쳐본 진호가 반색을 했다.

"너 집에 가? 같이 가자. 내가 태워줄게."

어처구니가 없어 은혜는 뚱하게 진호를 쳐다봤다.

"우리 집이 어딘 줄 알고요?"

"어딘데? 서울 어디겠지. 멀어봤자 경기도고. 오빠 영국에서 와서 지금 글로벌해. 지역쯤은 커버할 수 있어."

타고 간단 소리도 안 했는데 멋대로 진호는 희희낙락 혼자 신났다.

"술 취했는데 운전하려고요?"

"나 술 안 마셨어. 아까 반에 반잔 마신 게 다야. 난 술 안 마셔. 대리 못 부르거든."

왜 대리를 못 불러? 라고 생각했는데 발레 기사가 끌고 나온 차를 보자마자 30초도 지나지 않아 답이 나왔다.

　시큰둥했던 은혜의 마음도 바뀌었다. 아무리 차가 좋아도 클럽에서 처음 만났다면 덥석 이 차에 오르진 않았겠지만 그녀 입장에서 김진호는 구면이었다. 그리고 오랜 세월의 기억을 담고 있는 덕에 사람 보는 눈은 꽤 있다고 자부하는 은혜가 보기에 진호는 낯선 남자의 차에 부주의하게 탄 여자가 당한다는, 그런 유의 못된 짓을 저지를 위인은 아니었다. 확인할 건 딱 한 가지만 더.

　"하 해봐요."

　"하?"

　"더 세게."

　"하아아아아."

　강아지가 냄새 맡는 것처럼 허공에 대고 은혜가 킁킁 냄새를 맡았다. 그러더니 생긋 웃었다.

　"우리 집 이촌동이에요. 데려다줄 수 있는 거죠?"

　"그, 그러엄."

　확 바뀐 은혜의 태도에 놀란 진호가 눈을 동그랗게 떴다.

　모터쇼에서 만난 것을 기억 못 하는 이상 진호가 은혜가 꼽는 21세기 최고의 발명품이 자동차라는 사실을 알 리가 없다. 은혜의 마음이 바뀐 이유가 진호의 차 때문이라는 것도.

　김은혜는 제대로 된 스피드광, 자동차광이었다. 벤츠 SLS AMG 로드스터를 타 볼 기회가 눈앞에 있는데 그냥 지나칠 수는 없는 것이다. 오늘은 자동차에 관한 한 정말 운수 대통인 모양이다.

BMW 7시리즈에 알파 로메오에다 아까 줄이 길어서 포기했던 벤츠까지 타보다니. 은혜의 눈이 반짝거렸다.

"이게 소프트 탑이라서 11초 내에 개폐가 가능하다는 거…… 맞죠? 달리면서도 된다던데!"

"어? 어…… 50km/h 미만이면 열려."

"우와! 끝내준다! 570마력이죠?"

"571마력. 은혜는 학생이랬나?"

"우와아아아! 실내 장식 봐!"

지금 진호는 택시기사에 빙의하고 있었다.

자고로 남자가 여자를 집까지 데려다줄 때는 대화도 좀 나누고 알콩달콩 오가는 정이 있어야 하는 건데 차에 정신 팔린 은혜에게는 그런 거 없었다. 한순간도 가만있지 않고, 그가 아니라 차를 더듬으며 신나하는 은혜를 보자니 기도 막히고 어이도 없고.

그런데……. 차가 속도를 높이자 거의 신음을 내지르기 직전인 은혜의 표정을 보자 머릿속의 구름이 싹 걷히고 클럽에서 내내 그를 괴롭히던 의문이 확 풀어졌다.

"우리 구면 맞지? 너…… 아까 낮에 화성에서 알파 로메오 줄리에타!"

그냥 끝까지 몰랐으면 했는데. 그렇지만 다 알고 물어보는데 거짓말을 하는 것도 웃겼다.

"맞아요. 아까 정말 고마웠어요."

"뭐야? 넌 알아봤어? 그럼 아는 척을 하지."

"그쪽은 기억 못 할 수도 있는데 괜히 아는 척하는 것도 웃기잖아요."

"기억 못 하긴. 너 셔틀 타러 가는 거 보면서 서울 가는 거면 데려다줄까 물어보려고도 했었는데……, 요즘 세상에 하도 별일이 많아서, 괜히 오해할까 봐 관뒀어."

"잘 하셨어요. 만약 그런 소리 했으면 좋은 대답 못 들었을 거예요. 사실 오늘 낮에 그쪽을 화성에서 보지 않았으면 지금도 이 차안 얻어 탔어요."

시원하게 인정한 은혜는 놀랍다면 놀라운 인연은 전혀 개의치 않고 다시 차에 몰두했다.

"스티어링 휠 좀 봐요! 정말 좋다. 진짜로 밟으면 밟는 대로 죽죽 나가요?"

은혜와 달리 드문 편에 속하는 이 우연을 인연으로 이어갈 의사가 다분히 있는 진호는 은근슬쩍 수작을 걸었다.

"너만 원하면 또 이 차를 탈 수 있는데……."

"괜찮아요. 한 번 타봤으면 됐죠."

보통 여자들이 남자들의 차에 관심을 보일 때는 남자의 차가 대표하는 재력에 관심이 있는 경우가 대부분이다. 그것은 곧 남자에 대한 관심으로 이어진다.

하지만 은혜는 달랐다. 순수하게 차 그 자체에만 감탄하는 여자는 처음 만난 터라 진호는 도대체 어떻게 반응해야 좋을지 알 수 없었다. 김진호 인생에 이런 여자, 처음이다.

은근 자존심이 상하는 것 같기도 하고, 아닌 거 같기도 하고…….

"그나저나 우리 진짜 인연이다, 그치? 같은 김 씨에 같은 이촌동 주민이라니."

"진짜 이촌동 사는 거 맞아요?"

"얘가 속아만 살았나. 레종데르트 알아?"

"알아요."

비싼 곳이라는 걸 어필하고 싶었는데 은혜가 너무 무심하게 받아들이는 바람에 실패했다. 진호는 잠시 얘가 부동산에 어두운 건가 생각했다.

"거기가 우리 집이야."

"근데 거긴 이촌동이 아니라 한강으로 아닌가요?"

"길 하나 건너인데 택배회사랑 우체국 빼고 누가 그런 걸 깐깐하게 따지냐. 그나저나 너네 집은 어딘데?"

"시티은행 건너편에 세워주면 돼요."

암만 물어도 이빨도 안 들어간다. 진호는 입을 비죽이고는 액셀러레이터를 밟았다. 싫으면 말라지. 하루에 두 번이나 마주친 우연도 재미있고 은혜가 꽤 매력적이라 좀 더 만나보고 싶은 마음은 있지만 그렇다고 마다하는 여자에게 치대는 취미는 없었다.

진호가 무슨 소리를 하건 말건 깔끔히 무시하고 우와우와 하면서 차를 구경하던 은혜는 그가 비상등을 켜며 차를 세우자 안타까움의 한숨을 흘렸다. 직접 운전 한 번 해봤으면 좋겠다는 아쉬움이 진하게 남았지만 어설프게 운전대 한 번 잡아보려다가 귀찮아지는 건 싫었다.

"태워다 줘서 고마웠어요."

"늦었는데 여기서 헤어져도 괜찮겠니? 집 앞까지 데려가 줄까?"

삐쳤음이 분명한데도 마지막까지 걱정해주는 진호가 그리 매너 없는 놈은 아니라는 생각을 하며 은혜는 싱긋 웃었다.

하지만 직장 문제로 2년 전 부모님이 경주로 내려가셔서 은혜는 혼자 살고 있었다. 김진호도 이 근처에 산다니 들어가는 아파트 보면 평수 나올 테고, 그러면 은혜가 혼자 살고 있다는 것을 감잡을지도 모른다. 아무리 괜찮은 사람인 것 같더라도 여자 혼자 산다는 걸 알리는 건 현명한 행동이 못 된다.

"여기 아파트 입구마다 경비 아저씨들 다 계세요. 골목만 들어가면 금방이라 괜찮아요."

"그래. 그럼 조심해서 들어가. 어두우니까 뛰어 들어가. 위험해."

"조심해서 들어가세요."

"응. 얼른 들어가. 얼른."

손짓을 하는 진호는, 꿍얼꿍얼 작업을 걸었던 것치고는 담백하게 안녕을 고했다. 얼굴만 봐도 질척이는 것과는 거리가 멀긴 했다.

맘에 들었다. 이 정도가 딱 좋다.

뒤돌아서 걷기 시작한 은혜의 입가에는 미소가 걸려 있었다.

나쁘지 않은 하루였다. 아니, 그녀의 드림 카 중 하나로 드라이브까지 해봤으니 나쁘지 않은 것 이상이려나?

O 2

교생실습의 계절이 돌아왔다.

실습을 앞두고 학생들의 가장 큰 관심은 어떤 학교로 배정되느냐다. 이 면에 있어서 스터디 그룹은 운이 좋았다. 5명 모두 교생들이 가고파 하는 학교로 배정이 된 것이다. 은혜, 진주는 수민중학교, 수미, 지숙, 세하는 신화고등학교였다. 두 학교 모두 환경 좋고 수준 높고 위치 좋기로 유명한 학교다.

"잘됐지 뭐냐? 어느 학교는 학생이 직접 집 근처 학교에 가서 실습할 수 있게 해달라고 부탁해야 한대."

진주가 중얼거렸다. 날 좋은 걸 핑계 삼아 야외 스터디를 한답시고 그룹원들을 끌고 나온 그녀는 쭈쭈바를 빨며 광합성 중이다. 공부도 중요하지만 감수성을 잃지 말아야 한다는 것이 그녀의 지론이다.

"설마!"

수미가 진저리를 쳤다. 아쉬운 소리 잘 못 하는 그녀로서는 상상만 해도 끔찍한 이야기였다.

"넌 집에서 좀 멀겠다?"

역시 공부할 생각은 없어 탁자에 등을 기댄 채 멍하게 하늘을 보고 있던 지숙이 이 와중에도 꿋꿋하게 책을 들여다보고 있는 은혜에게 말을 걸었다.

"지하철 한 번, 버스 한 번 타면 되는데요, 뭐."

책에서 눈도 떼지 않는 은혜를 못마땅하게 쳐다보던 지숙이 손을 뻗어 책을 빼앗았다.

"책 좀 그만 봐! 광합성 나와서 긴장감 조성할래? 제일 어린 네가 이러면 늙은 우리가 얼마나 반성되겠어?"

초등학교 입학도 한 해 일찍 했고, 단 한 번의 휴학도 없이 달려온 은혜는 재수를 했거나 어학연수나 교환학생으로 1, 2년씩 휴학했던 다른 그룹원보다 어렸다. 하지만 가장 수험에 최적화되어 있는 것도 은혜였다. 유흥에 대한 무관심이 다른 그룹원보다 압도적이었던 탓이다. 물론 나이 들수록 늘어난다는 인내도 신의 경지에 닿아 있는 참이고.

"내 반성은 얘 영어하는 거 보고 이미 끝났어. 돈 수태 깔면서 어학연수 다녀온 나는 발음이 한쿡 스타일인데 외국 여행도 안 간다는 얘 왜 영쿡 스타일이냐?"

진주가 투덜댔다.

"영국 스타일은 무슨. 남들 들으면 웃어요."

아니라고 딱 잡아떼며 은혜는 웃었다. 하지만 영국 스타일 정도겠는가? 19세기 영국의 언어에 대해 고증을 하라고 해도 할 수 있는 사람이 바로 김은혜다.

어쩔 수 없는 일이다. 18세기엔 미국에서, 가장 최근엔 영국인으로 살았던 은혜로서는 처음에 한국어 배울 때가 오히려 힘들었으니까.

솔직히 말하자면 은혜 입장에서는 이왕이면 프랑스 어라든가 러시아 어, 혹은 스페인 어니 아랍 어 같이 영어보다 좀 더 돈이 되는 언어권에서 가까운 과거에 살았더라면 하고 아쉬워하는 중이었다. 대충 16세기쯤 프랑스에서 살긴 했지만 당시의 프랑스 어는 안타깝게도 지금 프랑스 인들에겐 거의 외계어나 다름없다. 그녀가 습득한 언어나 과거 삶의 방식을 현생에서 활용할 방법은 고고학이나 언어학 정도일 텐데, 둘 다 굶어죽기 딱 좋은 분야다. 은혜는 추호도 자신의 생계를 위험에 빠뜨릴 생각이 없었다.

생각해보면 전생이란 정말 도움 안 되는 기억이다. 보물이라도 파묻어놓지 않는 한 전생에서 어떤 삶을 살았든 현생에는 전혀 의미가 없는데, 파묻을 정도의 보물을 소유할 만큼 부자였던 삶도 없었지만 그걸 파묻어놓은 자리가 다시 태어날 때까지 말짱할 것인가를 생각해보면…… 관두자 싶어진다. 십 년이면 강산이 변한다는데.

"이제 좋은 날도 끝이구나. 출퇴근하기 시작하면 러시아워 장난 아닐 텐데. 아, 끔찍해."

뺏었던 책을 돌려주며 지숙이 인상을 찡그렸다. 그녀도 은혜만큼이나 사람들과 부대끼는 걸 싫어하는 성격이었다.

"그래도 기대하는 얼굴인데요?"

책을 받아 무릎 위에 올려놓으며 은혜가 미소 지었다.

"뭐…… 그건 그렇지."

멍하니 쭈쭈바를 빨던 나머지 그룹원들의 입가에도 미소가 떠올랐다. 선생님이 되겠다고 공부하는 사람들이다. 마침내 그 현장을 직접 경험하게 되었는데 설레지 않는다고 하면 거짓말일 것이다.

은혜는 사정이 좀 달랐지만.

은혜가 사범대를 택한 건 지극히도 현실적인 이유였다. 여자에겐 숨이 턱턱 막히는 영국 사회에 질려 지난 생에는 결국 남장을 하고 군의관으로 살아봤는데, 의사는 피를 싫어하는 그녀에겐 너무 힘든 직업이었다. 먹고살기도 괜찮았고 보람도 있었지만 해야할 공부도 너무 많았다. 게다가 그때는 그나마 몇 년만 고생하면 됐는데 이곳에서는 의사가 되기 위해 최소 10년을 공부해야 한다지 않은가? 가장 나빴던 것은 그때 익힌 의술의 대부분이 이제는 별로 쓸모없다는 부분이었다.

가능한 한 적은 노력과 노동으로 평안하고 안정적인 삶을 꿈꾸는 은혜는 의사를 즉시 포기했다. 그리고 그 다음으로 안정적으로 보이는 선생님을 직업으로 택했다.

무사 안전제일주의의 김은혜로서는 최상의 선택인 셈이었다. 적어도, 교생실습을 나가기 전날까지 그녀는 그렇게 생각하고 있었다.

넓은 운동장은 아이들로 가득 차 있었다. 제 딴에는 줄을 똑바로 선다고 선 것이겠지만, 한참 제멋대로인 아이들이 선 줄은 삐뚤빼뚤 꿈틀대는 지렁이가 따로 없다.

"새로 오신 교생선생님들 말씀을 잘 듣고…… 우리 학교의 얼굴에 먹칠하는 일이 없이…… 바르고 똑똑하게……."

은혜는 짧게 목을 가다듬었다.

끝도 없이 이어지는 교장선생님의 훈시는 학생 신분으로 단상 아래에 서 있을 때나, 교생 신분으로 단상 위에 서 있을 때나 똑같다. 교장선생님이 대머리라는 것도. 왜 모든 교장선생님은 대머리인 걸까?

"그럼 마지막으로 한 마디만 더……."

저놈의 끝나지 않는 마지막 한 마디도 똑같구나.

학생들도 같은 생각이었는지 줄의 끝에서 속없는 어떤 꼬맹이가 노골적으로 실망한 듯 '에에이.' 했다가 달려간 체육 선생님에게 호되게 쥐어박혔다.

마침내 기나긴 조회가 끝나고 개미떼처럼 사람들이 흩어지기 시작했을 때다. 닫혀 있던 학교 정문이 열리며 아이들이 교만한 수위, 일명 교수라고 부른다는 경비 아저씨가 달려 나와 90도 각도로 배꼽 인사를 했다. 운동장을 스쳐 전용주차장에 선 자동차는 짙은 은색의 인피티니M이었다.

"우와, 차 죽인다!"

은혜의 옆구리를 쿡 찌르며 진주가 속삭였지만, 얼마 전 SLS 로드스터를 본 은혜로서는 감흥이 덜했다. 좋은 차라는 것은 이견이 없지만. 그 SLS 로드스터는 잘 지내고 있을까? 그리고 그 SLS 로드스터의 차주는 잘 지내고 있을까?

아닌 듯 딴청을 하면서도 교생들의 눈이 모두 차에 가 박혀 있었다. 모두 저 자리가 이사 전용 주차장소라는 것을 알고 있었다.

지병 치료차 스위스를 오가는 재단 이사장의 외유가 길어지며 실질적으로 재단의 일을 맡아보고 있는 대행이 이사 직함을 달고 있는 아들이라는 것은 비밀이랄 것도 없는 이야기였다. 특히 그 아들이 34세의 독신자로 상당한 미남일 때는 비밀이 되려야 될 수가 없었다.

"이름이 임준혁이랬지? 이름도 장난 아니지 않냐? 완전 멋져. '이것이 엄친아다.'라는 느낌의 이름 아니야? 게다가 34세에 이사야. 와우! 이런 세상이 진짜 있다니!"

"응. 괜찮네요."

수선을 떠는 진주에게 담담하게 반응해주면서 은혜는 차에서 내리는 남자를 바라보았다. 이름이 멋진 것까지는 모르겠지만 키도 크고 몸도 관리가 잘 된 몸이다. 게다가 자신이 시선을 한 몸에 모으고 있다는 걸 알 텐데 꿈쩍도 않는 저 당당함. 흔한 자신감은 아니었다.

"저 정도면 나이차쯤은 극복할 수 있을 거 같지 않냐? 난 극복할 수 있을 거 같은데 넌 어때? ……너랑은 띠동갑인가?"

"전 극복, 이런 격한 노동을 싫어해서요. 언니 가지세요."

"진짜? 나 주는 거야?"

진주가 감동한 눈으로 두 손을 맞잡았다.

"이제 가서 '은혜가 널 나에게 줬으니 넌 나의 노예.' 하면 되는 거야?"

은혜가 킥킥 웃었다. 바늘로 찔러도 피 한 방울 안 나올 것 같은 저 남자에게 진주가 가서 설레발치는 모습이 너무나 잘 상상이 갔기 때문이다.

어느 집단이나 '첫인사'는 힘들다. 특히 이쪽이 소수고 다수의 혈기 넘치는 청소년들을 상대해야 할 때는 무엇보다 중요한 게 기선 제압이다.

담당 선생님과의 간단한 인사를 마치고 일단 소개부터 하자며 담당 반으로 들어갔을 때, 은혜는 귀가 머는 줄 알았다. 웬 목청들이 그리 큰지 은혜가 들어서자마자 '우워어어어어.' 하고 책상을 두드려대는 게 주식이 인디언 밥인가 싶을 정도다. 과연 혈기왕성한 중학생이다.

"이쪽은 김은혜, 영어 담당 선생님이다."

"우워어어어어어어어어어!"

다시 인디언 밥. 하지만 담임선생님은 이런 아이들의 소란에 익숙한지 눈 하나 꿈쩍하지 않고 자기 할 말을 이었다.

"너희들이 소원하던 여자 선생님으로 모셔왔으니까 말 안 듣고 괴롭히면 죽는다."

"뉘에에에에에에!"

"공부 안 하고 딴 짓 해도 죽는다."

"뉘에에에에에에!"

"이번에 우리 반이 꼴찌해도 죽는다."

"……."

애들이 다른 건 몰라도 진솔하긴 했다. 책임질 수 없는 대답은 하지 않는다는 게 마음에 들었다.

"안녕, 나는 김은혜야. Y여대 영어교육과고, 만나서 반갑다."

인사 나누라며 담임선생님이 물러선 후 본격적인 질문이 쏟아지기 시작했다.

"쌤, 쌤 애인 있어요?"

"없어."

"왜요? 대학생은 다 애인 있는 거 아니에요?"

"너네 초등학교 때는 꿈이 대통령이었던 애들 있지? 지금 꿈도 대통령이니?"

아이들이 슬프게 입을 다물었다. 애인을 만드는 것이 대통령이 되는 것과 맞먹는 레벨의 꿈이란 말인가.

"쌤, 쌤 다리 정말 예뻐요."

"응. 알아."

"쌤, 첫사랑 이야기 해줘요."

"너희가 말 잘 들으면."

"에이, 그러지 말고 해줘요. 그런데 쌤, 그 가슴에…… 뽕이에
요? 팔하고 다리는 가는데 어떻게 가슴만 그렇게 커요?"

질문한 꼬맹이는 중학생치고는 발육이 좋은데다가 턱에는 시
커멓게 수염까지 난 녀석이었다. 징그럽다는 감상이 먼저였지만
그보다는 괘씸했다. 녀석은 아무것도 모른다는 듯 청순하게 눈을
치켜뜨고 있었지만 어린 여교생을 당황시키고자 하는 시커먼 속
내가 은혜에게 보이지 않을 리가 없었다.

출석부를 모로 세워 교탁을 탁 치고 턱을 괸 은혜가 속에 칼을
감추고 빙그레 웃었다.

"첫사랑 얘기 해줄게."

"에에? 진짜요오?"

"응. 내 첫사랑은 중학교 때였는데 굉장히 잘생긴 남자애였어.
말도 잘하고, 공부도 잘했지."

"우와아아아! 키도 컸어요?"

"응. 키도 컸어. 되게 남자다운 애였어."

"어디까지 갔어요?"

"아무 데도 못 갔어."

"왜요?"

"그 자식이 선생님한테 가슴에 뽕 넣었냐고 물어봤다가 맞아
죽었거든."

교탁을 후려치는 쾅 소리와 함께 은혜가 싸늘하게 아이들을 훑어보았다.

"아직도 뽕인지 아닌지 궁금한 사람?"

야생동물은 본능적으로 자기들을 압도하는 강한 기를 가진 상대를 구분한다. 인간도 퇴화하긴 했지만 이기기 힘든 상대를 감지하는 능력은 남아 있었다. 삽시간에 교실 안은 쥐 죽은 듯 잠잠해졌다.

"1학년 1반부터 3반까지 초토화. 1학년 4반 극악의 대치 중. 2학년 3반 절망. 2학년 4반, 6반 울었음. 2학년 7반 분위기 침통."

교실을 한 바퀴 정탐하고 돌아온 발 빠른 체육 선생과 생물 선생의 보고에 삼삼오오 모여 앉은 교사들은 희희낙락 판돈을 건넸다.

교생실습 달 한정, 교사들의 작은 도락이었다.

선생님이지만 선생님이 아니라는 교생들의 미묘한 위치를 아이들은 기가 막히게 알았다. 외모가 좀 유해 보인다거나 기가 약한 선생들은 어찌 보면 어른보다 더 잔인한 아이들의 제물이 되기 일쑤, 특히 첫날은 우는 교생이 수도 없이 나오는 날이다.

선방했다고 하면 적당히 잘 달래서 좋은 관계를 형성하는 것 정도고, 한창 천방지축인 아이들을 제압하는 경우는 극히 드물다.

"이긴 교생은 올해도 하나가 없어?"

"하나 있어요. 2학년 1반."

"응?"

덩치가 좋았던 1학년 4반 교생에게 걸렸던 2학년 1반 담임인 수학선생이 눈물을 흘리며 만 원짜리를 꺼내다가 눈을 치켜떴다. 체구도 자그마하니 여리여리, 목소리도 조용하고 얌전해 보이는 인상이라 짓궂은 남학생들의 제물이 될 거라 생각했던 교생이었다. 그런데 선방도 아니고…… 이겼어?

"진짜?"

"네. 2학년 1반 애들 지금 선생님 있을 때보다 더 조용히 교생 말을 경청하고 있던데요?"

놀라서 서로 얼굴만 마주보던 선생들이 주섬주섬 몸을 일으켰다. 3년 만에 나온 승리의 교생을 구경 가려는 것이다.

"이야, 이거 인물이 하나 들어왔나 보네. 인상은 평범했는데."

"전설의 고수였나 봐. 고수들은 내공을 숨기잖아."

낄낄대며 교무실을 나서는 선생들의 얼굴에는 기대감이 가득했다.

버스 한 번, 전철 한 번…… 그다지 길진 않은 출근길이지만 만원버스나 만원전철이면 체감시간은 열 배로 늘어나는 법이다. 은혜는 괜스레 몸을 고생시키는 대신 이른 출근을 택한 참이다.

일어날 때는 좀 고되어도 아무도 없는 운동장을 혼자 가로지르는 기분은 그만이라 남는 시간에 읽으려고 가져온 교양과목 서적을 휘두르며 걷고 있는데 뒤에서 차 소리가 들렸다. 돌아보니 첫

날 사람들의 이목을 끌었던 은빛 인피니티가 정문으로 들어오고 있었다.

이사장 대리가 교생들뿐 아니라 여선생들의 아이돌이라는 것을 깨닫기까지는 오랜 시간이 필요하지 않았다. 신데렐라를 꿈꾸는 여자들이 바라는 이상적인 남편상. 아이돌이라고 하면 웃기지만, 우상이 될 만한 스펙에 인물이긴 했다.

멀지도 가깝지도 않은 어정쩡한 거리였다. 하지만 넓은 운동장에 홀로 서 있는 은혜를 상대가 발견하지 못했을 리도 없는지라 인사를 해야 하나 걸음을 빨리 해 도망가야 하나 고민하는 사이, 차를 세운 남자가 내려서 은혜를 바라보았다.

시선이 마주치는 순간 텅 빈 운동장을 조금씩 더워지고 있는 바람이 가르고 지나갔다. 오싹 하고 알 수 없는 전율이 등을 내달렸다.

"안녕하세요."

은혜는 도망가는 걸 포기하고 그녀 쪽으로 걸어오는 남자를 향해 인사를 했다.

"출근이 이르군요."

남자의 목소리는 어딘지 날카롭게 느껴지는 중저음이었다. 묵직하게 울리는 것이 그냥 좋은 목소리라고도 할 수 있을 듯하다. 선이 굵은 남자의 얼굴과 무척 잘 어울리는 목소리…… 그러나 어째서일까? 지독한 거부감이 은혜의 안에서 끓어올랐다. 뭔가 아주 싫은 것이 달라붙은 것처럼, 좋았던 아침의 기분이 싸그리 사라져버렸다.

뭘까?

알 수 없는 불쾌감에 당혹해하며 서 있는 사이 거리를 좁힌 남자가 은혜가 안고 있는 책을 굽어보았다.

"아즈텍…… 이라. 특이한 책을 읽는군요."

"아."

그제야 자기가 방패라도 되는 것처럼 책을 끌어안고 있다는 사실을 깨달은 은혜가 긴장을 풀었다.

"교양필수 때문에요. 교생실습 때문에 한 달 빠지는 대신 리포트를 제출해야 하거든요."

"4학년인데 아직 교양을?"

부전공에 교직까지. 은혜의 4학년은 녹록지 않다. 제때 졸업을 하려면 빡빡하게 수업을 채워 들어야 했다. 이런 것까지 설명해야 하나 싶었지만 상대는 최소한 이 공간에선 하늘과 동격인 이사장 대리였다.

"부전공을 하거든요. 전공필수 과목들이 많다 보니 교양 학점이 모자라서요."

"아하."

알겠다는 듯이 준혁이 고개를 끄덕였다.

"대학교 때 생각이 나네요. 완전히 잊어버린 줄 알았는데 이야기를 들으니까 그때 배웠던 게 떠오르기도 하는군요. 나도 아즈텍 문명과 관련된 교양을 들었었죠."

어느새 두 사람은 나란히 걷고 있었다.

"16세기 세계 최대 도시 중의 하나였던 곳이 이제는 흔적으로만 남아 있다는 걸 생각하면 좀 그렇죠. 테노치티틀란[1]에 수도 시설까지 되어 있었다는 거 알아요?"

의외로 수다스러운 사람이라고 은혜는 생각했다. 처음 느꼈던 불편함은 이제 온데간데없이 사라져 있었다. 얼음을 품은 것 같은 싸늘한 인상과는 다른, 의외의 붙임성 때문인지도 모른다.

"그렇다더군요."

"하지만 당시의 문화 중 가장 인상 깊은 것은 역시 종교죠. 존재했던 종교 중 가장 잔인하고 피비린내가 나는 종교라고 할 수 있을 테니까."

은혜는 얼굴을 찡그렸다. 아즈텍의 인신공양 장면이 머릿속에 생생하게 떠오른 탓이었다. 소리를 지르며 도망갈 정도는 아니지만, 은혜는 피가 싫었다. 선택권이 적었던 지난 생은 어쩔 수 없었지만 이번 생에 익숙한 의사의 길을 가지 않고 사범대를 택한 것에는 그 이유도 사실 컸다.

은혜가 모든 전생을 다 또렷이 기억하고 있는 것은 아니다.

한 생을 살면서도 4세 때의 기억, 8세 때의 기억이 완벽하지 않듯 여러 생의 기억도 마찬가지다. 어떤 생은 살았다는 것만 기억나고 세부 사항은 하나도 떠오르지 않는 생도 있고, 입었던 옷의

---

1) Tenochtitlán, 아즈텍 제국의 수도.

감촉, 피부에 와 닿던 바람의 느낌까지 생생한 생도 있다.

하지만 결론적으로 말하자면, 좋아하는 것보다는 싫어하는 것이 점점 더 많아진다. 좋은 것보다 싫은 게 더 영향력도 크고 오래가기 때문인지도 모른다. 아무리 노력해도 살면서 단 한 번도 험한 경험을 하지 않는 건 쉬운 일이 아니었다. 한 생 정도는 가능할지 몰라도 생이 반복되고 반복되면서 단 한 번도 깨끗하지 않기란 건는 걸음마다 똥을 밟는 것만큼이나 힘든 거니까.

다행히 시간이 충분히 흐르면 '사건'은 잊어버리고 '감상'만 남는 게 대부분이다. 만약 신이 존재한다면 그가 인간에게 준 최고의 축복은 망각일 거다. 그런데…… 왜 이런 생각을 하고 있지?

어째서인지 다른 생각으로 빠져들었던 은혜는 자신을 유심히 바라보고 있는 준혁의 시선을 의식하고 퍼뜩 대답했다.

"태양은 인간의 피를 양식으로 한다…… 인가요?"

"……공부한 티가 나네요."

한 템포 늦은 은혜의 대답에 한 템포 늦게 반응하며 준혁이 미소 지었다.

"아직이에요. 책을 다 읽은 건 아니라서."

"그럼 책을 다 읽고 대화의 시간을 가질 수 있으면 좋겠네요."

빈말인지 아닌지 모호한 소리였다. 은혜는 당최 왜 그녀가 이사장 대리와 대화의 시간 같은 걸 가져야 하는지 알 수 없었지만 딱 잘라 끊기에는 불편한 대상이었으므로 애매하게 미소만 흘렸다.

"그럼 전 먼저 가보겠습니다."

교생실과 이사장실로 나뉘는 갈림길에서 은혜가 예의 바르게 인사했다. 그 위로 의미심장한 준혁의 시선이 떨어졌다.

이사장실에 가방을 올려놓은 준혁은 그의 취향은 아닌 커다랗고 푹신한 의자에 몸을 묻었다. 방금, 그답지 않게 수다스러웠다. 왜 그랬을까? 한때 흥미를 갖고 있던 주제에 관한 책을 들고 있는 여자에 대한 호기심이었을까? 아니면 그 여자에 대한 호기심이었을까?

운동장 한가운데 서 있는 여자를 보았을 때, 그는 외면하고 지나칠 수도 있었다. 하지만 어째서인지 그러지 않았다. 그럴 수 없었다.

지금 이 시점에서 확실한 건 여자를 본 순간 이상하게 눈길이 갔다는 거다. 예쁘장하니 보기 싫은 외모는 아니지만 말이 날 만한 일은 절대 하지 않는다는 원칙을 깨고 스스로 다가가게 할 정도로 눈부시게 매력적이진 않았다. 배경이 막강하다 보니 스폰서를 노리고 몸을 던지는 정말 예쁜 애들도 심심찮게 있었고, 비슷한 집안에다 미모까지 겸비한 여자들도 많이 만나봤다. 하지만 그는 집안의 돈줄을 틀어쥐고 있는 외증조모의 구미에 맞는 여자와 결혼할 생각이었다. 어차피 여자란 점수를 매길 수 있는 존재일 뿐이지 마음을 주는 존재가 아니었다.

그런데 방금은 뭐였을까?

"대화를 하자고?"

하, 하고 준혁은 스스로가 한 말을 비웃었다. 그 무슨 말도 안 되는 여지를 두는 말이냔 말이다.

　늘 명확한 자신답지 않게 모호한 감정에 준혁은 턱을 쓸었다.

　어쩐지 인상에 남는 여자였다. 별로 특색 있게 생긴 얼굴은 아닌데, 당돌하고 거리감이 느껴지는 눈이…… 어딘지 먼 듯 익숙하다.

0 3

5월은 교생실습의 달이기도 하지만 상당수 학교에선 축제의 달이기도 하다. 많은 것을 경험해본다는 측면에서는 현명한 배정이지만 교사와 학생들 사이에서 치이며 눈 돌아가게 힘든 교생들에겐 전혀 감사하지 않은 행사다. 분명히 예전에 한 번 지나간 길인데 다른 입장으로 겪는 일들은 왜 이렇게 낯설까?

은혜는 아무렇지도 않게 지나갔던 수많은 행사들에 숨어 있던 선생님들의 노고를 떠올리며 마음속으로 성호를 그었다.

물론 모두가 이 바쁜 상황에 동참하고 있는 것은 아니다. 머리 끝부터 발끝까지 봄의 향기가 물씬 풍기는 꽃단장을 하고 온 진주는 오늘 하루 종일 정신이 딴 데 팔려 있었다.

그 수도 없이 많은 아는 오빠 중 하나가 소개팅을 해준다는 거다. 뭐도 끝내주고 뭐도 끝내주고 뭐도 끝내주는 남자라며 한참 자랑했는데, 절반도 생각 안 난다. 확실한 건 끝내주는 남자고, 진주는 잔뜩 기대에 부풀어 있다.

하지만 운명의 여신은 심술궂다.

은혜가 한참 교생실에서 수업에 필요한 교재를 연구하고 있는데 문이 열리더니 진주가 들어왔다.

"어흥, 나 어떡해."

콧소리를 진하게 내며 울상을 하고 다가온 진주는 장화 신은 고양이의 눈을 하고 그녀를 쳐다봤다.

"왜요? 무슨 일 있어요?"

"나 담당 쌤이 임신했었잖아. 담달에 출산이라더니 갑자기 진통이 와가지고…… 지금 병원 가셨어."

"걱정 돼서 그래요?"

꼬장꼬장한 시어머니 과인 담당 선생님까지 이렇게 절절하게 챙기는 건 아무리 남의 대소사 참견과 오지랖이 특기인 진주라도 좀 어울리지 않는 반응이었다. 의아함에 은혜는 읽던 책을 놓고 고개를 들었다.

눈이 마주치는 순간 알았다. 걱정도 걱정이지만 다른 일이 있다는 걸. 그 다른 일을 짐작하는 건 별로 어렵지 않았다. 진주의 담당 선생님은 합창반 지도 교사로 오늘 저녁에 합창 연습이 있을 예정이다.

"으떠케 해. 나한테 맡기고 가셨엉."

어지간히 속상한지 콧소리가 갈수록 진해져 말을 입으로 하는 건지 코로 하는 건지 알 수 없을 지경이다.

"뭐 좋은 경험이겠네요."

"그뤵. 나도 그렇게 생각행. 근데 내 소개팅은 어떻게 훵?"

"전화해서 미뤄요. 당일에 약속 미루는 거 좀 별로지만, 그래도 어떻게 해요? 진짜 갑자기 일이 생겼는데."

"전화 해봤지잉. ……그런데 안 받아."

"문자 남겨요."

"야! 약속 미루는 것도 미안한데 어떻게 문자만 덜렁 보내? 그랬다가 어긋나서 그 남자 약속장소에 나가 있으면……."

그건 그랬다. 처음 보는 사이에 당일에 약속을 미루는 것만으로도 충분히 무례한데, 문자 하나 덜렁은 심하다. 하지만 그렇다고 해서 지금 방법이 있을 리가…….

등줄기를 스치는 불길한 오한에 은혜가 얼굴을 찡그렸다.

"설마?"

"그래. 그 설마야. 대신 좀 나가주라. 청담 레니 있지? 거기서 하기로 했거든. 이름은 '박교현'이야."

"싫어요. 내가 왜?"

"난 선배고 넌 후배야."

엄하게 말했던 진주가 다음 순간 자세를 바짝 낮춰 싹싹 빌기 시작했다.

"제에발! 한 번만 선배 대접 해줘라. 내가 항상 너 내 말 귓등으로도 안 듣고 개인 플레이 하는 것도 다 봐주잖아. 응? 제발. 응? 제바아아아아아알!"

은혜가 한숨을 내쉬었다. 이렇게 나오는데 방법이 있을 리가 없다.

한 주의 장이 끝난 금요일, 가뿐한 마음으로 출퇴근용으로 사용하는 겸손하고 점잖은 국산 중형차를 집에 갖다놓고 애마 SLS 로드스터를 끌고 나온 진호가 막 피트니스 클럽의 주차장에 차를 세웠을 때다. 휴대전화가 울려 운동 후 만나기로 한 스포츠카 동호회 사람들인 줄 알았는데 회사 번호였다.

월요일부터 금요일, 빡세게 온몸을 불살라 회사에 충성하는 대신 금요일 장이 마감하는 순간 회사의 ㅎ자도 머리에 남겨두고 싶지 않은 진호다. 짧은 고민이 있었으나 결국 통화 버튼을 누르고만 것은 혹여나 행여나 있을지도 모르는 어떤 사태⑦에 대비해서였다.

- 선배! 어디예요?

목소리를 듣는 순간 괜히 받았다 싶어졌다. 학교 후배이자 자신의 부사수이기도 한 교현이었다. 모터쇼에 쫓아올 정도로 일에 열혈인 놈이라 예뻐하고 있긴 하지만 바로 그 열정 때문에 도망가고 싶은 놈이다. 또 무슨 일로 귀찮게 굴 예정일까?

"나 피트니스인데. 무슨 일 있어?"

- 선배! 나 좀 살려줘요.

"싫어."

다짜고짜 죽는 소리에 진호는 차갑게 잘랐다. 뭔지 몰라도 정말 죽을 사람은 살려달라고 할 시간도 없다는 게 진호의 지론이다.

- 정말 너무 냉정한 거 아니에요! 이렇게 죽는 소리를 하면 이유라도 물어야지!

"이유를 물으면 살려줘야 하잖아."

- 선배!

애절한 음성에 마음이 살짝 약해졌다.

"……뭔 일인데?"

잠시 망설이다 천천히 피트니스 쪽으로 움직이며 진호가 물었다. 뭔 일이든 간에 오늘은 약속 있다고 거절할 생각이었다. 실제로 운동 후에는 약속이 있기도 하고.

- 제가 갑자기 인턴들 교육이 하나 걸려서요. 강사가 펑크 냈다고 대타 뛰래요. 그런데 오늘 약속이 있었단 말이에요.

"취소라는 단어를 모르냐?"

- 좀 차분히 들어봐요. 그런데 아까 화장실에 갔다가 휴대전화를 퐁당…….

최신형으로 바꿨다고 방방 뜨며 자랑한 게 한 달도 안 된 것 같은데. 속 좀 상하겠군.

피트니스로 올라가는 엘리베이터의 버튼을 누른 채 진호는 눈을 가늘게 떴다.

"오늘 약속이 뭔데?"

- 소개팅이요.

"주선자한테 연락해서 취소해."

- 주선자 번호도 모르죠. 내가 외우는 번호가 어디 있어요? 우리

엄마 번호도 못 외우는데!

자랑이다, 하고 진호가 끄응 신음소리를 내뱉었다.

"왜 하필 나야?"

- 대타라도 아무나 내보낼 순 없죠. 자존심이 있지. 인물 되지, 능력 되지, 금요일이면 애마로 바꿔 타고 프린스 차밍으로 변신하는 우리 선배 정도는 되어야! 내 급에 맞죠.

"네 급?"

- ……보다 높은 급이요.

느리게 내려온 엘리베이터가 쨍 하고 차임벨 소리를 내며 열렸지만 타는 대신 진호는 돌아섰다. 차문을 열면서 진호는 거래 조율의 포문을 열었다.

"대가를 말해봐."

- 여자애 진짜 괜찮댔는데. 예쁘댔어요. Y여대 다니고 집안도 좋아요. 아버지는 K대 경영학과 교수고 오빠가 셋인데 큰오빠는 판사에다…….

"나 지금 피트니스 올라가는 엘리베이터 아직 안 탔는데 10초 내로 대가가 정해지지 않으면 엘리베이터를 탈 예정이야."

- 잔인해! 그럼 선배는 제가 약속도 못 지키는 무뢰배가 되어도 좋다는 거예요?

"그걸 꼭 내가 해결해주고 싶지는 않다는 거지. 나 지금 엘리베이터 버튼 도로 눌렀다."

차에 올라타 놓고 진호가 블러핑을 쳤다.

- 거하게 밥 한 번, 술 한 번!

다급해진 교현이 급하게 딜을 걸어본다. 하지만 아직 멀었다.

밥 한 번에서 시작해야지, 처음부터 크게 쓰긴. 너 오늘 잘 걸렸다.

"플러스 보고서 초안 30번."

- 악마!

"엘리베이터가 내려오고 있어."

- 5번.

"20번."

- 10번! 더는 안 돼! 더는 안 돼! 진짜 선배! 잔인해! 악마!

차에 시동을 걸며 진호가 가볍게 웃었다.

"어디에 몇 시야?"

- 레니 8시요. 내 이름으로 예약해놨어요. 늦지 않게 가서 매너 좋다는 소리 듣기!

짧게 브리핑 받은 소개팅녀의 스펙은 전혀 진호의 취향이 아니었다. 자기와 비슷한 나이대의 커리어 우먼을 선호하는 진호에게 대학교 4학년은 재미없는 상대다. 재수를 한데다 어학연수까지 다녀와서 나이는 좀 있다고 해봤자 거기서 거기. 경험의 차이는 쫄깃함의 차이다.

대다수 남자들이 어리고 예쁜 여자를 좋아한다지만 진호는 예외다. 예쁜 여자야 물론 좋은데, 사실 정말로는 예쁜 여자보다 매력적인 여자가 좋다. 그냥 척 봐도 엑스레이 사진 보는 것처럼 견적이 나오는 여자는 재미없다. 알 듯 말 듯, 그와 대등하게 맞부딪쳐오지 않는 여자를 도대체 뭔 재미로 만난단 말이냐?

뭐 오늘 만날 아이가 진호에게 반할 것은 99.99퍼센트 확실한 이야기니 밥이나 사주고 아기 달래듯 놀아준 다음 일찍 헤어지고 동호회 사람들과 합류해야겠다는 것이 그의 계획이었다.

8시 정각에 도착한 레니에서 안내된 자리에 다소곳이 앉아 있는, 기억에 있는 얼굴을 만나기 전엔 말이다.

"이야, 설마…… 그쪽이 오늘 소개팅 상대?"

불타는 금요일을 즐기려는 사람들이 잔뜩 흥분해서 떠들어대는 사이에 홀로 표표히 앉아 어두운 조명 아래 책을 보고 있던 은혜가 진호의 목소리에 고개를 들었다. 그리고 미간을 살짝 찡그렸다.

"……박교현 씨?"

진호의 기분이 팍 상해버렸다. 기억을 못 해? 장동건 급의 외모는 아닐지 몰라도 원빈은 된다고 생각하는 진호다. 장동건이 위냐 원빈이 위냐 하는 논란은 여기서 접어두자. 느낌이 그렇다는 거니까.

"농담이지?"

의자를 빼서 앉으며 진호는 믿어지지 않는다는 듯이 물어봤다.

"뭐가요? 전 박교현 씨를 기다리고 있는데요."

이럴 수가! 이럴 수가! 진짜 기억 못 하나 봐!

손을 뻗은 진호는 은혜의 앞에 놓여 있던 물잔을 집어 벌컥벌컥 들이켰다. 오랜만에 느끼는 승부욕이다. 어떻게 이런 일이 있을 수가 있단 말인가!

"우리 화성 모터쇼에서 한번 봤었잖아. 그리고 그날 밤에 스완레이크에서 또 보고! 내가 집에 데려다주기까지 했는데!"

은혜가 진호를 빤히 바라봤다.

슬금슬금 기억이 나기 시작했다. 오랜만에 '괜찮다'는 단어를 붙여줄 만하다고 생각했었던 매너남. 하지만 그 정도였을 뿐. 털어내고 또 털어내도 여전히 넘쳐나는 기억 때문에 버거운 그녀다. 스쳐가는 사람까지 담아두는 건 전혀 은혜의 체질이 아니었다. 때문에 그날 밤 이후 그는 은혜의 뇌에서 거의 말끔하게 포맷이 되어 있었다. 그와 얽혀 유일하게 남은 강렬한 인상은 하나.

"……아!"

은혜의 반응은 진호의 속을 뒤집어놓았다. '……아!'다. '아!'도 아니고 '……아!'.

"성함이 박교현 씨였어요?"

"내가 같은 김 씨라고 농담도 했는데!"

"……아!"

진호는 이제 '……아!'가 싫어질 것 같았다.

"정말 생각 안 나?"

"나요."

은혜가 생긋 웃었다.

"벤츠 SLS AMG 로드스터 X러 3276 차주시잖아요."

지금 진호는 이름도, 얼굴도 기억 못 하면서 차는 번호판까지 기억하는 건가?

너무 어이가 없다 보니 뭐라 반응할 수도 없어 멍하니 있는데 서버가 다가와 메뉴판을 내밀었다.

"그럼 서로 대타인가 본데……."

메뉴판을 받은 진호가 두툼한 표지를 넘기는데 은혜가 염장을 질렀다.

"그냥 각자 갈 길 갈까요?"

허! 애가 정말…….

은혜를 빤히 쳐다보던 진호가 다시 메뉴판으로 시선을 내렸다. 그리고는 파스타를 시키고 메뉴판을 은혜에게 내밀었다.

"전 배 안 고픈데요."

"그래도 남의 영업하는 가게에서 그러는 거 아니야. 시켜."

퉁명스러운 진호의 말에 잠깐 입을 삐쭉였던 은혜가 마지못해 리조토 종류를 하나 주문했다. 작은 승리에 소심하게 기뻐하며 진호가 서버에게 다시 한 번 메뉴를 주지시켰다. 그러면서 슬쩍 분위기를 부드럽게 할 윤활유, 와인을 끼워 넣었다.

"저 와인 안 마실 건데요."

어김없이 태클이 날아왔다.

"나도 반잔만 할 거야. 차 가지고 왔으니까."

"반잔은 술 아니에요?"

"반잔은 우리가 밥 먹고 이야기하고 나면 깰 술이야."

은혜는 진호를 빤히 쳐다보았다.

알 만하다. 실수했다. 이런 잘난 타입들은 자존심이 상하면 절대로 물러나지 않는데, 방금 은혜의 언행이 자존심을 건드린 모양이었다. 잔뜩 약이 올랐으니 어떻게든 자존심을 회복하지 않으면 그녀를 놔주지 않을 거다.

하지만 어쩔 수 없었다. 얼굴을 보는 순간 눈에 익다 싶긴 했는데 죽여주는 카페의 조명 때문에 그놈이 그놈처럼 보였고 또…… 솔직히 이름은 기억 못 했다.

하지만 늘씬하게 아름다웠던 그 차는…… 오늘도 그 차를 끌고 왔을까?

"그 예쁜 차를 음주 상태로 운전한다는 건 죄악이에요."

"차에 관심이 많네. 보통은 그런 차를 살 수 있는 남자에 관심이 많던데."

"난 차를 인류가 발명한 최고의 발명품이라고 생각하는 사람이거든요."

이번 생에서 아쉬움이라면 벤츠니, BMW니 하는 명차들을 모터쇼에 가서나 만져볼 수 있다는 것 정도다. 앞으로도 수십 억 하는 스포츠 명차들을 살 수 있을 기회가 올지는 아직 모르겠지만, 현재로서는 학생인 은혜 사정에 아버지의 중형차도 감지덕지다.

국산 중형차로 할 수 있는 모든 묘기는 면허증을 딴 해에 이미

다 섭렵해본 은혜였다. 운전 실력은 아버지도 인정해서 언니나 어머니에겐 절대 넘겨주지 않는 자동차 열쇠를 은혜에게만은 공유하셨더랬다. 하지만 부모님이 발령을 받아 경주로 내려가신 뒤로는 그나마도 없어 차에 대한 갈증은 더 커져 있었다.

그 스피드감.

타인에 비해 월등히 많은 경험으로 이제 인간사에 관한 한 더 이상 그 무엇도 새롭게 느껴지지 않고 신선하게 여겨지지 않는 은혜에게도 그 스피드감만은 짜릿했다. 특히 좋은 차일수록 바닥으로 착 가라앉으며 힘을 받는 감각이 오르가슴 따위는 저리 가라다.

오르가슴에 대해 잠깐 이야기하자면, 이번 생에서는 아직 경험이 없지만 전생 중 한 번은 신을 모신단 명목으로 존재하는 거의 모든 기교를 익혔던 창녀이기도 했으니 최고의 전문가라고 해도 무방한 그녀다. 그런 그녀가 하는 말이니 믿어도 좋다. 제대로 달리는 차는 오르가슴보다 낫다.

"운전면허 있어?"

클럽에 갔던 날 보았던 진호의 차를 떠올리며 황홀경을 헤매고 있는데 진호가 손가락을 딱 소리가 나게 튕기며 주의를 환기시켰다.

"있어요."

"그럼 이따가 네가 몰아볼래?"

은혜의 눈이 반짝이는 것을 본 진호는 신의 한수다, 라고 흡족하게 웃었다.

초반엔 당황해서 살짝 실수하긴 했지만, 장 분석 이상으로 여자 분석을 잘한다는 김진호다. 그는 김은혜라는 여자는 '비싼 차'를 좋아하는 게 아니라 '성능이 좋은 차'를 좋아한다는 걸 알 수 있었다. 어지간한 열정이 아니면 그 교통 불편한 곳까지 친구도 없이 혼자 찾아올 리가 없었다.

성능 하면 그의 애마. 영국에서부터 주문 넣어서 한국에 들어오자마자 딱 바로 맞춰 받느라 힘들었던, 사자마자 길들인다고 야밤에 경부고속도로를 정신없이 질주하는 바람에 과속 딱지만 십여 개가 날아왔던 바로 그 차 아닌가?

돈을 좋아하는 여자에게는 돈을 흔들고, 가방을 좋아하는 여자에게는 가방을 흔들며, 차를 좋아하는 여자에게는 차 키를 쥐여주는 거다.

"그러면 오빠 마음 놓고 와인 마셔도 되겠구나."

진호가 레니에 들어서고 난 후 처음으로 그를 바라보는 은혜의 표정이 호의적인 색을 띠었다. 한참 동안 진호를 쳐다보고 있는 그녀의 눈에는 이전에는 없던 관심이 어려 있었다. 그러더니 더할 나위 없이 심각한 목소리로 이렇게 물었다.

"이름이 뭐라고 했죠?"

"꺄아아아아아아아아아!"

뚜껑을 연 채 한밤의 자유로를 달리는 것은 언제나 짜릿했다.

하지만 그보다 더 짜릿한 것은 새침함을 넘어 아예 얼음벽을 세운 것 같던 은혜가 정신없이 소리를 지르는 걸 구경하는 일이었다.

액셀러레이터를 밟아대는 솜씨가 보통이 아니다. 처음에는 좀 어색한 듯 서툴더니 지금은 거의 차와 일체가 된 것 같다. 이렇게 운전 잘하는 여자는 처음이다. 지금 기분이 좋은 게 차주 때문이 아니라 차 때문이라는 것만 빼면 완벽한 상황이다.

"뭔 여자가 이렇게 겁이 없어? 속도 좀 줄여!"

"안 들려요!"

총알처럼 달리는 그의 차 뒤로 차들이 밀려밀려 뒷걸음질을 쳤다. 속도계는 얼핏 봐도 200km/h를 간단히 넘긴 상황. 계기판은 360km/h까지 있지만 우리나라에서는 최고속도를 317km/h로 제한을 두었다는 말만 들었지 시험해본 적은 없고 시험해보고 싶은 생각도 없었는데 잘못하다가는 오늘 최고 속도를 시험하겠다 싶다.

"카브리올레랑 드롭헤드는 같은 거지 무슨 소리예요?"

"프랑스에서는 카브리올레, 영국에서는 드롭헤드라고 부르지만 실제로 조금 다르다니까?"

"뭐가 다른데요?"

"아니, 그러니까 오픈 카 자체가 세단이나 쿠페로 개발된 차를 뚜껑을 잘라내고 소프트 톱을 붙이는 건데 그걸 영국에서는 카브리올레라고 해서 2륜마차의 포장을 연상케 하는 데서 발달한 거고……."

"같네. 똑같네. 완전 똑같네."

여자애와 이런 식의 대화가 가능할 거라고는 생각도 못 해봤다. 대개는 차에 대해 좀 안다 싶은 애들도 타르가톱이 포르쉐에서 처음 사용한 A필러를 그대로 둔 채 지붕을 떼어낼 수 있는 차라는 걸 설명해주면 깜빡 죽는데 은혜는 그게 나중에 선루프로 변형된 거 아니냐고 첨삭까지 했다.

아, 요거 매력적인데.

묘하게 경쟁심을 자극하는 애라고 진호는 생각했다. 그 경쟁대상이 차라는 건 좋은 거 같기도 하고 나쁜 거 같기도 하지만, 확실히 재미있다.

"너 진짜 스물두 살인 거 맞아?"

"그럼 가짜겠어요?"

편의점에서 산 캔커피를 쭉 들이켜며 은혜가 내뱉었다. 그녀는 차에서 잠시도 내리고 싶지 않은지 임진각까지 갔다가 돌아오는 동안 화장실도 안 갔다.

"내 신념을 바꿔야겠는데."

진호가 중얼거렸다.

"무슨 신념을 바꿔요?"

"난 사람은 모두 나잇값을 하게 되어 있다고 생각했거든. 어리면 어린 티가 난다고. 그런데 넌 좀…… 다르네."

잠깐 진호를 쳐다봤던 은혜가 한 모금 남은 캔커피를 입 안에 털어 넣었다.

"넌 좀 다르고 특별하다고 하는 거 바람둥이들의 작업 멘트라고 할 때는 설마 그렇게 뻔한 짓을 할까 싶었는데 진짜 하네요."

"아니야!"

발끈해서 진호가 인상을 썼다.

"난 원래 어린애는 싫어하지만 특별히 너와는 놀아주겠다는 뜻이란 말이야."

"그거나 그거나. 난 괜찮으니까 신념을 바꾸지 말고 굳건히 지키세요."

은혜가 피식 웃고 차를 출발시켰다. 덕분에 캔커피를 마시던 진호는 거의 커피를 뿜을 뻔했다.

"조심해요! 차에 흘리면 어쩌려고!"

은혜의 일갈에 누구 차인지 모르겠다고 투덜대던 진호는 고개를 갸우뚱했다.

뭐 반쯤은 작업 멘트였던 것도 사실인데, 진심도 있었다. 어린애들은 유리알처럼 빤해서 재미없는데 은혜는 도무지 무슨 생각을 하는지 알 수가 없고 꼭 연상 같다. 말도 안 되지만 여덟 살이나 어린 애를 마음대로 할 수가 없다.

"은혜야."

"예."

시티은행이 저만치 보이자 아쉬워 입맛을 다시며 은혜는 대강 대답했다. 마음 같아서는 레종데르트까지 데려다주고 걸어오고 싶은데 제 딴에 남자라고 죽어도 안 된단다. 은혜를 진심으로 위한다면 10분이라도 더 운전하게 해주는 게 도와주는 건데.

"우리 이 정도면 운명인 것 같지 않냐?"

"않은데요."

"뭐?"

"않냐고 물어봤잖아요. 아닌 거 같다고요."

허허, 하고 가볍게 웃은 진호가 차근차근 설명하기 시작했다.

"봐봐. 서울 인구가 천만이 넘어. 그 천만 명이 한 번이라도 스칠 확률이 도대체 얼마나 될 것 같니? 그런데 우린 사람들이 있는지도 잘 모르는 모터쇼에서 만났지, 같은 날 저녁에 바글바글한 클럽에서 만났지, 서로 소개팅 한 것도 아니고 둘 다 대타로 나와서 이렇게 또 만났잖아. 그런 말도 있지 않나, 한 번은 우연, 두 번은 인연, 세 번은 운명이라고. 우린 반드시 만났어야 하는 운명이자 필연인 거야."

운명이란 단어에 피식 웃으며 은혜가 차에서 내렸다.

"조심해서 들어가세요."

"오빠 한 번 믿고 만나보지 않을래?"

은혜가 생긋 웃었다.

"미안한데, 난 '오빠'라는 단어를 1인칭으로 쓰는 사람을 별로 안 좋아해서요. 오늘 즐거웠어요."

가벼운 마음으로 돌아서는 은혜의 뒤통수에 대고 진호가 외쳤다.

"안 그러면 되잖아. 그럼 이제 오빠……, 아니 나랑 만나는 거다? 응?"

"소개팅 어땠니? 쾡한 게 너 밤까지 달린 모양이다? 그렇게 괜찮았어?"

이럴 줄 알았다. 은혜가 보이지 않게 입술을 비쭉였다.

한밤까지 달린 여운이 만만치 않아 지옥같은 토요일 아침을 보내고 있는데 전화해서 합창반을 어떻게 해야 되는지 모르겠다는 둥 우는 소리를 해 결국 토요일에도 출근하게 만들더니, 결국 이게 궁금했던 거다.

"대타였어요."

그래도 최악이었던 영국의 노동상황을 돌이켜보면 토요일에는 쉰다는 사실 자체가 경의라며 애써 마음을 다잡은 은혜가 퉁하게 대답했다.

"응?"

"그쪽도 사정이 생겨서 대타가 나왔대. 주선자한테 연락해서 다시 약속 잡고 만나면 될 것 같아요."

"뭐야? 그럼 대타끼리 만난 거야? 대타는 어땠니?"

"음…….'"

잠깐 고민하던 은혜는 솔직히 말하기로 결정했다. 어차피 돌아 돌아 아는 사이라면 진주의 귀에 들어가는 건 시간문제다.

"그때 우리 스완레이크에 가서 만났던 사람 있잖아요?"

"스완레이크? 누구? 나 그때 취해서."

"나 일찍 빠질 때 같이 빠진 사람. 사실 그때 그 사람이 나 데려다줬거든요."

진주가 펄쩍 뛰어올랐다.

"뭐야, 이 기집애! 나한테 말도 안 하고! 그럼 그때 썸씽 있었던 건 너뿐인 거야?"

"썸씽은 무슨. 집에 데려다주고 끝이었어요. 다시 만날 거 아니라서 얘기 안 했는데…… 대타가 그 사람이더라고요. 둘 다 좀 황당하고 어이없고 그랬어요. 뭐 다시 만날 건 아니지만."

"왜? 왜 안 만나?"

눈을 동그랗게 뜨면서 진주가 은혜의 손을 덥석 잡는다.

또 시작인가 보다. 소녀 감성의 주진주는 우연이 겹치면 필연이라고 믿는다. 타로며 사주카페에 돈을 어찌나 쏟아 붓는지 그 돈을 자기한테 주면 비슷한 이야기를 매번 들려주겠노라고 하고 싶을 정도였다.

"운명이잖아!"

"운명은 무슨……."

"야, 그게 흔한 일이야? 이 넓은 서울 바닥에서 어떻게 그렇게 만나? 세상에! 진짜 인연인가 봐!"

은혜는 그냥 말없이 웃었다.

운명이라는 단어가 얼마나 질기고 지독한지 안다면, 아마도 사람들은 운명을 이렇게 로맨틱하게 받아들이지 않을 거다.

몇 번의 생을 반복하면서도 이해할 수 없는 일들, 운명이란 과연 있는 걸까?

있다면…… 왜, 그런 게 있어야 하는 걸까?

0 4

분명히 커피 마시면서 휴대전화에 전화번호를 꼭꼭 찍어줬건만, 문자는 오지 않았다.

진호는 울리지 않는 휴대전화를 가만히 노려보다가 에이, 하고 머리를 헝클었다.

한 주가 다 가도록 이럴 정도라면 얘는 튕기느라 낑낑대며 진호의 전화를 기다리는 게 아니라 진짜 진호에게 관심이 없는 거다. 하지만 어떻게 이런 일이 있을 수가 있지? 가는 뒤통수에 대고 그렇게 애절하게 불렀는데도 이렇게 나온다 이거지?

오는 여자 막은 적은 많지만 가는 여자 잡은 적 없는 김진호다. 사실 가는 여자가 처음이라 이런 경험이 없다. 자타공인 킹카에 여자심리에 도통했다고 자부하는 김진호인데 이런 예상치 못한 상황이라니. 왜 재벌 3세들이 '너 같은 여자는 처음이야.' 이러고 쫓아다니는지 알 것 같았다. 미치게 신경 쓰인다.

입을 꾹 다문 채 팔짱을 끼고서 진지하고 진지하게 고민을 하던 진호는 결국 한숨을 쉬며 휴대전화 키패드를 누르기 시작했다.

싫다는 여자 쫓아다니는 놈들이 이해가 안 간다고 생각한 게 엊그제 같은데, 김은혜가 김진호에게 반성과 겸손을 가르치는구나.

- 여보세요?

전화도 받지 않을까 봐 걱정했는데 의외로 벨이 몇 번 울리기도 전에 연결이 되었다.

"넌 어떻게 전화할 생각을 안 하냐?"

목소리를 듣자 차분히 세운 계획과 달리 다짜고짜 불평이 나갔다. 그렇게 퉁을 부리곤 순간 당황했다. 예전에 여자들에게 귀에 딱지가 앉도록 들어본 소리다.

"오빤 어떻게 전화도 안 해?"

그때 자신의 마음이 지금 은혜의 마음일까 생각하니 화딱지가 뻗치는 판에, 그것도 모자란지 진호의 혈압을 올리는 대꾸가 돌아왔다.

- 누구세요?

진호의 번호를 저장도 안 했다니!

진심으로 기도의 힘이 필요한 순간이었다. 머리가 다 어질했던 진호의 마음속에 의욕이 솟아올랐다. 클래식이 이래서 클래식이구나. 진호는 단숨에 재벌 3세에게 빙의했다.

너 같은 여자는 처음이야. 반드시! 정복해주겠다!

"김진호야. SLS AMG 로드스터 차주."

- ……아.

저놈의 '……아'.

"주말인데 뭐 하고 있었어?"

- 쉬는 날이잖아요.

그래도 대답은 꼬박꼬박 한다. 귀찮아하는 기색도 없고, 아니, 아예 남자로 보는 기색이 없이 담담하고 상냥하게. ARS 아르바이트 하면 딱 좋을 목소리로 대꾸한다.

끓어오르는 화를 누르며 진호 역시 작업용 목소리로 다정하게 물었다.

"드라이브 안 갈래?"

- 드라이브요?

혹한 것이 전화기를 통해서도 느껴졌다. 무슨 여자가 이렇게 차를 좋아하느냐고 한 마디 하고 싶었다. 하지만 미친 듯이 액셀러레이터를 밟아대던 은혜의 모습을 떠올려봤을 때 여자라고 따질 때가 아니었다. 솔직히 말하자면 은혜의 운전 실력은 진호보다 낫다.

그런데.

- 그냥…… 쉴래요. 수업 준비도 해야 되고 피곤해요.

어라? 쉽게 넘어올 줄 알았는데 튕긴다.

"그래? 아쉽네. 서킷을 달릴 기회가 흔한 게 아니라서. 내가 속해있는 스포츠카 동호회에서 서킷을 빌렸거든. 거기 가면 다른 차들도 많……."

- 몇 시까지 가면 돼요?

말을 끊고 들어오는 은혜의 목소리에 진호는 회심의 미소를 지었다.

암만 김은혜가 뛰어봤자 김진호의 손바닥 안이다. 8년의 시간은 함부로 뛰어넘을 수 없는 법, 진호는 은혜에게 먹히는 카드를 정확히 알고 있다!

전화를 끊으며 은혜는 진호가 음흉하게 웃고 있는 모습을 그릴 수도 있을 것 같았다. 어쩌면 그녀에게 먹히는 카드를 정확히 알고 있다며 혼자 뿌듯해하고 있을지도 모른다.

뭐 하자는 수작인지 뻔히 보이는데, 이놈의 자동차에 대한 열정이 문제다. 수많은 생의 기억을 가지고 있다 하더라도 현실적인 문제에는 장사가 없다. 차를 사랑하고 스피드에 중독되어 있는데 열 살 넘은 아버지의 애마는 100km/h만 밟아도 숨 넘어가는 소리를 낸다.

그런데 서킷이라니. 다른 차들도 많다니. 이 어찌 혹하지 않을쏘냐.

다 알아도 사기를 당하는 심정이 뭔지 실감하며 은혜는 한숨을 쉬었다. 알고 던진 미끼를 알고 무는 기분이다.

하루 종일 집에서 뒹굴거릴 생각에 입고 있던 트레이닝복을 벗어던지고 청바지에 다리를 꿰다가 생각하니 김진호…… 은근 귀엽기도 했다. 세 번의 만남 모두, 제 페이스대로 된 건 하나 없는데도 그걸 믿지 못하는 것이 아마 평소에 여자 꽤나 울리고 다니는 한량임이 분명했다. 너무 자신감이 넘쳐서 지금 자기가 먹히지 않다는 것을 눈치채지조차 못하는 것이다.

"그래도 차 취향이 꽤 좋은 건 사실이지."

빙긋 웃은 은혜는 발랄하게 공중으로 열쇠를 한 번 던졌다 잡았다.

소개팅 날은 와인을 마시기도 했고, 밤이라 제대로 보지 못했던 것이 있다는 것을 진호는 깨달았다. 운전대를 잡은 은혜의 모습은 기억하고 있는 것보다 훨씬 더, 지독하게 섹시했다. 눈이 반짝반짝 빛나는 생동감 있는 모습, 이런 눈을 한 여자를 마지막으로 본 게 언제였나? 아니, 남자, 강아지, 고양이 포함해서 이렇게 진짜 살아 있다는 느낌을 가진 걸 본 적이 있나?

그것은 한 사람의 깊은 곳에 숨어 있는 에너지 같은 것이었다. 진정으로 좋아하는 것을 즐길 때만 빛나는.

거짓임이 분명한 그 무심함 ― 아무리 생각해도 진호는 은혜가 자기 이름조차 기억하지 못했다는 걸 믿을 수 없었다 ― 이 김은혜의 전반적인 인상이었다. 클럽에서도 그랬고, 소개팅 장소에서도 은혜는 마치 잔잔한 호수처럼 기복이 없이 냉랭했다.

하지만 확실히 자유로에서는 달랐다.

그리고 오늘도.

280km/h, 눈이 확확 돌아갈 것 같은 속도감이지만 진호는 스트레스를 받기보다는 완전 집중하고 있는 은혜를 찬찬히 관찰했다.

첫인상처럼 꾸미는 것에는 크게 관심이 없는 듯 가는 머리띠로 넘겨 깔끔하게 이마를 드러낸 생머리지만, 기본적으로 피부가 좋고 몸매가 예뻤다. 팔다리가 가늘고 길게 쭉쭉 뻗어 있는데다가 특히 가슴이 아주 상당히 바람직하다.

C컵? 아니, 그 정도는 아니다. 굴곡이 부담스럽지 않게 흐르는 걸로 봐서 B컵에서 C컵 사이, 아마 B컵을 사면 가슴이 좀 낄 거고 C컵을 사면 낙낙하게 잘 맞겠지.

갑자기 단전에서 후끈 뜨거운 기운이 확 치솟았다. 스스로도 믿을 수 없는 욕망을 느끼며 진호가 입술을 깨물었다.

초등학교 1학년 때 진호와 짝이 되겠다고 여자애 둘이서 머리채를 뜯고 싸운 걸 보면 여자 홀리는 데 관한 한 어릴 때부터 될성부른 떡잎이었던 듯싶다. 중학교 입학식 다음 날 하굣길에 받은 러브레터를 시작으로 청소년기 내내 끊임없는 여자들의 구애를 받았고, 대학교에서 소개팅, 미팅, 헌팅, 부킹을 섭렵하며 연애는 할 만큼 했다고 자부하는 김진호였다. 정말 복기해보면 어떻게 그럴 수 있었을까 싶을 정도로 후회 없이 활활 불태웠더랬다.

그런데 질량 불변의 법칙처럼 사람에게도 할당된 연애 에너지가 있는 건지 군대를 갔다 오고 나니 서서히 시들해져 어느 여자를 만나도 이 여자가 다 그 여자 같은 단계로 접어들어버렸다. 연애의 본질이 좀 빤한 것도 있다. 그 덕에 복학한 뒤부터는 제대로 공부에만 집중했고, 원하던 직장에 취업한 후에도 승승장구 인생을 제대로 즐길 수 있었다.

그런데.

이 조그맣고 어린 여자애에게.

마치 20대 초반 때나 느꼈던 그 기분이 들다니.

완전히 말라붙은 줄 알았던 연애 호르몬이 혈관을 타고 흐르기 시작하는 느낌에 진호는 그 안의 늑대가 오랜 잠에서 깨어 기지개를 켜고 있다는 것을 예감했다.

진호의 타입이라기에는 지나치게 어린 나이가 마음에 걸리지만 사랑 앞에는 국경도 없다는데 나이가 무슨 상관이냐며 여덟 살 차이쯤은 극복할 수 있겠다는 생각도 든다. 실제로 애가 철없는 느낌도 없고, 오히려 만만치 않은 게 꼬리가 아홉 개 달린 30대 골드 미스들 뺨치게 어렵다.

자, 그럼 마음은 정해진 것 같고…… 요걸 어떻게 잡아먹으면 잘 잡아먹었다고 소문이 날까? 지금은 튕기지만 조만간 매달리는 날이 올 것이다. 진호는 으흐흐흐 음흉하게 미소 지었다.

하지만 은혜가 진호에게 매달리는 그 꿈의 날은 진호의 생각보다 빨리 왔다.

"딱 한 번만 더요. 네? 한 번만. 네?"

이게 한 번만 더 하자⑦는 소리였다면 좋았겠지만 그건 아니고, 도무지 서킷에서 내려올 생각을 않는 은혜를 끄집어내자 하는 소리였다. 옆자리에 타고 있던 진호는 멀미가 날 지경이구만. 그렇게 안 봤는데 독한 여자다.

"그러지 말고…….."

이거 잘못 걸린 게 아닐까 싶은 불길한 예감을 억누르며 진호는 은혜를 내려다보았다. 이 정도면 심각하다. 생긴 건 조신하니 운전대도 못 잡을 것처럼 보이는 애가 어떻게 이렇게 스피드광일까? 자신도 남부럽지 않은 스피드광이라고 생각했는데 김은혜에게는 댈 것이 못 된다는 사실을 깨달은 진호다.

"그러지 말고가 아니에요. 난 지금 몇천 년 만에 최고로 해방감을 느끼는 중이라구요."

몇천 년?

"몇……천 년?"

"아, 아니, 이십 년이요. 진짜 이렇게 기분 좋은 건 오랜만이란 말이에요."

깜짝 놀라 은혜가 정정했다. 진짜 흥분하긴 한 모양이다. 말실수를 다 하고.

하지만 말은 바로 하랬다고, 아닌 게 아니라 수백 년 만에 처음으로 은혜는 안정되고 조용한 삶이 아니라 돈 많은 삶을 추구해야 하는 게 아닌가 심각하게 고민 중이었다.

수많은 전생에서 돈은 너무 없어도 괴롭지만 너무 많으면 분란이 지겹도록 따라붙는다는 지혜를 배운 은혜에게 있어서 재물은 안분지족할 정도면 충분하다는 생각이었다. 하지만 차는 한 대 사고 싶다. 벤츠는 몰아봤으니까 재규어나 포르쉐 정도로. 딱 한 대만.

아, 정말 미치겠네.

"제발! 딱 한 번만 더요!"

"그러니까 내 말은 말이야."

차에 달라붙어서 내리지 않으려 힘을 쓰고 있는 은혜를 부드럽게 달래며 진호가 그녀의 손을 잡아 일으켜 세웠다.

"날 진지하게 만나보는 게 어때? 그리고 나한테 예쁜 짓 하면 내가 차 키도 넘겨주고……."

"차도 사주나요?"

진호가 뚱해져서 은혜를 빤히 쳐다봤다. 이거 신종 꽃뱀이었나?

"너 하는 거 봐서."

"에이, 어차피 차 사줄 것 같진 않은데 관둘래요."

진호를 빤히 쳐다보던 은혜가 몸을 획 돌렸다. 더 타겠다고 버티던 게 거짓말이었던 것처럼 미련 없이 깔끔한 동작이었다. 하지만 몸은 돌아갔으되 눈만은 여전히 차에 박혀 있는 것만은 어쩔 수 없다.

"넌 관심 있는 게 차뿐이야?"

아쉬움이 넘치다 못해 뚝뚝 흐르고 있는 은혜를 보고 기가 막힌 진호가 물었다.

"그럼요?"

"나 장난하는 거 아니야."

"나도 장난하는 성격 아니에요."

가볍게 한숨을 내쉬고 뒤돌아서 걷기 시작한 은혜의 몸이 획 돌려 세워졌다. 그녀의 팔을 붙잡아 세운 진호가 그녀의 눈을 똑바로 쳐다봤다. 소년처럼 풋풋하고 상큼한 웃음을 폴폴 날리던 사람은 사라지고 눈앞에 선 건 수컷 냄새를 폴폴 풍기는 남자다. 그것도 자기 앞에 선 여자를 반드시 가져야겠다는 정복 의지를 불태우는, 가장 귀찮은 상태의 남자.

"똑바로 말해. 나 밀고 당기는 거 재미없어. 난 너 마음에 들어. 점점 마음에 들어."

은혜는 한숨을 삼켰다. 역시 인과율이란 대단하다. 처음 느끼는 해방감의 대가는 차주의 분노다. 적당히 차주에 대한 관심도 표했어야 하는데, 어지간해서는 이성을 놓지 않는 그녀지만 이 차는…… 정말이지 너무…… 좋아서.

"오늘부터 정식으로 만났으면 좋겠어."

밑밥 깔고 마지막 계약서까지 들이미는 진호를 은혜는 빤히 쳐다보았다. 전생이나 현생이나 이렇게 당당하고 자신감 넘치게 자신을 과시할 수 있는 남자는 드물다는 것은 인정한다. 이 넘치는 자신감이 매력적이라는 것도 인정.

하지만 안타깝게도 왜 상대가 은혜냐 말이다. 은혜는 이렇게 풋내 나는 저돌성에 감명받기에 적합한 인물이 아닌데 말이다.

하지만 지금 차주는 차와 경쟁이 붙은 터다. 여기서 은혜가 나는 너에게 관심이 없고 차에게만 관심이 있다고 말하는 것은 괴물 단추를 누르는 거나 다름없다. 이렇게 자신감 있고 빠지는 데 없는 남자는 상대해주는 척하면서 제 맘대로 안 되면 알아서 식을 거다. 보통 빨리 타오르는 타입이 빨리 식으니까.

은혜는 방긋 웃으며 진호의 팔을 붙잡았다.

"그럼 그럴까요?"

손바닥 뒤집듯 바뀐 은혜의 태도에 잠시 어리둥절했던 진호의 얼굴이 느리게 환해졌다.

"어이구? 오랜만에 마음에 드는 대답이네? 좌우간 넌 대답하는 것도 시원해서 좋다."

능청스럽게 말한 진호는 즉시 은혜의 어깨에 팔을 둘렀다. 그러는 얼굴이 너무 순진해서, 은혜는 피식 웃고 말았다. 제 딴에는 자신의 남자다움이 먹혔다고 생각할 텐데…… 이를 어쩌면 좋나. 귀여워 죽겠다.

"하지만 난 교생실습 중이고 시험도 있으니까 방해하는 건 안 돼요."

"그럼, 그럼, 나 그렇게 경우 없는 사람 아니야. Y여대라고 했지? 그럼 요즘엔 학교 안 가고 중학교로 가는 거야?"

"네."

"내가 외조 잘해야겠다. 교생 실습하는 거 힘들다며?"

은혜가 눈을 빛내며 웃었다.

"오빠라고 안 하네요?"

"응. 은혜가 싫다는 건 안 해야지."

간질간질 무언가 가슴께를 흔들었다. 잘 보이려고 하는 말, 잘 보이고 싶어하는 마음…… 뭔가 웃겼다. 남자와 얽힌 것이 너무 오랜만이라 잊고 있던 감각이다. 자기가 잘난 줄 알고 까불까불 멘트를 날리는 것이, 물론 철모르는 어린 여자애들에게는 멋져 보일지 모르겠지만 은혜의 눈앞에서는 부처님 앞에 손오공이 따로 없다.

은혜는 저도 모르게 눈꼬리를 길게 늘이며 진심으로 웃었다.

기억한다는 것은 사로잡혀 있다는 것과 마찬가지다.

은혜가 전생을 의식적으로 떠올리지 않으려 하고 현생에서도 어떤 흔적도 남기지 않으려 하는 것은 사로잡힌다는 것의 허망함을 알기 때문이다.

마음을 주었던 사람들, 부모, 형제, 친구, 연인…… 그리고 그 생에선 이를 갈았던 적이나 원수까지. 전부 세월 속에 스러지고 나면 남는 것은 허무뿐이었다.

항상 여자였다는 걸 제외하고 은혜의 전생은 모두 두서없는 나열이었다. 인간의 삶은 모두 개별적이다. 소설이나 드라마처럼 운명적인 사랑도, 질긴 인연도 없다. 그건 첫 번째 생을 지나면서부터 확실히 깨달았다.

모든 걸 다 줘도 아깝지 않을 정도로 사랑했던 연인과 자매처럼 믿었던 심복 시녀의 배신으로 독을 마시고 죽어갈 때, 피를 토하면서 그들에게 저주를 퍼부었다. 절대 이 원한을 잊지 않고 악령이 되어서라도 너희 둘은 물론 너희의 자손 대대로 괴롭혀주겠다고.

그렇게 사무쳤으니 다시 태어났을 때 그들을 기억한 건 당연했다. 하지만 수메르는 어디 처박혀 있는지도 모르는 머나먼 땅이었다. 그들의 자손은 고사하고 이를 갈았던 그 배신자들이 어떻게 됐는지조차 알 수 없었고 지금도 모른다.

한 개인에게 떨어진 운명은 오로지 그 순간의 것. 지나고 나면 아무 의미도 없는 삶을 살면서 집착하고 싸우고 원하는 건 정말 바보짓이다. 언젠가부터 그것을 확실히 깨달은 은혜의 선택은 아무도 그녀의 시간에 들이지 않는, 조용한 삶이었다. 조금 외롭고 때론 지루하기도 했지만 편안했다. 그래서 이번 생도 그 목표에 충실할 예정이다.

"그게 맘대로 될 것 같아?"

어디선가 들리는 심술궂은 목소리에 퍼뜩 놀란 은혜가 주변을 돌아보았다. 위도 아래도 좌도 우도 없는 공간에 혼자 서 있다. 바닥도 바닥이 아닌데도 어쨌든, 설 수는 있다.

아무것도 보이진 않지만 하나는 알 수 있었다. 이곳은 미로였다. 헤매고 헤매 입구를 찾으면 다시 다른 미로가 시작되는 영원의 미로.

은혜에게 삶은, 영원의 미로였다.

얼굴을 찡그리며 바닥을 발로 탁탁 쳐보는데 다시 목소리가 들렸다.

"넌 혼자 못 살아. 조용히 못 살아. 내가 가만두지 않을 거야. 마구 참견할 거야."

이 목소리가…… 누구더라?

"너도 나한테 참견하게 될 거고."

……아, 김진호.

은혜는 밝게 웃던 자신만만하고 당당한 남자의 얼굴을 떠올렸다. 서슴지 않고 그녀의 영역으로 침범해 들어오던. 꿈에서도 이 인간은 여전히 뻔뻔하고 자신만만하구나 싶어 미소가 떠올랐다.

가만 두지 않겠다고? 마구 참견하겠다고?

"나랑 있으면 재미있을 거야."

얼씨구?

저도 모르게 웃고 있던 은혜는 갑자기 뭔가 불쾌하게 더운 바람이 온몸을 휘감는 걸 느끼고 뒤를 돌아보았다. 축축하고 더운 김이 팔뚝을 휘감고 허리를 스치고 내려가 다리로 흘러내렸다.

도망가야겠다는 두려움이 덮친 것은 그 다음이었다.

뭔지도 모르면서 은혜는 뛰기 시작했다. 하지만 이미 늦은 다음이었다. 발밑이 무너지기 시작한다.

안 되겠어.

목 끝에 비릿하게 차오르는 피비린내, 이유를 알 수 없는 공포감, 보이지 않는 괴물에 대한 두려움에 막 걸음을 멈추고 모든 것을 포기하려 할 때였다.

"얘가! 진짜 뭐 하는 거야?"

누군가가 그녀의 손을 잡았다. 하얀 팔목을 잡고 있는 단단하고 커다란 손이 보인다. 아무렇지도 않고 태연해서 굳건한, 이상하리만큼 안정적인 손.

그 다음 순간, 은혜는 꿈에서 깼다.

중학교 축제가 이렇게 다사다난할 줄은 몰랐다.

중학교 때도 지금과 다름없이 안온한 하루하루가 목표였던 은혜는 모든 교사들이 꿈에 그리는 말썽 없고 고분고분한 학생이었다. 시키는 건 했지만 절대 나서지 않았다. 초등학교 때부터 지금까지 모든 축제에서 한결같이 주변인으로만 머물러왔기에 이렇게 많은 준비가 필요하다는 것도 모르고 있었다.

정신없는 축제 주간이 끝난 주말, 한 주 내내 고생했던 선생들과 교생들의 노고를 치하하는 회식이 열렸다. 원래라면 제 돈 내지 않고 고기와 술을 맘껏 먹을 수 있다 정도의 의미만을 지녔을 회식에 다른 색깔이 부여된 것은 이사장 대리인 준혁이 참석했기 때문이다. 피로에 푹 절어 퇴근한 모습 그대로 후줄근하게 회식 장소에 도착했던 여선생들과 여자 교생들이 화들짝 놀라 화장가방을 들고 줄줄이 화장실로 직행했다.

"어머, 웬일이니? 어쩐지 오늘 회식 장소가 좀 럭셔리하다 했더니. 이사님이 참석하는 거였어."

"야, 오늘 진짜 멋지지 않아? 슈트가 같은 슈트가 아니다, 야. 회식 장소라 그런지 오늘 슈트는 좀 더 나이에 어울리게 핏 된 게…… 모델이 따로 없어."

"어차피 내 거 안 될 텐데 너무 침 흘리는 거 아냐?"

"그러는 이 쌤은 왜 그렇게 파우더를 찍어 바르고 있누? 흐흐흐,

립스틱 새로 발라. 피곤한 거 다 티 난다."

깔깔대며 서로의 어깨를 치는 여교사들과 한쪽에서 립글로스를 나눠 바르며 덩달아 두근대는 교생들 틈에서 덤덤한 건 은혜뿐이었다. 익숙하지 않은 행사 준비로 적잖이 지친 터라 적당히 끝내고 집에 가고픈 생각뿐이었다. 나름 관리를 해준다고 해주는 건데도 이번 생의 몸은 좀 약한 편이었다. 어린 시절 욕심 많은 언니 덕에 몸에 좋은 걸 다 양보해서일까?

올 초에 결혼해 유학 간 언니 은주는 매사에 지기 싫어하고 샘이 많은 성격이었다. 이유나 원리까지는 잘 몰라도 만난 그동안 지켜본 바에 따르면 전생이 많지 않은 어린 영혼임에 분명했다. 영혼마다 성격이 다르긴 했지만 여러 번 환생할수록 — 기억을 못 하더라도 — 너그러워지고 관대한 면이 있긴 했다.

어쨌든 그런 영혼이 친언니인 덕에 이번 생의 은혜는 양보를 몸에 익히고 자랐다. 주변에서는 언니와 동생이 바뀌었다며 칭찬했지만 솔직히 은주의 질투나 경쟁심이 가소로웠고 때론 귀여웠다. 상식적으로 노망이 나지 않은 이상 할머니가 어린 손녀와 예쁜 머리핀이니 학용품, 간식 같은 걸 놓고 싸울 리가 없지 않은가.

생물학적으로는 언니지만 한참 어린 증손녀 같은 존재. 그게 은주였다. 자기 눈에 차는 좋은 남자 만나서 유학을 간 게 다행이다 싶다.

그나저나 이 회식은 언제쯤 빠질 수 있을까? 아무래도 1차는 진득이 붙어 있어야 할 테고 2차쯤, 사람들이 취하기 시작했을 때 슬쩍 사라지면 언제 누가 어떻게 사라졌는지 아무도 모를 테니 적당하지 않을까?

"아우, 오늘 이사님 술 취한 거 한 번 보는 건가?"

신이 나서 우르르 화장실을 빠져나가는 선생님들의 뒤를 따라나가며 은혜는 때를 가늠해보았다.

은혜가 술자리를 빠져나온 것은 정확히 계획대로, 2차가 시작되고 30분이 지나 사람들 사이에 취기가 돌고 목소리가 커지기 시작했을 무렵이었다. 2차가 시작하자마자 3차는 노래방으로 가자느니 노래주점으로 가자느니 격렬한 토론을 시작한 사람들에게 적당히 장단을 맞춰주다가 싹 빠져나온 것이다. 기가 막힌 타이밍이라고 자부한다. 적당히 취해 있는 사람들은 은혜가 언제 나갔는지 절대 모를 거다.

룰루랄라 가벼운 기분으로 차도와 인도의 구분이 없어 산만한 길을 걸어 버스 정류장 쪽으로 가고 있는데 빵 하는 경적 소리가 들렸다. 돌아보자 짙은 회색빛 BMW의 차창이 내려가며 준혁의 얼굴이 나타났다.

준혁은 1차 내내 분위기를 주도하다 계산을 해주고 빠져 여교사들의 아쉬움을 불러일으키는 동시에 남교사들에게는 눈치와 센스가 넘친다는 칭송을 한 몸에 받은 터다. 1차 장소와 한참 떨어진 이곳에 어째서 있는 건지 모르겠다는 생각을 하며 꾸벅 허리를 굽히는데 질문이 날아왔다.

"어디 가요?"

"아, 그게······."

잠깐 고민하던 은혜는 이런 상황에서 가장 무난한 대답을 던졌다.

"몸이 별로 안 좋아서요."

"무리했나 보군요."

준혁의 차는 언젠가 보았던 인피니티가 아니었다. 그 차가 — 역시 은혜의 미래 월급으로는 상상도 못 할 금액이지만 — 나름 티나지 않게 럭셔리한 분위기였다면 지금 준혁을 싣고 있는 차는 BMW760Li로 100km/h로 가속하는 데까지 4.6초밖에 안 걸린다는 대놓고 고성능인 차다.

어쩐지 배경치고 무난한 차를 탄다 했더니만.

취향으로 따지자면 진호의 벤츠가 더 은혜의 취향이었지만 소리부터 다른 V12 트윈 터보 엔진의 위력 앞에 어찌 덤덤할 수 있을쏘냐. 눈이 절로 차로 향했다.

"타요. 데려다줄 테니."

"······아니에요."

No라고 말하는 게 이렇게 힘들기도 쉽지 않다. 하지만 본능적으로 지금 이 차를 타는 건 진호 차를 타는 것과는 비교가 안 될 정도로 귀찮을 거라는 확신이 들었다. 눈앞의 황금에 눈이 멀어 인생을 꼰 사람이 되고 싶진 않았다.

은혜는 거리감 느껴지는 미소를 날렸다.

"여기서는 버스 한 번만 타면 바로예요."

하지만 상대도 완강했다.

"시간도 늦었고, 몸 안 좋은 선생님을 혼자 보낼 정도로 나 무심하진 않습니다."

은혜의 눈이 가늘어졌다. 학교에서 시시각각 느꼈던 따라붙는 시선이 준혁의 것이라는 느낌이 이제 확실해진 것 같다. 이사장 대리 정도 되는 사람이 교생에게 관심을 가진다는 것도 어불성설이지만, 새벽의 만남 이후로 다른 접근 없이 눈인사 정도라 착각이라 여겼던 것이 잘못이었나 보다.

"정말 괜찮은데요."

"타요."

거절당할 거라고는 추호도 생각하지 않는 거만한 명령에 위기감이 확 끓어올랐다.

지난번 생에 남장을 하고 살았던 이유가 떠올랐다.

고대 이후 점점 더 남자 위주로 바뀌긴 했지만 19세기 영국은 그 정도가 너무나 심했다. 가난했지만 비교적 독립적이고 자유로웠던 미국에서의 전생을 기억하는 그녀로선 도저히 견딜 수가 없었다. 그래서 바로 남장을 하고 의대에 가서 의사 노릇을 했었다. 제임스 배리라는 이름으로였다.

에든버러 대학교의 의학부를 졸업한 후 1813년부터 군의관으로 영국군에 복무했고, 나중엔 최고 감독관의 지위까지 올랐다. 아마 그녀가 죽은 후 동료 군의관들은 기겁 좀 했을 거다. 자기 상관이 여자였다니. 그걸 모르는 채 수많은 세월을 보냈으니 자존심 강한 영국 남자들로서는 뒤늦게 발견한 그녀의 정체가 끔찍했을 거다. 일부러 찾아본 건 아니고 책을 읽다가 우연히 자신의 이야기가 나온 걸 발견했는데 당시 동료들의 반응은 한 마디로 '어버 버.'로 요약 가능했다.

좌우간.

그런 선택을 했던 것은 수많은 생을 통해 경험한 남자들의 강압이 지겨웠기 때문이었다. 여자라는 이유만으로 따라야 했던 명령들이 싫었다. 불합리한 처우까지야 삶이 워낙 그런 것이려니 하고 받아들이는 은혜였지만 그것을 당연히 여기는 이런 명령은 싫다.

하지만 21세기라고 해도 별수가 없다. 남자와 여자를 떠나서 상대는 은혜가 교생으로 나가 있는 학교의 이사장 대리였다.

"그럼 집 근처까지만 부탁드릴게요."

결국 그의 명령을 따르게 된 건 못마땅했지만, 은혜는 벤츠에 이어 BMW까지 타볼 수 있다는 것에 의의를 두기로 했다. 나름 복이라고 할 수도 있을 듯했다. 진호의 벤츠도 그랬지만 준혁의 BMW도 흔하게 타볼 만한 건 아니다.

확실히 차도 성격 따라가는 걸까? 진호의 차는 날아갈 듯 설계된 스포츠카인데 반해 준혁의 차는 날렵한 세단. 가벼운 구석은 하나도 없지만 너무 무겁고 둔해 보이지 않는다는 면에서는 준혁과 무척 잘 어울린다. 권위적이라는 느낌에서도, 딱 준혁 같다.

그에 비하면 진호는 참 귀여웠다. 밝고 명랑하고, 인생 자체가 참 즐겁다는 느낌? 그를 생각하면 배경으로는 샤방샤방한 꽃이 깔려야 할 것 같다는 기분이 든다.

"집이 어디예요?"

"이촌동이요."

준혁이 차를 출발시키는데 가방 안에서 은혜의 휴대전화가 울었다.

내심 회식장소에서 걸려온 전화이기를 빌었다. 2차, 3차를 이어가는 건 싫지만 차만 좋은 상대와 30분 이상 드라이브를 하느니 일단 술자리로 돌아갔다가 다시 빠져나오는 편이 낫다. 그러나 아쉽게도 액정에 떠오른 번호는 진호의 번호였다.

아니다. 아쉬울 것 없다.

"여보세요? 오빠?"

생기발랄하게 받자 준혁의 시선이 슬쩍 얼굴 위를 다녀가는 것이 느껴진다. 목소리에 한층 더 애교를 담았다.

"오늘 회식한다고 했잖아요, 으응, 그런데 몸이 안 좋아서 일찍 빠져나온 참이에요. 다행히 지나가던 이사님께서 우연히 방향이 비슷하다고 하셔서…… 고맙게 차 얻어 타고 가는 중이에요. ……내일? 그럼, 만나야지. 난 어디든 좋으니까 오빠 맘대로 예약해요. ……응. ……응. ……그래요. 집에 들어가면 다시 전화할게요."

전화를 끊었을 때는 좌회전 깜빡이를 켠 차가 사거리에 서 있을 때였다.

"남자친구?"

"네."

"어떤 사람?"

"선물옵션 딜러인데……."

아는 게 없다. 어느 회사에 다니는지조차 모른다. 듣긴 했는데 주의 깊게 듣지 않아서인지 기억에 남아 있지 않다.

"좋은 사람이에요."

"나이는?"

몇 살이더라?

"……서른 살이요."

"오래 만났나? 많이 좋아해요?"

은혜는 준혁을 빤히 쳐다보았다.

"차를 태워주시는 건 고맙지만 그런 이야긴 할 필요 없을 것 같은데요."

생글생글 웃으면서 말하긴 했지만 끊는다는 것 정도는 느낄 수 있는 목소리였다. 그러나 준혁은 꿈쩍도 하지 않았다.

"내가 김은혜 씨에게 관심이 있으니 물을 자격 있지 않을까요?"

"네?"

놀랐다는 듯 눈을 동그랗게 떴지만 은혜는 마음속으로 젠장젠장을 외치고 있었다.

"그런 말씀 하시면…… 당황스러워요."

자기 잘난 걸 알고 있다는 면에서는 김진호나 임준혁이나 거기서 거기지만, 준혁은 진호와는 달랐다. 진호 대하듯 했다가는 정말 곤란해지는 수가 있다. 이런 마이동풍 스타일에는 같이 마이동풍, 난 아무것도 몰라요가 딱이다.

"전 오빠를 진짜 좋아하거든요."

준혁이 날카로운 눈으로 은혜를 바라보았다. 하지만 그가 뭔가 말하려는데 신호가 바뀌었고, 성마른 뒷차들의 경적소리에 차가 출발했다.

딱딱하게 굳은 준혁의 옆모습을 보던 은혜는 한숨을 삼키고 창밖을 바라보았다. 더할 나위 없이 좋은 쿠션의 시트에 기댔는데도 이렇게 불편할 수가 없다.

"그……."

"이사님, 우리 학교에 있는 동상이 이사님 할아버지 동상이라는 게 사실인가요? 그럼 임현호 선생님 직계이신 거예요?"

"……그렇죠."

"아아, 그렇구나. 그럼 교정을 꾸민 게 임현호 선생님이라는 것도 사실인가요? 처음에 봤을 때 너무 예뻐서 놀랐거든요. 나무 하나까지 직접 고르셨다고 선생님들이 그러시던데……."

"그랬다더군요."

"뒷산이 너무 예뻐요. 우리나라 학교가 삭막하기 쉬운데 수민중학교는 숲을 등 뒤에 둬서 그런지 공기도 좋은 거 같고, 이런 곳에서 교생을 할 수 있어서 정말 기뻐요."

말 돌리는 게 너무 귀찮고 힘들다. 얼른 목적지에 도착했으면 좋겠는데 아직도 가야 할 길은 멀었다.

　"감사합니다."

　은행 앞에 차를 세우자마자 내린 은혜가 인사하고 문을 닫으려 할 때였다. 준혁이 차에서 내렸다. 그녀가 얼굴을 찡그리고 있는 동안 그는 차를 앞쪽으로 뱅 둘러 앞으로 다가와 섰다.

　그리고 돌직구.

　"당황스러운 건 알겠지만 나는 김은혜 씨를 더 알고 싶군요."

　당황스러운 정도가 아니라 황당했다. 오는 내내 은행나무니 소나무니 알지도 못하는 수목에 대해 떠들어대다 못해 자연보호와 야생동물 종 보존까지 논했는데도 입 닥치라는 신호를 받지 못하다니, 눈치가 없는 걸까?

　임준혁에 대해 잘 알지 못하지만 오랜 삶을 살아온 혜안으로 한 가지는 확신할 수 있었다. 그는 한눈에 반한다거나, 예쁜 것에 끌린다거나 하는 그런 유의 감정에 휘둘리는 인종이 아니었다. 더불어 지극히 현실적이고 계산적이었다. 결혼은 물론이고 연애도 손익 계산을 거쳐 자신과 같은 부류와 할 타입이었다. 이 시대에 어느 여자가 신데렐라를 꿈꾼다면 그 왕자는 절대 임준혁이 아니었다. 은혜에게 남모를 출생의 비밀이라도 있어서 막대한 유산이라도 떨어질 예정이 아닌 한 임준혁 같은 사람이 관심을 표할 이유가 없었다.

"확실히 당황스럽네요. 제가 교생으로 나가 있는 학교의 이사님에게 불필요한 관심을 받고 싶지도 않고, 무엇보다 남자친구가 있어서요."

"남편이 있는 것도 아닌데 뭘."

준혁이 씩 웃더니 아직도 차문을 잡고 서 있는 은혜 대신 차문을 닫았다.

"난 김은혜 씨를 좀 더 알고 싶다고 한 것뿐이에요. 앞으로 천천히 알아봅시다."

"네?"

은혜가 어떻게 반응해야 할지 결정하지 못한 사이 제 할 말만하고 등을 돌린 준혁이 운전석에 올라타며 말했다.

"들어가요."

사귀자는 게 아니라 알고 싶다라……. 애매하다.

차문이 닫혔지만 차는 출발하지 않았다. 짙은 선팅 때문에 안이 들여다보이진 않았지만 은혜는 준혁이 룸미러로 자신을 보고 있을 거라고 확신했다.

잠깐 준혁을 노려보던 은혜는 일부러 휴대전화를 꺼내 버튼을 누르기 시작했다. 물론 그러는 척만 한 거다. 준혁만 그녀가 남자친구에게 전화를 한다고 믿으면 되는 거였으니까.

그렇게 전화를 하는 척하며 뒤로 돌아섰을 때였다. 눈치도 없는 전화가 몸을 떨기 시작했다. 귀에서 지잉, 하고 진동이 울리는 바람에 은혜는 펄쩍 뛰어올랐다.

다행히도 뒤를 돌아보니 준혁의 차는 이미 떠난 다음이었다. 액정에 떠 있는 번호는…… 진호다.

"여보세요?"

- 난데…… 도착했어?

"네. 그런데 아까 한 말 말인데요……."

- 청담동 안나 비니 예약했어. 예약하고 생각하니까 저번에도 우리 느끼한 거 먹어서 뭐 다른 게 당길까 싶어서 말이야. 일식이나 중식으로 갈까?

아무것도 모르는 진호는 아까 은혜의 반응에 완전 붕 뜬 모양이었다. 너무 애교스러웠던가? 이용해먹은 죄가 있으니 어쩔 수 없어 은혜는 한숨을 삼켰다.

"뭐든 잘 먹어요. 그냥 예약해놓은 데 가요."

- 알았어. 맛있는 거 먹여줄게. 기대해.

"네. 그럼 쉬세요."

전화를 끊고 나니 한숨이 나왔다. 권력의 정점에 선 공주였던 첫 번째 삶과 인도 신전에서 신을 모시는 여인이라는 허울 좋은 직책의 창녀였던 때를 제외하고는 남자가 들끓은 적은 거의 없었다.

알아서 잘 피하기도 했지만 다행인지 불행인지 대부분 외모가 그렇게 빼어나지 않았던 것도 이유 중 하나였는데. 이번에는 다른 때보다 봐줄 만한 걸까? 아니면 지난 생을 남장으로 살아서 귀찮은 남자 끊어내는 기술을 다 잊어버렸나?

만일 질량불변의 법칙이 연애에도 적용되는 거라 최근 세 번의 생을 비구니처럼 살아온 인과율이 이렇게 이번 생을 들쑤시고 있는 거라면, 실수다. 한 생에 한 명쯤은 겪어주는 건데……

이제 와 후회해봤자 소용은 없겠지만.

칼같이 끊긴 전화였지만 진호는 두근두근 신이 난 상태였다. 밀고 당기는 거 없이 싫으면 싫다 좋으면 좋다 확실하던 애가 아까는 애교까지 부리고…… 무슨 바람이 불었는지 모르겠지만 기분이 좋았다.

"애 참 성격 깔끔해서 좋아."

한 주 내내 은근 은혜 생각을 많이 한 진호였다.

딜러, 특히 파생상품 딜러의 집중력은 유명하다. 1/1,000초로 수익률이 결정되는 세계다. 심지어 호가를 쏘는 키를 반쯤 누르고 있다가 소리 없이 호가를 쏘는 것이 보편화되어 있는 이 세계에서 일하는 도중 딴 생각을 한다는 것은 일을 안 한다는 것과 같은 소리다. 집중력에 관한 한 모두가 인정하는 그임에도 불구하고, 이번 주에는 시시때때로 은혜를 떠올렸다. 새초롬한 눈매나 미끈한 몸매, 털털한 듯하면서도 묘하게 섹시한 옷차림이나 행동들, 길게 찰랑이는 검은 머리카락 같은 것이 손에 잡힐 듯 선명하다.

이 정도면 꽤 중증이라는 생각이 들 정도다.

소풍을 기다리는 아이처럼 들떠 진호가 내일 입고 나갈 옷을 고르기 시작했다.

0 5

여전히 이른 등교였지만 여름이 다가온 덕에 해가 일러 사방이 환한 날, 학교 정문에 들어서자마자 은혜는 얼굴을 찌푸렸다. 준혁의 등교용 차로 추정되는 인피니티가 주차되어 있었기 때문이다.

뭔가 모르게 찜찜한 느낌은 교생실 문을 열 때 증명되었다. 항상 아무도 없이 텅 비어 있는 교생실에 준혁이 서 있었다.

"안녕하세요."

무례하지는 않게, 하지만 반기지 않는 기색을 그대로 드러내며 공손히 인사하자 벽에 붙어 있는 각종 공고문을 읽고 있던 준혁이 돌아섰다.

"놀라지 않는군요."

"차를 봤거든요."

일부러 바쁜 척 아침 시간에 읽으려 들고 왔던 책을 내려놓고, 가방을 내려놓으니 더 이상 할 일이 없었다. 사람을 앞에 두고 책을 읽을 수도 없고, 빤히 쳐다보는 그의 시선이 무척이나 부담스럽다. 그를 피할 다른 핑곗거리를 찾으며 은혜는 이마를 문질렀다.

진짜, 난감하다. 이 학교에 임용될 것까지는 아니라 해도 교생을 하는 동안에는 잘 보여야 하는 입장인데. 아니, 최소한 못 보이는 일은 없어야 할 것 같은데 이 무슨 생각지도 않던 시련이란 말인가. 지난 두 번의 생에 없었던 남자들이 이번 생에 한꺼번에 밀려오는 기분이다. 다른 사람에게는 남자 복일지 몰라도 그녀에겐 절대 사양하고픈 남자의 난[男難]이었다.

"그 책⋯⋯."

준혁의 손이 은혜가 내려놓은 책으로 다가왔다. 불편한 분위기를 무마하려고 괜스레 책을 옮기려던 은혜의 손이 책장 위에 올라온 찰나 하필이면 준혁의 손이 손등에 가볍게 닿았다. 닿자마자 놀라서 그가 얼른 비키긴 했지만 순간 팍 하고 뜨거움이 은혜의 손 등을 관통했다.

"앗!"

통증에 가까운 느낌에 은혜는 얼른 손을 뺐다.

불꽃이 튄 것 같은 느낌은 준혁도 마찬가지였는지 그의 표정도 바뀌었다.

"아, 미안⋯⋯ 실수를 했네요."

두근두근. 이상하게 가슴이 뛰었다. 흔히 말하는 짜릿하게 전기가 통하는 느낌? 하지만 설명할 수 없는 이 감각은 몹시 마음에 들지 않았다. 침착하던 준혁의 놀라움이 그대로 드러난 묘한 표정 역시 걸렸다.

이 남자에게 이런 느낌을 받는 건 옳지 않다. 초조하게 핑계를 찾던 은혜는 곧 적당한 변명거리를 찾아냈다.

"제가 전기가 좀 많은가 봐요. 조금만 건조해도 정전기가 튀거든요. 그래서 겨울엔 니트 입을 때마다 스프레이로 물을 팍팍 뿌려줘야 할 정도예요."

빈틈이 많은 변명이었지만 준혁도 굳이 그걸 지적하고 싶지는 않은 듯했다. 어색한 순간이 언제였냐는 듯 무심하게 책으로 화제를 돌렸다.

"그렇군요. 책은, 아직 다 못 봤나 봐요?"

"이번 주까지 이메일로 리포트를 제출해야 해서 정리하려고요. 실습하랴, 공부하랴, 데이트하랴 시간이 빠듯하거든요. 그래도 오빠가 잘 도와주는 타입이라 다행이에요. 자상하거든요."

준혁은 가볍게 웃었다.

"남자친구는 좋겠군요."

"네?"

"김은혜 씨가 이렇게 충실한 거 알면."

은혜는 혀를 찼다. 서툴렀던 것을 안다.

하지만 임준혁을 대하는 데 있어 은혜는 지침을 세우지 못하고 있었다. 그가 전제부터 깨고 들어왔기 때문이다. 원래대로라면 그는 은혜에게 관심을 둘 타입이 아니다. 설령 관심이 생겼다 해도 남자친구가 있다는 걸 알면 말끔하게 거두고 사라질 타입이다. 하지만 임준혁은 첫 번째 전제는 깨부수고, 두 번째 전제는…… '알고 싶다.'는 묘한 말장난으로 유보해놓은 상태였다.

이런 스타일은 피곤하다.

차라리 김진호가 나았다. 백만 배쯤.

진호와의 만남은 훨씬 더 유쾌하고 자연스럽다. 밀고 당기기를 싫어한다는 말처럼, 그는 사람을 재단하는 스타일이 아니었다. 그래서 토요일만 잠깐 만나고 말 생각이었는데 어쩌다 보니 일요일까지 연달아 만나고 말았다. 노골적으로 차로 유혹하는데, 그 유혹이 너무 노골적이다 보니 웃기기도 하고 귀엽기도 하고, 그래도 싫었으면 그만두었겠지만 별로 싫지 않기도 했다.

비슷하게 좋은 차를 가지고 있는 임준혁에게는 그다지 끌리지 않는 걸로 봐서 단지 차 때문만은 아닐까나?

"저번에 은혜 씨와 이야기한 후 예전에 읽었던 책들 생각이 자꾸 나더군요. 그래서 다시 몇 권을 읽어봤어요."

어느새 자세를 바꾼 준혁은 화제를 전환했다.

"실제로 아즈텍에 한 번 가보고 싶은 생각 없어요?"

은혜의 시선이 조금 날카로워졌다.

"유적을 말씀하시는 거겠죠."

"물론이죠."

준혁이 허허롭게 웃었다.

그러는 양이 다른 뜻은 전혀 없는 것 같아서 은혜는 괜스레 예민했나 싶어 머쓱해졌다. 이상한 일이다. 보통은 사람을 한눈에 좋아하는 일도 없지만 이렇게 경계심이 심해지는 것도 드물었다. 왜 이렇게 이 사람이 꺼려질까? 왜 자꾸 예민해지고 마는 걸까?

"무척이나 설렐 거란 생각 안 들어요? 13세기의 도시를 본다는 거."

실제로 본 입장에서 말하자면…… 별로. 아무리 의미를 부여하려 해봐도 삶은 삶일 뿐이다. 어떤 색을 입고 있든 경중이 달라지는 건 아니다.

"뭐 단지 아즈텍 유적이 아니라도 멕시코는 매력적인 나라인데."

웃으며 하는 말인데 어쩐지 농기가 느껴지지 않는 것도 은혜가 예민한 탓일까? 이상하리만큼 진지한 사람이다. 유머감각이라고는 1그램도 없는 것처럼 퍽퍽해 마치 닭가슴살을 날로 씹어 먹는 것 같은 느낌이 든다.

"전 그쪽 별로예요. 더운 건 정말 질색이거든요. 아즈텍 유적도 공부하다 보니 문화 자체가 너무 잔인해서 싫어요. 전사들의 나라는 저와 안 맞는 거 같아요."

"저런, 나와는 무척 잘 맞는 거 같은데."

확실히 그렇다. 은혜는 마음속으로 인정했다.

거만하게 은혜를 내려다보고 있는 남자는 말 그대로 고대 아즈텍의 전사 같았다.

근사한 정장에 몸을 숨기고 있지만 임준혁이라는 남자는 전사에 가까운 남자인 듯했다. 그것도 피에 온몸이 절어 있는. 피를 좋아하고, 엄청난 기세로 약진해 타 부족을 정복하고 속령을 착취했던 인정사정없는 전사. 은혜는 그에게 있어 관심이 가는 약탈지에 불과했다. 제 맘대로 되지 않을 거라고는 생각도 하지 않는.

그래서일지도 모른다. 은혜같이 평화를 추구하는 사람에게 전사들은 분란을 일으키는 투박한 무식쟁이들에 지나지 않다. 대화가 통하고 농담이 통하는 것이야말로 문명의 상징이라고 믿는 은혜다.

시선이 마주쳤다.

교생실 창으로 들어온 아침햇살 위로 부유하는 먼지들이 순간 느려진 것 같다. 공기의 농도가 바뀌기라도 한 것처럼. 아니, 공기의 밀도가 바뀌었다. 무언가 좀 더 진득하고 오래된 것이 두 사람의 사이에 차올랐다.

그때였다. 창밖에서 웅성웅성거리는 소리가 들린 것은. 다른 교생들이 들어오는 소리였다.

사로잡힌 듯 준혁을 쳐다보고 있던 은혜가 크게 숨을 들이마셨다. 다행이다, 라는 안도감이 먼저 들었다. 평소라면 20분 이상 있어야 다른 사람들이 출근할 텐데 그때까지 이 남자와 마주하고 있어야 했다면…… 견디지 못했을 거다.

"오늘은 여기까지인가 보군요. 그럼, 다음에 또."

과연 임준혁은 다른 교생들 앞에서까지 그녀에 대한 관심을 노골적으로 드러낼 만큼 상식이 없진 않았다. 바깥에서 소리가 들리자마자 방금까지 보였던 횡포한 기색은 온데간데없이 사라지고, 금방 말쑥한 신사 같은 표정이 되어 그는 교생실을 나섰다.

진주가 교생실로 들어온 건 그로부터 5분도 지나지 않아서였다.

"역시 너 와 있었구나?"

지친 표정으로 자리에 앉아 있는 은혜를 본 진주가 이상하다는 듯이 고개를 갸웃거렸다.

"얼굴이 왜 그래?"

"아니에요."

은혜는 한숨을 내쉬며 얼굴을 가렸다. 임준혁을 확실히 정리하기 위해 무엇이든 해야 할 필요가 있긴 하겠다.

"너 진호 오빠 만난다며? 잘 생각했다, 잘 생각했어. 그만한 남자가 없지."

아침부터 이 이야기를 하고 싶어서 일찍 출근했나 보다.

진주는 원래 소개팅 상대였던 박교현과 다시 연락을 해 만났고, 지금은 오빠동생 하며 지내는 모양이었다. 이것도 확실히 재주였다. 어떻게 미팅이나 소개팅으로 만난 남자마다 친구 아니면 아는 오빠로 만드는 걸까?

"교현 오빠가 진호 오빠 진짜 괜찮다고, 너 봉 잡은 거라고 했어. 그 오빠 어머니 평생 소원이 법대 다니는 아들이라서 법대 간 거라 사시엔 뜻이 없었대. 그래서 일찌감치 접긴 했지만 공부도 잘했다더라고. 교현 오빠랑 같이 주식 동호회였는데 대학 때부터 증권사 수익률 대회 같은 데 나가면 다 휩쓸다가 지금 회사도 졸업도 하기 전에 스카우트 돼서 간 거래."

은혜가 듣거나 말거나 진주는 마치 자기 오빠라도 되듯 진호 칭찬에 여념이 없었다. 짧은 시간에 어떻게 저 많은 정보를 긁어모았는지. 교사보다는 커플 매니저나 흥신소를 차려서 나서는 게 더 빠른 성공의 지름길이 아닐까 싶을 정도다.

"잘생겼지, 매너 좋지, 능력 있지. 진호 오빠 쫓아다니던 계집애들이 Y대 정문부터 노천극장까지 줄 섰다더라! 직급은 대리지만 성과급 더하면 이사 부럽지 않을 거라고 교현 오빠가 장담하더라고."

그러나 지금 은혜에게 문제가 되는 것은 진호의 성과급이 아니었다.

임준혁. 어떻게 해야 하는 걸까? 저런 스타일이 이렇게 밀고 들어오면 대책이 없다. 저런 스타일들이야말로 제 풀에 나가떨어지지 않으면 죽어도 포기하지 않을 텐데 지금으로서는 적당한 대응책이 진호밖에 생각이 안 난다. 그렇다고 해서 진호에게 싸워달라고 할 수도 없는 일이고.

은혜는 얼굴을 찡그렸다. 이게 무슨 일이냔 말이다. 혹시 전생에 마주친 사람 중 하나일까?

그러나 임준혁은 은혜처럼 전생을 기억하는 사람은 아니었다. 이마 위에 표식이 그려져 있는 건 아니지만 전생을 기억하는 사람은 전생을 기억하는 사람을 알아볼 수 있다. 정도는 다르지만 모두 같은 그림자가 겹쳐져 있기 때문이다. 약간의 권태, 초월, 그리고 허기. 하지만 준혁에게서는 그런 게 전혀 보이지 않는다.

그렇다면…… 그는 기억 못 하지만 스쳐 지났을 수도 있지 않을까?

눈을 가늘게 뜬 채 은혜는 곰곰이 기억을 더듬기 시작했다.

전생을 기억한다고 해도 모두를 기억하는 건 아니다. 너무 일상적이고 당연한 것들은 기억에 남지 않는다.

그런 의미에서 준혁은 설사 전생에 스친 적이 있다 하더라도 전혀 기억에 남지 않은 사람이었다. 비슷한 느낌의 사람도 기억에 없다는 면에서는 스친 적도 없다는 것이 더 옳을 듯했다.

그러면 그저 집요한 성격의 사람인 것뿐일까?

"그러니까 말이야. 축제 때 진호 오빠가 팍! 하고 웃통을 벗어 던지니까 식스팩이! 계집애들이 꺄악! 싱그러운 청춘의 교과서적인 사건으로 지금도 Y대에서는 널리 회자되고 있다잖냐."

그러는 동안에도 진주는 쉬지 않고 진호의 무용담을 늘어놓고 있었다.

"꼭 잡아야겠네요."

은혜가 고개를 끄덕이자 진주가 응? 하고 말을 멈췄다.

이것저것 다 떠나 준혁을 떼어놓기 위해서라도 지금은 남자친구의 존재가 절실했다. 직접 붙어 싸우진 않는다고 해도 남자친구가 있고 없고는 중요한 문제다. 게다가 그 남자친구와 죽고 못 사는 사이라는 걸 보여준다면…… 거기다 만만치 않은 남자라는 걸 확인시켜줄 수 있다면 금상첨화다.

"뭐 해?"

전화기를 꺼내든 은혜를 보고 진주가 고개를 갸우뚱했다.

"언니 말 듣고 나니까 진호 오빠가 진짜 괜찮은 사람인 거 같아서 안부 전화하려고요."

"어쭈? 요게 요런 앙큼한 면도 있었네? 그래. 네가 드디어 정신 차렸구나. 그래! 너도 청춘을 한번 즐겨야지!"

항상 은혜더러 이촌동에 비구니 났다며 안타까워하던 진주가 흐뭇하게 엄마 미소를 지었다. 좌우간 오지랖으로 적금을 부을 수 있었으면 빌 게이츠 부럽지 않을 사람이다.

하지만 김은혜의 청춘 프로젝트는 다른 곳에서 브레이크가 걸렸다.

"여보세요, 진호 오빠? 저 은혜인데요. ……네, 학교요. ……부탁이 있는데 혹시 오늘 데리러 와줄 수 있어요? 학교로요. ……네? ……여, 여보세요?"

황당해져서 은혜는 휴대전화에서 귀를 떼고 통화 종료를 알리고 있는 액정을 들여다보았다. 뭐야, 이거?

"왜? 왜? 뭐래?"

"데리러 오긴 할 건데 오늘이 아니라 금요일에 오겠대요."

미룰 게 따로 있지, 보통 오늘 데리러 와달라고 하면 이유가 있겠다고 생각하지 않나? 게다가 목소리론 은혜가 처음 전화했다는 사실에 감격해 신이 난 것 같은데 장 끝나고 다시 전화하겠다며 끊어버린 스피드는 찐드기 붙는 구(舊) 여친 전화 피하는 스피드다.

진짜 뭐야…….

"아아, 그 말이 진짜인가 보네."

도무지 뭐가 뭔지 상황 파악을 못 하고 있는 은혜를 보던 진주가 혀를 찼다.

"진호 오빠가 놀쇠로 보여도 안 그렇단다. 장이 열리는 주중에는 약속도 안 잡고 일 관련한 미팅 아니면 술자리도 전혀 참석 안 한대. 상사가 불러도 업무가 아니면 칼같이 거절한다더라고. 칼퇴근 해서 운동하고 나서는 장 분석하는 걸로 유명한 사람이라 동료들도 주중에는 술 마시고 놀잔 이야기 안 한대. 아침에 아무리 늦어도 7시 반이면 출근하고……. 완전 철저한 걸로 회사에서 짱 먹는 사람이래. 우리랑 처음 만난 날도 말이야. 그것도 오빠 수익률이 끝내줘서 회사에서 유학 보내줬는데 성공리에 수료하고 들어온 거 환영파티 한 거였대. 뭔 자격증도 땄다던데 그건 듣자마자 까먹었고…… 지금도 회사에서 수익률 톱이라던데?"

"그래요?"

조금 놀랐다. 한없이 팔랑팔랑 인생 즐거운 인간인 줄 알았더니 밥벌이는 확실히 하는 스타일이라니. 솔직히 은혜는 그 말도 안 되는 비싼 차도 자기 돈으로 샀을 거란 생각은 안 했었다. 부모 잘 만난 덕에 적당히 회사에 발 걸치고 탱자탱자 노는 한량인 줄만 알았다.

그래도 도움은 안 되는구나.

보기보다 유능한 사람이란 것은 김진호와 김진호 부모님, 월급 주는 회사에는 바람직한 일이겠지만 은혜에게는 좋을 거 하나 없는 상황이다. 개똥도 약에 쓰려면 없다더니 그렇게 귀찮게 굴더니만 막상 필요할 때는 올 수 없는 남자를 어따 쓰냔 말이다.

투덜거리면서 은혜가 문자를 찍기 시작했을 때쯤 다른 교생들이 문을 열고 들어섰다.

<금요일은 됐어요. -이쁜 마눌>

문자를 확인한 진호는 고개를 갸우뚱했다. 삐친 걸까? 그런 캐릭터라고는 생각하지 않았는데.

"왜요?"

진호가 고개를 갸웃거리고 있자 막 내린 커피를 대령하던 교현이 참견을 했다.

"아, 여자친구가 오늘 좀 데리러 와달라고 그랬는데 내가 금요일 날 간다고 했거든."

"뭐예요?"

교현이 '어이쿠!' 하더니 과장되게 이마를 탁 쳤다. 진호가 말도 안 되는 짓을 했다는 제스처였다.

"어디 가서 선수란 이야기 하지 마요. 난 선배가 국대급인 줄 알았는데…… 실망이에요. 영 아니네."

"뭐가?"

"초보도 그런 실수 안 해요. 우리 팀 찌질이 호섭이도 그런 짓은 안 하겠네."

이건 불명예도 보통 불명예가 아니다. 호섭이가 누구냐 하면 선을 보면 백전백패, 태어나서 엄마 손을 제외하고는 단 한 번도 여자 손을 잡아본 적이 없다는 모태 솔로 중의 모태 솔로란 말이다.

"왜? 내가 뭘 어쨌길래?"

"여자친구 캐릭터도 파악 못 해요?"

"왜 파악 못 해? 얘 쿨시크해. 완전 쿨해. 내가 그래서 좋아하는 건데."

"이것 봐라. 이래서 사람은 돌다리도 두들겨야 하는 거야. 방심하면 실수가 나온다니까? 은혜 씨 은근히 인기 많은 스타일이에요. 선배 눈에 이쁜 여자가 남의 눈에 안 이쁘겠어요? 진주 얘기론 소개해달라는 사람도 많았대요. 그런데 본인이 워낙 관심 없어서 다 거절하고 그런 거죠. 애프터 받아준 것도 형이 처음이라는데 뭐 말 다 했지. 그런 타입들은 사소한 거절에 쉽게 상처받는단 말이에요. 봐요! 부탁 100개 하는 애들은 그중 90개 거절당해도 상처 안 받지만 딱 한 번 부탁하는 애들은 거절당하면 100퍼센트 거절당한 거거든."

"아!"

그리고 보니 은혜가 뭔가 해달라고 한 건 처음이라는 생각이 들어 진호는 무릎을 쳤다.

"게다가 여덟 살 차! 완전 봉 잡은 거지. 여자가 어리면 남자도 젊게 산다는 거 몰라요? 내가 여기서 끝이면 말도 안 해. 이런 거 난 중요하게 여기지는 않지만 이왕이면 다홍치마라고 교사! 정년 이 길어! 선배 은퇴하고 나면 와이프가 벌어다주는 돈으로 먹고사 는 수가 생긴다고. 또 연금은 어쩔 거야? 넝쿨째 굴러 들어온 복을 지금 걷어차고 있다고요!"

"근데 아주 안 간다고 한 것도 아니고 금요일 날 간댔는데 뭐."

"여자들이 '오늘 데리러 와라.'라고 하는 건 '데리러'에 방점이 찍힌 게 아니라 '오늘'에 방점이 찍힌 거예요. 뭔가 사정이 있겠 지. 에휴! 나 선배를 일과 사랑 양쪽에서 사부로 모시는 중이었는 데 사랑은 내가 한 수 위인 거 같네. 그냥 나 하던 대로 해야겠어 요. 이러다 은혜 씨 놓치고 저한테 술 마시자고 하지 마요."

"야야, 됐다! 나 쫓아다니는 여자들도 눕혀서 이어놓으면 부산 까지는 아니라도 대전까지는 줄이 되거든? 나 놓치면 지 손해지 내 손해야?"

……라고 호탕하게 말해봤지만 속으로는 은근슬쩍 걱정이 되 기 시작했다.

데리러 갈까? 그래도 월요일인데. 목요일만 되어도 데리러 갈 텐데 월요일은 좀. 더구나 지난주엔 한국 장이 끝나자마자 미국과 유럽 증시가 세트로 난리를 치는 바람에 오늘은 봐야 할 페이퍼도 너무 많다. 가능한 한 빠지지 않는 운동도 쉬려고 하던 참인데.

모니터를 노려본 채 떠오르는 상념을 털어내듯 머리를 흔든 진호는 피식 웃고 말았다.

도대체 이게 무슨 일이냐? 클럽에서 김은혜가 진호에게 약이라도 먹인 걸까? 아니면 그 기가 막힌 자유로 드라이브 날 혼이 빠져나갔나? 김진호가 여자에게 잘릴까 봐 걱정하는 날이 오다니 천지개벽이 따로 없다. 이건 중증 정도가 아니라 말기다.

문득 중증이라고 생각했던 게 며칠 지나지도 않았다는 걸 깨달은 진호는 혀를 찼다. 뭔가에 홀린 것 같다. 육체적 진도는 청순한데 뭔 마음이 이렇게 과속이란 말이냐.

결국 금요일은 아니고 목요일, 그것도 학교는 아니고 집으로. 이건 부탁을 들어준 것도 아니고 아닌 것도 아니라는 애매한 형태로 진호는 은혜의 집을 찾았다. 주말에 만났을 때 박박 우기고 차 문을 잠그는 진상을 부린 끝에 간신히 아파트를 알아낸 참이다. 집에 가는 길이니 사실 일부러 왔다고 볼 수도 없어 욕만 먹을까 망설일 때였다.

"이모도 피곤할 텐데 뭐 하러 밤늦게 오세요? 나중에 산책 겸 내가 슬슬 가면 되는데 엎어지면 코 닿을 거리에 차까지 끌고."

"이 무거운 걸 어떻게 들고 가라고 하니? 몸은 멀쩡할 때부터 아껴서 살살 써야지 젊다고 괜히 까불다가 뼈 나가. 나중에 고장 나고 후회해도 소용없어, 이것아!"

"그래도 이모부 혼자 계시게 하고, 괜히 맘 불편하게."

"네 맘 불편한 게 낫지! 너 냉장고 텅텅 비어 있을 생각을 하면 내가 밤잠이 안 와."

"으이그. 어련히 알아서 먹고 살까 봐요."

이건 은혜 목소리인데?

고개를 돌려보자 아니나 다를까, 편안한 트레이닝복 차림에 머리를 틀어 올려 묶은 은혜가 웬 아주머니의 짐을 받아들고 있었다.

"은혜야!"

은혜와 아주머니의 시선이 동시에 진호에게 꽂혔다.

"여기서 뭐 해요?"

황당하다는 듯이 얼굴을 찡그린 은혜가 제지하기도 전에 성큼성큼 다가온 진호가 넉살좋게 꾸벅 인사를 했다.

"안녕하세요? 은혜 남자친구 김진호입니다."

"응? 은혜 남자친구?"

입을 쩍 벌렸던 은혜가 눈을 초롱초롱 빛내는 이모의 눈빛공격을 이기지 못해 마지못해 진호에게 이모를 소개했다.

"이쪽은 우리 이모예요."

"어머, 반가워요. 내가 살다 보니 우리 은혜 남자친구를 다 만나네."

이모의 손에서 진호가 냉큼 보따리를 빼앗아 들었다.

"어이쿠! 이 무거운 걸 어떻게 그 고운 손에 들고 계세요?"

"응? 오홍홍! 잘생긴 총각이 말도 잘해!"

"은혜가 집에는 절대 안 들여놔서 한 번도 못 가봤는데, 오늘은 이모님도 계시니 저 한 번 집에 올라가게 해주실 거죠?"

"어머? 그랬어? 오호홍홍홍! 우리 은혜가 좀 많이 새침하지."

아닌 게 아니라 남자친구라는 사람을 집 근처에서 마주치자 은근 신경을 썼던 이모의 얼굴이 모르는 척 상황을 깔끔하게 변명한 진호의 말에 단박에 밝아졌다.

그러는 양을 보고 있던 은혜는 혀를 내둘렀다.

김진호, 모르는 여자애들이 보기에는 마냥 사람 좋게 허허거리는 듯하겠지만 보면 볼수록 은근 여우다. 가릴 건 딱 가리고 상황을 딱 정리하는 게 기분 나쁘지 않을 만큼 영악했다. 그 와중에 실속 차리는 건 말도 못하고. 이렇게 되면 은혜로서는 딱히 진호를 집에 들여놓지 않겠다고 우길 수가 없어지지 않겠는가.

"그럼 올라가실까요?"

진호가 척하니 이모를 안내하는 시늉을 했다. 여자라면 누구라도 기분 좋을 만큼 기사도가 듬뿍 담긴 태도였다. 실질적으론 이모를 따라 집 안으로 진출하려는 야욕이 엿보이는 행위였지만 말이다.

차 한 잔씩 앞에 놓고 시작된 담화는 말 그대로 하하호호 정답기 그지없었다.

"응, 그래, 차남이란 말이지?"

"네. 형님은 결혼하셔서 지금 아버지 일을 돕고 계세요."

"아버님하고 형님이 하시는 일이?"

"아버님은 작은 건물 몇 개 임대하시고 형은 아버지 일 도우면서 조그만 주류도매상을 합니다. 본가는 대전인데 일 때문에 종종 서울에 올라오시죠."

"저런? 그럼 혼자 사는 게야?"

"네에. 대학교 때부터 혼자 살아서 익숙합니다."

"그래. 나이가 좀 많은 거 빼고는…… 괜찮네. 차남이고."

호구조사에서 평가로 이어지는 낯 뜨거운 현장에서 멀찌감치 비켜선 은혜는 냉수만 들이마셨다.

이렇게 둘이 쿵짝이 잘 맞을 수가 없다.

신이 나서 은혜 아버지가 재작년에 경주로 발령받아 간 것부터, 전기밥솥 뚜껑도 혼자 못 여는 양반이라 어머니가 따라 내려가고, 올 초에 언니까지 결혼해 유학 가는 바람에 은혜가 혼자 살게 되어 걱정이 많다는 것까지. 미주알고주알 늘어놓는 이모도 이모지만, 은혜로서는 덩실덩실 그 장단에 맞추며 자기는 차남이고 결혼하면 서울에서 알콩달콩 살 거라는 둥, 여자가 원하면 유학 시켜줄 수도 있다는 둥, 가장 큰 고민이 어떻게 손에 물을 안 묻히고 손을 씻겨주는가라는 둥 허튼소리를 늘어놓고 있는 진호도 마음에 안 들기는 매한가지다.

"나이 차이가 있으니 더어 예뻐해야죠."

"그건 그래. 오홍홍홍!"

얼씨구?

누가 누굴 예뻐한단 말이냐? 예뻐한다는 것은 상하가 명확한 관계에서나 가능한 말이다. 생물학적으론 여덟 살 차이지만 정신연령은 남자와 여자는 3년 차이가 난다는 그 정도가 아니라 진짜 계산이 불가능한 수준의 경험 차이와 정신연령의 차이가 존재한다. 심지어 이모도 정신연령으로 따지자면 은혜에겐 아가 수준이란 말이다.

하지만 이런 얘기를 어떻게 하겠는가? 그저 혼자 답답해할 뿐.

"이모, 이모부가 걱정하실 것 같은데 늦으신다고 전화 드릴까요?"

안달복달하는 대신 노련하게 적당한 타이밍을 잡아 이모에게 집에서 기다리고 있을 남편을 상기시킨 은혜의 말에 둘의 수다는 끝이 났다.

"아, 가야지. 어머! 내 정신 좀 봐. 벌써 시간이 이렇게 됐네!"

"그러게요! 이모님과의 대화가 너무 즐거워서 시간이 가는 줄도 몰랐네요."

진호가 하하 웃으며 잽싸게 찻잔을 개수대로 옮겨놓았다.

그러는 그를 보는 이모의 눈이 더더욱 그윽해졌다.

"예예. 이모님, 다음에 또 뵙겠습니다! 살펴가세요!"

이모의 차에 대고 넙죽 허리를 굽히는 진호를 보며 은혜는 이렇게 붙임성 있는 것도 천성이다 싶었다. 그를 보고 있으면 가끔은 신기할 정도로 밝다. 아마 그래서였을 거다. 진주가 말한 '일에 철저한 김진호'를 선뜻 대입할 수 없는 것은.

이것도 선입관의 일종일까? 하지만 은혜의 경험으로 대개 이렇게까지 밝은 사람들은 남 퍼주느라 정작 자기 앞가림은 제대로 못하기 일쑤였다. 그런데 안 그런 사람도 있는 걸까? 더 이상 새로운 종류가 없다고 확신할 정도로 다양한 인간 군상을 만나고 겪어봤지만 김진호는 그녀가 봐도 좀 특이한 편이었다.

"이모님 좋으시네."

"남의 이모 좋아서 뭐 하게요? 사귈래요? 우리 이모 결혼했어요."

"으이그, 질투하냐?"

진호가 피식 웃더니 귀엽다는 듯 은혜의 뺨을 도닥였다. 심지어 이마에 쪽 하고 입도 맞춘다. 너무 자연스러워서 어떻게 반응할 틈도 없이 당해버린 은혜가 황당해서 쳐다보자 싱글벙글 웃으며 사과한다.

"월요일 날은 못 가서 미안해. 그래도 하루 일찍 왔잖아. 봐주라, 응?"

"데리러 온 것도 아니고 집에 가는 길에 들러본 게 뻔한데 뭘 봐줘요?"

삐친 것도 아니었으면서 자기도 모르게 투정부리는 자기가 낯설어 은혜의 목소리에는 그다지 힘이 들어가지 않았다.

"알았어. 미안해. 그런데 웬일로 안 하던 짓을 했어? 나 설레게."

"설레긴."

기가 차서 은혜는 콧방귀를 뀌었다.

"좀 신경 쓰이는 사람이 있어서 경고등 켜려고 부른 것뿐이에
요. 도움은 안 됐지만 해도 안 됐으니 됐어요."

신경 쓰지 말라는 소리였다.

그런데 진호의 반응이 전혀 엉뚱하게 튀었다.

"경고등? 누군데?"

"알 거 없……."

"넌 행동을 어떻게 하고 다니는데 이상한 놈들이 달라붙어?"

기가 막혀 빤히 쳐다보았지만 진호는 겸연쩍은 기색도 없이 잔
뜩 성이 난 표정이었다.

"그리고 그럼 그렇다고 자세히 말해야 내가 만사 제쳐두고 갈
거 아냐. 애가 왜 그렇게 아무 생각 없이 앞뒤 자르고 용건만 간단
이야?"

"내가 뭘 어쨌길래요? 오빠 앞에서 하는 행동 그대로 했구만! 아
아, 하긴 내가 좀 문제가 있긴 있는 모양이다. 오빠도 달라붙었으
니까요."

"너, 말이면 단 줄 알아?"

"정작 필요할 땐 도움도 안 된 사람이 뭘 잘했다고 성을 내요?"

화를 내고 있긴 했지만 은혜는 후회 중이었다.

지난 생에 남장을 하고 산 게 문제였다. 확실하다. 남자에 대한
감이 완전히 떨어져버린 거다. 질투를 유발할 생각이 아니었다면
다른 남자 이야기 따위는 하지 않는 건데. 별거 아니라는 의미로
한 소리에 이렇게 김진호의 눈이 활활 타오르고 있으니 무슨 이야

기를 해도 안 먹힐 거다.

그나저나 늘 실실 웃는 줄만 알았더니 정색할 줄도 알긴 아는구나. 그래도 하나도 안 무섭고 귀엽다는 게 문제지만.

"내가 화 안 나게 생겼어? 생각해보니까 넌 사귀기로 했는데 커플링 하자는 소리도 안 하고 무슨 여자애가 그래?"

"커플링이요?"

이게 무슨 커플링 발가락에 끼는 소리인가.

이야기 진행 방향이 갈수록 어처구니가 없어 은혜는 팔짱을 꼈다. 그러나 진호는 한없이 진지했다.

"그래! 커플링을 끼고 있으면 똥파리들이 안 달라붙을 거 아니야?"

"남자친구 있다고 했는데도 안 듣는데 어떻게 해요?"

"얼마나 대수롭지 않게 말했으면 남자친구 있다고 하는데도 달라붙어? 그리고 이런 사정을 자세히 설명했으면 내가 월요일 날 갔겠지."

"내가 전화했는데 5초 만에 끊은 사람이 누구죠?"

"문자는 어따 쓰려고? 21세기에 통신 수단이 전화뿐이야? 사정을 설명해놨으면 내가 언제 읽든 읽었을 거 아냐."

"내가 왜 오빠한테 구구절절 내 사연을 설명해야 하는데요?"

"그걸 말이라고 해? 그럼 애당초 데리러 오란 말은 왜 했어?"

"그러니까요! 내가 왜 그랬을까 내 혀를 뽑고 싶네요. 도움 될 줄 알았는데 도움도 안 되고 이렇게 날 탈탈 터는 사람을!"

"김은혜, 너 성격에 문제 있는 거 알아? 사람이 의사소통을 편하게 해야지 넌 어떻게 된 애가 무슨 말만 하면 가시를 세우고……."

"됐어요."

"얘 좀 봐? 되긴 뭐가 돼?"

"아! 그만하라니까요?"

왜인지는 몰라도 화가 머리끝까지 치솟은 은혜가 버럭 소리를 지르고 돌아섰다.

"너 거기 안 서?"

붙잡는 진호의 팔을 있는 힘껏 뿌리치고 빠른 걸음으로 걷자니 쫓아온 진호가 다시 한 번 그녀의 팔을 붙잡아 세웠다. 힘으로 하자면야 꼼짝도 못하겠지만 손끝에 인정을 두고 조심조심 잡은지라 다시 한 번 뿌리치고 마구 뛰자 이번에는 쫓아오는 기색이 없었다.

그러다 탁 하고 차문 닫히는 소리가 난 것은 현관에 막 들어섰을 때였다. 고집스레 앞만 보던 은혜가 뒤를 돌아보니 부웅 하는 소리와 함께 주차장을 빠져나가는 진호의 차의 뒤꽁무니가 보였다.

뭐야, 이건.

멍하니 멀어지는 붉은 브레이크 등을 보던 은혜가 허 하고 입을 벌렸다. 머리뚜껑이 열릴 것같이 칙칙폭폭 치솟았던 분이 순식간에 차게 가라앉았다.

방금 뭐 한 거지? 별것도 아닌 일에 왜 이렇게 흥분해서 싸운 걸까? 감각이 진짜 많이 떨어졌나 보다. 방금, 진짜 연애 하는 사람처럼 반응했다. 별것도 아닌 일에 심각하고, 별것도 아닌 일에 끓어오르는 진짜 연애를 하는 애들처럼.

그리고 진짜 연애를 하는 애들처럼 허망했다. 지금 김진호 그냥 간 건가? 안 달래주고?

하기야 애당초 은혜가 화를 낸 것도 좀 이상하니까 달래주는 것도 이상하다. 하지만 진호가 화를 낸 것도 이상했고, 아니, 그 전에 이미 능구렁이처럼 이모를 앞장세워 집으로 쳐들어온 것도 이상하고.

곰곰이 감정선을 따라가던 은혜는 이내 고개를 저었다. 생각해서 뭐 하겠는가? 어차피 조만간 끝낼 인연이었다. 준혁 때문에 조금 꾀여 몇 번 더 만났고, 그러면서 조금 더 편해졌던 거지 정 줄 생각은 애당초 없었다.

하지만 의외로…….

엘리베이터를 기다리며 고개를 뒤로 젖힌 은혜는 마음속에 아쉬움이 싹튼다는 사실을 인정했다.

그러니까 이건 마치 따뜻한 담요를 덮고 있다가 벗었을 때 느끼는 한기 같은 것이다. 진심으로 만난 건 아니더라도 진호는 꼬박꼬박 따뜻했고, 성실했고, 애정표현에 충실했다. 그걸 싫어하는 사람은 아무도 없다.

아무래도 진짜 연애를 너무 오래 쉰 것일까? 제대로 연애라는 걸 해본 것이 말 그대로 아득하니 그래서일지도 모른다. 아무래도 이번 생에는 어떤 식으로든 남자를 한 번 거쳐줘야 할 것 같다.

그런 의미에서는 진호가 괜찮은 상대였는데. 거부감도 없고, 귀엽고, 나름 재미있고, 반듯하고. 그리고…… 그녀를 웃게 해주고. 실소가 반 이상이긴 했지만.

소록소록 솟아오르는 아쉬움을 누르고 은혜는 엘리베이터에 올라탔다.

같은 시각, 번개와 같은 속도로 집에 도착한 진호는 바람처럼 집 안으로 들어와 불같이…… 후회하는 중이었다.

왜 그랬을까? 별일도 아닌데 왜 그렇게 화를 냈을까?

더 나쁜 것은 진호가 화를 냈던 사안이 평소 여자들이 그에게 화를 내던 사안이라는 것이다. 한 마디로 별거 아니라는 것을 진호가 제일 잘 안다는 사실.

하지만 은혜가 잡았던 손을 뿌리치는 순간의 기분은 정말 더러웠다. 아, 진짜 이런 기분 처음이야.

"얘 진짜 사람 이상하게 만드는 재주가 있네."

서성이며 휴대전화를 만지작거리던 진호는 한숨을 내쉬었다.

여자에게 화를 내본 건 손에 꼽히는 진호였다. 좋은 게 좋은 거라는 좌우명에, 특히 여자는 뭘 해도 귀엽다는 진호의 지론 상, 이미 끝난 사이인데 인정을 못 하고 질기게 달라붙는 걸 끊느라 차갑게 화를 냈던 것을 제외하고는 단 한 번도 여자에게 화내본 적이 없다. 그런데 김은혜만 만나면 페이스가 제멋대로 흐트러지니. 이 여자 진짜 그에게 무슨 약을 먹인 게 분명하다.

스물두 살이면 쌈 싸먹어도 모자랄 나이인데 이건 본인이 쌈이 되어가고 있는 듯한 기분이니…….

이걸 어쩐다?

안 그래도 김은혜가 100퍼센트 그에게 넘어오지 않았다는 것은 잘 알고 있는 터였다. 그래서 어화둥둥 어화둥둥 할 수 있는 모두 기술을 구사 중이었는데 선수답지 않게 진심을 내보여버렸으니 어쩐단 말인가? 교현이 자식 말처럼 선수 면허 반납해야 할 것 같다. 감정이 안 섞여야 선수지 지금처럼 감정으로 치바르고 있으면…….

그렇게 혼자 머리를 쥐어뜯고 있는데 손에 쥐고 있던 휴대전화가 드르륵 울렸다. 반색을 하고 액정을 확인했지만, 어머니였다.

"여보세요?"

실망감을 감추고 밝고 상냥하게, 점잖은 목소리로 응대하자 다소 높은 톤의 정 여사가 다다다다 쏘아대기 시작했다.

- 니 형수 땜에 내가 못 살겠어. 솔직히 내가 니 아버지랑 결혼해서 고생고생해서 지금에 왔는데 다 늙은 나이에 며느리 시집살이가 웬일이니?

"……또 형수님과 싸우셨어요?"

- 싸우긴. 걔랑 싸우기라도 할 수 있으면 내가 할 말이라도 좀 하고 속이라도 후련하지. 고고한 척 눈 착 내려 깔고 앉아서 대꾸나

제대로 하냐. 은지도 다 컸으니 더 늦기 전에 셋째 보는 거 어떠냐고 한 마디 했다가 완전 개무시를 당했다. 아니, 말은 바로 해야지. 애 낳으면 지가 키워? 나한테 맡기고, 사람 둘씩이나 붙여주는데, 나 같으면 셋은 더 낳아주겠다. 첫째 낳았다고 아틀리에 차려줘, 둘째 낳았다고 차 바꿔줘. 야야, 말이 아틀리에지 걔가 무슨 화가냐? 미대 나오면 다 화가야? 내가 그랬잖아. 얘가 수호 돈 보고 결혼한 거 같다고.

"에이, 엄마. 그러시는 건 아니죠."

입으론 형수 편을 들긴 했으나 그건 진호도 동감하는 부분이었다.

대전에서 대대로 잘 나가던 백화점 집 고명딸에 서울에서 알아주는 대학교 미대 출신인 형수 애란의 집이 갑자기 기울지 않았다면 그녀는 살아온 환경, 외모, 학벌 뭐 하나 눈에 차는 것 없는 형 수호와는 결혼하지 않았을 거다.

지금은 본가인 대전 근방에서 사업하는 사람치고 아버지 김도일의 돈을 안 쓴 사람 없다는 소리를 들을 정도로 알짜 현금 부자지만, 대대로 행세하던 애란의 집과 그 주변에서 보기에 김도일은 운 좋게 자수성가한 졸부일 뿐이었다.

그런 아버지를 판에 박은 수호가 공주처럼 자라나 사치스러운 생활이 몸에 밴 예술가 애란과 취향이 맞을 확률은 전혀 없었다.

피차 조건 대 조건의 만남이었다.

아버지와 수호는 애란이 가진 그럴싸한 배경을, 애란은 지금까지 살아오던 삶을 유지해줄 돈을 교환하는. 하지만 수호는 애란이 그럭저럭 마음에 드는 듯했고, 애란도 필요에 의해서였지만 수호에게 시집와 아들 하나 딸 하나를 낳아주었다.

그러니 동생 입장에서는 된 거다 싶은데 문제는 어머니였다.

먹고살기 힘들던 시절 눈물을 머금으며 여러 번 낙태하고 아들 둘만 남긴 어머니 정 여사는 자식에게 한이 많아 손주를 더 많이 낳아줬음 하고 바라는데 며느리 생각은 또 다른 것이다.

누구를 뭐랄 수 있는 상황도 아니지만, 팔은 안으로 굽는다고 노친네 소원인데 애 하나 더 낳아주는 게 뭐 어렵나 싶은 것도 사실이다. 정 여사가 알면 기절초풍할 테지만 형수의 친정어머니 병원비에 동생 유학비용까지 형이 다 대준다는 사실을 아니 더 그랬다. 거기에 더해 집안 다 망한 것에 적응 못 하고 아직도 백화점 사장 아들인 양 잊을 만하면 사고치는 오빠의 뒷수습까지 형이 해주고 있다는 걸 생각하면 감정이 뾰족해지기까지 한다. 다른 걸 다 떠나서 실제로 낳은 것 외에 애란은 양육에 전혀 손을 대지 않는 것도 진호가 못마땅하게 생각하는 이유 중 하나다.

"그래도 어머니가 참으세요. 너그럽고 아름다운 멋진 정 여사! 형이랑 형수가 잘 살면 됐지, 라고 쿨하게 생각하세요!"

- 그래! 내가 참으려고! 더럽고 치사해서 그 집 애 더 안 봐!

진호가 하하 웃었다. 며느리는 미워도 눈에 넣어도 안 아플 정도로 물고 빠는 손주들을 안 보겠다며 큰소리를 치는 정 여사가 귀여워서 그런다. 저래놓고 돌아서서는 우리 애기들 먹일 거 없나 고민하면서.

"아버지는 건강하시죠?"

- 건강하지. 너무 건강해서 잔소리가 늘어졌지. 조폐공사 돈 마
르면 돈 말랐지 그 양반 주머니에서 돈 떨어질 일은 없다는 거 내가
아는데 살림 헤프게 한다고 난리야. 말은 바른 말이지, 난 환갑 넘
어 관절 수술까지 하고 나니까 겨우겨우 일주일에 세 번 도우미 아
줌마 쓰는데 네 형수는 매일 부르잖아! 애 어릴 때는 보모까지 따로
두고! 그런데 며느리한테는 암 말을 안 해요!

"에이, 어머니, 그건 형이 해야지 아버지가 하면 좀 우습죠……."

- 그래서 말인데 너 결혼해라!

응? 하고 진호가 눈을 깜빡였다. 왜 불똥이 이리 튄단 말인가?

형수와의 불화야 하루 이틀 일도 아니고, 진호와 달리 무뚝뚝한
김도일, 김수호 부자에게는 이야기 해봤자 속만 더 쓰리다는 걸
알고 있는 정 여사의 스트레스 해소법이 둘째 아들에게 전화해 수
다 떨기였지만, 결혼 이야기가 나온 건 처음이다.

공부에 취미가 없는 큰아들과 돈은 잘 벌어도 인텔리와는 거리
가 먼 남편과는 달리 머리 비상하기로 둘째가라면 서러운, 공부
많이 한 아들은 뭘 해도 다 알아서 할 거라며 터치하지 않던 정 여
사였다.

- 너 여자 많잖아.

"어머니는……. 많은 건 또 아니죠. 그냥 한 번에 하나씩……
알아가는 중이지."

- 그래서 지금 만나는 여자 있어, 없어?

"있지만…….."

- 언제 데리고 올 거야?

"그게요."

그건 아니라고 하려던 진호가 잠깐 말을 멈추고 미간 사이를 좁혔다.

결혼은 서른다섯 넘어서 하겠다고 계획하고 있었지만, 지금 생각해보니 꼭 그래야 할 이유가 없다. 아니, 이유는 있다. 어렸을 땐 더 놀려고 그랬고, 여자가 재미없어진 다음에는 귀찮아서 그랬다. 지금은 더 놀 생각도 없고, 은혜가 재미있으니까…… 결혼해도 되겠네? 곰곰이 생각해보니 정 여사 소원이 손주인데 펑펑 낳아 늘그막에 행복감을 맛보여드리는 것도 효도일 것 같고, 일찍 결혼하면 그만큼 빨리 안정되니 일도 더 잘할 것 같다.

"한번 생각해볼게요."

- 그래? 언제쯤?

"에이, 아가씨랑 이야기해봐야죠. 그쪽 생각도 들어봐야 하고."

- 너 그렇게 매력 없는 애였냐? 나랑 결혼할 생각 없대?

은혜라면…… 어쩐지 그럴 수도 있을 것 같다는 건 기분 탓일까?

"그럴 리는 없지만."

- 그럼 됐지 뭐. 나 기대하고 있는다?

진호는 웃었다.

"네, 연락드릴게요."

전화를 끊은 후 곰곰이 생각해봐도, 왜 진즉 그 생각을 못 했을까 싶었을 정도로 기똥찬 아이디어였다.

교현의 말마따나 일등 신붓감인 건 두말할 필요 없고, 더 마음에 드는 건 어디로 튈지 모르는 매력으로 인간 김진호를 쥐락펴락한다는 거다. 자고로 여자가 그 정도 신비감과 강단은 있어야지 매일 찔찔 짜고 뻔한, 약해빠진 여자는 재미없다.

김은혜도 스피드광이니 이렇게 된 거 스피디하게 일을 진행시켜 볼까나?

으흐흐흐, 하고 음흉하게 웃은 진호가 만족스럽게 턱을 문질렀다.

일단은 사고 친 걸 스피디하게 수습하고…… 그 다음에는, 김은혜! 기다려라! 조만간 아줌마로 만들어주마!

"에취!"

TV 채널을 의미 없이 돌리고 있던 은혜는 갑자기 등을 타고 오르는 오한에 되게 재채기를 했다.

"감기가 드나?"

어쩐지 으슬으슬한 기분이 들어 일어선 은혜는 구급함을 꺼내 타이레놀 하나를 꺼내 먹었다. 여름 감기는 걸리면 고생이니 예방이 최고다.

0 6

슬픔은 바다와 같다는 생각을 한다.

넘실넘실 투명한 슬픔이 햇빛에 푸른빛으로 반짝인다. 무언가 보일 듯, 무언가 잡힐 듯, 그러나 보이지 않고 잡히지 않아 안타까운 마음에 잔뜩 습기가 차오른다.

끝이야.

다시는 돌아가지 않을 거야.

어딜?

뜨거운 무언가가 눈꼬리에서 흘러내려 뺨을 적셨다.

"헉!"

몸을 벌떡 일으킨 은혜는 가슴을 움켜쥐었다. 무언가 쥐어짜는 듯 격렬한 통증이 심장에서 시작해 온몸을 휘감았다.

머릿속이 하얗게 번지며 아무것도 생각나지 않는다.

그렇게 얼마나 몸을 웅크리고 있었을까? 거짓말처럼 통증이 사라지며 막혀 있던 호흡이 돌아왔다. 뜨거운 숨을 내뱉으며 은혜가 길게 허리를 폈다.

뭐였을까? 꿈이었나?

뭔가 슬프고, 아프고, 흐릿하게 가슴을 저미는 것…….

손바닥이 축축하게 젖어 있었다. 아니, 손뿐 아니라 이마도 등
도, 온몸이 땀으로 젖어 있다.

"설마……."

설마 김진호와 헤어졌다고 이러는 건 아니겠지?

스스로가 생각하고도 엉뚱하고 어이가 없어 피식 웃고 만 은혜
는 시계를 확인했다. 아직 이른 시간이었지만, 이대로 기상해 출
근하는 것도 나쁘지 않은 생각이다 싶다.

오늘은 다른 교생과 선생님들이 참관하는 수업이 있는 날이었
다. 준비는 완벽했지만, 한 번 더 체크한다고 해서 나쁠 것은 없을
거다.

아마도 이 신경 쓰이는 참관수업 때문에 긴장해서 나쁜 꿈을 꾼
것 같다.

"오늘 배운 가정법 구문을 마지막으로 다시 정리해보도록 할게
요. 가정법 과거는 일어나지 않은 현재 사실을 가정하는 거예요.
'과거'라는 이름이 붙은 이유는 과거시제를 쓰기 때문이죠. 대표
구문은 If I were a bird, I could fly to you."

참관수업이 거의 끝나가고 있었다. 선생님들의 눈을 봐도 그렇
고 아이들의 초롱초롱한 표정도 그렇고, 무엇보다 진주가 아무도

못 보게 양손 엄지를 치켜들고 있는 걸로 봐서 별 문제 없이 끝나는 듯하다.

"한 시제씩 앞으로 당긴다고 생각하면 헷갈리지 않고 외울 수 있을 거예요."

한참 설명을 하는데 교실 창밖으로 남자 머리가 지나갔다. 제법 높은 창이라 머리끝이 보이는 걸 보면 키가 큰, 그러니까 준혁 정도는 되는 남자의 머리였다.

아니나 다를까, 검은 머리끝이 천천히 앞으로 다가와 작은 창이 달린 문을 지나쳤다. 그 순간 확인한 바로는 준혁이다. 그리고 빌어먹게도, 눈은 마주쳤다.

아주 잠깐이었지만 준혁은 수업이 끝나면 이사장실에 들렀다 가라는 뜻을 명확히 했다.

젠장.

은혜는 입술을 깨물었다. 그날 이후로 몇 번 학교에서 마주치긴 했다. 그때마다 그냥 별다른 이야기 없이 넘어가기에 이대로 그냥 넘어갈 수도 있겠다고 생각했던 건 역시 착각이란 말인가? 실습이 끝나는 날을 기다리고 있었다는 면에서 나름 점잖다고 해야 할지, 용의주도하다고 해야 할지.

딩동댕동.

고전적인 벨소리와 함께 참관수업답게 몸을 꼿꼿이 세우고 있던 아이들이 풀어지기 시작했다.

"그럼 수업을 마치겠습니다. 오늘 배운 거 잊어버리지 말고, 그

동안 수고하셨습니다."

"감사합니다, 선생님!"

웃으며 은혜가 인사하자 약속이나 한 듯 우렁찬 인사와 함께 참관인단에서 박수소리가 터졌다.

똑똑.

매도 먼저 맞는 게 낫다고 내내 불편해하며 뭉그적거리느니 참관수업이 끝나자마자 은혜는 이사장실로 직행했다.

"네, 들어오세요."

문을 열자 커다란 책상과 그 뒤에 병풍처럼 둘러진 책장들, 그리고 손님맞이용 검은색 소파와 테이블이 전형적인 이사장실의 풍경이 눈에 들어왔다.

준혁은 책장을 바라본 자세로 책상에 엉덩이를 걸치고 앉아 있었다. 그러다가 은혜가 들어서자 일어서서 몸을 돌려 바로 한다. 그러는 양이 마치 자기 덫에 걸린 짐승을 바라보는 사냥꾼처럼 여유가 넘쳐 은혜의 등줄기가 긴장감으로 빳빳하게 굳어졌다.

본디 호전성과는 거리가 먼 성격의 은혜다. 어째서 이 남자를 마주하면 이렇게 알 수 없는 전기가 온몸에 흐르는 걸까?

좋아하는 타입의 사람은 아니었지만 그렇다고 이렇게까지 싫을 이유도 별로 없다. 잠깐이나마 몸담은 학교의 권력자고 은혜에게 호의를 베풀었으면 베풀었지 해코지를 한 적도 없다. 물론 강압적인 태도를 보인 건 사실이지만 나이 먹은 수컷들이란 다 그렇고 그런 게 아니던가? 심지어 그 사근사근한 김진호도 자존심이 상하고 질투심이 발동하자 성질을 부리곤 팽하니 가버렸는데. 아니, 김진호 생각은 그만두자.

은혜는 가볍게 몸을 굽혀 인사부터 했다.

"부르셨어요?"

"예, 부탁할 게 하나 있어서."

준혁이 뚜벅뚜벅 걸어 다가오더니 손짓으로 의자를 권했다. 어쩔까 하다가 사이를 둘 수 있을 만큼 두고 앉았다. 대각선에 위치한 일인용 의자에 앉은 준혁이 팔걸이에 팔을 괴고는 손으로 턱을 받쳤다.

"무슨 부탁이시죠?"

말없이 빤히 쳐다보는 동공이 부담스러워 시선을 비스듬히 내린 채 묻자 준혁이 자세를 바꿨다.

"책 말인데…… 그때 읽고 있던 아즈텍 관련한 책."

"네."

"과제 다 했으면 빌려줄 수 있을까요?"

은혜는 눈을 깜빡였다. 어퍼컷에 대비해 단단히 가드를 올리고 있었는데 전혀 예상치 못한 방향에서 훅이 날아온 셈이었다.

확실히, 임준혁이 그녀에게 보인 관심은 여자에 대한 관심이었다. 회식이 끝난 날 차를 태워줬을 때 했던 말을 되새겨보면 확실했다. 그렇지만 곰곰이 따져보면 그날 이후 그는 한 번도 그녀에게 직접적으로 접근하거나 소위 유혹하는 얘기조차도 한 적이 없었다.

처음부터 아즈텍에 대해 관심을 가진 준혁의 의도를 잘못 이해한 걸까? '알고 싶다.'는 말이 학문적인 의미였을까? 분명 그는 몇 번이나 아즈텍에 대해 언급했고, 그건 흔한 주제는 아니다. 말마따나 준혁이 관련 교양수업을 들을 정도로 관심 있는 주제라면 예상치 못한 곳에서 마주한 것에 대해 흥미를 느꼈을 수도 있다. 그 흥미 때문에 덩달아 그녀에게도 잠깐 관심을 가질 수도 있을까? 악취미적으로 어린 교생을 놀린 것에 은혜가 과민 반응했을 가능성은?

가능하다.

오랜 경험으로 은혜는 사람의 감정에서 착각을 배제할 수 없다는 것을 알고 있었다. 실제보다 과민하게 받아들이거나 실제보다 가볍게 여기는 것이 모든 문제의 원인이 된다.

"물론이에요. 지금 교생실에 있는데 바로 갖다 드릴게요."

경계를 완전히 풀지는 않은 채, 하지만 좀 더 중립적인 태도로 은혜가 미소 지으며 대답했다.

"그래주면 고맙겠어요."

준혁이 빙그레 웃었다.

"더 하실 말씀은?"

"없어요. 그동안 수고했어요. 아까 보니 좋은 선생님이 될 것 같군요."

"감사합니다."

잠깐 눈이 마주쳤지만 그뿐이었다. 이내 허리를 굽힌 은혜는 돌아섰다. 끝이 좋으면 다 좋다고, 어쨌든 실습도 끝난 참이니 더 이상 임준혁이란 남자를 볼 일은 없을 터였다.

신세졌던 선생님들과 다른 교생들하고 아쉬운 인사를 나누고 학교를 나설 때였다. 학교에 복귀하자마자 기말고사 준비를 해야 하는 것은 암울하지만, 그래도 개운하게 실습을 잘 마쳤다며 스스로 만족하고 있는데 예기치 못한 화려한 이벤트가 준비되어 있었다.

교문 앞에 진호의 벤츠가 주차되어 있었던 것이다.

서킷에선 생애 최고의 해방감을 맛보게 해줬고 자유로를 달릴 때도 좋았던 멋진 차지만, 여긴 중학교 앞이었다. 진호의 날렵한 스포츠카는 튀다 못해 거의 딴 세상의 존재처럼 보였다.

"여, 여기에 어떻게……?"

너무 놀라 답지 않게 말까지 더듬어버린 은혜를 보며 차에 기대 있던 진호가 씨익 웃었다. 그러더니 차 안에서…….

"오늘 교생실습 마지막 날이지? 수고했어! 김은혜! 자랑스럽다!"

으악! 꽃다발이다!

"우어어어어어우어우어우어우어워어!"

짐승 같은 남학생들의 환호성이 무슨 늑대들이 단체 합창하는 소리 같다. 약간의 사이를 두고 함께 나서던 교생들도 수군수군

흥미진진한 얼굴로 바라보고 있었다.

어쩔 줄 모르고 질려 서 있자니 군중이라는 힘을 빌려 학생들이 얼른 꽃을 받으라며 독려하기 시작했다.

"받아라! 받아라!"

"뽀뽀해! 뽀뽀해!"

"워어어어우어워우어어워어! If I were her, I would received a huge bunch of flowers(내가 그녀라면, 커다란 꽃다발을 받을 텐데)."

어디선가 센스 있는 녀석이 마지막 수업에서 배운 가정법을 사용해 은혜를 놀렸다. 은혜가 날카롭게 소리가 난 방향을 향해 고개를 돌렸다.

"I would received가 아니라 I would receive! 조동사 뒤에는 무조건 현재형! 잊어버리지 마!"

"네에에에에!"

와글와글 웃음소리와 함께 커다란 대답소리가 울렸다. 그 속에서 은혜는 의기양양하게 ― 실은 쥐구멍이라도 있으면 들어가고 싶었지만 ― 진호에게 꽃을 받고, 도도하게 그가 열어주는 문을 이용해 차에 탑승했다.

그 뒤로 우렁찬 박수소리가 공기를 뒤흔들었다.

"우리 끝난 거 아니었어요?"

사람들이 보고 있어서 차에 올라탄 건 올라탄 거지만, 꽁해 있는 마음은 풀리지 않았기에 차가 출발하자마자 은혜는 트집을 잡았다. 그러나 여느 때의 자기 페이스를 되찾은 진호가 이 정도 가시에 꿈쩍할 리가 없다.

"언제 헤어지자는 말 한 적 있나? 우리 은혜, 내가 진짜 화난 걸까 봐 걱정했구나?"

"걱정은 누가 했다고."

"난 너 화났을까 봐 걱정했는데."

"됐고요. 난 정리했으니까 그쪽도 그랬으면 좋겠어요."

"그쪽이나 저쪽이 어떻게 할지는 모르겠고 난 정리할 생각 없는데."

일부러 쌀쌀맞게 '오빠'라는 호칭 대신 '그쪽'이라고 불렀는데 화를 내기는커녕 엉너리를 치는 바람에 은혜는 웃음을 터뜨릴 뻔했다. 그러나 교생실습도 끝났고 준혁을 막을 방패가 필요한 것도 아니니 이쯤에서 끝내는 게 좋을 터였다.

"난 생각 없으니까 차 세워줘요."

"미안해. 난 네가 너무 좋은가 봐. 다른 남자가 집적댄다고 생각하니까 눈이 확 돌지 뭐야?"

"눈이 돌았는지 머리가 돌았는지는 모르겠지만 어쨌든 됐다고요."

"꽃다발까지 받아놓고 이러기야?"

"두고 갈게요."

"이 큰 꽃다발을 나더러 뭐 하라고?"

"나라고 할 게 있겠어요?"

"집에 장식해놓고 볼 때마다 오빠 생각을 하는 거지. 꽃이 하나하나 시들 때마다 나에 대한 마음은 한 송이씩 피어날 거야."

이번에는 진정 위기였다. 웃음이 목구멍을 간질간질 타고 오르는 걸 간신히 누른 은혜가 숨을 몰아쉬었다.

"그쪽이나 집에 꽂아놓고 하나하나 시들 때마다 나에 대한 기억을 싹 지워버려요."

"난 기억을 지우려면 먹어야 해."

"뭐요?"

"정 그렇다면, 좋아. 끝나는 거 인정할게. 대신 내가 꽃을 다 씹어 먹을 때까지 기다려."

마침 신호대기 중이라 차가 선 틈을 타 손을 뻗은 진호는 꽃잎하나를 따 입 안에 넣었다. 느닷없는 공격에 정신을 차리지 못하고 은혜가 눈을 동그랗게 뜬 채 입을 벌리고 있는데 두 번째 꽃송이가 진호의 입 안으로 사라졌다.

"미, 미쳤어요? 싱싱하라고 어떤 약을 뿌렸는지 모르는데! 농약 중독되면 어쩌려고요!"

"기억을 지우려면 어쩔 수 없지. 기다려. 꽃이 좀 많아서 오래 걸리겠다."

어쩔 수가 없었다. 결국 세 송이째가 입 안으로 사라지려는 순간 은혜는 웃음을 터트리며 진호의 손을 잡고 말았다. 뭐 이런 남자가 다 있담?

진호가 씩 웃으며 자신의 손 위에 얹힌 은혜의 손을 역으로 잡아 손등에 입을 맞췄다.

"새로 난 경춘선 달려봤어? 첩첩이 늘어선 산이 죽여줘."

"……아니기만 해요."

"오케이!"

진호가 청량하게 웃었다. 그 옆모습을 홀린 듯 바라보던 은혜가 고개를 절레절레 저었다. 입가에 여전히 미소가 떠올라 있다. 진짜, 웃기는 남자야.

확실히 새로 난 길이 좋긴 했다. 넓은 도로는 높이가 높아 산이 바로 옆에서 함께 달리고 있다. 마침 여름의 길목에 선 딱 좋은 계절이기도 했다. 녹음이 풍성해지며 생명력이 산을 가득 덮고 있어 마치 손을 뻗으면 잡힐 듯하다.

"꺄아아아아!"

직접 운전할 때보다 나쁠 것이 없었다. 손도 한가하겠다, 집중력도 필요 없겠다, 폭풍처럼 달리는 차에서 손나팔을 한 채 은혜는 마구 소리를 질렀다. 한 달 내내 실습과 학교 때문에 스트레스 받은 게 확 날아간다.

흐뭇하게 다녀가는 진호의 시선 역시 듬직했다.

운전을 하는 것을 보면 사람을 안다고 한다. 은혜는 스피드를 즐기지만 차선을 자주 바꾸지 않고 핸들을 안전감 있게 운용하는 타입이다. 브레이크도 극도로 자제해 거의 속도감 외의 관성을 느끼지 않도록 운전한다.

의외로, 진호의 운전도 그랬다. 정신 나간 마초형 날라리들이 자신의 남성성을 보인답시고 차선을 왔다 갔다 하며 칼질을 하거나 뒤에서 빤짝거리며 위협을 하는 데 반해 진호의 드라이빙은 안정감 있고 믿음직스러웠다. 시원하게 쭉 뻗어 나가는 느낌은 은혜보다 한 수 위다.

산자락 위로 내려앉은 붉은 융단 같은 노을이 마치 세상의 끝을 향해 달려가고 있는 것처럼 가슴까지 붉게 적시는 느낌이다.

"아!"

다리의 양옆으로 펼쳐진 강이 붉게 타오르는 것을 보며 은혜는 탄성을 흘렸다.

머리가 아득해질 정도로, 눈 주위가 시큰해질 정도로 아름다운 광경이다. 넘실대는 물살 위로 반짝이는 주홍빛, 노랑빛의 스펙트럼이 눈부시다. 어쩐지 마음이 뭉클해졌다.

그런 은혜의 심정을 아는 것처럼 진호가 비상등을 켜더니 갓길에 차를 세웠다. 뭔가 하고 돌아보자 싱긋 웃고 차에서 내려 은혜 쪽으로 돌아와 차문을 열어준다.

"노을 보고 가자."

그렇게 나란히 다리에 기대 강물을 바라보았다.

끝도 없이 펼쳐진 강과 주변의 산들이 마치 그림 같다. 다른 건 몰라도 한국의 산은 정말 아름답다. 웅장하거나 거대하지 않아도 하나하나 푸르게 생명력을 담은 채 웅크리고 있는 산등성이는 심장을 살금살금 건드리는 무언가가 있다.

"기억을 더듬어봐도 이렇게 아름다운 풍경은 몇 되지 않아."

무심코 은혜가 중얼거리자 의미도 모르면서 진호가 흐뭇하게 웃었다. 그의 시선은 즐거워하는 그녀가 마치 애기처럼 순진하다는 듯 마냥 뿌듯하게 귀여워하는 것처럼 느껴져 참 신선했다. 그녀의 입장에서는 애기가 누군데 누구를 저런 눈으로 본단 말인가?

그러는데 진호가 은혜를 돌려세웠다. 눈이 마주치는 순간, 그가 뭘 할지 알 수 있었지만 어째서인지 막고 싶지 않았다.

평소처럼 못된 말을 늘어놓아 분위기를 깨고 싶지도 않았다.

사방이 고요했다.

마치 풍경화 속에 들어와 있는 것 같다.

은혜를 바라보고 있는 진호의 눈동자가 붉은 노을에 물들어 있었다. 그래서인지 무척이나 따뜻하고, 안정감 있는 느낌이었다. 나란히 서 있는 느낌, 말 그대로 오랜만에 혼자 서 있는 게 아니라 누군가 옆에 있을 때의 체온이 느껴진다.

천천히 고개를 숙인 진호의 입술이 은혜의 입술을 덮었다.

멀리 강에서 쉬던 날개가 큰 새 한 마리가 퍼덕퍼덕 날갯짓을 하며 붉은 하늘로 날아올랐다.

"나 이번 주말에는 아버지 생신이라 집에 가는데 같이 갈래?"

"뭐라고요?"

어둠이 내려앉은 다음에도 창밖을 구경하느라 정신없던 은혜

는 정말 제대로 못 들었다. 아니, 듣긴 들은 거 같기도 한데 이게
뭔 아버지 생신에 돌잡이하는 소린가 싶다.

"주말에 같이 대전 가지 않겠냐고."

"미쳤어요?"

첫 키스의 황홀감이 아직 사라지기도 전에 파르라니 정색을 하
고 따지는 은혜를 보고 진호는 이 여자가 아직 죽지 않았구나 싶
은 이중적인 감정을 느꼈다. 귀엽기도 하고 서운하기도 하고.

"지금 키스 한 번 했다고 우리가 사귀는 거라고 생각하면 큰 오
산이에요. 난 그런 생각 전혀 없으니까."

"아니, 뭐 이래 거꾸로야? 키스했으니 나한테 책임지라고 네가
막 떼써야 하는 거 아냐?"

흥 하는 코웃음이 차 안을 울렸다.

"지금이 조선시댄 줄 알아요? 그리고 말이야 바른 말로 안 그러
니 다행 아니에요?"

분명히 맞는 소린데, 그런 것 같은데, 기분이 영 이상하다.

"넌 도대체 뭐가 문젠 거야? 내가 뭐 못 해주는 거 있어? 너만 우
습게 보지 나 꽤 잘 나간다고."

"그러니까 죽죽 잘 나가세요. 내 옆에서 이러지 말고."

말이나 못하면!

"난 독신주의예요. 특히 지금은 내 인생이 걸린 시험 준비 하느
라 정신없고요. 꼭 이번에 붙어서 연금을 길고 탄탄하게 부어서
노후에 대비할 거예요. 열심히 일하다가 은퇴하면 물 좋고 경치

좋은 데서 조용하게 살 거라고요."

"다 좋은데⋯⋯."

스물두 살짜리 꿈치고는 지나치게 노티 나는 게 아닌가 고민하며 진호가 반론을 제기했다.

"내가 너 시험 공부 하는데 방해할 사람 아니고, 나 알뜰하게 외조할 수 있어. 그리고 연금 길고 탄탄하게 부어 하는 노후 대비는 둘이 하면 더 튼실할 거 아냐? 물 좋고 경치 좋은 데서 혼자 사는 것보다 둘이 살면 더 재미날 거고. 그리고 물 좋고 경치 좋은 데는 전원주택이 필수인데 주택은 아무리 잘 지어도 살면서 계속 여기저기 고치고 관리할 게 많아서 부지런하고 손재주 좋은 남편은 필수라고."

"돈이 없어서 그렇지 돈만 주면 재깍재깍 수리해줄 전문가들이 널렸네요. 그러다 기운 완전히 떨어지면 시설 좋은 시니어 레지던스 들어가면 되고. 특히 요즘은 세상이 좋아져서 VOD도 있고 인터넷도 있고, 하루 종일 혼자서도 놀겠던데요 뭐."

"그러니까 혼자서도 놀 수 있지만 둘이 놀면 더 재미나다는 거지. 팔십 되어서 나란히 손잡고 200km/h로 드라이브하고 그러면 좋잖아?"

나름 진심을 담은 프러포즈였는데 은혜는 진짜 웃기는 개그를 들은 것처럼 깔깔 웃었다.

"머리 하얘서 스포츠카를 달리면 좋긴 하겠어요. 그러다가 손 한 번 떨면 천당이 가깝겠고."

진호는 마구 혼란스러웠다. 얘가 하는 소리는 어디까지가 진심이고 농담인지 알 수 없을 때가 많다.

다시 생각해도 희한한 애다.

키스하려고 할 때 순순히 눈을 감길래 됐다 싶었는데 키스 정도는 아무것도 아니라는 듯이 굴고, 그렇다고 발랑 까진 애냐 싶으면 그러기엔 반응이나 하는 짓이 너무 순진했다. 요즘 스물두 살이면 알 거 다 아는 나이라지만 선수 입장에서 봤을 때 김은혜는 그런 애가 아니었다.

그런데다가 저 팔십 먹은 노인 같은 꿈은 다 뭐냐. 시니어 레지던스는 최소한 쉰은 넘은 사람의 입에서 나와야 마땅한 단어다. 이 나이 때는 좀 더 생동감 있는 꿈을 꿔야 하는 게 아니던가?

교현이 말마따나 필드 감각이 사라진 걸까? 제대로 된 연애를 너무 오래 쉬었는지도 모르겠다. 최근 2, 3년은 각 잡고 일만 하다 보니 요즘 애들에 대해 감각이 없어졌나 보다. 여덟 살 차면……그래, 요즘은 쌍둥이끼리도 세대 차이를 느낀다는데. 공부해야 하는 나이다. 좀 더 노력하자.

진호는 잽싸게 화제를 바꿨다.

"근데 너 그거 알아? 교현이 진주 씨랑 사귄다?"

"어머! 정말요?"

예상대로 은혜가 눈을 동그랗게 뜨며 반응해왔다.

"응. 처음에는 오빠동생으로 지낸다더니 어쩐지 연락하는 횟수가 심상치 않다 싶었거든. 그런데 교현이가 맘 먹고 프러포즈 했다나 봐. 진주 씨가 오케이 했고."

"아, 정말 잘됐다아."

"사귀니까 좋다고 녀석이 얼마나 자랑하던지. 내가 진주 씨 얼굴은 좀 가물가물하다고 하니까 그렇게 미인이고 몸매 좋고 애교 많다고 입에 침이 마르게 칭찬을 하더라니까?"

"응, 진주 선배 진짜 괜찮아요. 그분이 봉 잡았네요."

진주가 아주 신났겠군 싶었다. 사람은 정말 좋은데 제대로 연애가 안 돼서 매일 속상해했는데 좋은 사람 만났다니 다행이다. 역시 사람 일은 모르는 건가 보다. 늘 연인일 수도 있는데 친구가 된다며 안타까워했는데, 이미 친구로 낙인 찍은 사람과 연인이 되는 수도 있으니 말이다.

"교현이 녀석 아주 얼굴이 폈어. 연애하는 건 역시 좋은 건가 봐. 그런 의미에서 너도……."

"됐고요."

"되긴 뭐가 되냐? 넌 자꾸 되고 그래. 사람 말을 끝까지 들어보지."

"그럼 말해요. 듣기만 할게요."

"어허! 너 오빠한테 자꾸 꼬박꼬박 말대구하지?"

"오빠 같아야 오빠가 보다 하지."

"키스는 오빠처럼 하지 않던?"

"완전 별로였거든요?"

"뭐야? 너 언제 해봤어?"

167

"자기도 처음은 아니면서."

"자기란 소리 듣기 좋다."

"이봐요!"

티격태격 싸우는 두 사람을 실은 차가 하나둘 가로등이 켜지기 시작하는 경춘선을 호쾌하게 날았다.

01

"뭐야? 진호가 곧 결혼한다고?"

제대로 이야기하지도 않았는데 터트려버린 정 여사 덕에 대전 본가에는 <축 김진호 결혼>이라는 플래카드가 나붙지 않은 게 이상할 정도로 흥분이 감돌고 있었다. 특히 신난 건 어머니의 과도한 관심을 이제 나눌 수 있게 되었다고 생각하는 형 수호다.

"아직 아냐. 대학생이란 말이야."

"뭐? 대학생? 그럼 몇 살인데?"

"스물두 살."

"엄머엄머엄머!"

정 여사가 오두방정을 떨며 격하게 손뼉을 치는 바람에 진호는 자신이 은혜의 나이까지는 정 여사에게 언급하지 않았다는 사실을 깨달았다.

"역시 우리 진호가 능력이 있어! 능력이 있어!"

"어머니도 참. 그게 능력이에요? 도둑놈이지, 아얏!"

뚱하게 반응하다가 정 여사에게 쥐어 박힌 수호가 콧잔등을 찡그렸다. 아버지 김도일 사장을 빼닮아 퉁퉁하니 저중심 안정형 아저씨 체형인데다, 딸 노릇 하느라 붙임성이 발달한 진호와는 달리 보통은 무뚝뚝한 한국의 전형적인 남자지만 정 여사 앞에서는 그저 귀여운 아들에 불과하다. 나이차가 많이 나서 진호에게는 어렸을 때는 바쁜 부모 대신 챙겨주는 아버지 같은 형이었고, 지금도 언제나 기댈 수 있는 든든한 기둥 같은 존재다.

 "그래, 뭐 하는 아가씨인데?"

 모르는 척 뒷짐 지고 있는 아버지까지 슬쩍 나서는 걸 보니 이제 덮어두기는 틀렸다 싶어 진호는 술술 불기 시작했다.

 "4학년인데 임용고시 준비하는 애예요. 올해 1차부터 봐야 하니까 최소 1년은 있어야 결혼 이야기고 뭐고 꺼낼 수 있어요. 애가 어리지만 아주 어른스럽고 똘망똘망해요."

 "하야냐? 여자는 하얘야 하는데."

 뜬금없이 김 사장이 자신의 취향을 피력했다. 환갑을 훌쩍 넘은 나이에도 불구하고 정 여사 살결이 백설기 같은 것을 보면 반백년이 넘게 지속되어온 취향이다.

 아버지의 취향을 존중하는 마음으로 진호가 엄지를 치켜들었다.

 "백설이라고 부를까 생각 중이에요."

 허허 하고 만족스럽게 웃으며 김 사장이 미래를 계획하기 시작했다.

"안 그래도 교육 재단이 세금도 잘 빠지고 쏠쏠하다고 해서 학교 하나 인수해볼까 했더니 이렇게 복덩이 하나가 굴러오고 있었구먼."

남부럽지 않게 돈을 번 김 사장이지만 초등학교도 못 나온 한이 있어 교육 사업에 관심이 많았다. 그런데 교사 며느리라니, 늘그막에 꿈이 이루어지는구나 싶어 적잖이 흥분한 기색이다.

"어차피 맘 정한 거면 그냥 일찍 데려와서 우리가 공부 시키는 것도 괜찮지 않냐?"

"애가 남의 신세 지는 것도 싫어하고 성격이 아주 똑 부러져요. 얘기는 해보겠지만 그럴 타입 아니에요."

아직 아들이 제대로 꼬시지도 못했다고는 차마 자백할 수 없어 진호가 에둘렀다.

이렇게까지 이야기가 진행이 되니 은근 불안하기도 했다. 이걸 얼른 김진호 거라고 도장을 꽉 찍어놔야 안심이 될 것 같다.

그때 내내 마뜩찮은 표정으로 새침하게 앉아 있던 애란이 흥분된 분위기에 찬물을 끼얹었다.

"그쪽 집 의견도 들어봐야죠. 요즘 선생님은 일등 신붓감이라고들 하잖아요. 그리고 대학생이면 앞으로 하고 싶은 것도 많을 텐데 그 어린 나이에 벌써 결혼해서 묶이고 싶겠어요?"

"그러니까 딴 생각 못 하게 빨리 모시고 와야죠."

기분 상한 표정으로 한 마디 하려는 정 여사를 얼른 가로막으며 진호가 얼버무렸다.

꼭 저럴 필요까진 없을 것 같은데 언제나 물에 뜬 기름처럼 겉돌며 아슬아슬한 형수다. 이유를 알기에 진호가 보기에는 더 위태했다.

세상이 좁으려면 한없이 좁은 것인지, 신입생 때 잠깐 사귄 여대생이 애란을 잘 알았다. 애란이 그의 형수라는 걸 모르는 그 수다스런 여자는 진호가 대전 출신이라는 소리에 대전의 졸부집 아들에게 팔려가듯 시집간 과 선배의 슬픈⑦ 사연을 재미삼아 떠벌렸다. 집안에도 드나들고 해서 주변에서 다 결혼할 거라고 생각했던 사람도 있었는데 폭삭 망하고 아버지 돌아가시니까 바로 문전박대 당했다더라. 자존심 엄청 강한 선밴데 참 안됐다 등등. 묻지도 않은 얘기를 주절주절 잘도 떠들었다. 그날 들은 얘기를 진호는 가슴에 그대로 묻고 절대 입 밖에 내지 않았다.

형수가 안됐다는 생각도 조금 들긴 했다. 하지만 억지로 끌어다 강제로 결혼시킨 것도 아니었다. 자신이 한 선택이고 걷어차고 나가지 않을 거면 애정을 품는 게 좋을 텐데, 누릴 건 다 누리면서 언제까지 저렇게 불만을 품을 건가 안타깝기까지 하다.

"어흠! 얼마 안 있다 네 형이랑 서울 올라갈 일 있는데 그때 한번 볼 수 있겠냐?"

언제나 그렇듯 큰며느리의 뾰족한 말을 무시한 김 사장이 말을 돌렸다.

"서울엔 왜요?"

"급매로 꽤 좋은 알짜배기 자리에 건물 하나가 나왔어. 최종점

검차 가볼까 싶은데 그때 아예 선을 보는 게 어떠냐?"

"에이, 애 시험 본다니까요. 너무 급하게 마음 잡수시지 마세요. 이쪽에서 너무 애 단 티 나면 그것도 안 좋아요."

진호의 말에 수호도 모르는 척 사람 좋게 푼수를 떨었다.

"그럼, 그럼, 여덟 살 차이면 한참 키워야지. 아우, 애기네, 애기야. 진호 너 좋겠다."

거기에 대고 애란이 한 마디 보탰다.

"다섯 살 차도 적은 건 아니에요."

수호와 애란의 나이차를 지적하는 말에 정 여사는 옆에서 뒷목을 잡기 직전이었다.

"자! 자! 당장 날 잡을 거 아니니 일단 저에게 맡기시고! 모두 흩어집시다! 웬 뜬금없는 가족회의 분위기예요?"

손을 휘저으며 진호가 얼른 정 여사를 부축해 방 안으로 끌고 들어갔다.

어흠거리며 김 사장이 서재로 들어가는 기색이 뒤따랐다.

오랜만에 늦잠을 잔데다 향초까지 피워놓고 느긋하게 목욕을 한 은혜는 차갑게 우린 아이스티를 들고 TV를 켰다. 아무 생각 없이 볼 수 있는 예능프로를 보며 웃고 있자니 쌓인 피로가 말끔히 씻겨 나간 듯 온몸이 다 개운했다. 이렇게 늘어지는 주말이 얼마 만인지 모르겠다.

그리고 보니 벌써 몇 주째 주말이면 진호에게 시달림을 당한 터였다. 놀자고 조르는 것이 귀엽긴 했지만 은근 피곤했나 보다.

그나저나 매주말 아침부터 그렇게 보채더니 본가에 내려간다고 연락 한 통 없는 건가?

귀찮다고만 여겼는데 한가한 주말이 의외로 어색하다는 것을 깨달은 은혜는 쓰게 미소를 지었다.

사람이란 어찌나 빨리 사람에게 적응이 되는 건지.

그러고 있는데 테이블 위에 올려두었던 휴대전화가 드르륵 울었다. 진호인가 싶어 얼른 휴대전화를 들었는데 이모였다. 진호일까 기대했던 게 황당하기도 하고 실망하는 자신이 우습기도 해 고개를 저으며 은혜는 통화 버튼을 눌렀다.

- 뭐 하니?

"씻고 나와서 쉬고 있었어요."

- 데이트 안 해?

"그런 거 아니라니까요. 그냥 좀 아는 오빤데 붙임성이 워낙 좋아요."

이모가 전화기 저편에서 콧방귀를 풍 뀌었다.

- 얘, 남자들은 관심 없는 여자에게 절대 시간과 정성을 안 쓴단다. 내 보기엔 잘생기고 몸매 좋고 훤칠하니 괜찮던데 왜? 돈도 잘 버는 것 같고.

아줌마다운 속물근성과 아이돌을 좋아하는 소녀틱함을 동시에 드러낸 이모의 말에 은혜는 웃었다.

- 나이 차이가 좀 있긴 한데…… 괜찮은 남자면 나이차 나는 데

로 가서 사랑받는 것도 괜찮아. 괜스레 동갑만나 복작복작 싸우는 것보다는 이쁨 받는 게 좋지.

"이모부랑은 열 살 차인데 이모부가 예뻐해줘요?"

- 저 인간은 괜찮은 남자가 아니잖니!

평생 이모만 알고 산데다 처자식 먹여 살리는 데 소홀함 없었던 이모부를 단숨에 '저 인간'으로 격하시키는 이모가 실제 남편에게 느끼는 유일한 서운함은 아들만 둘이라는 사실이다. 아기자기한 걸 좋아하는 성격이라 딸을 꼭 낳고 싶었는데 당시 정부 시책이 하나만 낳아 잘 기르자던 시절. 둘을 낳은 것도 비애국이라 했던 강직한 이모부 덕에 꿈을 못 이룬 이모다. 지금은 애를 많이 낳으면 낳을수록 애국이라 하는데 때를 잘 못 만난 셈이다.

딸 없는 한을 조카인 은혜를 챙기면서 풀려고 하는 건 알겠지만 워낙 독립적인 은혜 덕에 뜻대로 잘 안 되는 중이다.

"됐어요. 전 진짜 관심 없어요. 이모도 잊어주세요."

- 계집애, 쌀쌀맞긴. 참, 반찬은 아직 남아 있고?

"갖다 준 지 얼마나 됐다고. 공부하느라 집에서 밥 먹는 건 주말 정돈데요, 뭐. 모자라면 연락할게요."

- 퍽이나 그러겠다. 귀찮아하든 말든 내가 전화해서 챙길 거야!

"내가 이모를 왜 귀찮아해요?"

도란도란 수다를 떨고 전화를 끊었지만 시간은 30분도 지나지 않았다. 오늘따라 시간이 느리게 가는 것 같고, 이상하게 집이 큰 것만 같다.

진짜 왜 이러지?

그러는데 두 번째로 휴대전화가 울었다. 이번에야말로 진호라고 생각했던 은혜가 눈썹을 치켜 올렸다. 모르는 번호였다.

"여보세요?"

- 여보세요. 김은혜 씨 휴대전화인가요?

대수롭지 않게 전화를 받았던 은혜가 입술을 깨물었다.

임준혁이다.

잠깐의 실랑이가 있었다. 좀 보자는 그에게 볼 이유가 없다며 냉랭히 거절했지만 집 앞이라는데 당황스럽다 못해 황당함까지 느낀 은혜였다. 그리고 보니 학교에는 그녀의 인적사항이 다 올라 있을 테니 준혁이 작정한다면 은혜의 번호와 상세 주소를 아는 게 어렵지 않을 거다.

엘리베이터를 기다리며 은혜는 굳게 입술을 다물었다.

교생실습 마지막 날 부르기에 긴장했다가 책만 빌려가기에 경계를 풀었더니 나이는 헛먹는 게 아닌가 보다. 강약을 아는 놈이다. 은혜야 경험치가 남들과 다르니 그저 피곤할 뿐이지만, 이런 식으로 밀고 당기면 어지간한 여자는 넘어가고도 남는다.

이럴 때는 단칼에 끊어주는 게 좋다. 다소 기분을 상하게 할 수도 있겠지만 질질 끌어봤자 서로 더 피곤하고 오히려 위험해지는 수가 있으니까.

엘리베이터를 타고 내려가는 내내 경미하게 일어나던 짜증은

문이 쩡 하고 열리면서 아파트 코앞에 주차된 BMW를 발견하는 순간 정점을 찍었다. 조수석 앞에 서 있던 준혁이 그녀를 보고는 차문을 열었다. 타라는 거다.

"오래 이야기할 거 아닌데 그냥 이 근처에서 이야기해요. 저기 앞에 벤치가 있거든요."

준혁의 시선이 잠시 은혜의 얼굴 위에 닿았다. 마치 이런 식으로 자신에게 거만하게 구는 여자는 있을 수 없다는 듯한 눈빛이다.

그런 준혁을 두고 돌아선 은혜는 말없이 걷기 시작했다. 잠깐의 사이가 있긴 했지만 차문이 닫히고 뒤따라오는 소리가 들렸다. 그 발소리만으로도 이상하게 오한이 일었다. 초여름이라고 해도 될 정도로 햇빛이 쨍한 날이다. 이런 이상한 기분은 도대체 뭘까?

저도 모르게 걸음을 빨리해 아파트 단지 안의 작은 공원에 마련된 벤치로 간 은혜는 먼저 자리에 앉았다. 그런 은혜를 잠시 내려다보던 준혁은 약간 떨어진 자리에 엉덩이를 붙이고 앉았다.

먼저 포문을 연 것은 은혜였다.

"무슨 일로 오셨어요?"

"아는 듯한 얼굴인데요."

"직접 듣고 싶어서요."

"은혜 씨가 내 학교의 교생인 동안에는 불편할 수도 있을 것 같아서 참았어요. 권력으로 밀어붙인다는 소리를 듣고 싶지도 않았고. 이제는 내 학교의 교생이 아니니까……."

"이사님."

은혜가 준혁의 말을 끊었다.

"이사님은 비현실적으로 완벽한 분이에요. 그런데 왜 평범하기 그지없는 저한테 관심을 가지시는지 모르겠어요."

"내가 그런 사람인가요?"

잠시 사이를 두고 물은 준혁의 시선이 조용히 은혜의 얼굴에 와 앉았다.

"적어도 제가 듣기에는 그렇더라고요."

"남자가 여자에게 끌리는 데는 이유가 필요 없다고 생각하는데."

"전 이유가 필요하거든요."

사이를 두지 않고 은혜가 받아쳤다.

"이사님의 이런 행동이 전혀 이해가 가지 않아요."

"자신의 매력에 자신을 가져요. 김은혜 씨 상당히 매력 있는 여자니까."

어지간한 여자라면 얼굴이 확 붉어질 칭찬이다. 특히 임준혁 같은 스타일의 남자가 밀고 들어오는 상황에서 이런 칭찬은 여자에게 실제로 그녀가 매력적인 여자라는 착각을 불러일으키기 쉽다. 은혜는 준혁이 그걸 의도하고 한 말이라는 걸 확신했다. 여자에게 있어서 그 어떤 마약보다 무서운 중독은 자신을 찬양해주는 남자다. 그 남자가 계속 찬양을 할 생각이 없다는 것만 제외하면 말이다.

냉소적으로 생각하며 은혜는 준혁의 말을 무시했다.

"타이밍도 안 좋아요. 전 지금 코앞에 닥친 기말고사가 제일 신경 쓰이고요, 그 다음에는 임용고사가 기다리고 있어서 다른 데 정신 팔 틈이 없어요. 가능하면 내년 초엔 합격해서 교사 발령 받고 싶거든요."

"참 꿈이 소박하네요."

순간 뭔가가 머리를 후려치는 것 같은 충격이 온몸을 강타했다. 초여름의 한낮이라는 걸 믿을 수 없을 정도로 한기가 머리부터 발끝까지 흘렀다.

뭐지? 마치 이런 상황이 언젠가 한 번 있었던 것 같다. 데자뷰. 하지만 기억에는 없었다. 이 정도로 강렬한 혐오감은 일상이라 할 수 없으니 당연히 뇌리에 남아야 한다. 하지만 임준혁은 은혜의 과거에 있는 사람이 아니다. 아니다.

"은혜 씨?"

준혁이 보기에도 뭔가 이상할 정도로 감정이 겉으로 드러났는지 그의 눈에 의아함이 떠올라 있었다. 잠시 멍하게 넋을 놓고 있던 은혜는 얼른 정신을 수습했다.

그래, 기억에 없다. 게다가 사실 별말도 아니지 않는가? 꿈이 참 소박하다는 말, 자신은 더 큰 걸 줄 수 있다는 암시…… 이런 대화 자체가 흔한 거다.

괜히 쓸데없는 생각은 하지 말자. 너무 많은 기억의 단점은 이런 거다. 중요한 요점을 잃게 하는 잡생각이 많아진다는 거.

"전 좋아하고, 결혼하고 싶은…… 아니, 결혼할 남자가 있어요. 결정적으로 이사님께 관심이 없고요. 죄송하지만 더 이상의 관심은 불편할 것 같습니다."

준혁이 물끄러미 은혜를 바라보았다. 그러더니 자리에서 일어섰다.

"그 말, 확신할 수 있어요?"

"당연하죠."

숨 쉴 틈도 없이 대답하는 은혜를 보고 준혁이 입꼬리를 끌어당겼다. 그런 그를 보고 있노라니 어쩐지 고양이 앞의 쥐 신세인 것 같은 느낌이 들었다. 방금의 거절은 저 남자에게 전혀 아무런 타격도 입히지 못했다.

"먼저 일어나겠습니다."

"차 한 잔 할 시간도 없는 건가요?"

마치 은혜의 말을 듣지 않은 사람처럼 묻는 준혁을 노려보던 은혜가 가볍게 목례했다.

"안녕히 돌아가세요."

그리고 찬바람이 불게 돌아섰다. 등 뒤로 따라붙는 준혁의 시선을 느끼며 은혜는 이게 끝이 아닐 것 같다고 예감했다. 그러면서 속으로 진호 욕을 바가지로 하기 시작했다.

이 인간은 평생 도움이 되는 법이 없다. 하필 이번 주말에 본가에 내려가질 않나, 내려갔더라도 이런 상황에 전화 한 통 해주면 좋을 텐데 전화 한 통 없고. 역시 아닌 거다. 아닌 거야.

괜스레 엉뚱한 데 화풀이를 하며 일어선 은혜가 총총 아파트로 올라갔다.

하지만 은혜가 몰랐던 게 있다. 사실 진호는 그 자리에 있었던 것이다.

은혜가 바람처럼 아파트로 올라간 후에도 한참을 벤치에 앉아 있던 준혁은 차로 가던 중에 마주 오던 남자와 어깨를 부딪쳤다. 그만큼이나 큰 키에다 다부진 어깨에 부딪친 준혁이 남자의 얼굴을 쳐다보았다.

"아, 죄송합니다."

당황하는 법 없이 사과를 건네는 남자였지만 준혁은 무언가 불쾌감을 느꼈다. 사람 하나 없는 텅 빈 너른 길에 굳이 붙어 걸어오다 어깨를 부딪친 것부터가 시비를 걸어오는 것처럼 느껴진 것이다.

그러나 남자는 웃으면서 사과하고 있었다. 남자가 달려와서 부딪친 것도 아닌데 먼저 사과하는 사람에게 시비를 걸 정도로 준혁은 몰상식하지 않았다. 설혹 여유만만하게 웃는 남자의 얼굴에서 느껴지는 기분은 그게 아닌 것 같더라 해도 말이다.

그리고 이 남자가 바로 김진호다.

진호는 바지주머니에 손을 찔러 넣은 채 BMW가 아파트 정문을 빠져나가는 모습을 지켜보았다.

형수 때문에 불편하기도 했거니와 한 주라도 못 보면 입에 가시가 돋칠 것 같아 일찍 올라온 진호가 발견한 것은 은혜의 집 앞에 세워져 있는 BMW였다. 남자에게 육감이 없다고 누가 말했던가? 이상한 예감에 전화하는 대신 지켜보고 있자니 아니나 다를까, 현관에서 김은혜가 뛰어나왔다.

질투심에 활활 불타올라 추격해 부숴버리겠다며 호통을 치……기는커녕 숨어서 간지 안 나게 대화를 엿듣는 신세가 되었는데, 꼴은 좀 우스웠지만 결론은 흡족했다.

"역시 내 여자라니까."

들러붙는 똥파리 퇴치하는 것도 아주 딱 부러지는 게 보면 볼수록 마음에 들었다. 물론 눈치는 칼이라 '좋아하는, 결혼하고 싶은, 아니, 결혼할' 남자는 자기를 지칭하는 거지만 절대 진심은 아니고 똥파리 퇴치용 의천검을 휘두른 거라는 건 안다. 하지만 그렇게 이용되는 건 정말 환영이다.

박교현의 정보와 겹쳐 봤을 때, 그동안 유난히 자신에게 약했던 것은 ─ 물론 눈을 뗄 수 없는 인간 김진호의 매력 때문도 있겠지만! ─ 차의 매력, 거기에 저 똥파리를 막을 방패가 필요했던 거라는 것을 진호는 바로 유추해냈다.

"나이 헛먹은 아마추어네. 여자마다 공략법이 다 따로 있는데 그걸 몰라. '그 말, 확신할 수 있어요?' 목소리 촥 깔고 분위기 잡으면 은혜가 겁먹을 줄 알고? 우리 은혜는 그런 여자 아니네요!"

신이 나서 성대모사까지 하며 입술을 비쭉거린 진호는 흐뭇하게 차에 올라타 얌전히 후퇴했다. 아까 보니까 보통 열 받은 게 아니던데 괜스레 오늘 집적댔다가는 덤으로 차일 가능성이 농후했다.

그나저나 아무래도 은혜의 꿈은 진지한 것 같다. 그놈의 교사 임용 타령이 인에 배길 것 같다.

꿈이 임용고시에 합격해서 발령받아 알차게 연금 부어 연금생활자가 되는 거라…… 어떻게 해야 외조 잘 했다고 소문이 날까? 일단 공부 방해는 절대 안 되고, 오늘 가서 검색 좀 해봐야겠다. 생전 없던 임용고시에 대한 관심이 솟구쳐 올랐다.

소파에 몸을 깊숙이 파묻은 채 은혜는 진호와 준혁에 대해 생각하고 있었다. 생각해보면 자신의 꿈을 이야기했을 때의 진호의 반응도 준혁과 그리 다르지 않았다. 비꼬는 반응은 아니었지만, 자신과 함께라면 더 즐거울 거라고, 그 꿈을 그대로 인정해주지는 않았다.

"아냐, 달라."

진호는 은혜의 꿈을 인정한 셈이다. 인정하고 '함께' 하자고 했다. 그게 진심이든 아니든 듣는 순간 뭉개버리는 그런 짓은 하지 않는다. 아무리 소박하고 별 볼일 없어 보이더라도 다른 사람의 꿈을 짓밟는 사람이 아니다.

하지만 임준혁은 다르다.

그는 다른 사람의 꿈을 가치판단하고 자기 멋대로 평가절하할 수 있는 사람이다. 그것이 싫고, 기분이 나빴다.

눈을 감은 채 은혜는 마구 두근거리는 심장을 진정시키려 노력했다. 왜 이리 불안한 걸까? 준혁의 말마따나 남자가 여자한테 끌리는 데에 이유가 있을 리 없고, 진호든 준혁이든 이러다가 어느 순간 말 것이니 걱정할 필요 없다. 남자가 원래 그렇다는 걸 모르는 것도 아니고, 처음 겪어본 것도 아니고.

그런데도 왜 이렇게 신경이 쓰이는 걸까? 이 감정은 거의 공포에 가깝다. 이게 정말 단순히 오래 남자를 만나지 않아서란 말인가?

그녀가 뭔가 놓치고 있는 게 아닐까?

그날 밤, 소파에서 선잠이 든 은혜는 꿈을 꾸었다.

그녀는 언젠가 한 번 헤맸던 영원의 미로를 헤매고 있었다. 어디로도 갈 수 없어 주저앉고 싶은데 주저앉을 수도 없어 끊임없이 헤매야만 하는 외롭고도 슬픈 미로. 무엇 때문에 계속 걷고 있는 건지도 모르는 채 그녀는 계속 걷고 있었다.

그만하고 싶어.

돌아가지 않을 거야.

싫어.

하지만 무얼 그만하고 싶은지, 어디로 돌아가지 않을 건지, 무엇이 싫은 건지는 알 수가 없었다.

그렇게 어둠 속을 헤매다 보면 뺨을 타고 뜨거운 것이 흘렀다. 흐르고 흐르고 흐르다 가슴 위로도 흘렀다. 그렇게 넘치고 넘쳐

배 위로, 다리 사이를 축축하게 적시고, 발끝까지 흐른다.

걸음을 멈추고 아래를 내려다본다.

그것은…… 피다.

"헉!"

눈을 뜬 은혜가 손으로 당장이라도 비명을 내지를 것 같은 입을 가로막았다.

보았다.

뜨뜻한 피 웅덩이 사이에서 은혜의 다리를 잡아당기고 있는 남자의 얼굴.

그 얼굴은.

김진호.

기말고사 기간의 Y여대 도서관은 뜨겁다. 빈틈없이 빼곡하게 들어차 있는 자리에 눈에 불을 켜고 전공서적들을 파고 있는 여대생들의 얼굴은 대부분 피로에 푹 절어 있었다.

그중에서도 남부럽지 않은 집중력을 발휘하고 있던 은혜는 자꾸 신경에 거슬리는 휴대전화 액정의 번쩍거림에 결국 휴대전화를 집어 들었다. 무음으로 해놨던 휴대전화에는 문자가 두 개가 들어와 있었다.

<은혜야, 중앙도서관에 있댔지? 잠깐 내려가 봐. -김진호>
<문자 확인하는 대로 바로 내려갈 것. -김진호>

얼굴이 찡그려지기 전에 의아했다. 이 남자가 다른 건 몰라도 눈치가 없는 남자는 아니지 않은가? 기말고사 기간에는 만나지 않기로 약속한 터다. 그렇지만 너무 오래 꿈쩍도 않고 붙박이로

공부만 했더니 온몸이 다 삐거덕거리는 중이긴 했다. 슬슬 가볍게 몸을 풀어줘야겠다는 신호가 솔솔 오고 있었다. 게다가 때마침 밥시간이기도 했다. 어차피 저녁은 먹어야 하는 거니까.

그래도 그렇지 약속했으면서.

약간 투덜거리면서, 그러면서도 나쁜 기분은 아닌 채, 그럼에도 불구하고 너무 오래 늘어붙는 것은 방지하고자 진주를 끌고 엘리베이터를 타고 내려가 중도 현관을 나섰을 때다.

"진호 오빠 어딨지?"

먼저 나서서 진호를 찾던 진주의 눈이 가늘어졌다.

"야, 저거 뭐냐?"

중도 앞 계단을 따라 조성된 화단의 바로 앞에 종이 팻말이 세워져 있었다. 그 팻말에 씌어 있는 건 '영어교육과 김은혜'. 그녀의 이름이다.

이게 뭐야, 하고 황당한 기분이 되어 입을 벌리고 서 있자 그 앞에 양반다리를 하고 앉아 있던 청년이 은혜를 알아보고 다가와 알은체를 했다.

"영어교육과 김은혜 씨?"

"맞는데…… 누구신지?"

주변을 둘러봤지만 진호도, 한눈에 들어오는 그 요란한 차도 보이지 않는다.

"배달 왔습니다! 맛있게 드세요!"

순박하게 생긴 청년이 환하게 웃으며 커다란 종이봉투를 내밀었다.

얼결에 봉투를 받아들고 만 은혜가 앗 하는 사이에 청년은 바람처럼 사라졌다. 이게 무슨 일인지 황당해하는데 곧 손에 들고 있던 휴대전화가 달달 몸을 떨었다.

액정에 뜬 이름은…… 진호다.

"여보세요?"

- 방금 도시락 받았다면서?

"이게 뭐예요?"

- 도시락이라니까. 우리 마누라 공부 열심히 하라고 외조 하는 거야. 스태미나 음식들로만 골랐어. 친구들 것까지 넉넉히 샀으니까 다 같이 나눠 먹어.

뭐라 대꾸해야 좋을지 몰라 멍해 있는데 이미 봉투 내부의 조사를 끝낸 진주가 전화기를 빼앗아 들고 수선을 떨기 시작했다.

"어머어머! 진호 오빠! 정말 고마워요! 안 그래도 되는데 우리 거까지! 어쩜 이래 자상해! 여기 진짜 유명한 도시락 집이라 한 번 꼭 먹어보고 싶었어요! 진짜진짜 고마워요!"

진호가 앞에 있기라도 하다는 듯이 허리까지 굽실거리는 게 정말 많이 좋은가 보다. 워낙 맛집을 잘 모르는 은혜라 종이봉투에 박힌 로고를 보고도 도시락이라는 사실을 몰랐는데 이런 쪽으로 빠삭한 진주가 감동할 정도면 확실히 엄선한 음식임에 틀림없다.

"이런 게 외조네요, 정말! 교현 오빠도 좀 배워야 하는데! 제가 은혜, 꼭 과 수석 시킬게요."

장담하는 진주 때문에 웃고만 있던 은혜가 전화를 받아들고 고맙다고 인사했다.

"이렇게 신경 안 써도 되는데…… 고마워요."

- 내가 쓰고 싶어서 쓰는 거야. 맛있게 먹어. 후식으로 과일하고 머리 잘 돌아가게 초콜릿도 좀 챙겨 넣으랬으니까 먹고 힘내!

"네. 오빠도 식사 챙기세요."

- 응, 그럼 끊는다.

늘어지는 것 없이 전화는 끊겼다. 오히려 약간 아쉬울 정도로 다른 이야기는 없었다. 항상 그랬다. 어지간한 여자라면 이 오빠가 나에게 관심이 있는 건지 없는 건지 헷갈릴 정도로 잘해주면서도 끊는 게 명확하다. 밀당은 싫다더니, 이게 바로 밀당이라는 걸 모르고 하는 거라면 정말 난 놈이다.

어지간한 여자는 이 정도면 김진호의 노예가 되고도 남았을 텐데, 하필 상대가 유복한 독거노인이 꿈인 김은혜라는 게 안타까울 뿐이다.

"언니, 다른 언니들 불러서……."

저도 모르게 미소를 지으며 진주를 돌아봤을 때는 벌써 스터디 그룹 멤버들 전원에게 호출을 끝낸 후였다.

"벌써 했지."

진주가 으흐흐 기분 좋게 웃었다.

"오랜만에 잔디밭에서 먹자. 네 덕에 호강하는구나!"

신이 난 진주를 보며, 애당초 스완레이크로 끌고 간 건 진주니

고마워해야 하는 사람은 자기가 아닌가 생각한 은혜다. 그리고 곧바로 당황했다.

고마워한다고 생각했나, 지금? 진호를 만났다는 게 고마워?

"옴모, 옴모, 이 윤기가 좔좔 흐르는 장어 좀 보소. 이 장어는 분명 바닷장어가 아니라 진흙에서 구를 만큼 구른 장어일세!"

수미가 달콤하게 양념된 장어를 공중에 치켜들며 장어찬가를 불렀다.

"암, 장어는 한 바퀴를 굴려도 진흙에서 굴린 장어를 먹어야 하는 법이지. 그런데 이 장어들은 한 바퀴 정도가 아니야. 엄선된 진흙에서 용이 되리라 꿈꾸다가 자신이 이무기가 아니라 장어라는 사실을 깨닫고 좌절된 장어의 꿈이 느껴지는 맛이랄까?"

한 미식 한다고 자부하는 진주가 장어를 꼭꼭 씹어 먹으며 인정했다.

시험 때면 잔뜩 예민해져서 유동식 외에는 거의 입에 대지 못하는 지숙도 깨작대긴 했지만 입에 맞는지 평소에 비해 꽤 많이 먹고 있었다. 먹는 것에는 사족을 못 쓰는 세하는 아예 흥얼흥얼 콧노래까지 부르고 있었다. 좋다 싫다 딱히 불평을 하는 타입은 아니지만 맛없는 걸 먹을 때는 인상을 팍 쓰고 침묵하는 그녀다 보니 이 장어는 진짜 입맛에 맞는 게 분명하다.

그러니 도시락에 혼을 팔아넘긴 스터디 그룹원들이 입 모아 진호를 칭송하기 시작한 건 당연한 수순일지도 모른다.

"늬 남친 되게 괜찮다."

"그게요…….."

이 상황에 남자친구가 아니라고 자르는 것도 우습다 싶어 은혜는 말끝을 흐렸다. 그러다 보니 뭔가 말렸다는 느낌이 퍼뜩 들었다. 이거, 밀당의 끝은 도시락과 전화가 아니었나? 이렇게 넘어가는 거였어? 그리고 보니 처음부터 김진호, 진주에게 사귄다고 말을 흘렸었지. 설마 여기까지 계산을 한 거란 말이야?

"원래 남자들이 이렇게까지 세심하지 않거든. 그때 그 오빠라며? 스완레이크에서 젤 괜찮던 오빠."

"정말? 누구였지? 나 기억 안 나."

와글와글 떠들어대기 시작한 여자들의 수다가 디테일해진다.

"진한 청색 양복 입고 있던 머리 약간 짧고, 깔끔하게 생긴 키 큰 오빠 있잖아. 정우성 좀 닮고."

"정우성? 원빈 닮지 않았냐?"

"정우성이나 원빈이나."

"내 보기엔 현빈이야."

진짜 이 도시락이 얼마짜리인지 몰라도 국내 굴지의 배우 되기 쉽다 싶어 은혜는 헛웃음만 나왔다.

"근데 농담 아니다, 너?"

수미가 진지하게 충고했다.

"남자들은…… 특히 잘난 남자들은 자기 위주로 해주기만을 바랄 때가 많거든? 어쩔 수가 없어. 우리나라가 그래. 너도 알잖아?

여자인 엄마도 딸보다 아들을 좋아해. 그래서 남자들이 자기 귀한 줄만 알지 여자 귀한 줄을 모르고 자라거든. 그래서 베푸는 걸 모르는 거야. 독심술을 바라지 말고 말로 하라는 헛소리나 빽빽 해 대면서 인간의 도리를 쌩까는 거지. 받으면 해주는 게 당연한 건데 말이야. 그런데 이 남자는 네가 말 안 해도 도시락을 사서 보냈다는 거 아냐? 야, 된 남자야. 됐어! 무조건 꽉 물고 절대 놓지 마!"

은혜는 말없이 배실배실 웃었다. 김진호가 인간이 되다니, 뭔가 무척 어울리지 않는 이야기다. 나쁜 애는 아니고 첫인상에 비해 상당히 듬직한 남자라는 걸 이제는 알지만 항상 철딱서니 없는 이미지라서 그런가, 선배들의 이런 평가가 무척이나 낯설다.

"게다가 디저트까지 챙겨줬어. 상냥해."

그릇에 묻은 소스까지 싹싹 다 비운 세하가 초콜릿을 입에 넣으며 중얼거렸다.

뭐, 김진호가 자상한 편에 속하는 건 은혜도 인정하는 바긴 하다. 자화자찬에 티를 엄청 내면서 해줘서 그렇지 그동안의 행적을 보면 평균 이상은 확실히 넘는다.

"진짜 꼭 잡아. 교현 오빠 말로는 일도 잘하고 회사에서 그렇게 카리스마 있는 선배로 유명하대."

"카리스마요?"

진주가 보탠 한 마디에 결국 빵 터져서 은혜는 깔깔대고 웃고 말았다.

김진호가 카리스마란다. 비장한 얼굴로 꽃을 뜯어먹던 카리스마가 떠오른다.

　같은 시각, 운동을 마치고 나오며 진호는 흐뭇하게 미소 짓고 있었다.

　지금쯤 아마 친구들 사이에서 부러움을 한 몸에 사고 있겠지? 나에 대한 생각도 좀 바뀌고 있겠지? 아까도 처음에는 본래 성격 대로 뭐냐는 듯이 시큰둥한 반응이더니 진주라는 아가씨가 오두 방정 좀 떨어주니까 고맙다고 하고 답지 않게 식사를 챙기라는 둥 다른 소리까지 덧붙였다.

　원래 장수를 잡으려면 먼저 말을 쳐야 하는 법이다.

　친구들을 섭렵하는 것은 물론 진호는 중등교사 임용고사에 대해서도 빠삭하게 알아본 터다.

　해마다 선발 예정인원이 다르긴 하지만 서울은 항상 그렇게 많은 편에 속하지는 않는 듯하다. 경기도는 그나마 많이 뽑는 모양인데 은혜가 생각이 없는 모양이니 패스, 그녀라면 서울에서도 충분히 가능할 거라고 믿으니 걱정도 안 된다. 1차와 2차 과목은 전공과 교육학인데 아무리 생각해도 은혜가 못할 것 같은 기분이 들지 않으니 내년 1월에 3차인 실기랑 면접 합격하고 더위 한풀 꺾일 즈음에 결혼하면 각이 아주 딱 맞는다.

　뭐 1,2년 시험이 길어진다고 해도 바쁠 것도 없다. 아버지 말마따나 결혼하고 나서 시험 봐도 되는 거고, 시험에 합격하고 나서 결혼한다고 해도 은혜가 워낙 어리니 계획에 유동성이 있어 좋다.

혼자서 북 치고 장구 치는 진호의 마음은 굿거리를 넘어 휘모리 장단으로 넘어가고 있었다.

진호가 주도면밀하게 쳐놓은 거미줄의 심각성을 은혜가 실감한 것은 기말고사가 끝난 날이었다.

2주 넘게 날밤을 새우다시피 한 은혜가 마지막 시험을 마치고 피곤에 푹 절어 집에 돌아왔는데 이모가 냉장고를 채우고 있었다. 문제는 반찬통이 은혜의 냉장고를 채우고도 남았다는 거다.

"이건 뭐예요?"

"아, 그때 그 진호 총각도 혼자 산다며? 그냥 생각나서 반찬 좀 챙겨봤다."

대수롭지 않게 반찬통을 열어보던 은혜의 손이 멈칫했다. 그런 그녀의 기색을 예민하게 읽은 이모가 얼른 다른 소리를 늘어놓았다.

"진짜? 그냥 아는 사이야? 알기만 해? 다른 건 아니고?"

"이모!"

"다른 의미 아니고, 혼자 객지에 나와 사는 총각 불쌍해서 그랬지. 다른 의미는 진짜 아니야."

"이모 마음에 진짜 들었나 보다."

약간 섬뜩한 속내를 숨긴 채 은혜가 운을 떼어보자 금세 넘어온 이모가 호호 웃더니 솔직히 털어놓기 시작했다.

"내가 생각하면 생각할수록 조카사위로 괜찮다 싶지 뭐니? 붙임성도 있고, 귀엽고…… 사실 남자애가 그렇게 붙임성 있기가 쉽지 않거든? 우리 집 두 녀석은 지 아버질 꼭 닮아서 말하다 죽은 귀신이 붙었는지 무뚝뚝하니 재미 하나도 없고, 심지어 조카딸인 너도 재미없잖아."

진호가 착착 감기는 건 은혜도 인정하는 바다. 그렇지만, 어느새 진호가 이렇게까지 은혜의 생활 깊숙이 파고들어왔을까? 별로 넓지 않은 그녀의 세계에 언제부턴가 온통 김진호의 이름 석 자가 붙어 있는 느낌이다.

"그래서 이모가 엄마한테 말했구나? 얼마 전에 통화하는데 엄마가 만나는 남자 있냐고 물어서 깜짝 놀랐잖아요."

"어머! 내가 당분간 말하지 말라니까 고새 했구나!"

어쩐지 이상하다 싶더라니. 은혜는 쓰게 웃었다.

친구들, 이모, 게다가 엄마까지. 엄마가 진호에 대해 묻는 것도 그땐 그냥 대수롭지 않게 넘겼는데 곰곰이 복기해보니 보통이 아니다. 이 남자, 생글생글 웃으면서 도대체 무슨 짓을 한 거지? 연애니 결혼이니 남자와 엉길 생각이 진심으로 없는 은혜인데 만약 부모님이 이모처럼 홀라당 넘어가 전면에 나서면 엄청나게 귀찮아질 수 있다.

그리고 무엇보다 은혜는 이런 게 싫다. 빈틈없이 거미줄을 쳐서 사람을 옴짝달싹 못하게 하는 건…….

순간 소름이 오싹 끼쳤다.

"은혜야?"

몸서리치듯 바르르 떠는 은혜를 보고 이모가 눈을 동그랗게 떴다.

"아, 아니에요. 그냥 순간 좀 어지러웠어."

아무것도 아니라는 듯 이모를 안심시키고 물을 마시는 척 등을 돌린 은혜는 어느새 쿵쿵 뛰고 있는 심장 위를 쥐었다.

방금 뭐였을까? 등골을 타고 오르던 오싹한 감각과 함께 무언가 아주 안 좋은 기억이 떠올랐다 사라졌다. 볼 사이도 없이, 마치 보면 안 되는 기억인 것처럼 순식간에.

차가운 물을 따라 마시며 은혜가 입술을 깨물었다.

문득 언젠가 꾼 악몽이 떠올랐다. 개꿈이려니 하고 넘기고 지나갔지만 피 웅덩이 속에서 은혜의 발을 잡아당기고 있던 건 진호였다. 큰 의미를 두진 않았지만 빨리 끊어내지 않으면 피를 볼지도 모른다는 예지몽⑦쯤 되는지도 모른다.

진호가 대전에 내려갔던 주말에 유독 허전했던 것도 그렇고, 더 익숙해졌다가는 떼어내는 것이 어려울 수도 있겠다.

가족은 부모님과 언니, 그리고 이모 등 선택의 여지없이 혈연으로 이어진 사람들로 충분하다. 다른 누군가와 불필요한 관계를 맺고 책임져야 한다는 것, 지켜야 한다는 것이 왜 이렇게까지 무겁게 느껴지는지는 모르겠지만 홀가분하고 싶다. 불필요한 인연의 끈을 엮지 않고 조용히 살고 싶다.

신경 쓰이던 준혁도 그날 이후로는 연락이 없는 것 같고, 이쯤에서 진호와도 제대로 정리를 할 필요성을 느꼈다. 준혁과는 좀 다른 방식이어야겠지만.

곰곰이 생각에 잠겨 있는 은혜의 눈치를 보던 이모가 슬쩍 반찬 통을 끌어당겼다.

"얘, 반찬 어떻게 할까? 그냥 가져갈까?"

"두세요. 전해줄게요."

별 감정을 느낄 수 없는 대답에 은혜의 심중을 짐작해보려는 듯 이모의 눈이 가늘어졌다.

그날 밤, 기말고사가 끝난 날이라 파김치가 되었을 것을 예상하고는 수고했다는 늠름한 문자 하나만 날린 뒤 근신하고 있던 진호는 밤늦게 날아온 은혜의 문자에 신이 나서 그녀의 아파트로 차를 몰았다.

푹 쉬고 씻고 나온 듯 화장기 없는 말간 얼굴로 나온 것만으로도 입이 헤벌쭉 벌어지는데 손에 뭔가를 바리바리 싸가지고 있었다. 뭔가 했더니 진호를 위한 반찬이라고 하는 바람에 진호는 차 안에서 날아가는 줄 알았다. 이모가 챙겨준 거라고 쌀쌀맞게 덧붙이지 않았다면 더 좋았겠지만 은혜를 만나고 나서 욕심을 버리게 된 진호다.

"어디 갈까?"

"아무 데나. 오빠 가고 싶은 데요."

"좀 달릴까?"

"그럼 좋고요."

어쩐지 좀 냉랭하다 싶지만 피곤해서 그럴 수 있고, 그럼에도 불구하고 자신이 생각났다면 이건 절반의 성공이다.

진호는 자신이 이렇게 작은 것에도 감사하는 소박하고 긍정적인 사람이라는 걸 처음 알았다. 어쩐지 삼돌이스러워 한심하기도 하지만, 원래부터 일단 결혼할 여자를 만나면 그때부턴 충성하며 살겠다고 결심했던 그였다. 그 여자가 은혜라는 것을 의심하지 않게 된 지금 삼돌이면 어떻고 삼식이면 어떠냐 싶다.

그렇게 신나게 마님의 기분에 맞춰 차를 북악스카이웨이로 몰았다. 드라이브를 좋아하는 은혜를 위해 진호는 시내 드라이브 코스 스페셜리스트가 되어가는 중이었다.

처음에는 좀 창백한 듯했던 은혜의 얼굴이 차가 달리는 동안 차츰 화색이 돌면서, 진호는 진심으로 보람을 느꼈다. 바람을 맞고 있는 은혜의 머리카락이 살랑거리며 꽃향기 같은 것이 날아와 코끝을 간질인다.

이런 상황에서 남자가 생각할 수 있는 건 단 하나라고 믿고 있는 진호다.

야경이 잘 보이는 비장의 장소에 차를 세운 진호가 슬쩍 아이팟을 연결하고 카 오디오를 켰다. 유비무환(有備無患)을 신조로 삼길 잘했다. 오늘 만날 줄 몰랐는데 진즉에 준비해두니 이렇게 빛을 보는구나.

음악이 흘러나오자 창밖을 보고 있던 은혜가 고개를 돌렸다. 눈빛이 어째 진호의 흑심을 다 아는 것 같은 건…… 기분 탓이겠지?

"보통 이쪽으로 오면 팔각정에 많이 가던데……. 하긴 거긴 사람이 많죠?"

기분 탓이 아닌가?

"응. 넌 사람 많은 거 안 좋아할 거 같아서."

"그렇겠죠."

다 안다는 듯 웃는 은혜의 얼굴을 보자니, 아무래도 기분 탓이 아닌 것 같은 생각이 자꾸 든다.

"이 노래 제목이 뭐예요?"

"응. 남쪽 끝섬. 노래 좋지?"

노래의 끝은 '……하고 싶소.'로 끝나는, 한때 예능프로에서 남자 연예인이 불러 선풍적인 인기를 끌었던 곡이다. 무심코 노래를 듣다 보면 가사 때문에 절로 막 뽀뽀라도 하고 싶고, 낮잠도 자고 싶고, 눈을 감고 싶은, 몸이 노골노골 풀리는 그런 노래다.

"노래를 듣다 보니까 막 뽀뽀하고 싶은 기분이 들어야 할 것 같아요."

진호는 은혜의 이해력이 좋아서 참 맘에 들었다.

"네가 정 그렇다면 뽀뽀 한 번 할까?"

음흉하게 눈썹을 치켜 올렸다 내리며 조수석 쪽으로 몸을 기울이자 은혜가 피식 웃었다.

그러는 모습이 왜 이렇게 예쁘냐. 더 생각할 필요 없이 덥석 입을 맞췄다. 냉랭한 반응과 달리 입술이 바로 열릴 때는 뱃속이 짜릿해지며 머릿속에서 폭죽이 터지는 것 같은 쾌감이 일었다. 키스만 해도 이런데…… 라며 흑심이 진해지려는 것을 간신히 희석하며 열심히 입술을 맛보다가 슬그머니 손을 어깨에서 가슴으로 내렸다.

진호의 생각이 맞았다. 생각보다 굴곡진 가슴, 선명한 볼륨감이 아찔하게 손끝에서 머리로 달렸다. 천천히 라는 생각이 10퍼센트, 우리는 충분히 사랑해 라는 생각이 50퍼센트, 이러다가 혼나 라는 생각이 10퍼센트, 혼나도 괜찮아 라는 생각이 30퍼센트.

손에 힘이 들어갈 것이냐 말 것이냐는 그 기로에서 어깨에 은혜의 손이 닿는가 싶더니 그녀가 뜨거운 숨을 몰아쉬며 진호를 밀어냈다.

"왜?"

'한참 좋은데.' 하며 아쉬운 마음에 저도 모르게 입맛을 다신 진호는 은혜를 내려다보았다. 약간 상기된 붉은 뺨과 대비된 검은 눈망울이 진호를 그윽하게 응시하고 있었다. 순간 숨이 턱 막히며 정신이 아득해졌다.

"나랑 자고 싶어요?"

당연히 너랑 자고…… 응?

"뭐?"

진호는 진심으로 자신의 귀를 의심했다. 너무나 간절히 바라는 바람에 마음의 소리가 뇌 내에서 환청을 만들어낸 거라 그렇게 믿었다. 하지만 이내 은혜는 그런 그의 의심을 깔끔히 일소해주었다.

"나랑 자고 싶냐고요."

은혜가 내숭이 전혀 없는, 상당히 독특한 인성을 가졌다는 것은 알고 있었지만 이렇게까지 솔직할 줄은 몰랐다. 정말 완벽하게 바람직하다.

"당연하지. 사랑 없는 욕정은 가능하지만 욕정 없는 사랑은 없어. 정확히 말하면 욕정 없는 사랑은 교회의 것이지 연인들의 것은 아니지."

'네! 그렇습니다!'라고 대답하고 싶은 유혹을 억누르고 최대한 점잖고 멋있게 대답하자 은혜가 빙긋이 웃었다.

"그럼, 자요."

잠깐 동안 진호는 너무나 좋아서 이게 무슨 함정이 아닌가 의심해야만 했다. 하지만 의심은 길지 않았다. 본디 김진호는 의심이 많은 성격이 아니다. 그리고 딜러로서의 본능이 이 타이밍을 놓쳐서는 안 된다고 외치고 있었다.

"좋아."

"가요."

"지금?"

"왜요?"

"지금은 말고."

진호의 대꾸에 의아한 건 은혜였다. 진호가 거절하지 않을 건 당연히 알았고, 당장 가까운 모텔로 뛰어 들어가거나 아니면 진호의 오피스텔로 가서 눕힐 거라 예상했었다.

그런데 그의 반응은 오랜만에 그녀의 뒤통수를 제대로 쳤다.

"아가씨를 모시는데 나 그렇게 급하지 않아."

싱긋 웃는 진호의 얼굴은 정말 기뻐 보였다. 게다가 '모신다'는 단어 사용도, 소중히 여겨준다는 느낌에 작은 죄책감이 은혜의 가슴에서 싹터 올랐다.

차라리 팔랑팔랑 가볍기만 한 막돼먹은 놈이었으면 좋았을 텐데, 보면 볼수록 진호가 괜찮은 남자라는 게 마음에 걸렸다. 그가 자자고 하면 신이 나서 즉시 러브호텔로 차를 돌리는 그런 놈이었으면, 좀 더 마음이 편했을 텐데.

이런 식으로 진심이라는 듯이 굴면, 정말 즐거운 듯 깊은 까만 눈동자를 빛내면, 마음이 복잡해지고 만다.

지금 하는 건 정말 연애가 아닌데, 김진호에게는 정말 연애인 것 같아서.

은혜의 마음도 모르고 행복하기만 한 진호가 손을 뻗어 은혜의 뒤통수를 당겨 입을 맞췄다. 거칠지 않게, 따뜻하고 배려심 있게, 그러면서도 남자답고 묵직하게.

그의 따뜻한 키스를 받으며 은혜는 생각했다.

설혹 그렇더라도 진호라면 금방 잊고 다른 좋은 여자를 찾을 수 있을 거다. 적당히 그와 어울리는 순진하고 착한 여자. 아니면 그와 대등한 스펙을 가진 똑똑하고 잘난 커리어 우먼. 그 사람이 누구든 그녀는 아니었다.

그게 서로를 위해서도 좋은 거다.

0 9

"이게…… 뭐예요?"

아파트에서 내려온 은혜는 차에서 내려 기다리고 있던 진호가 장미꽃을 내밀자 미간에 주름을 잡았다. 꽃 참 좋아하는 남자다 싶다. 날을 잡을 때마다 꽃을 상상도 못한 스케일로 갖다 바친다.

"레드카펫도 깔려다가 참았는데?"

능청을 떠는 진호를 보고 피식 웃은 은혜가 꽃을 받아들었다. 풍성한 꽃향기가 코끝에 닿자 북악스카이웨이에서 싹을 틔웠던 죄책감이 조금 더 성장했다. 하지만 그녀는 이 생에서의 처음이자 마지막을 김진호에게 줄 예정이다. 그녀에겐 처음도 마지막도 별 의미가 없지만 대개 남자들은 그 '처음'을 갖는다는 것에 꽤 많은 가치를 두니까, 그 정도면 서로의 사정을 감안했을 때 그렇게 많이 나쁜 거래는 아닐 거다.

정성 대 실체. 어째 정성 쪽이 좀 더 손해를 보는 것 같은 미안한 기분이 드는 건 잊어버리자. 워낙 붙임성 있고 자상한 타입이라 그렇지 진호 같은 사람이 일단 돌아서면 더 쌩하니 미련도 잔정도 없는 법이다.

　얼른 머리를 흔들어 쓸데없는 생각을 털어버린 은혜가 싱긋 웃으며 진호가 열어준 문으로 차에 올라탔다.

　W호텔에 들어설 때만 해도 객실로 직행할 거라 생각했는데, 레스토랑으로 안내하는 진호를 보고 은혜는 약간 심통이 날 지경이 되었다.

　이 남자가 아주 죄책감으로 화단을 조성하려고 작정을 하는 게, 꼭 알고 이러는 것만 같다.

　싱글벙글 웃는 얼굴이 미워 고개를 돌리며 와인을 집어 들자 진호가 얼른 잔을 들고 은혜의 잔에 자신의 잔을 부딪쳤다. 이쯤 되면 궁금해지지 않을 수가 없다.

　"오빤 내가 왜 좋아요?"

　"왜 좋냐고?"

　와인을 마시던 진호가 별 질문을 다 한다는 듯 눈썹을 치켜 올렸다.

　"얼굴도 좋고 몸매도 좋고 성격도 좋고."

　"그럼 내가 성형수술하고 살찌고 성격도 나빠지면?"

　진호가 하하 기분 좋게 웃었다.

　"성형수술을 못생겨지게 할 리 없고, 살은 좀 쪄도 될 거 같고, 성격은…… 거기서 '좋다'는 good이 아니었는데. like였어."

은혜가 눈을 흘기자 진호의 웃음소리가 좀 더 커졌다.

"왜? 내 마음이 변할까 봐 겁나?"

"퍽이나."

세상에 안 변하는 마음은 없다. 어떤 것이 변할까 봐 겁내는 것은 변하지 않기를 기원하는 것만큼이나 허망하다.

"나는 사랑은 노력하는 거라고 생각해. 물론 처음에는 사람마다 어느 정도 취향이라는 게 있으니까 끌리는 부분이 있어야 하겠지만, 그 다음에는 안 맞는 부분이 있어도 서로 맞추려고 노력하고, 이해하려고 노력하고, 지켜주려고 노력하고, 그렇게 둘이 재미지게 사는 게 사랑이지."

진호는 언제부터인가 '오빠' 소리를 하지 않는다. 처음에는 능글능글 '오빠가 말이야아.'라며 들러붙던 사람이었는데 언제부터인가 좀 더 담백해지고 좀 더 귀여워지고 좀 더 은혜의 취향이 되어 있었다.

"난 꼭 네 연금을 축낼 거야. 연금은 역시 공무원연금!"

허튼 소리는 여전하지만.

호텔이라는 단어는 본디 숙소와 식음료 등의 서비스를 제공하는 장소라는 의미지만, 그렇게 담백하게 느껴지지만은 않는 것이 현실이다. 특히 W호텔 스위트룸의 인테리어 콘셉트에 담백이라는 단어는 전혀 고려되지 않은 것이 분명하다.

화려한 외장재로 꾸며진 거실을 지나 서울의 야경이 내려다보이는 오픈된 욕조가 딸린 침실을 들여다보는 순간 진호와 은혜는 동시에 생각했다.

이곳은 섹스를 위한 공간이다.

그렇다고 해서 노골적이거나 저질스러운 구석은 고급 호텔답게 단 1그램도 없었다. 우아하고 세련되게 섹시할 수 있는 한 섹시한 공간. 바로 이 스위트룸의 느낌이었다.

약간 복잡한 기분이 되어 방을 구경하던 은혜는 자신이 긴장하고 있다는 것을 깨달았다. 어쩔 수 없다. 어쨌든 이 생의 '첫경험'을 눈앞에 두고 있으니까.

전생의 기억으로 '방법'은 안다. 아니, 사실 그 이상을 안다. 각각의 생에서 겪었던 경험은 차치하더라도, 아예 직업적으로 온갖 기술을 섭렵했던 적도 있는 그녀다. 태어나자마자 사원에 바쳐진 인도에서의 생에선 대다수 사람들이 아예 상상도 해본 적 없을 다양한 체위로 쾌락을 주고받는 법을 배웠었다.

하지만 그건 벌써 몇백 년 전의 일. 마지막 섹스는 꽤 오래전, 그것도 보통의 개념으로 오래전이 아니라 정말 옛날 옛적이다. 최소 300년은 넘지 않았을까?

"이런 거 물어봐도 돼?"

은혜의 긴장감을 민감하게 알아차린 진호가 딱딱한 어깨를 마사지 해주며 물었다.

"혹시……."

"처음이냐고요?"

"응."

"맞아요."

말해두는 게 낫겠다고 생각한 은혜가 가감 없이 고백했다. 머릿속이 어떻든 간에 처음은 항상 고통스러웠다. 그나마 상대의 배려가 있다면 나았지만 그마저도 없다면 절대로 견디기 쉬운 일은 아니다.

"하지만 쓸데없는 생각은 하지 마요. 그냥 어떻게 하다 보니 그렇게 된 것뿐이니까."

혹시나 오해할까 봐 꼭꼭 확인하는 은혜를 향해 고개를 끄덕이며 진호는 심란해졌다.

처음이라면…… 이런 자세도 못 하고 저런 자세도 못 하고 그런 자세도 못 할 텐데. 아니, 싫은 건 아니지만, 좋지만, 그래도 아파하면 많이도 못 하고 계속도 못 하고 자꾸도 못 할 텐데.

하지만 하나는 좋은 신호였다.

김은혜가 김진호를 좋아하긴 하나 보다. 아마도 은혜는 이런 헛생각을 하지 말라고 경고한 걸 테지만 그러거나 말거나 맘껏 긍정적이기로 했다. 그런 진호의 마음을 모르는 은혜는 생각난 김에 마저 경고했다.

"그리고 처음이라고 느끼하게 사랑하네 뭐네 타령할 거면 혼자 해요."

"어떻게 혼자 해?"

"욕실에 가서 하고 나와요."

"얘도 참……, 초콜릿 먹을래?"

살벌한 은혜의 경고를 무시하며 진호가 티테이블에 마련되어 있는 초콜릿 접시를 들어 보이며 웃었다.

샤워를 하고 나오는 은혜를 잡아챈 진호가 그녀를 품에 안았다. 드라이기 소리가 난다 했더니만 머리까지 말려 올려 묶은 깔끔함에도 불구하고, 타월지의 포근한 가운 안의 몸에서는 촉촉한 습기가 느껴지고 있었다.

"나 목말라요."

그의 품 안에서 얌전히 진호를 올려다보던 은혜가 속삭였다. 고개를 숙여 그 입술에 입을 맞춘 진호가 그녀의 손을 잡고 테이블로 가 차게 얼음통에 넣어두었던 샴페인을 꺼냈다.

은혜를 의자에 앉히고 샴페인을 딴 진호가 역시 차게 해두었던 잔에 술을 따르는 동안 은혜는 그의 뒷모습을 찬찬히 관찰했다.

물기가 남아 있는 젖은 머리카락은 유난히도 새까맣고 가운을 입은 어깨는 반듯하니 넓었다. 무엇보다 좋은 것은 성급하게 덤벼들지 않는 그의 태도였다. 충분히 참을성 있게 배려하는 마음이 예뻤다.

"자."

진호가 내미는 잔에서는 뽀글뽀글 기포가 끓어오르고 있었다. 긴 샴페인 잔의 절반쯤 채워진 투명한 핑크빛 액체는 보기만 해도 시원해 보여 방금 전까지 오래 뜨거운 물에 몸을 담그고 있었던 은혜의 체온을 식혀주었다.

무엇보다 알코올이 필요한 순간이기도 한 것이다.

단숨에 샴페인 잔을 비운 은혜가 잔에서 입을 떼자 진호가 번개같이 허리를 굽혀 키스해왔다. 내뱉었던 알코올 기운이 묻은 숨결이 진호의 입술 사이로 사라졌다. 은혜의 손에서 떨어진 샴페인 잔이 두터운 카펫 위를 도르르 굴렀다.

입술이 마주 닿은 채로 진호는 은혜를 안아 올렸다. 그리고는 입술을 그녀의 귓가로 옮겨 속삭였다.

"걱정하지 마. 별거 아니거든."

긴장을 풀어주려는 의도가 어쩐지 귀여워 은혜는 킥킥 웃고 말았다. 그러자 이마로 그녀의 이마를 콩 박은 진호가 엄한 표정을 지어 보이고는 성큼성큼 움직여 침대에 그녀를 뉘었다.

그러면서 은혜에게는 약간 큰 가운의 옷섶이 벌어졌다. 짙은 자줏빛 가운과 대비되는 하얀 쇄골과 뽀얀 살결이 무척이나 매력적이었다. 그 아찔한 대비를 한참 만끽하던 진호가 꼭 졸라맨 허리의 끈을 잡아당겼다.

리본으로 묶었던 끈이 스르르 풀리며 앞섶이 조금 더 벌어졌다. 고개를 숙여 은혜의 어깨를 쓸어내리자 가운이 흘러내리며 약간은 여읜 듯한 뼈가 도드라진 어깨가 드러났다. 은혜가 움직여 가운에서 팔을 뺐다.

이제 진호는 온전히 은혜의 나신을 바라볼 수 있었다.

상상했던 것과 비슷한 몸매였다. 팔다리는 길고 가는데, 가슴은

둥글고 크다. 곡선이 무척이나 예쁜 몸이었다. 100점 만점에 100점, 아니, 200점은 주고 싶은 몸이다.

"사랑해."

진호가 속삭였다.

"하지 말라고 했잖아요."

다소 긴장한 기색으로, 그러나 여전히 매몰차게 은혜가 쏘아붙였다. 진호가 하하 웃었다.

"느끼하지 않지 않아?"

은혜는 입을 다물고 진호를 올려다보았다. 그의 말이 옳았다. 혹여나 그가 이 상황에 취해 감정적으로 사랑한다고 말해 분위기를 깰까 걱정했는데 진호의 사랑한다는 고백은…… 은혜를 향해 있었다. 자신의 감정에 취한 것이 아니라, 은혜를 바라보고 있다.

아, 하고 은혜는 새삼 진호를 바라보았다. 이제야 알 것 같다. 처음부터 진호는 은혜를 보고 있었다. 남자들의 뻔하디뻔한 호감 표현…… 진호는 뭐가 달라 불편하지 않은가 했더니 그거였다. 진호는 성급해하지 않고, 보채지 않고 은혜에게 공간을 마련해준다. 그녀가 편하게 움직일 수 있도록 그녀를 지켜보고 있다.

따뜻하게. 꼭 지금처럼.

빙그레 웃으며 은혜를 내려다보던 진호가 천천히 몸을 숙여 입을 맞췄다.

옷을 입고 하는 키스와, 옷을 벗고 하는 키스, 옷을 벗은 채 누워서 하는 키스는 농도가 달랐다.

천천히 내리누르듯 입술 위를 움직이던 진호의 입술이 은혜의 뺨을 스치고, 턱을 건드렸다가 목덜미 깊숙이 내려앉았다. 손이 좁은 어깨의 선을 더듬고 흘러내려 완만한 슬로프 같은 가슴의 곡선을 따라내려 정점을 건드렸다. 진호의 몸 아래서 은혜의 몸이 바르르 진동했다.

손과 같은 선을 따라 입술이 움직였다.

쇄골을 찬찬히 핥아 내리고, 촉촉하게 수분을 머금고 있는 피부에 몇 번이고 키스를 퍼부으며 천천히 그의 입술이 아래로 아래로 내려가는 동안 은혜의 체온이 높아졌다.

다리를 바르작거리던 은혜는 진호의 입술에 닿을 듯 말 듯하던 가슴 끝이 그의 입 안으로 사라지자 숨을 들이마시며 고개를 젖혔다. 뜨겁고 축축한 감각이 심장 위에서 천천히 가라앉았다.

신음소리조차 내지 않는 은혜를 보며 진호는 그녀가 무엇을 닮았는지를 생각해냈다.

스트라디바리우스다. 아주 오래되고 낡은, 뭐라 말할 수 없이 풍부한 소리를 내는.

거의 정신을 차리지 못한 상태에서도 진호는 이상하다고 생각했다. 경험조차 없는 은혜다. 어째서 스트라디바리우스일까? 그것도 굉장히 고풍스러운 느낌의.

스펙트럼이 일정하고 소리에 균열이 없어서? 이러한 스트라디바리우스의 특징은 확실히 은혜가 추구하는 삶과 일맥상통하는 면이 있다.

아니면…… 그녀가 누구보다 깊고 아름다운 소리를 내기 때문일까?

진호의 입술은 어느새 은혜의 납작한 배 위를 헤매고 있었다. 손이 가슴의 굴곡과 등 사이를 오르내리며 부드럽게 쓰다듬는다.

은혜는 눈을 감은 채 온몸에 쏟아지는 키스와 느리게 쓰다듬는 손의 감각을 즐겼다. 마치 가장 아름다운 조각상이 된 것 같은 느낌이었다. 그의 손이 닿는 부위마다 저릿하게 전기가 일어 자르르 주변으로 퍼졌다. 그의 입술이 입을 맞춘 곳의 세포는 생생해지며 감각이 극도로 예민해졌다.

진호가 몸을 일으켜 은혜의 발목을 잡고 다리를 벌리려 시도했다. 예상치 못한 그의 움직임에 당황한 은혜의 다리근육이 팽팽하게 당겨졌다.

그것을 민감하게 눈치 챈 진호는 괜찮다는 듯이 그녀의 다리를 천천히 쓰다듬었다. 엉덩이 바로 위쪽에서부터 천천히, 허벅지를 휘감아 내리고 무릎을 쓰다듬고, 가는 장딴지를 매만진다. 처음 다리를 벌릴 때의 위화감을 겪어보진 않았지만, 진호는 충분히 이해하고 있었다. 그래서 그는 참을성 있게 그녀가 그의 손에 익숙해지기를 기다렸다.

몇 번이고 진호가 은혜의 허벅지를 쓰다듬는 동안 은혜의 긴장이 풀리기 시작했다. 그녀는 그가 다리 사이로 자리 잡는 것을 허용했다.

잘했다는 듯이 진호가 몸을 숙여 은혜의 배 위에 입을 맞췄다.

그리고는 그대로 한쪽 손을 허벅지 안쪽으로 미끄러뜨렸다.

처음에는 그뿐이었다.

뜨거운 허벅지 안쪽의 체온보다는 조금 찬 손이 무릎 안쪽에서 부터 천천히 위쪽으로 움직였다. 그 느린 움직임 속에서 체온이 같아지기 시작했다. 그리고 남은 것은 감각뿐이었다. 어디까지가 은혜의 허벅지인지 진호의 손인지 알 수 없는 감각이 다리 사이를 채우기 시작했다.

진호는 몇 번이고 손을 미끄러뜨렸다 후퇴시켰다.

그러더니 아예 손을 빼어버리고는 팔을 그녀의 몸 양쪽으로 짚어 몸을 올려 겹쳐왔다.

눈과 눈이 마주쳤다. 빙긋 웃은 진호가 은혜의 이마에 입을 맞추고 코끝으로 입술을 내렸다.

"괜찮아?"

"아직까지는요."

아직까지는 아주 좋은 편이었다. 진호의 손은 부드러웠고 다정했다. 입맞춤은 점잖았지만 동시에 갈구하는 것 같은 안타까움이 있었다. 그는 자제하고 있었다. 그리고 다른 그 어떤 것보다 그 사실 때문에 다리 사이가 축축하게 젖고 있다는 것을 은혜는 느낄 수 있었다.

"별거 아니지?"

"별거이긴 해요."

은혜가 조그맣게 속삭였다.

"좋은 의미로요."

진호가 기분 좋게 웃었다. 그리고는 은혜의 작은 입술에 입을 맞췄다. 이번에는 좀 길고, 아까보다 좀 더 섹시했다. 입술을 댄 채, 그는 숨을 천천히 몰아쉬었다. 그의 손은 다시 그녀의 목덜미를 쓰다듬고 가슴으로 내려가고 있었다. 그리고 손이 내려간 부위를 입술이 답습했다. 입술이 손이 거쳐 간 부위를 답습하는 동안, 손은 다시 진군하여 납작한 배 위의 평원을 지나 무성한 삼림을 헤치고 이번 생에선 그 누구도 닿은 적이 없었던 은밀한 처녀지로 움직였다.

"아!"

진호의 손이 그녀의 안으로 천천히 진입하는 순간 은혜의 몸이 덜컥 울었다. 진호의 움직임이 멈췄다.

서두를 생각은 없었다. 스트라디바리우스를 처음 손에 넣은 음악가처럼 신중하게 튜닝을 시작했다. 느리게, 은근하게, 충분하게. 그의 손가락이 천천히 그녀의 좁고 꽉 맞물린 안을 벌리고 들어갔다.

마침내, 완전히.

그의 스트라디바리우스가 길게 한숨을 내쉬었다.

"잠깐."

진호의 몸의 무게가 사라졌다. 침대가 기우뚱 기우는 느낌에 눈을 감고 있던 은혜가 눈을 떴다. 진호가 콘돔을 챙기고 있었다. 부시럭거리는 소리가 어쩐지 웃겨 은혜가 키득거렸다.

"웃지 마."

나무라듯 말하며 도로 은혜의 몸을 타고 오른 진호는 하지만 본
인도 조금 웃었다.

분위기가 한결 좋아졌다.

이번에 진호가 은혜의 다리를 벌리고 그 사이에 자리 잡는 것은
아까보다 훨씬 쉬웠다. 그는 그녀의 가슴에 한 번 입을 맞추고, 장
난스럽게 젖꼭지를 할짝이고 나서 배꼽 바로 위에 키스했다. 그런
그의 장난스러운 행동에 그녀가 눈을 흘기자 그는 청량하게 웃고
는 그녀의 배 위에 대고 바람을 불었다.

그리고 그녀의 양 다리를 약간 당겨 자세를 잡았다.

"처음이라 아플 거야."

그의 경고는 무엇보다 은혜가 더 잘 알고 있는 것이었다. 그녀
의 몸이 다시금 긴장하기 시작했다. 다리를 잡고 있는 단단한 남
자의 손과 그보다 더 단단한 남성이 선명하게 느껴진다.

"아!"

처음 진호가 조금 진입하는 순간 은혜는 인상을 찌푸렸다. 진호
는 즉시 멈췄다. 둔통이 묵직하게 다리를 갈랐다.

고개를 뒤로 젖힌 채 은혜가 숨을 몰아쉬었다. 막상 이 상황이
되니…… 생각나는 게 있다. 고통을 조금은 줄일 수 있는 방법. 동
시에 상대에게 극상의 쾌락을 주는 방법.

은혜가 그 기억을 떠올리며 약간 몸을 움직이자 진호가 조금 더
그녀의 안으로 깊이 들어왔다. 예상치 못한 감각이 그를 덮쳤던

듯 그의 입술을 비집고 신음이 조금 새어나왔다.

진호의 이마 위에서 굵은 땀방울이 도르르 흘러내렸다.

아주 천천히, 그녀의 안에서 그의 깊이가 깊어졌다. 은혜의 다리를 쥐고 있는 진호의 손에 힘이 들어가고, 은혜는 본능적으로 움직이고, 그러면서 그들은 느리게 하나가 되었다. 가장 깊은 곳까지.

그대로 진호가 몸을 숙여 은혜의 몸을 덮었다. 그 안의 남성은 당장이라도 허리를 움직여 은혜를 울부짖게 하고 싶었다. 그녀를 파괴하고 그의 발 아래 무릎 꿇리고 울면서 애원하게 만들고 싶었다.

하지만 그 안에서 은혜를 아끼고 사랑하는 마음이 그녀의 고통을 최대한 줄여주는 쪽으로 움직이도록 진호를 설득하고 있었다. 그는 은혜의 어깨에 입을 내리 눌렀다. 그리고 천천히 몸을 뺐다.

빳빳하게 굳어 있던 은혜의 몸이 이완되는 게 느껴졌다. 그리고 다시 인(in), 아웃(out).

진호의 호흡이 템포를 잃기 시작했다. 바짝 긴장했던 은혜의 몸도 이완과 경직을 반복하는 동안 고통 외의 다른 것을 찾기 시작했다. 무척이나 본능적인 것이었다. 안에 가장 아름다운 소리를 간직하고 있는 스트라디바리우스가 그 소리를 찾는 것처럼.

활을 길게 쓴 바이올린이 우는 것 같이 스트라디바리우스가 기지개를 켰다. 음악의 템포가 빨라지기 시작했다.

악문 잇새로 누구의 것인지 알 수 없는 신음소리가 새어나왔다.

고통인지 환희인지도 모호한 소리였다.

음악은 템포를 높이고 크레셴도, 크레셴도, 점점 웅장한 합주로 변하고 있었다. 이제는 스트라디바리우스도, 연주자도 누가 누구인지 알 수 없는 혼연일체의 순간이었다.

"아!"

고통과는 다른 무언가가 온몸을 밀고 지나간 순간 날카롭게 음을 높인 바이올린이 활을 끝까지 쓰고 소리를 멈추었고, 허리를 꺾었던 은혜는 털썩 몸을 침대로 떨어뜨렸다.

무광의 회색빛 타일 욕조는 무심한 듯 시크한 매력이 있었다. 보통의 욕조보다 훨씬 깊은데다가 커다란 통유리 바로 옆에 욕조가 붙어 있어 물에 몸을 담근 채 야경을 감상할 수 있다는 게 매력이다.

보글보글 끓는 자쿠지가 부드럽게 몸을 마사지하는 감각을 즐기며 은혜는 욕조의 턱에 팔을 걸친 채 창밖을 바라보았다. 우주가 내려앉은 듯 반짝반짝 빛나고 있는 거리가 강을 따라 달리고 있다.

물보라가 일더니 은혜의 옆에 다가온 진호가 한 손으로는 그녀의 어깨에 팔을 두르고 다른 손으로는 샴페인을 먹여주었다. 순순히 샴페인을 한 모금 받아 마신 그녀가 크게 숨을 들이마셨다. 따뜻한 물에 몸을 담그고 차가운 샴페인을 마시며 야경을 보니 천국이 따로 없다 싶다.

"안 아파?"

"참을 만해요."

실제로 기억하는 한 가장 무난한 첫경험이었다. 약간 욱신거리는 것 외에는 거의 통증이 없는 정도니 그만큼 정성을 쏟아주고 신경 써준 진호의 덕이라고 은혜는 감사하는 중이다.

진호가 다시 몸을 움직여 자신의 다리 사이에 은혜를 가뒀다. 그렇게 야경을 가만히 보고 있자니 아까보다 조금 더, 안정감이 있었다.

"넌 왜 그렇게 남자가 싫어?"

"별로 싫어하는 거 아닌데요."

"나 말고는 다 싫어하잖아."

자기는 안 싫어한다는 근거 없는 확신도 우습지만 그보다 의외로 예민한 진호의 질문에 은혜는 잠시 생각에 잠겼다. 남자를 싫어한다고 생각해본 적은 없지만 확실히 좋아하는 건 아닐지도 모르겠다. 선택의 여지가 없을 때를 제외하고 남자와 크게 엮였던 적은 없었다. 귀찮다는 표현이 더 맞을 것 같다. 그래서 전전생은 독신으로, 전생은 아예 남장까지 하고 살았다. 진호가 정말 예외일 정도다. 하지만 이유는 생각해본 적이 없는데.

귓가에서 진호가 샴페인 잔을 기울이는 것이 느껴졌다.

"나도."

하지만 안타깝게도 진호는 마지막 한 모금을 입 안에 털어 넣은 다음이었다. 샴페인이야 또 시키면 그만일 테지만 일단 욕조에서 나가야 하고, 옷을 입어야 하고, 룸서비스를 불러야 한다.

"됐……."

됐다고 대답하려는데 입술이 겹쳐졌다. 그리고 겹쳐진 입술 사이로 아직 기포가 그대로 살아 있는 샴페인이 전해졌다.

진호가 싱긋 웃었다.

"더 맛있지?"

"미지근해요."

입맛을 다시며 퉁명스럽게 대답했지만 어쩐지 진호는 웃고만 있었다. 그러더니 다시 입술이 겹쳐졌다. 이번에는 샴페인도 없는데.

하지만 샴페인 향은 남아 있었다. 그 향이 진호의 입술에서 나는 건지 은혜의 입술에서 나는 건지는 모르겠지만.

목을 앞으로 빼고 고개를 돌린 채 입을 맞추던 진호의 손이 은혜의 가슴 위로 올라왔다. 그러지 못하도록 그의 손을 잡으려 했지만 이미 늦었다. 어느새 그의 손가락이 이미 예민해질 대로 예민해져 있는 가슴 끝을 애무하고 있었다. 방금 절정에 올랐던 몸에 남아 있던 여운이 다시 보글보글 끓기 시작했다.

"안…… 돼요."

거절은 진호의 입술 사이로 사라졌다. 사실 은혜는 자신이 진심으로 거절한 건지도 의심스러웠다. 안 그랬다면 진호가 그녀의 몸을 돌려 그의 몸에 바짝 붙이는데 아무런 거부도 하지 않았을 리가 없다.

적정 온도의 수면이 피부를 찰박찰박 치고 지나갔다.

가슴과 가슴이 마주 닿았다.

어느새 은혜의 손이 진호의 어깨를 잡고 있었다. 진호의 손은 은혜의 등을 감아들어와 그에게로, 그에게로 당기고 있다.

키스는 더할 수 없을 정도로 깊었다.

엉켜 있는 혀에서는 수증기 맛이 났다.

진호의 손이 섬세하게 은혜의 견갑골을 따라 쓰다듬고 내려왔다. 허리께에 옴폭 들어간 살을 쓰다듬고 내려와 둥근 엉덩이를 붙잡은 그의 손이 그녀의 몸을 들어 올려 그의 위에 앉혔다.

"꺄악!"

가볍게 비명을 뱉어냈던 은혜가 진호의 어깨에 팔을 두르고 그를 노려보았다. 하지만 웃고 있는 그의 얼굴이 너무 행복해 보였기에 오래 노려보지는 못했다. 대신 키스를 했다.

윗입술을 부드럽게 빨아 당기고, 아랫입술, 조심스럽게 침입해 왔던 그의 혀가 물러나면 그녀의 혀가 그의 입술 사이를 노크했다. 천천히 호흡을 나누고 느리게 숨결을 섞고…….

어느새 그녀의 가슴을 매만지고 있던 진호의 손이 날렵한 허리의 곡선을 따라 흘러내렸다. 그렇게 엉덩이를 쓰다듬고 허벅지를, 무릎을, 마침내 발목을 쥐었을 때 그가 그녀의 다리를 올려 자세를 바꿨다.

이제 은혜는 다리를 벌린 채 진호를 마주보고 앉아 있는 자세다. 아까보다 편하지만, 무엇보다 그녀를 원하는 그를 선명히 마주볼 수 있다는 게 우습지만 아직은 부끄러웠다.

진호의 양손이 은혜의 허리를 잡고 그녀의 몸을 들었다가 그의 위에 앉혔다. 그가 들어오는 묵지근한 감각이 물이 주는 빈틈없는 감각과 섞여들었다.

은혜는 길게 숨을 내쉬었다. 한참을 그렇게 자신을 가득 채우고 있던 진호를 느끼고 있던 은혜는 팔을 뻗어 그를 끌어안았다. 그러고 있노라면 마치 그와 그녀가 온전히 하나인 것 같은 느낌이 들기도 했다. 누군가 신은 본래 남자와 여자를 하나로 만들었다고 했던가? 그래서 떼어진 반쪽을 애타게 찾아 헤맨다고.

일치감이 허망할 뿐인 일시적인 감각이라는 것을 은혜는 누구보다 잘 안다.

그렇지만 진호를 껴안은 채로 은혜는 천천히 허리를 움직이기 시작했다. 진호가 받은 숨을 내뱉으며 은혜의 머리를 끌어안았다.

물살이 그들의 움직임에 맞춰 흔들리기 시작했다.

진호와 은혜, 그리고 수면의 움직임이 마치 하나로 연결된 것처럼 천천히 절정을 향해 끌려 올라갔다.

"아흑!"

다소 거칠게 들어오는 진호의 서슬에 은혜가 입술을 깨물었다. 하지만 고통은 짧았고 이내 뱃속을 묵직하게 채워오는 감각에 그녀는 허리를 뒤로 꺾었다.

오래 몸을 물에 담갔기 때문인지, 아니면 물속에서 잠깐 즐겼던 섹스의 여파가 컸던 건지 나오다가 잠깐 발을 헛디딘 것이 문제였다. 휘청하는 사람을 잡아줬으면 얌전히 부축을 해줘야 하는 건데, 닿은 피부와 피부는 뜨거웠고, 둘 다 맨몸이었으며, 짙은 회색빛 타일과 하얀 나신의 조화가 지나치게 섹시한 게 문제였다.

당장 은혜를 돌려 세운 진호는 그녀의 목덜미에서 등줄기를 따라 기절할 만큼 뜨거운 키스를 퍼부었고, 그녀가 허리를 굽히고 무릎을 바닥에 대자마자 그녀의 안으로 들어왔다.

이미 젖어 있었으므로 오랜 전희는 필요 없었다.

은혜는 묶어 있던 머리카락을 풀었다. 젖어서 무거운 검고 긴 머리카락이 흘러내려 어깨를 덮으며 흔들렸다.

그것이 얼마나 자극적이었던지 진호의 움직임이 한층 더 사나워졌다. 온몸이 갈라지는 것 같은 고통과 그와는 다른 어떤 감각, 자꾸만 수축하는 그녀의 내부에서 끊임없이 음악은 절정을 향해 달리고 있었다.

지금 진호는 광시곡을 연주하는 바이올리니스트 같았다. 가장 관능적이고 가장 광포하며, 가장 자유로운 곡이다.

그는 한계까지 그녀를 몰아붙였다. 그의 손이 닿는 곳마다 그녀의 몸은 한계까지 신음했고, 그의 입술이 지나가는 곳마다 한계까지 뜨거웠고, 그는 그녀를 한계까지 정복했다.

몇 번이고 온몸이 저릿하게 울고, 음악은 끊어졌다 이어졌으며, 하얗게 빛이 터졌다 다음 순간 가장 검은 어둠이 찾아들었다.

가는 허리를 잡고 있던 커다란 손이 앞으로 돌아와 가슴을 감싸

쥐었다. 그러면서 강하게 그녀의 안을 채우고 사라지고, 다시 채운다.

은혜는 몸을 바짝 낮췄다. 그렇게 하면 그녀 안의 공간은 더 좁아지고 남자가 느끼는 쾌감은 더 강해진다. 아니나 다를까, 그의 목에서 짐승이 내는 것 같은 끓는 소리가 나더니 구속감이 확 사라졌다. 뜨거운 무언가가 다리 위로 확 끼쳐 내렸다.

동시에 은혜의 몸이 앞으로 고꾸라지며 욕실 바닥에 나뒹굴었다. 진호 역시 마찬가지였다. 잔뜩 땀에 젖은 그가 벌러덩 누웠다가 간신히 힘을 내 은혜의 옆으로 다가와 팔베개를 해줬다.

"욕실 바닥에서 하기에는 부적절한 자세라고 생각하지 않아요?"

"더 부적절한 말도 해줄까?"

"해봐요."

"난 지금 미래 우리 집의 인테리어를 계획 중이야. 회색 타일에 누워 있으니까 넌 피부가 하얘서 미치게 섹시해. 아무래도 이다음에 우리 집 욕실에는 회색 타일을 깔아야겠다는 생각이 막 들어."

은혜가 킥킥 웃었다. 진호도 자신이 웃긴 줄은 아는지 쿡쿡거리기 시작했다.

1 0

오랜 습관으로 진호가 눈을 뜬 것은 새벽 6시 무렵이었다.

본능적으로 옆을 보자 엎드린 은혜가 앞에 놓은 손에 얼굴을 바짝 붙인 채 곤히 잠에 빠져 있었다. 그 얼굴이 사랑스러워 살짝 입을 맞추고 방 안을 둘러보자 엉망이었다. 누가 봐도 이곳에서 밤새 격렬한 정사가 벌어졌다는 것을 알 수 있을 것 같다.

처음인 애한테 너무했다. 자제하려고 했는데 답지 않게 어제는 정말 너무 많이 흥분하고 말았다.

정말 왜 그랬을까? 몇 번은 진짜 미치는 줄 알았다.

다른 건 몰라도 속궁합이 죽이게 잘 맞는 건 확실하다. 혹시나 해서 콘돔을 5개 가져왔는데 4개나 썼다. 한 번은 욕조에서 하는 바람에 질외사정을 했으니까…… 까딱했으면 콘돔을 다 써버리는 사태가 일어났을지도 모른다는 거다.

그러면 크게 곤란할 뻔했다. 혹시 은혜의 컨디션이 괜찮으면 아침에도 할 수 있을지 모르는데. 유비무환(有備無患)의 정신에 따라 다음에는 콘돔 열 개씩을 준비해야겠다고 결심하는 진호였다.

"정말 이상한 여자라니까."

숨소리도 내지 않고 자는 은혜를 가만히 내려다보던 진호는 흐트러져 있는 그녀의 머리카락을 쓸어 넘겨줬다.

솔직히 사랑하는 사이에 나누는 섹스가 더 좋다는 말을 믿지 않았다. 사랑은 사랑이고 섹스는 섹스지, 더 좋을 이유까지는 없을 거라는 게 그의 지론이었다.

엄밀히 말하자면 이렇게까지 그를 매혹시키는 여자를 만날 거라는 생각도 안 해봤다. 그냥 성격이 잘 맞고, 가족들과 무난하게 잘 어울릴 좋은 친구 같은 여자를 만나서 사이좋게 늙어가는 것이 진호의 결혼관이었다.

그것이 바뀐 것은 은혜를 만나고 나서다.

어제 진호가 느꼈던 쾌감은 그 어느 때보다도 강렬했다. 진호는 그것이 은혜가 처음이었는데도 불구하고 열심히 그를 따라와줬기 때문이라고 생각했다. 서툰 것이 분명한, 매번 힘들어 어쩔 줄 몰라 하고 어딘지 모자라는 듯한 반응인데도 은혜의 움직임 하나하나가 그를 미치게 만든 것은 분명 기술적인 문제가 아니라 사랑이었다.

이런 일이 있다니.

진호는 헛웃음을 웃었다.

이렇게 한 여자에게 빠지다니.

다시 침대로 파고든 진호는 조심스레 은혜를 당겨 안았다. 따끈

한 체온이 기분 좋게 그에게 감겨 들어왔다.

마치 자전거를 타는 것과 같았다.

자전거는 일단 타는 법을 한번 배워놓으면 아무리 오랜 시간이 지나도 잊어버리지 않는다고 한다. 은혜에게는 섹스도 그랬다.

처음에는 정말 낯설고 어색했다. 아무것도 기억이 안 나고 그저 불편하기만 해서, 처음의 서툰 행동들은 연기가 아니었다.

하지만 곧 머리보다 몸이 더 먼저 기억해냈다.

사람의 본체는 어디인가? 뇌인가? 심장인가? 아니면 영혼인가?

이 케케묵은 논쟁을 끄집어낼 생각은 없지만, 단 한 번도 남자를 경험한 적이 없는 이번 생의 몸은 자연스럽게 어떻게 움직여야 하는지를 기억해냈다. 어떻게 움직여야 자기 자신의 고통을 줄일 수 있고, 또 상대를 즐겁게 해주거나 혹은 미치게 몰아갈 수 있는지.

처음에는 은혜를 배려해주려는 기색이 역력하던 진호가 차츰 이성을 잃어가는 걸 느끼며, 그런 진호를 컨트롤하고 또 자기 자신을 컨트롤하느라 은혜는 정말이지 있는 힘, 없는 힘을 다 끌어 사용해야만 했다.

그랬다. 자기 자신도 컨트롤해야 했다.

언제나 한계를 명확히 아는 은혜인데도 어제 막판엔 자신의 몸이 처음이라는 것을 잊고 격렬히 불타올랐다. 더 이상은 무리라는 자각을 잠깐 놓칠 정도로 머릿속이 진호로만 꽉 차 있었다.

그녀를 당겨 안은 진호의 숨소리가 다시 고르게 가라앉는 것을 느끼며 은혜는 웃음을 흘렸다.

콘돔을 착실하게 챙겨 온 것도 기특했다. 혹시나 싶어 은혜도 가져오긴 했지만 한 번도 안 써본 거라 어색한 구석이 있었는데, 역시 김진호다.

어제까지 은혜에게 있어 현대의 최고 발명품은 자동차와 샤워 시설이었다. 하지만 이제 아무래도 콘돔도 포함시켜야 할 것 같다. 저번 생만 하더라도 콘돔이 이런 용도로 사용될 거라고는 꿈도 못 꿨는데. 저번 생에서도 선구자들은 성병 예방이 아니라 피임의 용도로 사용하고 있었으려나?

진호의 가슴 위로 손을 얹으며 다시 잠에 빠져들면서 은혜는 미소 지었다.

한때 이 방면 최고의 전문가였던 그녀의 기준에서 볼 때 진호의 레퍼토리나 기술은 좀 부족하다. 그렇지만 힘은 기억하는 남자 중 다섯 손가락에 들어가는 게 아닌가 싶다. 좋은 선생을 만나면 이 분야에서 대성할 놈이다.

어쩐지 자신의 생각이 웃겨 키득대면서 그녀는 다시 잠에 빠져들었다.

"은혜야? 은혜야!"

손목에 격통이 느껴졌다. 허리에서도. 아니, 사타구니에서부터 다리까지…… 하반신이 아예 두 조각 나는 것 같다.

"은혜야!"

몸부림치던 은혜의 몸이 축 늘어졌다. 그러면서 정신이 돌아왔다. 진호가 그녀를 당겨 안은 채 들여다보고 있었다. 그러는 눈에 걱정이 가득했다. 그가 손을 뻗어 젖은 이마 위에 달라붙어 있는 머리카락을 떼어 뒤로 넘겨주었다.

그제야 은혜는 그녀의 온몸이 땀으로 젖어 있다는 것을 깨달았다.

"……뭐예요?"

"무슨 애가 이렇게 꿈을 격하게 꿔?"

또 악몽이었을까?

"가끔 그래요."

"너 어젯밤에도 두 번이나 그런 거 알아?"

꼭 붙들고 있던 은혜의 팔을 놓아주며 진호가 잔소리를 늘어놓았다.

"두 번이라고요?"

전혀 몰랐다.

"그래, 계속 울어가지고 내가 달래느라 한숨도 못 잤는데…… 이번에 제일 심각했어. 너 뭐 스트레스 받는 일 있어?"

계속…… 울었다고?

아닌 게 아니라 온몸이 물속에 잠긴 것처럼 무거웠다. 푹신한 베개에 머리를 뉘며 은혜는 눈을 감았다. 계속 울었단 말이지.

두 번의 악몽은 물론이고 마지막 꿈도 생각이 나지 않는다. 억지로 깨워서일까? 아니면 진호가 옆에서 안아줬기 때문?

"물 좀 마시고 더 자."

침대 위에 올려놓은 손가락 위로 커다란 손이 덮어왔다.

진호가 부축하는 대로 몸을 일으킨 은혜는 그가 먹여주는 대로 얌전히 물을 마셨다. 적당히 미지근한 물이 입술을 적시는 순간 그녀는 지금 필요한 게 뭔지 알 수 있었다.

"몇 시예요?"

도로 몸을 누이면서 은혜가 힘없이 물었다.

"정오."

은혜가 눈을 떴다.

"체크아웃 해야 하는 거 아니에요?"

"네가 하도 곤히 자길래 연장했어."

"그러면……."

다시 은혜가 눈을 감으며 웅얼거렸다.

"응?"

진호가 침대를 양손으로 짚고 몸을 기울여 은혜의 입가에 귀를 갖다 댔다. 그런 그의 귀에 바짝 입술을 댄 은혜가 속삭였다.

"배고파요. 밥 먹어요."

여전히 시트를 칭칭 감은 채 침대 위에 몸을 웅크린 은혜는 족히 4인분은 될 양의 음식을 시키는 진호의 목소리를 들으며 허리를 눌렀다. 온몸이 당장 부서져도 조금도 이상하지 않을 것 같다.

"배 많이 고파?"

전화를 끊은 진호가 다가와 은혜의 머리카락을 쓸어주었다.

"지금 같아서는 코끼리도 잡아먹을 수 있을 것 같아요."

은혜의 말에 잠깐 생각하던 진호가 고개를 저었다.

"그래도 코끼리는 맛없을 거 같아."

"오빠는 가리는 게 많군요."

"별 소리를 다 듣네. 그럼 내가 코끼리도 맛있게 먹어야 해?"

은혜는 갑자기 진호의 전생이 궁금해졌다. 그도 기억을 못 하는 것뿐이지 분명 전생이 있을 거다. 그 전생에서 그는 코끼리를 뜯 어먹었을지도 모르는데.

"왜?"

자신을 빤히 쳐다보는 은혜를 보고 고개를 갸웃하던 진호가 손 을 뻗어 그녀의 얼굴을 한 번 쓸어내렸다.

모른다는 건, 어떤 의미에서는 진정한 축복이다.

의미심장하게 웃은 은혜가 몸을 빙글 굴려 침대 가장자리로 굴 러가 손을 뻗었다. 나뒹굴고 있는 가운을 집어들 의도였는데 비명 이 터졌다.

"악!"

몸이 두 조각 나는 것 같은 감각에 은혜가 손으로 다리를 짚었 다. 하지만 어디를 어떻게 어루만져야 할지 감도 오지 않는 아픔 이었다.

"마, 많이 아파?"

진호가 걱정스러운 표정으로 다가와 은혜를 부축했다.

"미안해."

진호를 노려보긴 했지만, 그의 잘못만이 아니라는 건 은혜가 더 잘 알고 있었다. 오히려 이 정도면 양호한 편이었다. 깜빡 잊고 평상시처럼 조심성 없게 움직여서 그렇지 천천히 움직이면 크게 아프진 않은 편이니, 양호하다는 말로는 부족할 정도다.

그러는데 진호가 등 뒤에서 은혜의 허리를 당겨 안았다.

"뭐 하는 거예요?"

진호에게 달랑 들린 자세가 되어 은혜는 그를 뚱하게 쳐다보았다. 두말 할 것 없이 그는 그 방자한 입술을 입술로 막아버렸다.

가벼운 입맞춤.

아침은 아니지만 눈뜨자마자 하기에는 최상의 입맞춤이었다.

"룸서비스 오기 전에 씻고 나오자."

은혜가 눈을 가늘게 떴다.

"왜 씻고 '나오자.'예요?"

"뭐가?"

모르겠다는 듯이 능글맞게 웃고 진호가 은혜의 손을 잡아당겼다. 그런 그의 엉덩이를 진지하게 빵 걷어찬 은혜가 눈을 흘기고는 샤워부스로 들어갔다. 탁, 하고 닫히는 문소리는 단호한 접근 금지 표시였다.

"애는…… 새삼 내외하고 그래."

아쉬운 표정으로 입맛을 다시던 진호가 엉망인 방 안을 대강 치우기 시작했다. 아무리 호텔이지만 곧 올 룸서비스에게 보여주기에는 지나치게 야한 장면들이다.

그리하여 은혜가 씻고 나왔을 때는 나름 정리된 방에 으리으리한 식사가 대령된 상태였다.

"난 5분이면 씻어."

머리를 털며 침대에 걸터앉는 은혜에게 입을 맞춘 채 진호가 경중경중 뛰어 욕실로 들어갔다. 그러는 뒷모습을 보며 은혜는 다시한 번 자신의 판단이 옳았다고 생각했다. 같이 씻었으면 아마 다시 시작했을 테고 룸서비스는 돌아가야만 했을 거다. 아직까지도 두 사람은 욕실에 있겠지.

두 사람이 다시 불이 붙었을 거라는 사실에 추호의 의심도 없는 자신이 우스워 헛웃음을 지은 은혜가 갓 내려 고소한 향이 피어오르고 있는 커피를 마셨다.

욕실에서 들리는 물 떨어지는 소리 사이로 진호의 콧노래 소리가 섞인다. 그쪽을 한참 동안 가만히 보고 있던 은혜가 고개를 숙였다.

"아직도 아파?"

"아파요."

빵은 프렌치토스트와 크루아상, 샌드위치. 계란은 스크램블, 프라이 두 종류. 아침부터 먹는 구운 치킨에 프라이드 치킨. 각종 샐러드와 갓 짜낸 자몽 주스와 오렌지 주스, 우유와 커피를 쓸어 넣은 후에도 미련을 버리지 못하고 있는 은혜의 옆에 붙어 앉은 진호는 그녀의 뺨과 귓가에 키스를 퍼붓고 있었다.

"많이?"

"많이."

은혜는 그 입 닥치라는 표정으로 방울토마토를 진호의 입 안에 밀어 넣었다.

"하나도 안 아픈 표정인데?"

"난 아프다고 징징대는 거 딱 질색이에요. 아픈 티를 내나 안 내나 아픈 건 변하지 않아요. 괜스레 티내고 그러는 거, 나 아픈 거 알아달라는 어리광에 불과해요."

정색을 하고 쏘아붙이는 은혜를 빤히 보던 진호가 입 안을 채운 토마토를 우물우물 씹어 삼켰다. 그리고는 다시 한 번 은혜의 뺨에 입술을 눌렀다.

"넌 뜬금없어서 좋아."

뭔 소리냐고 물어줄 만한데 은혜는 말이 없었다.

"무슨 소리냐고 안 물어봐?"

"어떻게 해도 좋단 이야기일 텐데 뭘 물어요?"

않느니 죽는다고 진호는 피식 웃고 말았다. 이런 반응이 몸서리치게 사랑스러우니 SM의 길로 빠져 들어가는 사람들의 심정을 이해하겠다 싶다. 이렇게 시크하기만 한 여자에게 익숙해지면 안 될 텐데.

"많이 아프면 내가 마사지해줄까?"

"마사지요?"

"응. 근육통엔 마사지가 최고거든."

"됐다고 봅니다. 왜 음란업소들이 '마사지'라는 타이틀을 붙이고 있는 줄 알아요? 그게 섹스로 진행되기 딱 좋기 때문이에요."

"넌 어떻게 그런 걸 아는 거야?"

"상식 아니에요?"

"누구 맘대로? 난 마사지 숍에서는 마사지만 받는 걸로 아는 사람이야."

당당하게 시작되었던 진호의 목소리는 끝으로 갈수록 기어들어갔다. 그는 염치는 아는 사람이었기 때문이다.

약간의 실랑이가 있었지만 결국 시키는 대로 엎드린 은혜는 자신의 실수를 절감하고 있었다. 오일이 묻으면 안 된다면서 옷을 홀랑 벗긴 것까지는…… 어차피 귀찮아서 가운 안에 아무것도 안 입고 있었으니까 그러려니 하는데 말이다.

어깨를 주물러줄 때만 해도 시원하니 괜찮았다. 손힘도 좋은 진호가 조물조물 힘을 쓰니 교생실습부터 기말고사까지 달렸던 묵은 피로가 그의 손끝에서 녹아내렸다. 목을 훑어줄 때도, 등줄기를 따라 손끝을 쭉 미끄러뜨릴 때도 무척 기분 좋았다. 그녀의 등 위에서 날아다니는 진호의 손가락은 마치 마법 같았다. 힘㉮이 세서 그런지 손힘도 무척이나 좋았다.

그런데.

진호의 손가락이 슬금슬금 엉덩이 선을 따라 기어오를 때부터 문제는 시작되었다.

무시하려 노력했지만, 엉덩이의 굴곡을 따라 움직인 손가락이 허벅지 안쪽으로 파고들자 은혜는 몸을 휙 돌리며 소리를 지르고 말았다.

"지금 뭐 하는 거예요?"

"여기는 안 뻐근해?"

눈을 동그랗게 뜬 진호가 왜 그러냐는 듯이 청순하게 물었다. 그 눈빛이 어찌나 초롱초롱 아무것도 모른다며 순결하던지 은혜는 오해해서 미안한 마음을 가지……긴 뭘 가지냐 말이다.

"제대로 마사지 안 할 거면 나 옷 입을 거예요."

"그게 아니라 진짜 다리 마사지를 해야 하는걸. 지금 가장 아픈 데는 다리 아냐?"

맞는데.

은혜의 의심스러운 눈초리에 대응하는 진호의 눈빛은 진중했다. 어찌나 진중한지 그런가 싶……기는 뭐가!

"나 한 번만 믿어봐, 응?"

싱긋 웃은 진호가 은혜의 몸을 홀딱 뒤집었다. '오빠 믿지.'에 넘어간 숱한 여자들의 최후를 모르는 은혜가 아니었지만 달리 반항할 타이밍을 잡지 못할 정도로 빠른 동작이었다.

몸이 뒤집히는 순간 무릎이 꺾이고, 은혜의 한쪽 다리를 들어올린 진호의 손이 장딴지를 쭉 훑어 내렸다. 뻐근한 부위와는 전혀 상관없는 동작이었지만…… 시원하긴 했다. 인정할 건 인정해야겠다. 복숭아뼈 근처를 누르는 손도 그렇고, 장딴지를 매만져 올라오다 무릎 뒤쪽의 옴폭 들어간 부분을 꾹 누르는 손가락은 기분 좋았다. 몸 곳곳의 급소를 잘 아는 듯 아주 전문적인 동작이었다.

문제는 이성과 별개로 몸이 뜨거워지고 있다는 것.

진호가 덤벼든다면 얼마든지 제지할 자신이 있어서 마사지에 응한 건데, 의외로 당장 부서져나갈 것 같은 몸이 반응하고 있다는 것.

은혜는 저도 모르게 고개를 뒤로 젖혔다. 다소 야한 자세라는 건 알지만 그러거나 말거나.

진호의 손이 다리를 훑어 내려오고 허벅지를 쓰다듬는 동안, 이미 그 손이 주는 자극이 뭔지 아는 은혜의 몸은 이성을 배반하고 자극을 갈구하고 있었다. 어제 맞은 한계 같은 건 극복할 수 있다는 도전의식이 마구 싹트는 것이 한심하기도 하고 웃기기도 했다.

그러는 동안에도 진호는 은혜의 오른다리를 내려놓고 왼다리를 같은 순서로 착실히 마사지 하고 있었다. 얼핏 보기에는 전혀 사심 따위는 없는 듯 성실하고 착실한 마사지였다.

그럼에도 불구하고 어째서 은혜의 느낌에는 진호의 체온이 점점 높아지는 것처럼 느껴졌을까?

잠깐 은혜는 고민했다. 원하는 마음이 아주 없는 건 아니었지만, 몸은 절대 '안 돼.'를 외쳐대고 있는 상황이었다. 특히 잠시 후

은혜가 할 짓을 생각하면 더더욱 안 된다.

생각지도 못했던 충동이 치민 것은 그때였다.

"왜?"

한 번도 생각해보지 못한 충동에 스스로도 어리둥절해하면서도 은혜는 팔을 양쪽으로 괴고 몸을 일으켰다. 진호를 빤히 바라보자 그가 기대하는 표정으로 은혜를 쳐다보았다. 그러더니 수줍게 덧붙였다.

"저기…… 콘돔 하나 남았는데."

은혜는 피식 웃고 말았다. 그리고 그 웃음 끝이 얼굴에서 사라지기 전에 번개와 같이 그를 덮쳤다.

"애, 얘가 왜 이래?"

좋아서 그러는 건지 아니면 놀란 건지 알 수 없는 소리를 지르며 진호가 아무 저항 없이 뒤로 넘어갔다.

하지만 진호는 상상도 못 했다.

아니, 하긴 했는데, 무엇을 상상하든 그 이상을 보게 될 거라는 것까지는 몰랐다.

처음에는 그냥 가소로웠다.

은혜가 진호를 눕히고 그의 다리 위에 올라타 배에 입을 맞출 때까지만 해도 진호는 여유 만만했다. 어쭈? 하고 그녀의 빠른 습득력에 흐뭇해하며 느긋하게 머리 뒤로 깍지를 낄 수도 있었다.

적극적인 걸로 보아 막연히 앞으로 은혜와의 섹스라이프가 즐거울 것 같다는 예감 정도였지 '오늘' 즐거울 거라고는 상상도 안 했다. 그는 상식이 있는 남자였으니까.

그러나 은혜가 약간은 서툴게, 하지만 머뭇거리지 않고 곧장 진호의 흥분할 대로 흥분한 남성으로 입을 가져갔을 때는 기절하는 줄 알았다. 저도 모르게 놀라서 은혜를 뻥 차버리고 튀어오를 뻔했으니까 제대로 놀란 거다.

다시 생각해도 두 번은 힘들 것 같은 자제력으로 간신히 버텨낸 진호는 대담하게 입술을 움직이던 은혜가 다음 순간 망설이듯 주저하는 바람에 지옥을 맛봐야 했다. 처음이니 당연하겠지만 그녀는 어설펐다. 점점 세게 몰아가야 할 타이밍에 리듬도 자주 끊기고 간간이 힘 조절을 잘못해 그를 아프게 하기도 했다. 그런데 그것이 어쩌면 이렇게 강약 중강약 사람 애간장을 녹이는 건지.

은혜가 전생에 습득한 '남성에게 천국을 보여주는 110가지 방법' 중 순진한 여자 연기를 시전 중이라고는 꿈에도 생각하지 못하는 진호는 아주 신실한 상태로 천국의 문에 발을 들였다.

처음에는 머리 뒤에서 꼈던 깍지가 풀렸다.

갈 데를 잃고 헤매던 손이 은혜의 머리를 잡으려다가 허공을 움켜쥐었다.

불끈 쥔 주먹의 마디가 하얗게 돋아났다.

아무리 그래도 초보자의 기술에 신음소리를 낼 수는 없다.

진호의 계획으로는 은혜가 숨이 막혀하거나 어려워하면 지도 편달을 아끼지 않으려 했건만 타고나는 사람도 있긴 있는 것 같다. 절대 잘하는 건 아닌데 잘한다. 이걸 뭐라고 해야 좋을지 알 수가 없……

아아.

눈앞에서 폭죽이 터지고 숨이 콱콱 막히는 바람에 진호는 그만 체통도 잃고 길게 짐승 같은 괴성을 지르고 말았다.

놀란 은혜가 벌떡 일어날 정도로 엄청난 비명소리였다.

과장하는 걸 싫어하는 진호지만 단연코, 지금 이 순간이 그가 태어나서 가장 기분이 좋은 순간인 것 같다. 이번에는 별로 거부하지도 않는 은혜와 함께 마지막으로 같이 샤워를 하고 나와서 옷을 입으며 그는 슬쩍 농을 걸었다.

"우리 이러고 있으니까 되게 좋다, 그치? 결혼해도 좋을 거 같지?"

벌써 옷을 다 입고 식은 커피를 마시던 은혜가 커피 잔을 내려놓으며 다소 쌀쌀하게 말했다.

"결혼하면 이럴 리가 있어요? 상도 내가 차려야 하고 치우기도 내가 치워야 할 텐데."

"내가 하면 되지."

"난 결혼 안 해요."

"왜?"

"싫으니까."

"지금 당장 하자는 게 아니고 언젠가 하긴 할 거 아니야?"

"언젠가도 안 해요."

"영영 안 하겠다고?"

"영영 안 할 거예요."

"뭘 애가 꿈이 독거노인이냐."

진호가 투덜거렸다. 그는 이날 이때껏 그랬듯 은혜의 말을 의례적인 튕김으로만 받아들이고 있었다. 어르고 달래서 결국에는 그를 따라오게 만들 자신이 있기도 했다. 처음부터 그다지 곁을 주지 않았던 은혜였기에 익숙해진 탓도 있었다. 지금까지 온 건 진호가 무던히도 노력하고 또 노력한 탓이다.

사실 그들은 무척이나 잘 맞는 짝이었다.

대화도 통했고 성격도 잘 맞고 취향도 은근 비슷했다. 남녀가 약간 바뀐 것 같은 부분이 있다는 건 인정했지만 둘이 불편하지 않으면 됐지 뭐가 문제냐 싶다.

진호는 은혜가 좋았다. 사귀는 상대에게 대체로 잘해주긴 했지만 마냥 너그럽지만은 않은 성격인데 은혜에게 있어서는 이상하리만큼 약한 부분이 있었다. 이것이 남녀 간의 좋은 신호라는 것을 진호는 믿어 의심치 않았다. 게다가 성적으로 무척이나, 상당히, 어마어마하게, 믿어지지 않을 정도로 잘 맞는다. 더 바랄 게 없다.

이렇게까지 잘 맞을 수도 있다는 걸 생각해본 적도 없는 진호였다. 처음이라는 것을 믿기 힘들 정도다. 직접 경험하지 않았다면 진호는 결코 믿지 않았을 거다.

"많이 피곤하지?"

호텔을 나서며 진호는 말이 없어진 은혜의 어깨를 다독여주었다. 그를 올려다보는 그녀의 눈동자가 어젯밤의 뜨거움이 거짓말이라고 할 정도로 냉랭하다는 것은 참 신기한 일이다.

진호는 사실 은혜와 같은 여자를 본 적이 없었다. 특히 은혜같이 어린 나이에는 더욱.

사람이 불과 물의 양면을 모두 갖고 있다는 것은 당연하다. 그러나 그것을 칼같이 가를 수 있는 것은 어린 나이에 가능한 일이 아니다. 진호는 그나마 빨리 성장한 편인데도 서른 살인 지금도 100퍼센트 가능하다고 장담 못 한다.

그런데도 은혜는 그게 되는 게 아닌가 싶을 때가 가끔 있다. 나이와는 어울리지 않는 성숙함. 그 미스터리가 그녀를 매력적인 걸넘어서 눈을 뗄 수 없을 정도로 매혹적으로 만드는 것이다.

진호는 다소 무표정하게 허공을 응시하고 있는 은혜의 옆모습을 바라보았다. 어떤 일이 있어도 흐트러지지 않는 자세는 그녀의 방어적인 정신세계가 얼마나 단단한지를 단적으로 보여준다. 뭐 그게 또 예쁘니 어쩔 수 없지만.

진호 같은 남자에게 있어서는 쉽게 허물어지는 성처럼 재미없는 건 없다. 난공불락일 때, 그 성을 정복할 가치가 있는 게 아닌가.

"오빠."

난공불락의 성이 진호를 부른 건 그때였다. 발레 서비스를 기다리며 서 있는 두 사람의 앞으로 펼쳐진 도시의 스카이라인이 붉게 물들어 있던 그때.

"응?"

대수롭지 않게 미소 지으며 은혜를 내려다보았던 진호의 얼굴이 굳었다. 웃지도, 얼굴을 찡그리지도 않고 있는 은혜의 무표정한 얼굴에서 무언가를 읽은 탓이었다.

어쩐지 너무 잘 나간다 싶었지.

확실히 이 여자의 특기는 부조화인가 보다. 어리게 생겨서 하는 짓이나 생각하는 건 세상 다 산 노인 같은 거나, 사람을 천국으로 들었다 지옥으로 처박았다 하는 거나. 애가 일관성이 없다.

"왜?"

진호를 빤히 쳐다보던 은혜가 느리게 눈을 깜빡였다. 순간 시간의 농도가 걸쭉해지며 느려지는 듯한 느낌이 들었다. 느리게 열리는 은혜의 입술에 시선을 두고 있던 진호는 그녀가 지금 떨어뜨리는 것이 보통 폭탄이 아님을 깨달았다.

그러나 말릴 틈이 없었다. 깨달음과 동시에 폭탄은 투하되었고, 이것저것 생각할 틈 없이 진호의 가슴으로 직격해 폭발했다.

"이제 연락하지 않았으면 좋겠어요."

이번에는 농담으로 얼버무리도록 놔두지 않겠다는 듯 얼음이 뚝뚝 떨어지는 목소리에 여름을 코앞에 둔 저녁 기온이 영하로 떨어졌다.

일견 흐물흐물 속이 없어 보이는 진호지만 그가 누구보다 상황 판단이 빠르다는 것은 이제 은혜도 알고 있다.

과연 이번에 진호는 모르는 척 눙치지 않았다. 짧고 간결하게 물었을 뿐이다.

"왜?"

"많이 바쁠 때예요. 제 인생에서 중요할 때고요. 이런 시점에서 남자와 노닥거릴 생각이 없어요."

"내가 방해돼?"

"네."

"너 철저한 애잖아. 방해가 되지 않을 만큼 나 만나는 거 아니었어?"

"그럴 수 있을 줄 알았는데 안 되네요. 미안해요."

"그러니까 방해될 만큼은 좋아하고, 그걸 감수할 만큼은 좋아하지 않는다?"

"정확하네요."

부러 더 끊어지게 한 대답에 가타부타 말없이 진호는 은혜를 빤히 바라보았다. 오가는 사람이 분주한 호텔의 정문에 우뚝 서 있는 진호의 모습은 석양빛 때문인지 묘한 감상을 불러일으키는 부분이 있었다. 흔들리려는 마음을 누르며 은혜는 얼른 한 걸음 뒤로 물러섰다.

"택시 타고 갈게요. 그동안 고마웠어요."

하지만 진호는 은혜가 그러도록 두지 않았다. 거부할 틈도 없이 손목이 잡혔다.

"데려다 줄게."

손목은 잡혔으나 진호의 시선은 그녀에게 향해 있지 않았다. 방금 전까지 은혜가 서 있던 곳에, 마치 그녀가 움직인 적이 없다는 듯 박혀 있었다. 언제나 싱글거리던 얼굴은 깊은 생각에 잠긴 듯 무표정했다.

마침 진호의 차가 느리게 다가와 멈춰 서고 발레 요원이 차문을 열었다.

"찐드기 안 붙으니까 타."

뭐라 말할 틈 없이 진호가 은혜를 차 안에 밀어 넣었다. 단호해서 뭐라 대꾸할 수 없을 정도로.

한 마디도 오가지 않았다. 라디오도 켜지 않았다.

진호의 운전은 사납지 않았다. 평소와 다름없는 깔끔하고 점잖은 운전으로 집까지 오는 동안, 그의 관자놀이에 불룩 힘줄이 돋아 있지 않았다면 그 누구도 진호가 화가 난 상태라는 걸 알지 못했을 거다.

진호는 몹시도 화가 나 있었다. 하지만 그는 이성적인 사람이었다. 호랑이에게 물려갔을 때 정신을 차리면 눈 빤히 뜬 채 뜯어 먹히게 된다는 요즘 세태의 풍자에도 불구하고, 그는 호랑이에게 뜯어 먹히는 순간에도 상황은 파악해야 하는 타입이었다. 그래서 의미 없는 화풀이를 하는 대신 상황을 천천히 복기했다. 혹여나 오해하는 부분이 없도록, 느닷없는 날벼락에 당황한 나머지 실수하는 일이 없도록, 그는 입을 다물고 충실히 운전만 했다.

그래서 집 근처에 도착했을 때쯤에는 몇 가지 가설을 세울 수 있었다.

"그냥 여기에 세워주세요."

큰길가에서 내릴 차비를 하는 은혜를 무시하고 아파트로 차를 진입시킨 진호는 주차 칸에 정확히 주차를 하고 시동을 껐다.

"데려다줘서 고마워요."

차가 서자마자 은혜는 인사를 건네고 내리려 했지만 실패했다. 처음부터 그러려고 했던 것처럼 진호가 차에 록(lock)을 건 것이다.

조그맣게 한숨을 내쉬며 은혜가 시트에 몸을 기댔다. 아예 차에 올라타지 말았어야 하는 건데 평소와 다른 진호의 기세에 밀려 실수했다. 아무래도 쉽게 끝날 것 같지 않았다.

잠깐 동안 차 안에는 적막이 감돌았다. 멀리서 들리는 경적소리와 지나가는 사람들이 대화를 나누는 소리가 가까워졌다 멀어졌다.

가만히 손가락 끝으로 핸들을 톡톡 치던 진호가 입을 연 것은 그때였다. 그의 목소리는 마치 아무 일도 없었다는 듯 단정했다. 아니, 오히려 웃음기가 빠져 평소보다 훨씬 무감했다.

"오늘 헤어질 거면 왜 자자고 했어?"

"그게 깔끔할 것 같아서요."

진호의 생각대로였다. 김은혜는 육체적으로는 순진했지만, 남자에 대해서 정확히 파악하고 있었다. 적어도 본인은 그렇게 생각하고 있음이 분명했다.

"한 번 자고 나면 자기 전보다 더 깔끔히 끝날 것 같았어?"

"더 이상 미련 둘 일은 없을 테니까요."

"네가? 아니면 내가?"

답지 않게 서늘하게 찌르고 들어온 질문에 은혜가 움찔했다. 그런 그녀를 바라보는 진호의 눈빛은 씁쓸했다. 애써 시선을 피하고 있자 진호가 은혜의 턱을 잡아 돌려 자신을 바라보게 만들었다.

"하나만 확인해보자."

"네?"

뭐라고 할 틈도 없이 입술이 막혔다. 어깨 뒤로 진호의 팔이 강하게 감겨들었다. 밀어내려고 진호의 어깨를 짚었던 은혜는 그러나 그를 밀어내지는 못했다. 숨이 막히게 압도해 오는 키스와, 평소와 달리 강한 남성성을 숨기지 않는 진호의 태도에는 거부할 수 없는 무언가가 있었다.

게다가 은혜가 진호를 끊어내기로 한 이유는 '판단'이었지 '권태'가 아니었다.

진호가 입술을 뗀 것은 목이 꺾이고, 등 뒤로 시트가 짓눌리고, 숨이 막혀오기 시작했을 때였다. 그때까지도 거부할 생각을 못하고 정신없이 키스에 응하던 은혜는 깊게 숨을 들이마시며 눈을 감았다. 그 위로 쏟아지는 진호의 시선이 따갑다.

"너 지금 내가 눕혔어도 응했을 거 같은데…… 그래도 헤어지고 싶어?"

아쉬움이 없다고 하면 거짓말이다.

화를 내고 있는 진호를 보며 그가 진심이라는 것을 절감하면서, 헤어지고 싶지 않다는 마음이 드는 자신을 보며 은혜는 그녀도 진심이라는 것을 깨닫는 중이었다.

그리고 바로 그래서, 그만두어야 했다.

더 많이 좋아하고, 더 많이 간섭하고, 진심을 나누고. 상대의 일거수일투족에 점점 더 많은 의미를 부여하면서 아파하고 상처 입고. 그런 소모적인 일은 이제 그만하고 싶었다. 그래야만 했다. 진호가 만일 은혜 입장이라면 충분히 이해해줄 거다.

아무리 키스가 좋아도, 시간이 지나면 희미해진다.

아무리 사랑이 깊어도, 시간의 힘을 이길 수는 없다.

그냥 조용히 살고 싶다. 흐르는 강물처럼, 퍼내도 티가 나지 않고 더해도 넘치지 않게, 그렇게 주어진 생을 소비하고 싶다. 그게 지난 수백 년간 은혜가 지켜온 원칙이었고 선택의 여지가 있는 한 늘 그렇게 살아왔다.

은혜는 진호의 감정에 응해줄 의사가 없었다. 그것은 그에게 줄 게 없다는 의미이기도 했다. 김진호는 조금 더 평범한 여자를 만나는 게 나은 사람이었다. 그에게 맞는 즐겁고 귀여운 여자와 재미있게 생을 소비하는 게 더 어울리는 사람이다.

"그동안 고마웠어요."

진호의 얼굴 위로 그림자가 내려앉았다.

"그래, 나도 즐거웠어."

차갑게 인사한 진호가 록을 풀었다.

그동안 꽤 많이 애정을 품었던 벤츠의 꽁무니를 바라보며 은혜는 가볍게 한숨을 내쉬었다. 저도 모르게 입술로 올라간 손가락 끝이 방금 전 진호가 헤집어 놓은 입술 끝을 매만졌다. 지금까지 중에서 가장 거친 키스였다.

아직도 생생하게 남아 있는 감각을 떠올리던 은혜가 피식 웃음을 흘렸다.

애매하다, 정말.

다시는 이런 기분을 느끼지 않을 거라고 생각했는데, 느끼지 못할 거라고 생각했는데…… 가슴 한 켠이 텅 빈 것처럼 허전했다. 별로 길지도 않은 시간이었지만 진호의 그림자는 짙고 향기로웠다.

"나한테 대체 무슨 짓을 한 거야."

방글방글 웃으면서 아무렇지도 않게 몇 겹으로 쳐놓은 방어선을 뚫고 들어와 제 집처럼 멋대로 자리 잡고 있었던 김진호를 완전히 지워내기까지는 꽤 긴 시간이 필요할지도 모르겠다.

하지만 이내 은혜는 고개를 젓고 뒤돌아섰다.

세상 그 누구보다도 시간의 힘을 알고 있는 그녀였다. 지금은 이렇지만, 내일, 또 내일, 그렇게 시간이 지나면 다 흐려진다. 어쩌면 내년 이맘때쯤 은혜는 진호를 기억조차 못 할지도 모른다.

아니, 그건 아니야.

엘리베이터 버튼을 누른 은혜가 바뀌는 숫자판을 무의미하게 응시한 채 중얼거렸다.

아마 아주 빠르게 잊어버릴 것 같진 않다. 어쩌면 꽤 오래 기억할지도…….

그래도 더 깊어져 상흔을 남기기 전에 말끔하게 끝나서 다행이다.

하지만 상황은 은혜의 생각처럼 말끔하지 않았다. 그날의 마지막 키스에는 목격자가 있었던 것이다.

가로수의 그늘 아래 차를 대놓고 있던 준혁은 진호와 은혜가 헤어지는 모습을 눈도 깜빡이지 않고 지켜보고 있었다. 그리고 이윽고 홀로 남은 은혜가 미련 가득한 눈으로 멀어지는 차의 뒤꽁무니를 쳐다보는 것도.

은혜가 엘리베이터를 타고 올라가는 것까지 확인한 다음에야 그는 글러브 박스로 손을 뻗어 담배를 꺼냈다. 시트에 기대며 담배에 불을 붙이는 그의 동작에는 뭐라 말할 수 없는 짜증이 묻어 있었다.

　자신이 왜 김은혜라는 여자에게 이렇게까지 신경을 쓰고 있는지 알 수가 없었다. 그만두자며 몇 번이고 다짐했지만 몇 번이고 다시 생각났다.

　도대체 왜?

　김은혜는 그의 곁에 널리고 널린 여자들과 비교해 더 예쁜 것도 아니고 몸매가 좋은 것도 아니었다. 그러나 처음 보는 순간부터 눈에 걸렸고, 그 후로도 곁을 전혀 주지 않는 당돌한 태도나 칼 같은 말투, 모든 게 신경이 쓰였다.

　그리고 지금은…….

　밤을 함께 보낸 게 분명한 남녀를 보는데 이런 기분이 든다면, 이건 더 이상 생각할 것 없는 질투다. 그는 강렬한 질투를 느끼고 있었다.

　열정적인 키스, 아쉬워하는 여자, 이 모든 것이 이렇게까지 신경에 거슬린다면 정답은 하나였다. 임준혁은 저 여자를 가져야 하는 거다.

　이유 같은 건 생각해봤자 별 의미가 없다.

　창문을 조금 열고 파란 담배 연기를 뿜어내던 준혁이 허탈하게 웃었다. 서른네 살이 될 때까지 그를 진심으로 거절한 여자는 없었다. 준혁의 마음을 사기 위해 여지를 남기는 거절로 그를 시험하려던 여자는 있었지만 그 말로는 좋지 않았다.

그런데 하필 질투를 느끼는 대상이 유일하게 진심으로 그에게 관심 없다는 표정을 짓는 여자라니. 지금 이 순간까지 질투라는 것이 얼마나 찌질하고 불쾌한 감정인지도 몰랐던 임준혁이!

"젠장!"

그렇다. 상처였다. 분노와는 별개로 심장 한구석에서 느껴지는 비틀리는 듯한 통증은 분명 상처였다. 여자가 자신과 무관하다는 이유로, 다른 남자의 것이라는 이유로 이런 통증이 느껴지다니.

한참 동안 아무도 없는 아파트 현관에 시선을 두고 있던 준혁의 시선이 마치 보이기라도 하는 것처럼 은혜의 집이 있는 즈음으로 움직였다. 그러고 있노라니 슬며시 요 근래 그를 괴롭힌 두통이 다시 그의 머리를 두드렸다. 왜인지 모르겠지만 가끔, 은혜를 생각하면 머리가 아팠다. 그는 짜증스럽게 담배를 입으로 가져가 깊이 빨아들였다.

사람들은 모두 준혁을 대단한 신사라고 평가했다. 30대 중반으로 달려가는 나이는 중후하다는 소리를 듣기에는 부족했다. 하지만 20대부터 이미 사람들은 준혁이 그 정도의 무게감과 인격을 갖추고 있다며 그를 존경했다.

자신 안에 있는 흉포하고 거친 인격을 인식하고 있는 것은 적어도 준혁 자신뿐이었다.

어렸을 때부터 그랬다. 부족할 것 없이 자란 그는 어째서인지 언제나 약탈자였다. 갖고 싶어서가 아니었다. 그가 더 좋은 것을 가지고 있어도 그는 남의 것을 빼앗고 그 위에 서고 싶었다. 남을 이기고 제일 위에 오르는 그 행위 자체에 만족을 느낀다는 것을 깨달은 것은 유년기를 보낸 다음이었다.

하지만 적어도 여자에게 그런 감정을 느꼈던 적은 없었는데. 아니, 여자를 갖고 싶다는 생각을 해본 적도 없는데.

그러는데 휴대전화가 울렸다. 액정을 확인한 준혁은 잠깐 생각하다 통화 버튼을 눌렀다.

"왜? ……그냥 둬. 빚이라는 걸 명확히 해두고, 나중에 반드시 받아낼 거라는 것만 주지시켜놔."

다시 한 번 담배 연기를 들이마신 준혁은 손가락을 튕겨 담배를 끄고 그대로 꽁초를 밖으로 집어던졌다.

"그리고 말인데, 사람 하나 알아봐."

차 창문을 닫으며 준혁이 입가를 비슷하게 기울였다. 그 자신이 상처받았다는 사실도 웃겼지만, 어쨌든 상처를 받았으면 배로 갚아줘야 하는 것이 그의 신조였다.

하지만 준혁이 상처받은 건 사실이라 하더라도 이날 가장 상처받은 사람은 아니었다.

은혜를 내려주고 곧장 피트니스로 직행한 진호는 이것저것 따지지 않고 수영장에 뛰어들었다. 숨이 끊어질 것 같을 때까지 푸른 물살을 가르며 수영장을 왕복해도 뜬금없이 발밑이 꺼진 것 같은 황당함과 심장 한 켠을 베어낸 것 같은 배신감은 사라지지 않았다.

이렇게 끝나는 수도 있어?

세상에는 별별 일이 다 있다지만 자신이 이렇게 황당한 일을 겪을 거라고는 생각도 못했다.

지난밤부터 오늘까지 열정적이었던 은혜와 조금 전 헤어지고 온 냉랭한 은혜가 함께 던지는 메시지는 딱 한 줄로 요약된다.

이거나 먹고 떨어져라.

어째서?

이해가 안 가는 것도 어느 정도다. 20대 초반이라 아직 정서적으로 안정되어 있지 않아 괜한 자존심 때문에 이런다는 건 김은혜의 캐릭터와 맞지 않는다. 말짱한 제정신으로 헤어지자는 소리를 할 때는 어떻게 대처해야 하는지 진호는 감을 잡을 수가 없었다.

문제는 진심으로 보인다는 거. 진호를 향해 웃던 얼굴도, 이제 그만 만났으면 좋겠다고 하는 얼굴도 다 진심이다.

어떻게 그럴 수가 있지?

몸을 구부려 턴을 하면서 진호는 아무래도 이상형을 바꿔야 하는 게 아닌가 고민했다. 좀 만만하고 쉬운 여자도 나쁘지 않겠다. 무슨 생각을 하는지 알 수가 없으니 대처할 수도 없고 마구 휘둘리게만 되는데…… 곤란하다. 재미있는 걸 넘어서서 이제 정말 곤란하다.

그랜드 캐니언에 갔을 때가 떠오른다. 세월에 세월을 지나 형성

된 그 계곡은 복잡하고, 아름다고, 눈을 뗄 수가 없이 매혹적이며, 상상할 수 없이 위험했다.

마치 그 계곡을 보는 것 같다.

스물두 살짜리인데 그 깊이를 들여다볼 수 없는 이유가 뭘까? 흔하다 못해 빤해야 하는 나이인데.

쉬지 않고 레인을 왕복하다가 더 이상 손끝 하나 까딱할 수 없다는 생각이 들었을 때쯤 진호는 팔다리를 움직이는 것을 멈췄다. 팔다리가 만들어낸 부력을 받던 몸이 순간 힘을 잃고 물속으로 가라앉았다. 그러나 그는 그대로 꼼짝도 하지 않았다.

그렇게 푸른 물속을 대책 없이 유영하던 진호는 폐 속에 산소한 조각도 남아 있지 않다는 느낌이 들었을 때에야 겨우 수영장 바닥에 발을 딛고 섰다. 깊게 들이마신 공기에 다급하게 부풀어 오르는 폐포들이 선명하게 느껴졌다.

슬슬 걸어 수영장 가장자리로 움직여 몸을 튕겼다. 물 밖으로 몸이 빠져나오며 차르르 물소리와 함께 발밑으로 물방울들이 수직 낙하했다.

마치 딱 이 물방울 같은 느낌이다. 밑도 끝도 없이 그냥 낙하하는 기분이랄까?

싫다는 여자 잡는 걸 이해 못 하겠다고 생각했던 진호인데 어째 지금은 이해할 수도 있을 것 같다. 마지막에 키스할 때, 입술을 먼저 떼기 위해서 진호는 온몸의 인내심을 끌어 모아야만 했다.

수영을 해도 조금도 개운해지지 않는 기분을 애써 무시하며 진호는 물기를 잔뜩 머금은 머리를 흔들어 털어냈다. 원심력으로 날아가는 물방울에 묻어 김은혜에 대한 미련도 사라지길 바라면서.

쾅-

한가롭게 수영을 즐기던 사람들의 시선이 로커룸의 문을 후려치고 들어간 진호의 뒷모습에 박혔다.

그는 진심으로 기도했다.

내일 아침에 눈을 떴을 때는, 천국에서 지옥으로 수직낙하하게 만든 여자 따위 머릿속에 남아 있지 않았으면 좋겠다고.

거래가 이뤄지고 있는 시간의 사무실은 팡팡 돌아가는 에어컨에도 불구하고 열기로 후끈했다.

선물옵션 시장은 총성 없는 전쟁터였다. 말 그대로 제로섬 게임. 누군가의 손해가 바로 내겐 이익이었다. 펀드매니저에겐 만회의 기회가 있지만 딜러는 회사에서 산정한 일정 금액 이상의 손실을 내면 그걸로 끝이다. 따라서 딜러에겐 손실은 치명적이다. 거래를 할 때도 일정 부분의 마이너스 수익이 나면 딜러에겐 로스컷을 권하는 전화가 득달같이 걸려온다.

이런 이유 때문에 잘 나가도 못 나가도 이직이 활발하다. 그래도 잘려서 옮기는 건 직종의 특성상 몇 번은 용납돼도 누적되면 역시나 설 자리를 잃게 된다. 매년 선물옵션 딜러를 지망하는 신입사원들이 청운의 꿈을 안고 배치되지만 몇 달이 되기도 전에 반이 사라지고 그해 연말에 1/4만 남아 있어도 많이 건졌다고 할 정도로 손실에 대한 스트레스와 수익에 대한 압박은 엄청났다.

그런 면에서 보면 김진호는 입사 초부터 선배들이 이구동성으로 타고나길 딜러 체질이라고 혀를 찼었다. 등락에 대한 동물적인 감각에다가 시장 상황이 어떻든 간에 자신이 파악한 흐름을 밀고 나가는 두둑한 배짱에 강철 같은 신경줄까지. 증권사들의 각종 투자대회에서 여러 차례 우승을 한 게 단순한 운이 아니었다는 걸 그는 실적으로 증명해왔다.

남들은 진호의 강한 멘탈과 베팅 능력에 탄복하지만 진호는 사실 아주 보수적인 딜러였다. 상한가는 주식 투자를 하다 보면 누구나 몇 번은 만난다. 하지만 그 한 번을 위해선 최소한 10번 이상의 하한가를 만나야 한다. 어쩌다 대박을 쳐봤자 그동안 꼬라박은 10번을 메꾸는 건 불가능하다는 걸 그는 일찌감치 깨달았다. 주식을 하는 사람들은 대부분 은행 이자를 우습게 알지만 그는 대학생 때 데이트레이더로 주식 투자를 처음 시작했을 때도 차익이 거래 수수료와 은행 이자를 넘으면 망설이지 않고 던져버렸다. 손절매 역시 마찬가지였다. 그렇게 차곡차곡 쌓인 그 수익은 수차례나 그를 투자대회 수익왕으로 만들었고, 졸업할 즈음엔 어지간한 직장인은 꿈도 못 꿀 큰돈을 움직이고 있었다.

이 원칙은 선물옵션 딜러가 되어 본격적인 전쟁터로 뛰어든 이후에도 변함없다. 그는 회사에 매달 딱 3퍼센트의 수익을 올려주는 걸 목표로 잡고 있다. 상당수 딜러들과 달리 일정 부분 손해가 나면 로스 컷을 하는 게 아니라 방향성이 불분명하면 미련 없이 손절매를 하는 전략을 택했고 이 방식은 최소한 지금까지는 성공적이었다. 복귀한 지 몇 달 되지도 않았는데 회사 내에선 톱, 국내 선물옵션계를 통틀어 5위 안에 들어가는 수익률이 그걸 증명해주고 있다. 시장의 방향성을 비교적 정확하게 예측하는 건 치밀하다 못해 치열한 시장 분석에 더해 그의 타고난 감이 크게 작용하고 있다.

그런데 왜 인간관계는 그의 분석력도, 감도 작용하지 않는 것일까. 그리고 불분명한 방향성에도 불구하고 손절매가 제대로 안 되는 것인지.

꽤나 성공적인 거래를 하나 마치고, 잠시 한숨을 돌리기 위해 뻐근한 어깨를 돌리면서 진호는 쓰게 웃었다.

지금까지 보면 인간, 특히 여자관계에서도 일할 때처럼 늘 깔끔하게 맺고 끊었다. 마음이 통하고 즐거울 동안에는 최선을 다해서. 은혜에게처럼 단칼에 잘린 적은 없지만 그를 마음대로 요리하지 못한 여자 쪽의 변심이나 혹은 아직 좋은 감정이 남았는데도 어처구니없는 오해나 질투로 관계가 끝난 때에도 아쉬움은 있어도 미련은 없었다. 찜찜하거나 속이 상해도 격렬한 운동과 가벼운 술로 풀어내면 금방 다 잊혔다.

그런데 김은혜는 지워지지가 않는다.

지금이라도 쫓아가서 왜 그를 살벌하게 찼는지 이유를 물어보고 싶을 정도로 질긴 미련이 그를 잡는다.

혹시 문자가 온 게 없는지 습관처럼 눈이 가는 휴대전화를 그는 일부러 엎어놨다.

알고 있다. 김은혜가 그에게 이제 다시 전화를 하거나 용건만 딱 요약한 그 간단한 문자마저도 보낼 리가 없다는걸. 그럼에도 액정이 보이지 않도록 뒤집어놓는 건 못난 놈이 되고 싶지 않은 그의 의지 표현이었다.

한쪽은 끝났는데 남은 감정을 부여잡고 늘어지는 것만큼 지저 분한 건 없다. 수없이 당해봤던 입장에서 그가 제일 잘 알았다. 이렇게 접는 게 옳은 판단이다. 그렇게 은혜에 대한 상념을 지우면서 4대의 모니터를 번갈아 주시하던 그는 간이 작은 사람은 숫자만 봐도 어질어질한 거액을 과감하게 베팅하고…… 성공! 대충 따져봐도 오늘은 수익률이 꽤나 괜찮은 날이다.

빙긋이 웃고 있는데 교현이 옆에 서서 좋알거렸다.

"선배 표정 보니 오늘도 제대로 대박 몇 건 하셨군요."

"대박이라니. 넌 딴 사람도 아니고 딜러라는 놈이 그런 단어를 쓰냐. 우리 바닥에서 대박은 대형사고야! 그런 소리는 아예 입에서 꺼내지도 마."

곧바로 날아온 진호의 퉁박에 교현의 입이 살짝 부루퉁해졌다. 은근히 보수적인 진호와 달리 교현은 과감한 편이다. 딜러로서 필수인 강한 멘탈은 칭찬해줄 자질이지만 특히 옵션 포지션이나 거래 패턴을 보면 진호 입장에선 간담이 서늘할 때가 종종 있다. 진호의 구박을 무수히 받으면서도 그 성향은 도통 버리지 못한다. 다행히 아직 큰 손실은 없었고 수익률도 운용 한도가 낮은 초보 딜러치고는 꽤 괜찮은 편이니 심하게 뭐라고 할 수는 없지만, 그래도 사수로서 교현이 좀 더 신중했으면 하는 건 사실이다. 그렇지만 오후 거래가 한참 남은 지금 긴 잔소리는 약보단 독이다. 김은혜라는 잡념도 쫓고 잠시 긴장한 신경을 풀어주면서 재충전을 하는 게 좋지 않을까. 벌써 점심시간인지 듬성듬성 빈자리가 많은 주변을 돌아보며 진호도 자리에서 일어섰다.

"오늘은 우리도 머리도 식힐 겸 나가서 먹고 오자."

"엥? 정말요?"

점심은 챙겨 먹고 일하자는 파와 점심시간대를 노리는 불확실성을 놓치지 않기 위해 자리를 지키는 파가 있는데 김진호는 후자다. 때문에 그런 사수를 모시는 교현 역시 점심은 샌드위치나 간단한 도시락을 배달시켜 10분 안에 해치우는 게 일상이 되어 있었다. 점심으로 뭘 시킬까 메뉴를 물어보려고 왔다가 잡은 횡재가 믿어지지 않는지 교현이 재차 확인을 했다.

"선배 정말 그래도 돼요? 우리 정말 밖에 나가서 먹는 건가요?"

"얘가 만날 속고만 살았나. 나가자. 뭐 먹을래?"

"생대구탕. 아니아니아니, 복지리요!"

"메뉴를 보아하니 어제 술 한 잔 거하게 하셨구만."

"아, 저, 그게……, 그냥 결혼한단 놈이 갑자기 뭉치자고 해서 소주 몇 잔만 쫌…….'"

미성년자도 아닌 다 큰 성인이 술 마신 게 죄는 아니지만 딜러에겐 체력이 곧 능력이자 실력이고 과음은 대표적인 자기관리 실패라는 진호의 모토를 아는 교현은 괜히 찔려서 우물거렸다.

그때 교현을 구원하듯 휴대전화가 드르륵 몸을 떨었다. 액정에 뜬 이름을 보자 교현의 얼굴이 확 밝아졌다.

예쁜 내 애인은 전화 거는 타이밍도 예술이로구나. 속으로 진주를 찬양하며 그가 얼른 전화를 받았다.

"선배, 잠깐만요. 아, 진주야, 왜? 점심은 먹었니? ……아, 난 지금 먹으러 나가려고. ……웬일인지 진호 선배가 밖에서 먹자고 하네. 그래서 덕분에. …… 그래그래. 공부 열심히 하고. ……그래. 나중에 전화할게. 저녁에 보자."

휴대전화를 주머니에 넣으며 교현이 슬쩍 눈치를 봤다.

"선배, 정말 은혜 씨랑 끝난 거예요?"

그 이름이 주는 심란함을 지우려고 간만에 점심 외출까지 시도했건만. 진주의 이름을 듣는 순간부터 그 노력은 이미 수포가 되었고 교현이 대놓고 묻기까지 하자 새삼 기분이 우울해졌다. 여자 때문에 일 못하고 끙끙거리는 건 의지박약들의 전유물인 줄 알았더니 아닌가 보다. 하지만 상대가 강력하게 그걸 원하고 또 그도 그걸 받아들인 이상 해야만 했다. 진호는 그 심란의 원천을 자꾸 상기시키는 상대부터 제압했다.

"그래 끝. 영어로는 디 엔드. 그러니까 너도 그 얘기는 이제 그만."

웃음기를 머금어 가볍지만 단호한 진호의 어투에서 교현은 정말 끝났다는 걸 확신했다. 대학교 때부터 봐온 진호는 늘 싱글거리면서 인심도 좋고 너그러워 보이지만 딱 거기까지였다. 상대는

다 터났다고 생각하지만 진호에겐 분명한 선이 있었다. 이것도 교현이 주식투자 동아리에서 만난 이후 거의 10년 가까이 진호 곁에 찰싹 달라붙어 있으면서 최근에야 겨우 알게 된 거였다. 좋은게 좋은 거라고 어지간하면 호불호를 확실히 밝히지 않는 진호가자기 입으로 끝이라고 하면 그건 정말로 끝이었다. 남자건 여자건그게 되돌려지는 건 그가 아는 한 단 한 번도 본 적이 없었다.

어떻게든 은혜와 진호를 화해시켜서 다시 이어주고 싶어 하는진주를 포기시켜야겠다고 생각하며 그는 벌써 사무실 입구에 있는 진호의 뒤를 헐레벌떡 따라갔다.

"선배, 같이 가요."

두 사람이 나간 뒤 빈 진호의 컴퓨터 앞에 어디선가 나타난 남자 하나가 섰다.

"진짜 미친 듯이 덥구나!"

애인과 점심 통화를 위한 핑계로 과일과 음료수를 가지러 나갔다가 들어오던 진주가 소리를 질렀다. 더위에 지쳐 열없이 책장을넘기고 있던 세하와 지숙, 수미가 동의한다는 듯이 고개를 끄덕였다. 책상 위에 엎드려 깜빡 졸고 있던 은혜도 진주의 우렁찬 목소리에 허리를 폈다.

여름방학이 시작된 후 일주일에 한 번씩 진주의 집에서 하고 있는 스터디 모임의 네 번째 날이었다.

"와, 진짜 미치겠네!"

땀방울을 손으로 훑어낸 진주가 안 되겠다며 일어섰다.

"에어컨을 켜야겠어. 이러다 우리가 쪄 죽으면 대한민국 교육의 미래가 위험해."

"그래그래, 우리가 엔빵해서 전기요금 내주고 에어컨 좀 켜자. 안 되겠다."

수미가 찬성했다.

유례없다는 가뭄이 덮친 한국. 한 점의 자비도 없이 쨍쨍한 햇볕이 더도 덜도 할 것 없이 여름의 한복판이라는 걸 여실히 보여주고 있었다. 선택의 여지는 집 안에서 찜이 되느냐 집 밖으로 나가 구워지느냐밖에 없는 것 같다.

"넌 왜 이렇게 얼굴이 안 좋아? 어제 못 잤어?"

파닥파닥 부채질을 하던 지숙이 길게 하품을 하는 은혜를 보고 물었다. 스터디 그룹 중 가장 빠릿빠릿하다고 할 수 있는 은혜인데 요즘은 영 컨디션이 황이었다. 종종 졸기도 잘하고, 잘 먹지도 않고, 스터디에도 영 성의가 없다.

"열대야잖아요. 잠을 잘 못 자요."

"잠을?"

세하와 지숙이 시선을 교환했다.

워낙 사생활 쪽으로는 입이 무거운 은혜지만, 붙어 있는 시간이 많다 보니 눈치가 없어도 보이는 게 있다. 전화 횟수도 그렇고 무엇보다 간식이나 도시락 서비스가 끊긴 게 가장 큰 증거였다.

"야야, 너 깨졌지?"

답답한 걸 싫어하는 수미가 은혜에게 질러버린다.

"예?"

손을 쭉 펴고 허리를 좌우로 풀어주던 은혜가 인상을 찡그렸다.

"남자친구랑 깨졌지? 그래서 요즘 얼굴이 죽상이지?"

"그게 아니라……."

변명하려던 은혜가 입을 다물었다. 깨진 건 어쨌든 사실이니 굳이 여기서 반박할 필요는 없을지도 모르겠다.

"진짜야? 헤어졌어? 기집애, 넌 왜 그런 일을 말도 안 하고. 왜 그랬는데?"

"그게 뭐가 중요해?"

궁금해서 바짝 다가서는 지숙을 향해 진주가 고개를 저어 보였다.

"너 암만 그래도 컨디션 관리해야 해. 시험이 코앞인데 괜히 감상적이면 안 된다구. 이래서 어른들이 시험 준비할 때는 연애하지 말라는 건가 보다."

"그런 거 아니에요."

"아니긴……."

진주가 입맛을 다셨다.

"하지만 그 오빠 진짜 괜찮았는데……. 왜 헤어졌어?"

3초 전에 자기가 그건 중요한 게 아니라고 엄포를 놓아놓고 금세 잊어버린 진주 때문에 괜스레 타박을 당했던 지숙이 입술을 삐쭉였다.

"남녀 사이가 다 그렇죠, 뭐."

은혜가 대수롭지 않게 어깨를 으쓱했다. 이걸로 만족하지 않을 거라는 건 알지만 할 말은 이뿐이었다. 생각보다 감정 정리가 쉽지 않은 건 사실이었지만 그렇다고 해서 지금의 수면 부족이 진호 때문인 것은 아니었으니까.

몇 주째 은혜는 악몽에 잠을 설치는 중이었다. 띄엄띄엄 꾸던 악몽이 본격적으로 시리즈물로 등장하고 있는 것이다.

정확히 꿈 내용이 기억나는 건 아니다. 가끔 보이는 꿈도 있었지만, 그럴 때는 전에 꾼 꿈처럼 피 묻은 손이 쫓아온다거나 하는 고전적인 악몽이었다. 더 문제가 되는 건 기억이 나지 않는 쪽인 것 같다. 울거나 답답해하면서 눈을 뜨는데, 전혀 내용이 떠오르지 않았다. 뭔가 가슴 아프고 온몸이 부서질 것같이 아프다는 감각만 선명할 뿐. 온몸이 생생하게 저며지는 듯한 그 아픔은 도대체 뭘까? 전생의 기억일까?

기억하는 게 많은 만큼 전생을 꿈꾸는 일은 종종 있다. 전혀 기억하고 있지 못하던 것을 꿈에서 보고 기억할 때도 있었다. 하지만 이렇게 불확실하고 찜찜한 적은 처음이었다. 너무 많은 과거에 짓눌리지 않기 위해라도 하루하루 깔끔하게 보내려고 애쓰는 은혜였고 그 노력은 지금까지는 꽤 성공적이었다. 그런데 요즘 꾸는 꿈은 악몽, 말 그대로 공포에 가까운 악몽이었다.

"야아, 너는 도대체 어떤 남자를 만나려고 그러냐."

진주가 한탄했다. 하지만 그러는 그녀의 얼굴은 밝았다. 교현과의 연애가 절정기에 접어들었기 때문이다. 함께 서 있어도 그녀의 뒤에만 배경이 화사한 꽃분홍으로 깔리는 요즘이다. 그 덕분에 진주는 다른 사람의 연애에 '조언권'을 얻었다. 자기가 원래부터 연애를 잘했다는 듯이, 연애는 자기처럼 해야 한다는 듯이.

"진호 오빠 정도면 굉장히 괜찮았는데……. 남자들은 다 애라서 적당히 참아주고 그래야 하는 거야. 애랑 싸우냐? 우리 교현 오빠도 평소엔 멀쩡하다가 가끔 보면 이게 미쳤나 할 정도로 어이없거든. 그런데 내가 그걸 다아 이해하고 넘어가니까……."

또 시작이야, 하는 표정으로 세하와 수미, 지숙이 진주의 뒤에서 귀를 틀어막았다. 은혜는 그냥 웃을 뿐이다.

"됐어. 이렇게 된 거 시험이나 신경 쓰자고."

말이 길어지려는 진주를 끊고 들어온 지숙이 은혜를 다독이고는 화제를 바꿨다. 은혜가 이런 이야기를 불편해한다는 것을 배려해준 거다.

"이번에는 분위기 보려고 하는 거라고 쳐도 3년 내에는 붙어야 하는데. 우리 아빠가 될 사람은 뭐든 3년 안에 쇼부 본다면서 올해 포함해서 딱 3년만 지원해준다고 했거든. 너네 그거 아냐? 알바하면서 준비하는 애들도 있대. 그냥 공부만 해도 어려운데, 진짜 존경스러워."

"아아, 내 주변 보면 될 사람은 3년 안에 된다는 그 말 맞는 거 같아. 학원에서 교육학 같이 듣는 오빠도 완전 박학다식, 다 아는 거 같은데 7년째래. 말하는 거 보면 수석합격인데……, 올해 안 되면 포기한다는데 괜히 감정이입 돼서 내 염통이 다 쫄깃하다니까."

"운명이 좀 있는 거 같지 않냐?"

"시험에 붙는 운명?"

키득키득거리다가도 한숨이 슬쩍 스쳤다. 붙는다고 장담하기만 하면야 부적이야 못 쓸까 싶은 게 사람 마음인 것이다.

"나 친한 언니가 시험 준비하다가 속도위반으로 결혼하고 어쩌느라 꼬여서 포기하고 기간제로 도는데 대우 차이가 골품제나 카스트 저리 가라래. 더럽고 치사해서 못해먹겠다고, 올해 계약 끝나면 바로 애는 친정에 맡기고 다시 공부해서 죽어도 정식 임용받겠다고 아주 이를 갈더라."

"하아. 졸업 늦추고 과목 몇 개 더 들어서 다른 과목 교사 자격증도 받아볼까? 그럼 가산점 받아서 유리하지 않아?"

"힘 빼고 돈만 들지, 그거 받아봤자 크게 보탬도 안 된다고 하더라. 그나저나 이번에 서울은 60명도 안 된다면서? 차라리 가산점 포기하고 경기도로 가는 게 낫지 않아?"

"너 같은 생각 하는 애가 한둘이겠니. 에효. 어디 사립학교 비빌 데 있는 사람 없어?"

"아서라. 사립학교는 경기도 변두리도 최소 5천만 원은 기본이라더라."

"얘가 언제 적 얘기를 하니. 얼마 전에 부산인가 어디 지방에서 비리로 걸린 교장 기사 못 봤어? 기간제 교사 아버지가 5천 갖다

줬더니 우리 학교를 뭘로 보냐고 펄펄 뛰어서 1억 채워줬잖아."

"헉! 1억? 통장 탈탈 털어도 백만 원도 없는 나 같은 사람은 진짜 죽어라 공부나 해야겠다."

설왕설래 현실의 벽 앞에 좌절하는 스터디원들의 대화를 들으며 은혜는 쓰게 미소 지었다.

사람 일은 경중을 따질 수 없는 거라고 하지만, 은혜가 지금까지 거쳐왔던 생을 돌이켜보면 임용고시는 가장 단순한 벽이었다. 붙느냐, 떨어지느냐…… 물론 이 결과에 따라 이후의 삶이 달라진다는 면에서는 큰 문제였지만, 떨어진다고 해서 인생이 끝나는 것은 아니니까.

지난 수천 년 동안 하류층이 아닌 여자가 스스로의 진로를 정해 자기 능력으로 돈을 벌고 높은 지위를 얻는 세상이 올 거라고는 상상도 못 했다. 철저하게 남성 위주로 짜인 세상에서 그 '권리'가 완벽하게 막혀 있을 때는 간절했는데, 확실히 대가를 치르지 않고 얻는 건 없나 보다. 하지만 입에 들어갈 물 한 모금, 빵 한 조각 때문에 아귀다툼을 벌인 기억도 있는 은혜이고 보면 지금 이 상황은 견딜 만한 고난……, 아니, 고난이라는 단어를 붙이기도 우스웠다. 아마 별 불만 없이 공부에 열중할 수 있는 것도 그래서일지 모른다. 그저 바라는 것은 말뿐인 남녀평등이 아니라 진정한 남녀평등이 이루어지는 것뿐.

이게 바로 최악을 경험하고 나면 욕심이 없어진다는 걸까?

덤덤하게 시선을 내리고 있자니 점점 침통해지는 분위기를 진주가 진압하고 나섰다.

"하긴, 우리 교생 나갔던 수민중학교 이사장 대리 같은 남자를 만나서 낚는 게 장땡이긴 하지."

"이사장 대리?"

"젊어?"

신화고등학교로 교생을 나갔던 다른 세 사람의 눈에 호기심이 떠올랐다.

"서른네 살인데 캡숑 킹카. 키 완전 크고, 잘생기고, 몸매 죽이고. 이사장님 아들인데 차가 뙇! 카리스마가 뚜왕뚜왕!"

"오오! 그런 비현실적인 캐릭터가 현실에 존재한단 말이야?"

"그 사람만 잡으면 자동임용이네?"

"야, 그런 남자하고 결혼하면 애들을 왜 가르쳐? 우아하게 사모님 놀이 하는 거지. 요즘 능력 있는 남자들은 여자 밖으로 안 돌린대."

"자아실현 하는 거지 뭐."

"오우, 듣기만 해도 좋다. 남편 학교에서 자아실현이라니. 설리번 선생 같은 선생이 될 수 있을 거 같지 않냐?"

"그게 문제야? 이사장 대리한테만 집중해. 매너가 아주…… 그지 깽깽이들하고는 수준이 다르다니까? 아우, 요즘은 돈 많은 집 자제들이 매너도 좋고 성격도 좋아. 부익부 빈익빈이야, 정말."

호응에 신이 난 진주가 교현은 새까맣게 잊고 준혁 찬양론을 펼치기 시작했다.

스터디원들은 왕자님의 등장에 눈을 동그랗게 뜨고 상상 플레이에 돌입했지만 은혜는 가슴을 지그시 눌렀다. 못 잔 날이 많아서 그런가? 오늘따라 컨디션이 더 안 좋다 싶었는데 준혁의 이름을 들으니 이상하게 가슴께가 불편해졌다.

버스에 올라탄 은혜가 바라본 창에는 더위에 늘어진 풍경이 담겨 있었다.

아침에 눈을 떠서 밤에 눈을 감기까지 하루하루는 무척이나 길고 느렸다.

"헤어지길 잘한 거지."

몇 주 만에 진호의 이름을 들어서 그런 걸까? 유난히도 허전함이 크게 느껴져 은혜는 중얼거렸다.

생각했던 것보다 더…… 진호의 기억은 질기게 은혜에게 달라붙어 있었다.

여유는 많지만 조금 일찍 자른다고 자른 건데, 아니었다. 길게 만난 것도 아닌데 이 정도니, 좀 더 오래 만났으면 정말 헤어지기 어려웠을지도 모르겠다. 예상한 것보다 진호는 더 깊숙이 그녀의 안에 파고들어와 있었다.

지금이야 힘든 일이 없을지 모르겠지만 시간이 지나면 그것만도 아닐 테고, 지금 끊어낸 것은 백 번 천 번 잘한 짓이다.

하지만.

몇천 년의 기억을 가지고 이젠 세상만사에 무덤덤하다고 우겨도 사람이란 참으로 약한 존재인지, 악몽을 꾸고 깬 밤에는 진호 생각이 났다. 그러면 그녀를 다독여주고 아무렇지도 않다 해줄 것 같은 기대감. 그런 기대감이 위험하다는 것을 알고 있는 은혜는 그때마다 몇 번이나 '잘 헤어졌다'고 스스로를 다독이고 있다.

그러고 보면 요즘엔 꿈에서도 진호가 구해주지 않는다. 한참 만날 때는 악몽을 꿀 때 나타나 구해주기도 했던 것 같은데 끊을 땐 칼같이 단호한 성격이라 꿈에서도 나타나지 않겠다고 결심한 걸까?

쓰게 미소 지은 은혜는 눈을 감았다. 어쩐지 진호와 노느라 바빴던 날보다 공부 외에는 하는 것도 없는 요즘이 더 지치는 느낌이다.

집에 들어오자마자 은혜는 욕실로 들어가 뜨거운 물을 틀었다. 요즘 더워서 샤워를 자주 하는 통에 목욕은 생략했는데 오랜만에 뜨거운 물에 몸을 담그고 에어컨을 켜고 심란한 마음을 달래줘야겠다 싶다.

전화벨이 울린 건 머리를 틀어 올려 묶고 있을 때였다.

"엄마."

- 뭐 해?

웃으며 전화를 받자 전화기 저편에서 웃음이 섞인 목소리가 응답한다.

"공부하고 들어왔어요. 지금 씻을까 하고 물 받는 중."

- 응. 향초 켜놓고?

느긋한 목욕을 즐기는 딸의 취향을 아는 엄마가 묻는다.

"네, 그러려고요. 엄마 아빠는 뭐 하고 계세요? 건강하시죠?"

- 우리야 그렇지. 요즘 여기 너무 더워서 주말에는 아빠랑 바다에
갔다 왔어.

"이야, 우리 엄마 아빠 멋지다."

- 멋지긴. 사람이 얼마나 많은지 바다도 덥더라. 늬 아빠가 집에
서 에어컨 틀어놓는 게 짱이라고 얼마나 투덜거리던지.

전화기 저편이 와글와글 시끄러워지기 시작했다. 내가 언제 그
랬냐는 둥, 내가 없는 말 했냐는 둥, 딸에게 자기 뒷담화를 하지 말
라는 둥. 한 살 차이라 친구 같은 부부는 늘 투닥거리는 게 일이다.

- 근데 말이야…….

엄마의 목소리가 은근해졌다.

- 그때 만나던 총각은 어떻게 됐어? 잘 돼? 이모가 괜찮다고 입
에 침이 마르던데.

"또 얘기했어요? 하여간 이모는 못 말려."

은혜는 한숨을 내쉬었다. 아무래도 오늘은 날을 잡은 모양이다.
살다 보면 이렇게 작정하고 계속 이야기가 나올 때가 있다.

"헤어졌어요. 그때도 사귀고 그러는 거 아니라고 했잖아요. 이
모가 괜히 오버했던 거예요. 이모 성격 아시잖아요."

- 그래? 하지만 이모가 네 성격치고 많이 받아주더라고…….

"받아주긴요. 나보다 여덟 살이나 많은 사람이에요. 어쨌든 요

즘은 연락 안 해요. 공부하느라 바쁜데 무슨……."

 - 응, 난 또. 하긴 아빠도 절대 반대라고 하더라. 너 지금 할 일도 많고 앞으로 즐길 일도 창창한데 벌써 무슨 남자냐면서 말야.

시시콜콜 자기 얘기하는 거 질색하는 은혜의 성격을 알아서인지 엄마는 짧게 말을 끊었다. 그 후로 이어지는 건 아빠의 뒷담화다. 딸만 즐길 게 많은 줄 아느냐, 나도 우리 엄마 아빠 딸이다 등등. 싫지 않으면서 투덜대는 귀여운 불만들을 넘겨들으며 은혜는 가볍게 웃었다.

이렇게 늙어가고 싶다. 옆지기가 없다면 조금 허전할지 모르겠지만 대신 그로 인해 속 썩을 일도 없을 테니, 그냥 이렇게 소소한 불만들을 늘어놓기도 하고, 하고 싶은 거 많은 하루하루를 보내면서 그렇게 조용히 늙어가고 싶다.

하지만…… 아무래도 돈은 좀 많이 버는 게 낫겠어, 라고 컴퓨터를 켜며 은혜는 중얼거렸다.

목욕을 하고 나와 시원한 에어컨 바람을 쐬자 하루종일 파김치처럼 늘적댔던 몸이 어찌나 상큼한지, 전기세 걱정 안 하고 주구장창 에어컨을 켤 수 있으면 얼마나 좋을까 싶어진 것이다.

하지만 이내 은혜는 고개를 저었다.

욕심이 얼마나 삶을 피곤하게 하는지 알고 있다.

그러고 보면 사람들이 욕심을 버릴 수 없는 것도 당연하다. 욕심 때문에 추락하는 모습들을 보고 또 본 은혜도 몸 편한 건 마냥 좋다는 생각을 아주 버리지는 못하고 있지 않은가?

과제를 하려고 컨 컴퓨터지만 통과의례처럼 익스플로러를 가동시켰던 은혜는 포털 사이트의 메인에 뜬 '몇백억을 주무르던 선물옵션 딜러, 잠깐의 실수로……'라는 기사를 보고 저도 모르게 클릭했다.

"나 참……."

화면이 바뀌는 잠깐 사이, 은혜는 혀를 찼다. 온종일 진호 이름을 들어서 그런가, 세상에 선물옵션 딜러가 한둘도 아닐 텐데 보는 순간 진호를 떠올리다니. 게다가 그녀의 눈에야 진호가 물가에 내놓은 애 같지만, 실제로 그는 아주 말짱한 성인 남자라는 걸 머리로 알고 있는 은혜다. 허당스럽게 구는 것보다는 훨씬 실속 있는 성격인데 사고 같은 걸 칠 리가.

그러나 화면에 뜬 기사를 눈으로 훑어 내리던 은혜의 눈썹이 찡그려지기까지는 긴 시간이 필요치 않았다.

회사의 이니셜이…… 진호의 회사와 같다. 그리고 사고를 낸 선물옵션 딜러의 이름은 K, 나이도 진호와 같은 서른 살이다. 게다가 수익률이 높아 최근 회사에서 보내준 영국 연수까지 다녀왔다면?

"설마."

은혜가 입술을 깨물었다.

서둘러 다른 기사를 검색해봤지만 더 이상 다른 정보를 얻어낼 수는 없었다. 은혜는 불안하게 책상 위를 손가락으로 톡톡 두드렸다.

설마. 다른 건 몰라도 일은 지독하리만큼 철저히 하던 김진호다. 그 놀기 좋아하는 사람이 주중에는 놀지도 않고 장 분석에만 매달리고 그랬는데 잠깐의 실수라니, 어울리지 않는다.

심란하게 모니터를 쏘아보던 은혜는 이내 인터넷 창을 닫고 과제를 하기 위해 파워포인트 창을 띄웠지만 공부가 제대로 될 리가 만무했다.

밤새 뒤척거린 은혜는 결국 새벽에는 이불을 걷고 일어나버렸다. 전기세고 나발이고 다시 에어컨을 켰다. 가슴이 답답한 게 죽겠다.

악몽은 진호가 일하다가 숫자를 잘못 쓰거나, 클릭을 잘못하거나, 아니면 다른 창에 주문을 넣는 등 다양한 형태로 진화해서 나타났다. 사고를 친 선물옵션 딜러가 진호든 말든 무슨 상관이냐며 최면을 걸어봤지만 마음이 안 좋았다. 아무리 엎치락뒤치락 침대와 타협을 해보려 해도 제대로 되지 않는다.

에어컨 바로 앞에서 옷을 팔락이며 열을 식히던 은혜는 에어컨 앞에 쪼그리고 앉아 마음을 다독이기 시작했다.

이러는 건 정말 바보 같은 짓이었다. 일단 사고를 친 게 진호인지 아닌지도 모를뿐더러, 진호라고 해도 그녀가 해줄 수 있는 것이 전혀 없었다. 이럴 때는 그냥 잊어버리는 게 최선이다.

그런데도.

쪼그리고 앉아 잠깐 끙끙대던 은혜는 결국 일어나 옷을 걸쳐 입기 시작했다.

어떻게 되든 말든 일단 그 선물옵션 딜러가 김진호인지 아닌지 확인할 수 있는 방법은 하나 있었다.

세상 모든 사건사고의 수렴지, 소문의 대변인 주진주를 만나는 것이다.

아직 너무 이른 시간이라 진주의 집 근처에서 기다리다 같이 공부하자는 핑계로 슬쩍 물어볼까 했던 은혜의 계획은 버스 안에서 완성되었다. 진주의 집으로 가는 버스에서 받은 전화 한 통의 발신자가 바로 주진주였던 것이다.

온 세상에 신속한 소식 전달의 역사적 사명을 갖고 이 땅에 태어난 진주는 이른 아침이고 뭐고 상관 않은 채 흥분된 목소리였다.

- 너 아니?

"뭘요?"

상기된 진주의 목소리에서 그 기사 속 선물옵션 딜러가 진호라는 것을 확신한 은혜였지만 일단은 모르는 척 조심스럽게 대꾸하자 답답하다는 반응이 돌아왔다.

- 얘가······, 너 인터넷 뉴스 안 봤어?

"왜 그러는데요? 무슨 큰 사고라도 났어요?"

전화기 너머 땅이 꺼질 것 같은 한숨소리가 날아왔다.

- 진호 오빠 대박 사고 쳤대!

"그게 무슨 소리예요?"

떨리는 가슴을 누르며 애써 태연하게 되물었다. 그런 은혜의 심경은 모르는 진주가 더 흥분하기 시작했다.

- 이 기집애야, 네가 지금 그럴 때가 아니야. 다 너 때문이라구! 정 떨어질 정도로 실수 없던 사람인데 회사도 난리가 났고 교현 오빠도 걱정이 이만저만이 아니야. 집중력 끝내주는 사람인데 요즘 내내 넋 놓고 있을 때도 많고 영 우울했대! 너 뭐 생각나는 거 없어? 내가 진짜 속상해 죽겠어!

진주의 말은 항상 200퍼센트 과장이 섞여 있다고 받아들이는 은혜지만 이번 건은 좀 달랐다. 진호가 사고를 쳤다는 것은 빼도 박도 할 수 없는 사실이니 과장이 섞여 있다 해도 큰일은 큰일이다.

- 회사 잘릴지도 모른다고 지금 옆에서 교현 오빠가 안달이야.

"……지금 둘이 같이 있어요?"

- 으응?

같이 밤을 보냈다는 사실을 애매하게 들켜버린 진주의 목소리가 쫄아들었다. 정황상 할 일㉮ 다 하고 나란히 누워 수다를 떨다가 진호의 이야기로 진행되었음을 파악한 은혜가 한숨 섞어 쓰게 웃었다.

"안된 일이지만 벌써 헤어진 사인데 어쩌겠어요?"

- 어머? 얘 말하는 것 봐.

"끊을게요. 언니 오늘은 도서관에 늦겠네요?"

- 으응……, 그, 그렇겠지?

"알겠어요. 다른 언니들한테 그렇게 말해놓을게요."

- 야, 너 그런데 정말 아무렇지도 않아?

"내가 뭘 어쩔 게 있겠어요? 다시 연락할게요. 쉬세요."

전화를 끊고 은혜는 깊게 한숨을 내쉬었다. 진주한테야 어영부
영 덮었지만 김진호…… 정말 사고를 치다니. 그럴 캐릭터는 아
니라고 생각했는데.

진주의 말과는 달리 은혜와 헤어진 것 때문에 사고를 친 거라는
생각은 조금도 안 들었지만, 아예 영향이 없었는가는 자신이 없
다. 마지막 날, 참담한 표정으로 은혜를 노려보던 얼굴을 생각하
면…… 5퍼센트 정도, 아니면 3퍼센트, 적어도 1퍼센트 정도는 은
혜도 힘을 보탠 게 아닐까?

버스에서 내려서 가던 길을 거슬러 도서관으로 직행한 은혜는
책을 펴고 공부하기 시작했다. 한 시간 내내 고개 한 번 안 들었으
니 누가 보았으면 엄청나게 집중하는 걸로 보이겠지만, 실은 책장
한 장 넘기지 못하고 있는 참이었다. 책 위에 사람 얼굴이 어른거
리는 거, 드라마에서나 나오는 건 줄 알았더니 실제로도 글자들이
제멋대로 움직여 김진호의 얼굴이 되었다가 '김진호' 세 글자를
만들었다가 한다.

결국 책을 덮고 나가 휴게실도 들러보고, 컴퓨터실에서 업데이

트 된 정보가 없나 기사를 검색하기도 하고, 애꿎은 커피만 연달아 세 잔을 축내기도 하며 어영부영 오전과 오후를 때웠다. 그러나 그러는 동안에도 펼쳐놓은 책장은 넘어가지 않았다.

문자를 보내볼까 휴대전화를 만지작거리다가 도로 넣기를 몇 번이나 했는지 모르겠다.

사실 이제 와서 뭐라고 문자를 보낸단 말인가? 이런 상황에?

괜스레 애꿎은 휴대전화를 노려보다, 천장을 째려보다, 무의미한 낙서만 가득한 노트를 흘겨보다 은혜는 결국 짐을 챙겨 일어섰다. 이런 기분으로는 밤까지 앉아 있는다고 해도 한 자도 머리에 들어올 리가 없었다.

집으로 돌아오는 길은 어둑해서 더 우울했다.

이제 상관없는 사람이라고, 독하게 말할 수는 있어도 마음이 아닌 것까지는 아직 은혜도 어쩔 수가 없었다.

"한참 멀었구나."

버스 차창에 머리를 기댄 채 은혜는 한숨을 내쉬었다.

별거 아니라는 걸 아는데, 살면서 만나곤 하는 작은 시련일 뿐이라는 걸 아는데도 무지하게 속상했을 진호가 자꾸 걱정되는 걸 보면 참…… 문제다.

그렇게 멍하니 어스름이 내려앉은 풍경에 시선을 둔 채 버스의 진동에 몸을 맡기고 있을 때였다. 문득 은혜가 몸을 바로 세우고 얼굴을 찡그렸다.

이 버스가 이 길을 지나던가?

진호가 사는 오피스텔이었다.

마침 벨을 누른 사람이 있어 버스가 정차하고 사람들이 우르르 줄지어 내리기 시작했다. 삑삑 카드 찍는 소리가 은혜에게 내리지 않고 뭘 하냐고 다그치는 것만 같다. 하지만…… 내려서 뭘 어떻게 하겠다고.

그러나 어느새 은혜의 손은 카드를 찍고 있었고, 정신을 차렸을 때는 후끈한 열대야의 한가운데에 서 있었다.

"뭐 하루 종일 앉아 있으니 여기서부터 집까지 슬슬 걸어가는 것도 괜찮으니까."

애써 합리화를 하던 은혜가 손을 올려 이마를 짚었다. 진짜 지금 뭐 하는 거야? 내가 나한테 변명을 해서 어쩌겠다고.

김은혜는 김진호를 보고 싶어서 여기에 온 거다.

없던 정나미도 다 떨어지도록 매섭게 이별 통보를 하고 나서도 내내 보고 싶었다. 내내 생각났고, 그래서 잘했다고 백만 번 되뇌었다. 정말 잘했다고 생각하면 자기 자신을 설득할 이유도 없었을 거다.

그리고 지금 그에게 문제가 생겼다니까 걷잡을 수 없이 걱정이 된다.

쓰게 웃으며 천천히 진호의 오피스텔 쪽으로 걷기 시작한 은혜는 조금 더 현실적인 고민을 하기 시작했다. 진호에게 문자를 보내면 그가 만나줄까? 지금 안 좋을 때라면 한참 예민해져 있을지도 모르는 일이다.

무작정 기다릴 수는 없는 일이고…… 어떻게 해야 할까?

하지만 기실 은혜는 전혀 걱정할 필요가 없었다.

같은 시각, 주중에는 일과가 칼 같은 진호가 퇴근 후 운동을 마치고 오피스텔로 진입하고 있었던 거다. 은혜를 먼저 발견한 것도 진호였다. 처음에는 뻑하면 길 가는 사람을 은혜로 착각하는, 이별 후 증후군인 줄 알고 무시하려 했다가 은혜가 맞다는 걸 깨달은 진호는 자기도 모르게 급브레이크를 밟았다.

그래서 탁 하는 차문 닫는 소리에 은혜가 돌아봤을 때는 거짓말처럼 진호가 서서 그녀를 바라보고 있었다. 그가 손에 들고 있는 박스를 보자 그녀의 가슴이 철렁 내려앉았다. 결국 짐을 뺀 걸까?

다소 까칠하게 인상을 쓴 채 진호는 은혜가 거리를 좁힐 때까지 가만히 서 있었다.

"잘 지냈어요?"

그런 진호의 표정 탓에 다소 뻘쭘해진 은혜가 어색하게 인사를 건넸을 때야 그는 눈썹을 까딱 하더니 들고 있던 박스를 도로 차 안에 집어넣었다. 차문을 열고, 박스를 넣고, 다시 차문을 닫는 일련의 동작은 시니컬했다. 이어진 목소리도.

"산책 나왔다가 우연히 만났다고 하기엔 차림이 영 아니고, 만난 장소도 오피스텔 입구에 들어선 거니 지나가던 길이라 할 수 없고……, 이 정도면 오피스텔에 새 남자를 만들었거나 날 만나러 왔거나 둘 중 하나인데 어느 쪽이야?"

마지막에 봤던 것보다 조금 더 마르고 낯선 얼굴로 진호가 물었다. 얼마 전까지 은혜를 볼 때마다 싱글거렸던 얼굴이라고는 믿을 수 없을 정도로 차가운 태도였다. 덜컥 겁이 날 정도로.

은혜는 쓴웃음을 지었다. 겁이 난다니, 이 무슨 바보 같은 소리냔 말이다.

"안 좋은 일…… 있었다면서요?"

기분을 상하게 하지 않도록 조심스레 묻자 진호가 무표정하게 그녀를 내려다보았다. 그러더니 툭 던지듯 물었다.

"그래서? 같이 덤터기 쓰기 전에 잘 차버렸다고 확인하려고 왔어?"

화가 났다기보다 귀찮다는 태도가 역력했다. 아니면 더 이상 관심이 없다거나.

"안 좋은 일 있었던 사실이지만 이제 너와 관련 없는 일인데 확인사살까지 할 거 없어."

"그런 거일 리가 없잖아요!"

발끈해서 은혜가 목소리를 높이자 진호가 그녀를 빤히 바라봤다.

"그럼 왜 왔는데?"

"걱정이 돼서 온 거잖아요."

"왜 네가 날 걱정하는데?"

말문이 막혀 은혜가 인상을 썼다. 괜히 왔다, 하는 후회가 온몸을 후려쳤다. 사람이 안 하던 짓 하면 안 되는 건데. 생전 안 하던 짓을 하려니 할 말도 궁색하고 얼굴도 화끈거리고 지금 여기서 뭐 하고 있는 건지 모르겠다.

그렇게 입술을 깨물고 있는데 진호가 손을 뻗어 은혜의 턱을 치켜 올렸다. 얼굴 위로 차분한 시선이 내려앉았다.

순간 심장이 크게 두근 하고 뛰었다. 열대야의 뜨거운 공기를 가르고 지나가는 희미한 바람 한 켠에 익숙한 향기가 묻어 은혜의 코끝을 간질였다.

두 사람의 머리카락이 같은 방향으로 살랑 날렸다.

"얼굴 봤으니 됐어요. 갈게요."

턱을 붙들고 있는 손을 조심스럽게 치우고 은혜가 물러섰다. 잠깐 시선이 묵직하게 맞닿았다. 하지만 그뿐, 막 돌아서는데 진호가 그녀를 돌려세웠다. 시선이 다시 부딪쳤다. 하지만 이번에는 은혜가 눈을 피해버렸다. 고집스레 진호가 다시 눈을 맞추고, 하지만 또 은혜가 피하고…….

몇 번이나 의미 없는 눈싸움을 한 걸까? 진호가 낮게 웃음을 터트렸다.

"너 참 특이하다."

그리고 그녀를 끌어안았다.

"뭐 하는……!"

"내가 딱 한 번만 봐주겠어."

"뭐라고요?"

바동대며 진호를 밀어내려 해봤지만, 힘의 차이가 무척이나 컸다. 그리고 이상하게, 포근했다.

진호의 체온이 이랬었나? 어깨가 이렇게 넓었던가? 품이 이렇게 든든했나?

"네가 아직 어려서 모르나 본데……, 보통 여자들 같으면 잘 사귀고 있어도 도망갈 상황에 내 걱정이 돼서 소식 듣자마자 찾아올 정도면 너 나 엄청 좋아하거든? 헤어지고 뭐 하고 할 만한 상황 아니거든? 그러니까 까불지 말고 입 다물어."

"나는……."

뭔가 말하고 싶었지만, 결국 진호의 말이 옳았기에 은혜는 입을 다물었다.

한편으로는 너무너무 분했다. 잘 버티고 있었는데……. 만약 진호가 매달렸다면 냉정히 차줄 만큼은 마음의 문을 닫아놓았는데…….

하지만 안 좋은 일이 있다고 하니 혼자 둘 수가 없었다. 그냥 원래대로 잘 나가고 씩씩하게 잘 살았다면 차츰 잊어갈 수 있었겠지만, 지금은 아니었다. 많이 힘들 게 분명한데 그를 버리고 갈 수는 없었다. 언제 이렇게 됐는지 모르겠지만 진호는 생각보다 훨씬 더 많이 그녀 안에 들어와 있었다.

은혜의 속도 모르는 진호가 그녀의 귓가에 대고 속삭였다.

"다음에 허튼 소리 또 하면 엎어놓고 팰 거야. 진짜 한 번만 봐주는 거야."

"누구 맘대로요."

"너하고 나는 항상 네 맘대로지. 그러니까 네 맘대로, 날 위로할 수 있는 권한을 주겠어."

진호가 은혜를 놓아주며 싱긋 웃었다. 그의 팔에서 풀려난 은혜가 크게 숨을 들이마셨다.

"안 그래도 더워 죽겠는데!"

"난 더운 거 몰랐는데?"

기억하고 있는 그대로 진호가 부드럽게 웃었다. 그 얼굴이 무척이나 얄미우면서도, 그 웃는 모습에 마음이 놓이는 건 이상한 일이라고 은혜는 생각했다.

"젊으니까 또다시 취업할 수 있을 거예요. 스펙도 좋고……."

"그럴까?"

"그럼요. 능력 있잖아요."

진호의 출퇴근용 차를 내려다놓고 벤츠로 갈아탄 후, 근처의 한강변에 차를 세워놓은 채 은혜는 열심히 진호를 위로했다.

남자들에게 있어서 '일'이라는 것이 차지하는 비중이 얼마나 큰지 알고 있는 은혜였다. 어떻게 보면 가여운 족속이었다. 자기 자신의 정체성을 하고 있는 일, 직업 같은 것에 대입할 수밖에 없다니 말이다.

"아닌 게 아니라 이왕 이렇게 된 거 공부나 좀 더 해볼까 해. 사실 영국에서 단기 코스 말고 좀 더 공부해서 헤지 펀드 운용 쪽으로도 해보고 싶었는데 회사에서 그만 들어오라고 해서 들어온 거거든."

"그래요? 그것도 괜찮겠네요."

"나 기다려줄 수 있어?"

"뭘 기다려요?"

"아니면 결혼해서 같이 갈까?"

은혜가 인상을 썼다. 이걸 쏘아붙여, 말아, 하던 은혜가 조그맣게 한숨을 삼켰다. 화해한 지 30분도 되지 않아 또 싸울 순 없었다. 그것도 잔뜩 시무룩해져 있는 사람하고.

"난 결혼 안 한다고 했잖아요."

"그래? 하긴……, 내 미래도 불투명한데 결혼하고 그러는 건 싫겠지. 미안해, 쓸데없는 소리해서."

맙소사! 은혜가 눈을 감았다 떴다.

"아니, 이건 그거랑 별개예요. 나는 그냥 결혼이 싫다고요."

"알아, 알아. 더 이야기할 필요 없어. 나도 그냥 해본 얘기야."

"없긴 개뿔이 없어요!"

참다못해 은혜가 빽 소리를 질렀다. 김진호가 느물느물 전혀 진지하지 않고 잘난 척할 때는 좀 얄밉더니만 꼬리 늘어뜨린 강아지처럼 시무룩하니까 그것만큼 또 꼴 보기 싫은 게 없다.

"네가 몰라서 그러는데 사고 크게 치고 잘리면 블랙리스트에 올라서 다른 회사에서도 안 좋아해."

"그, 그래요?"

선물옵션 딜러에 대해서야 자세히 모르지만, 그럴 수도 있을 것 같다. 거액을 다루는 일이니 만큼 도덕적인 건 물론 실수를 하고 안 하고도 엄밀히 살펴볼 듯하다.

"수익률만큼 중요한 게 기복이 없는 거거든. 상 쳤다 하 쳤다 하는 주식만큼이나 나쁜 게 기복 심한 딜러야. 실수도 당연히 기복에 포함되고."

"그것도 그렇겠네요."

갑자기 심각해져서 은혜가 입술을 깨물었다. 그러다 도리도리 걱정을 털어내듯 머리를 흔들고 진호의 어깨를 잡아 마주 본다.

"선물옵션 딜러만 해야 하는 거 아니잖아요? 아직 나이도 젊고……, 마침 공부도 하고 싶다니 공부해서 다른 일을 시작하면 돼요. 너무 걱정하지 마요. 다 살게 되어 있으니까."

"너 꼭 오래 살아본 애처럼 말한다?"

"22년 산 것도 산 거죠 뭐."

진호가 피식 웃더니 은혜를 덥석 끌어안았다. 등을 문질문질 쓰다듬는 손이 좀 수상해서 냅다 어깨를 떠밀었던 은혜는 진호가 '응?' 하고 처진 눈매로 내려다보는 바람에 그냥 도로 안겨주고 말았다. 뭔가 이상하지만 워낙 평범하지는 않은 인간이니 나름 위안받으려는 동작이라고 합리화한 은혜는 한숨을 삼키며 더불어 입술도 내줬다.

진호가 몸을 뗀 것은 마찰 전기로 어지간한 TV 시청도 가능할 만큼 안고 부빈 다음이었다.

"그만 갈까?"

"이제 괜찮아요?"

"응."

차가 움직였다. 은혜의 집까지는 5분도 걸리지 않는 거리다.

"내일 회사 출근하려면 나도 이제 자야 해. 넌…… 도서관에 간다고?"

"네. ……그런데 회사요? 정리하러 가는 거예요?"

"정리는 오늘 했고, 내일부터는 일해야지."

"네에…… 일이요. ……일이요?"

은혜가 얼굴을 찡그리면서 진호를 쳐다보았다. 그 순간 차가 은혜의 집 앞에서 멈춰 섰다. 어둠 속에서 장난기 어린 눈이 씩 웃었다.

"내가 누군데 그렇게 쉽게 자르겠냐? 걱정할 만한 상황 아니야. 어떻든 결론 나면 말해줄게 걱정하지 말고 있어."

"뭐라고요? 그럼 아까 그 박스는…… 읍!"

항의하는 은혜의 입술을 진호가 얼른 입술로 막았다. 그리고는 입술을 떼고 은혜의 뺨을 톡톡 건드렸다.

"그냥 심란한 김에 심기일전하느라 자리 정리 좀 한 거지. 새 마음 새 뜻으로 일하려고. 들어가. 그리고 아까 내가 말한 거 기억하고. 앞으로는 까불지 말고 오늘은 예쁜 꿈 꿔. 내 꿈꾸면 더 좋고."

기가 막혀 멍하게 진호를 바라보던 은혜가 신경질을 내며 차에서 내렸다. 그리고 부서져라 차문을 닫았다.

하지만 그러거나 말거나 은혜가 먼저 손을 내밀고, 게다가 안 좋은 상황이라는 걸 보고 낑낑대며 어색하게 건넨 위로를 실컷 즐긴 진호는 그깟 문짝 백 개도 내어줄 의향이 있었다.

13

아직 텅 빈 사무실, 가장 먼저 출근한 진호는 조용한 사무실에 앉아 컴퓨터를 부팅했다. 낮게 기계 돌아가는 소리를 들으며 그는 크게 숨을 들이마셨다 내쉬었다.

워낙 큰 사고였던지라 초반에는 두서없이 말이 나는 바람에 진호의 실수인 걸로 기사가 나버렸지만, 내부 입장은 달랐다. 큰돈이 오가는 거래를 하느니만큼 시간과 기록이 칼 같은 건 기본이다. 그리고 기록에 따르면 사고가 난 시각은 진호가 자리를 비웠을 때였다.

아쉽게도 CCTV가 사무실 전체를 커버하진 않는다. 그러나 진호가 잠시 자리를 뜬 틈에 누군가가 진호의 책상에 왔다가 사라졌고, 바로 그 시각이 사고 시각이라는 것까지는 확인된 참이다.

잠깐 진호에게 원한이 있는 사람의 소행이 아닌가 하는 추측도 나왔지만, 일개 선물옵션 딜러에게 원한이라니 너무 현실성 없다는 결론이 났다. 아마도 회사 쪽과 관련된 일에 재수 없이 진호가 엉켜든 것이라는 게 주된 추측이다.

회사 내부에서는 모두 믿어주고 오히려 그를 위로해주는 분위기라 해도 어쨌든 그의 계좌에서 일어난 문제이니 침울했던 것은 사실이다. 그러던 것이 어제 은혜를 만나고 나서는 많이 회복되었다.

믿어주는 사람 하나 있다는 게 이렇게 힘이 될 수가 없다.

하지만 생각하면 생각할수록 독특한 여자였다. 예상대로 행동하는 건 하나도 없다. 이게 괜찮은 여자라는 증거일까? 어려운 여자라는 증거일까? 아니면 김진호가 임자를 만났다는 뜻일까? 그것도 아니면 셋 다일까?

"선배, 오늘도 일찍 출근했네요?"

하나 둘 나오기 시작한 동료들 사이에 섞여 있던 교현이 쫓아와 아는 체했다.

"응."

"괜찮아요?"

"응, 걱정 안 해도 돼."

"선배도 참, 내가 어떻게 걱정을 안 해요?"

사랑하면 닮는다더니 어쩐지 박교현에게서 주진주의 향기가 난다고 진호는 생각했다. 몇 번 안 본 아가씨지만 주진주는 성향이 명확한 아가씨였다. 다른 사람에게 관심 많고, 걱정 많고, 말도 많고. 딱 지금 박교현이다.

윗분들하고는 좀 더 심도 깊은 대화가 오갔지만 일단 조사가 끝

날 때까지는 상황에 대해 함구하기로 보안팀과 합의가 끝난 상황
이다. 덕분에 교현의 걱정은 무궁화 삼천리 화려강산에 골고루 늘
어져 있었다. 동료들도 통상적인 실수가 아니라는 것 외에는 아무
것도 모르지만 조용히 상황을 살펴보는 눈치인데 박교현 혼자 안
절부절못하고 난리다. 누가 보면 김진호가 아니라 박교현이 사고
를 냈다고 오해하기 딱 좋은 얼굴을 하고선 말이다.

사실 진호의 얼굴은 교현의 얼굴보다 훨씬 좋았다.

분위기가 분위기인 만큼 진지함을 유지하려고 연기 중이지만,
어제 은혜를 만난 이후로 그는 컨디션이 점점 더 좋아지는 중이
었다. 본디 우울한 스타일도 아니거니와 일단 일어난 사건에 미련
을 두고 질질 끄는 것은 진호의 타입이 아니었다. 이리 보고 저리
봐도 자기 문제가 아니라는 건 확실한 거고, 기승전결을 밝혀내는
건 보안팀에서 하고 있을 테니 진호는 일단 당장 할 수 있는 일을
하는 게 중요했다.

"그렇게 걱정되면 커피 하나 사와라."

"커피요?"

"응. 에스프레소 더블 샷. 진하게."

"어…… 나갔다 오라구요?"

"응, 안 될까?"

진호가 불쌍한 표정으로 교현을 바라보았다. 살짝 한숨을 뱉어
내며 고개를 떨구는 건 옵션이었다.

"안 되긴요. 아직 출근 시간 멀었구만! 선배는 나한테 멘토예요!

나한테 딜러는 아침 일찍부터 준비해야 한다고 가르쳐준 것도 선배고, 장이 열리는 주중은 칼같이 자기관리 해야 한다고 조언해준 것도 선배예요. 커피! 사다줄게요! 두 잔 사다줄게요!"

교현이 분연히 떨치고 일어났다.

"한 잔이면 돼."

진호가 배시시 웃었다. 어제 은혜도 넘어가더니. 선물옵선계를 지켜야 하는 거 아니면 연기를 하는 건데 참 아쉽다 싶다.

이 인간도 정말 연구 대상이란 말이야……

신이 나서 액셀러레이터를 밟고 있는 진호를 흘깃 쳐다본 은혜가 가볍게 숨을 뱉어내며 창밖으로 시선을 돌렸다.

어제 화해 비스무레한 걸 했고, 오늘은 금요일이니까 칼같이 날아오겠다 싶었는데 과연 때 빼고 광낸 애마를 끌고 정시에 도착했다. 변동성 많은 시장을 상대하는 인간치고 진짜 100퍼센트 예측 가능하다.

그뿐이 아니었다. 진호의 얼굴에서는 사고로 인한 침통함은 그림자도 없었다. 떨쳐내려고 노력하는 것과 정말 떨쳐낸 것은 다르다. 진호의 경우는 정말 떨쳐낸 것이다. 놀랄 만큼 신속한 회복력이다.

은혜의 경험상 이런 부류는 딱 둘 중 하나였다. 하나는 생각 없이 한심해 상황 파악 못하는 부류, 다른 하나는 인풋과 아웃풋을 깔끔하게 분리하는 자기관리에 강한 부류.

하지만 후자(後者)는 쉬운 게 아닌데.

갑자기 은혜는 진호의 전생이 궁금해졌다. 이 인간, 설마 굉장히 많은 생을 거치면서 해탈하고 해탈한 높은 수준의 영혼이 아닐까?

"정말 양평을 한 번도 안 가봤단 말이야?"

의심스러운 시선을 보내고 있는 은혜의 상념은 모른 채 선글라스를 치켜 올리며 진호가 그녀를 놀렸다.

"난 공부할 시간도 모자라는 수험생이에요. 오늘만 해도, 공부해야 하는 사람 방해하는 누구 아니었으면 바쁘게 공부 중이었겠죠."

"나 안 만나는 동안 공부 열심히 했을 거 아냐."

"어떻게 알아요?"

"내가 김은혜를 모르나? 나 때문에 속상해하면서도 공부는 공부다 이러고 꿋꿋하게 도서관에서 9to9 했겠지."

맞는 말이라 은혜는 피식 웃고 말았다.

뭐, 밝아서 좋긴 하다.

어쩌면 도통한 영혼이 아니라 아주아주 어린 영혼일지도 모르겠다. 사람도, 짐승도 어리면 어릴수록 같이 있으면 즐겁고 어딘지 모르게 밝은데 진호가 딱 그렇다. 현생의 나이와 무관하게 어쩔 수 없이 무거운 은혜와 달리 진호는 뭘 해도 신나고 어떻게 해도 웃는다.

그나저나 화해한 건 어젠데 벌써 오늘 학교로 달려와 요란하게 사람들의 시선을 끌며 모시고 왔으니 지금쯤 스터디 그룹원들은 둘을 놓고 수다삼매경에 여념이 없을 것이다. 정말 사람 곤란하게 하는 마이페이스 김진호.

시끄러울 스터디 그룹원들을 떠올리며 입을 비죽이고 있는데 그런 은혜의 속을 모르는 진호는 마냥 신이 났다.

"우리 은혜는 어떤 집에 살고 싶어?"

"우리 집이요."

"자가? 그건 기본이지. 내가 말하는 건 어떤 인테리어의……."

"지금 살고 있는 내 집이요."

잠깐 입술을 내밀었던 진호는 은혜의 말을 깔끔히 무시하고 제 할 말을 이었다.

"네가 안 와봐서 모를까 봐 해주는 말인데 이쪽 강변을 따라 인테리어 예쁜 모텔들이 많거든. 호텔하곤 또 다른 아기자기한 재미가 있어. 인테리어를 연구하기에 딱 좋다고 할 수 있지."

은혜가 진호를 노려보았다.

"아니, 누가 가겠나? 얘가 오버하네. 네가 인테리어에 관심이 없으면…… 마는 거지."

입맛을 쩝쩝 다시면서 진호가 말을 돌렸다.

"말해두는데 난 인테리어에도 관심 없고, 특히 저런 찝찝한 데서 몰카 찍혀서 전국의 야동 본좌들에게 얼굴 팔리고 내 직업을 위태롭게 하고 싶지 않네요. 그리고 오늘은 몸살기가 있어서 어디서든 내키지도 않고요."

"애 좀 봐? 오버하네. 뭐가 안 내켜. 내가 뭐라고 했다고."

"그럼 다행이고요. 아님 끝까지 아닌 걸로 밀고 가요. 중간에 마음 바꾸면 가만 안 둬요."

은혜가 쌩하니 고개를 돌리자 진호가 헛기침을 하고 말을 돌렸다.

"우리가 지금 가는 데가 두물머리인데, 왜 두물머리인지 알아?"

"가는 데 양평이라면서요?"

"애가……. 선생님 되려는 애가 이렇게 한국지리에 무심해도 돼? 양평에 두물머리가 있는 거야."

"난 영어교육과거든요?"

"대한민국 선생이면 어떤 과목이든 국사와 한국지리는 기본으로 알아야 해. 넌 애국이 뭔지도 몰라?"

기가 막혀서 허…… 하고 은혜가 노려보자 진호가 씩 웃었다.

"왜 두물머리냐 하면 말이야……."

"남한강과 북한강의 두 물줄기가 합쳐져서 두물머리겠죠. 다른 말로는 양수리."

탁 끊고 들어온 은혜의 대답에 진호가 북 인상을 구겼다.

"뭐야? 너 안 와봤다더니 뻥이었어?"

"선생님 되려는 사람이라 한국지리에 대한 기본 소양은 갖췄지요."

"흥! 책으로 배운 한국지리로는 안 되는 게 있지. 거기에 커다란 느티나무 있는 건 알아? 조그마한 미술관 있는 거는?"

"자주 놀러 다녀서 좋겠네요. 누구랑 와봤어요?"

터진 자루에서 흘러나오는 팥처럼 줄줄 이어지던 진호의 대답이 딱 멈췄다가 잠시 사이를 두고 조그맣게 이어졌다.

"……엄마."

"나이가 몇인 엄만데요? 스물두 살? 스물세 살?"

"난 나이차 많이 나는 여자 안 좋아해."

"나는 왜 만나요?"

"사랑이지."

진호가 청량하게 웃었다. 어이가 없어 따라 웃으며 은혜는 이 남자와 있으면 매일 토닥거리는데, 이러는 게 재미있으니 이도 참 중증이라고 생각했다.

강을 끼고 만들어진 산책로는 좁았지만 그만큼 운치가 있었다. 은혜는 어느 쪽이 북한강이고 어느 쪽이 남한강인지를 부지런히 설명하는 진호의 목소리를 귓등으로 들으며 넓게 펼쳐진 풍경을 바라보았다.

지금 은혜는 하면 안 되는 일을 하고 있었다. 하지 않겠다고 약속한 일을 하고 있었다.

김진호라는 남자에게 더 빠져들면 안 되는데, 더 이상 시간을 이 사람과 나누면 안 되는데. 누군가를 곁에 두는 것에 익숙해지면 안 되는데. 그러나 수백 년 만에 처음으로 이성의 소리가 듣기 싫다. 무시하고 싶다.

"왜 그래?"

어깨 위로 손이 감기는가 했더니 진호가 고개를 숙여 은혜의 얼굴을 들여다보았다.

"뭐가요?"

"꼭 울 것 같은 표정이어서."

"내가요?"

진호가 손을 뻗어 은혜의 눈가를 훔쳤다. 눈가는 말라 있었다. 애초에 운 적이 없으니 당연한 일이다.

아무것도 묻어나지 않은 손가락을 비비며 뭔가를 생각하던 진호가 은혜의 눈을 똑바로 들여다보며 물었다.

"너 꽃뱀한테 물린 적 있냐?"

"뭐라고요?"

질문이 너무 기가 막혀 은혜는 혀를 찼다.

"꽃뱀이 왜 나를 물어요?"

"아, 제비인가?"

"제비든 꽃뱀이든 왜 나를 무냐고요. 걔들은 돈 많아 보이는 사람만 물어요."

잠깐 생각하는 표정을 짓던 진호가 고개를 끄덕였다.

"그건 그래."

그러더니 이렇게 덧붙였다.

"그럼 넌 왜 그렇게 연애라면 질색팔색해? 보통 연애에 크게 덴 사람들이 그러잖아."

"연애가 아니라 남자를 믿지 않는……."

은혜가 멈칫했다.

그러고 보니…… 왜 그랬지?

은혜의 눈이 가늘어졌다.

너무나 당연한 사실이라 의문도 가지지 않았었다. 조용히 살고 싶고, 가족을 만들고 싶지 않고, 그러니까 남자를 만나지 않는다. 하지만 왜? 왜 그녀는 남자를 만나면 상처받고 배신당할 거라고 생각하는 걸까? 누군가를 곁에 두면, 누군가가 곁에 있는 게 익숙해지면 왜 결국에는 상처받을 거라고 생각하는 걸까?

남자에게 크게 상처받았던 기억은 없는데?

첫 생에서 애인이 배신하고 독약까지 먹였으니 나름 상처라면 큰 상처였겠지만 이제는 너무 먼 이야기고, 그 후 몇 번의 생에서는 꽤 연애도 잘하고 결혼도 했으니 그런 문제는 아니었다.

그럼 어디서부터가 문제였던 걸까?

인상을 찡그리던 은혜가 대강 생각나는 대로 둘러댔다.

"남자들은 다 이기적이잖아요."

"엥? 이건 또 뭔 소리야?"

"남자들은 자기중심적이고 다 어린애예요. 그래서 여자를 편하게 해줄 줄 모르죠. 모든 남녀관계는 여자가 남자를 봐주고 참아줄 때만 유지되거든요. 그런데 난 그럴 자신 없으니까 싫어요."

"얘 좀 봐. 난 안 그래!"

은혜가 콧방귀를 뀌었다.

"우기는 목소리부터 딱 그렇거든요."

"그럼 네가 날 봐줬다고?"

"그럼 아니겠어요?"

"따져볼래?"

"싫어요. 따지는 것도 유치하고 귀찮고 날 편하지 않게 만드는 일이에요. 자기중심적이긴."

진호가 꼬르륵 뒤로 넘어갈 것 같은 표정을 지었다. 그러나 그가 은혜의 말에 수긍하기까지는 세 시간도 걸리지 않았다.

"연꽃잎차는 별로였어요."

"나도 그렇게 생각해. 그러니까 와인 한 잔 하고 갈까?"

"연꽃아이스크림은 좀 특이하더라고요."

"나도 그렇게 생각해. 와인 한 잔 딱 더 하면 좋을 맛이었지?"

은혜가 팔짱을 끼고 진호를 빤히 쳐다보았다. 그러거나 말거나 뻔뻔한 얼굴로 진호가 웃었다.

긴 긴 드라이브를 즐기고 서울로 돌아온 후 집에 가겠다는 은혜를 붙잡아둔 채 진호는 계속 와인 타령을 하는 중이었다. 말이 와인 타령이지, 지금 진호가 먹고 싶은 게 와인이 아니라는 건 열일곱 살 먹은 고등학생도 알 것 같은 노골적인 유혹이었다.

왜 시간과 공간을 막론하고 여자를 유혹하는 남자의 레퍼토리는 바뀌지 않는 걸까? 정말 연구 대상이다.

"사람이 진짜 왜 이래요? 대화하자면서요?"

"왜?"

"어제 화해했으면 우리 좀 정신적인 교감을 먼저 나눠야 하는 거 아닌가?"

"하지만 화해할 만한 일이 생기기 직전 우리가 너무 격렬해서 지금 와서 갑자기 정신적이기는 너무 힘들 거라는 생각 안 들어?"

어이가 없어도 이렇게 없을 수 없는지라 은혜는 할 말을 잃었다. 이 인간은 하루 종일 하는 일이 장 분석이 아니라 화술 연습이 아닌가 싶을 정도다.

"난 하나도 안 힘든데요."

"난 너보다 부족한 인간이라 힘들어. 사정 좀 봐주라."

시원하게 흑심을 인정하는, 해맑게 생글거리는 저 얼굴을 정말 딱 한 대만 힘껏 쥐어박을 수 있으면 소원이 없겠다.

"이게 바로 남자들이 자기중심적이고 이기적이고 귀찮고 어린애 같고……."

"아! 그렇구나! 그렇네! 남자들은 자기중심적이고 이기적이고 귀찮고 어린애 같네."

0.1초의 사이도 없이 진호가 바로 은혜의 말을 긍정했다. 이제야 알겠다는 듯이 고개까지 끄덕이며. 그러더니 이러고 있다.

"그치만 참아줄 거지?"

웃는 얼굴에 침을 못 뱉는다더니, 정말. 못마땅하게 진호를 쳐다보던 은혜가 한숨을 삼켰다. 왜 이 뻔뻔한 얼굴 앞에서 약해지는 걸까? 빤한 수작, 엉큼한 속내, 그런데도 이 남자는 괜찮은 것 같다는 이 기분은 뭘까?

"오늘만 참아주면, 노력해서 네가 참지 않아도 되는 훌륭한 남자가 될게."

"어쩐지 오피스텔에 올라가면 한 시간 내로 다시 한 번 참을 일이 생길 것 같은데…… 기분 탓이에요?"

"으응?"

"차문 열어요."

말을 더듬으며 딴청을 부리던 진호의 얼굴이 이어진 은혜의 목소리에 환해졌다.

"오피스텔 올라가려면 차문을 열어야지. 차 타고 올라갈래요?"

진호의 입꼬리가 귀 끝으로 진출하는 순간이었다.

하지만 진호가 원했던 뜨거운 밤은 성사되지 못했다.

콘돔이 부족하다고 판단한 진호가 편의점에서 안주거리를 좀 사 가자는 핑계로 1층을 눌렀는데 하필이면 로비 소파에 앉아 있던 부친과 형과 딱 마주쳤기 때문이다.

"아버지! 형! 어쩐 일이세요?"

"이놈아, 왜 전화를 안 받아?"

"아, 죄송해요. 진동으로 해놔서 몰랐나 봐요. 오래 기다리셨어요? 미리 연락을 하고 오시지."

약간 새치름해서 진호의 손을 잡고 있던 은혜는 진호의 입에서 '아버……'가 나오는 순간 그의 손을 뿌리치려고 흔들어보았지만 실패했다. 진호는 도리어 손을 더 꽉 고쳐 잡아 그녀를 자기 옆에 붙여 세웠다.

결국 복도에서 어색한 랑데부를 거쳐 참하게 인사하는 상황……. 더 당황한 쪽이 전혀 예상에 없이 상견례를 하게 된 은혜인지, 뜨거운 밤이 무위로 돌아가 속상한 진호인지는 알 수가 없다.

"이 아가씨가 전에 말한…… 그 만난다는 아가씨?"

김 사장이 둥그런 얼굴을 약간 치켜든 채 은혜를 꼼꼼히 뜯어보며 물었다. 진호에게 묻는 형식이지만 은혜에게 물은 거나 다름없다.

"안녕하세요. 김은혜입니다."

예의 바르게 인사한 은혜가 거리감 있게 웃었다.

"전 그냥 오빠가 뭘 준다고 해서 잠깐 올라왔던 거예요. 나중에 받아도 되니 아버님 볼일 보시면 될 것 같습니다. 전 그럼 이만 가 보겠습니다."

기회는 찬스다, 라며 뒤로 빼려는 은혜를 보며 진호는 자신이 뭘 주려고 했나를 사색했다. 물론 와인을 주려고 했던 건 사실이지만 그보다 키스라든지, 애무라든지, 또…… 뭐…… 막 야한…….

꼼지락꼼지락 손을 빼려고 하는 은혜와 그러거나 말거나 굳게 부여잡고 있는 진호 사이에 밀고 당기기가 진행되는 동안 김 사장이 은혜를 한 번, 진호를 한 번 뜯어보았다. 그리고는…….

"그래도 손님을 그래 보내는 법은 없지. 같이 올라갑시다. 차 한 잔 하지."

"아니, 괜찮……."

깜짝 놀란 은혜가 사양해보려 했지만 막무가내인 김 사장은 반론할 여지도 안 주고 벌써 돌아서 휘적휘적 올라가고 있었다. 그녀는 하다 만 말을 입술 끝에 달고선 진호를 노려보았다.

하지만 진호로서도 별수가 있을 턱이 없다. 그뿐 아니라 별수가 있다 쳐도 위기는 곧 기회 아니던가? 뜨거운 밤은 무산됐지만 이대로 은혜를 함락시킬 가능성이 있을 수도 있는데 별수를 낼 진호가 아니다.

그래서 식탁에 나란히 넷이 앉은 그림은 상당히 생뚱맞았다.

은혜의 앞에 앉아 그녀를 집중탐구 중인 김 사장과 수호는 곰의 탈을 쓴 너구리였다. 형제 맞나 싶을 정도로 수호와 진호는 다르게 생겼지만, 김 사장과 수호가 판박이 곰 부자인 것을 보면 진호가 외탁을 한 게 분명했다. 얼굴형도 비슷비슷, 눈코입도 비슷비슷, 어깨라인과 앉은 폼도 비슷비슷, 한 마디로 곰, 두 마디로 불곰, 세 마디로 코알라를 떠올리는 부자의 눈에는 호기심이 가득했다.

"진호에게 들었는데 내가 나이가 들다 보니 가물가물하네. ……아가씨 나이가?"

"스물두 살입니다."

아무렇지도 않게 김 사장은 은혜에게 말을 시키고 있었다. 그가 바지런히 은혜가 앉아 있는 자세, 손의 위치, 말하는 투나 단어 사용들을 체크하고 있다는 것을 그녀는 눈치 챘다. 이런 타입들이 정말 힘든데, 하고 은혜는 한숨을 내쉬었다.

주스를 한 잔씩 따라놓고 옆에 앉아 싱글벙글 웃고 있는 진호는 귀여운 시베리안 허스키인 척하는 늑대로, 차라리 이런 타입은 속이 빤해 편했다. 곰 같아 보이지만 능구렁이를 잡아먹는 너구리형들은 상대하기 힘들다. 특히 나이로 밀고 나올 때는 더더욱 대책이 없다.

"아직 학생이라고 들었는데?"

"Y여대 4학년이에요."

"여대? 음, 여대 좋지."

아무렇지도 않은 반응이었지만 '하얀' 여자와 '여대 나온' 여자에 대한 부친의 판타지를 아는 수호, 진호 형제는 웃음을 삼켰다. 그런 의미에서 은혜는 진정 김 사장이 마음에 들어 할 며느릿감이다. 똘망하게 생긴데다가 하얗고, 여대 다니는 며느릿감이라지 않은가?

"선생님 될 공부를 하고 있다고?"

"네. 올해가 첫 시험이라 긴장하고 있습니다."

게다가 선생님! 그때 진호에게 한 말은 허투루 한 소리가 아니었다. 아닌 게 아니라 교육 사업 쪽으로도 관심 있던 김 사장이었다. 선생님 며느리라는 미래를 상상하자 귀가 더욱 번쩍 뜨인다.

"부모님은 뭐 하시고? 동기는 몇이나 되나?"

의도가 분명한, 그야말로 사심 가득한 호구조사였다. 하지만 여기에 당황해 말려들면 정말 빼도 박도 못할 수가 있다는 판단에 은혜는 일부러 아무렇지도 않게, 그냥 동성 친구네서 그 집 어머니가 묻는 일상적인 질문인 양, 가볍게 답을 했다.

"아버지가 한전에 다니시는데 경주 쪽으로 발령받으셔서, 어머니와 함께 부임하시고 저만 서울에 남았어요. 언니는 결혼해서 미국에서 유학 중이고요."

"한전? 아버님께서 아주 좋은 회사에 다니시는구먼. 거기 옛날부터 수재들만 들어가는 곳인데……. 집안 내력이 다 공부를 잘하는 모양이구먼."

김 사장의 마음속 계산이 은혜의 눈엔 훤히 보였다.

얼마나 똘똘한 손주들이 나올꼬. 진호와 은혜를 번갈아 바라보는 그 눈길에 흐뭇함이 넘쳤다. 그렇다고 ─ 영혼의 나이까지는 몰라도 ─ 나이 먹은 어른에게 무례할 수도 없고, 아주 죽을 맛이다.

거기다 이 집 늙은 너구리는 생각보다 훨씬 무대뽀였다.

"요즘 세상이 흉흉한데 아직 어린 아가씨를 혼자 서울에 두고 내려가셔서 부모님 걱정이 이만저만이 아니시겠네. 빨리 결혼을 하는 게 낫겠어."

지금 무례와 예의를 가릴 때가 아니라는 판단이 든 은혜가 싱긋 웃으면서 말을 끊지 않은 것처럼 자연스럽게 끊고 들어갔다.

"부모님께서 결혼은 늦게 하는 게 좋다고 생각하시는 주의셔서요. 요즘은 여자도 능력이 있어야 대접받는 세상이니 충분히 즐기면서 경험하고 경력 쌓은 다음 결혼하는 게 좋다고 생각하시더라고요."

어른에는 어른을 갖다 붙여야 하는 법, 밀고 들어오는 김 사장에게 부모님 카드를 제시했지만 김 사장도 만만한 상대는 아니었다. 어른에게 마냥 무례할 수 없다는 은혜의 약점을 아는 것처럼 그는 그녀의 말이 안 들리는 사람처럼 자기 할 소리만 좔좔 늘어놓았다.

"요즘은 결혼한다고 해서 여자 사회생활이 막히는 시대도 아니고, 특히 선생님 한다고 나선 며늘아기 내가 밀어줘야 하는 건 당연한 거지."

은근히 며늘아기로 호칭을 정해버린 김 사장의 진도에 은혜는 숨이 콱 막혔고 진호는 뿌듯했다. 두 사람의 표정 대비를 지켜보는 수호도 마냥 흥미롭다.

"내가 사업상 경주 가끔 가는데 아버님 한 번 찾아뵙고 인사를 드려야겠네. 요즘 경주에 참가자미회가 한참 맛있을 땐데, 아버님 회 좋아하시나?"

정말 스물두 살짜리 여자였으면 '어?' 소리도 한 번 못 내고 그대로 보쌈당해 날짜를 잡고도 남을 기세였다. 그렇지만 김 사장이나 김진호에겐 불행히도 은혜의 스물두 살엔 수천 년이 더해져 있었다. 김 사장이 나이로 밀고 들어온다면 이쪽도 한없이 풋내기⑦라는 무기가 있었다.

"아버지가 무척 엄하신 분이라 졸업도 못한 제가 남자친구 사귀는 걸 알면 걱정 많이 하실 것 같아요. 오빠가 너무 좋은 사람이라 믿고 있지만, 공부하겠다고 혼자 남아 있으면서 연애할 생각…… 원래는 전혀 없었거든요. 졸업도 해야 하고요."

네 아들은 잘났지만 우리 아빠에게 나도 귀한 딸이고 아빠를 실망시키고 싶지 않다. 자꾸 밀어붙이면 난 네 아들을 안 만나고 말겠다……, 라는 온건하고 상냥한 협박에 김 사장이 주춤했다.

"조, 졸업이야 하면 졸업이지, 그렇지 않나?"

거기에 대고 초를 친 건 물론 김진호였다.

"그럼요. 옛날엔 Y여대가 결혼하면 자동 퇴학이었는데 이제는 결혼해도 다닐 수 있어요. 시험이 문젠데 은혜가 공부는 또 잘하거든요."

"그렇지?"

믿을 놈 하나 없다. 김진호가 몰라서 저러는 게 아니라는데 은혜는 진호의 자동차도 걸 수 있을 듯했다.

근래에 만나보지 못한 초강력 너구리와 가뜩이나 힘겨운 싸움을 하고 있는데 불난 집에 물을 뿌리긴커녕 휘발유를 솔솔 붓고 있는 진호를 째려보는 은혜의 찢어진 눈이 구미호 뺨치건만 김 씨 삼부자는 그걸 무시할 정도로 뻔뻔했다.

"자기가 선택한 일이라 혼자서 고생하는 것도 알아서 할 일이라고 두었지만, 진호 녀석 서울에서 혼자 살면서 이렇게 궁상 떠는 것도 영 마음에 안 좋았는데 마침 딱 사정이 맞으니…… 이것도 아마 인연이지? 안 그러냐, 수호냐?"

"그러게요. 둘이 좀 닮은 거 같지 않아요? 닮으면 잘 산다던데."

안 닮았어! 직접 은혜를 공격하는 걸 포기하고 큰아들과 쿵짝쿵

짝을 맞추는 김 사장에게 소리 없이 외치며 은혜가 숨을 몰아쉬었다.

"그러고 보니 그렇구나. 부부는 닮는다더니 이미 닮은 사람들은 어떻게 되는 거냐?"

"이미 부부인 거죠."

"어이쿠, 그렇구나!"

하하하하하 하고 뿌듯한 웃음소리가 오피스텔에 휘몰아쳤다. 그 와중이 아찔한 건 김은혜 혼자다. 정말 최강의 삼부자다.

짧은 거리지만, 은혜는 말이 없었다. 혼자 갈 수 있다는 은혜였지만 어디 해 떨어진 시간에 다 큰 처녀를 혼자 보내냐는 김 사장의 호통에 데려다주러 나온 진호는 슬금슬금 눈치를 보고 있었다. 엘리베이터를 타고 내려와서 오피스텔 정문에서 큰길을 향해 걸어가는 동안에 내내 침묵을 지키는 은혜를 보다 못한 진호가 슬쩍 말을 붙였다.

"아버지가 말씀은 저렇게 하셔도 뭐 당장 날 잡고 그럴 분은 아니야."

하지만 여전히 은혜는 대답이 없다. 그녀는 지금 후회하느라 아주 바빴다.

너구리 두 마리와 너구리 옆에서 강아지인 척하는 늑대 한 마리한테 아주 잘근잘근 씹히고 밟힌 기분이었다. 이래서 제어할 수 없는 상황은 만들지 않으려 했던 건데, 그 망할 사고 때문에! 아니,

벤츠에 약해서! 아니아니, 그 전에 그 빌어먹을 클럽에 가지 않는 건데!

"들어가요."

은혜가 한숨을 내쉬었다.

"아버지가 데려다주고 오라셨어."

"차 타고 가기도 애매한 거리고, 걸어서 나 데려다주고 오면 아버지랑 형님이 너무 오래 기다리시잖아요. 괜찮으니까 여기서 올라가요."

"정말 그래도 되겠어?"

은혜가 머리를 쓸어 올렸다.

"생각할 것도 좀 있고."

"뭘 생각해?"

은혜가 진호를 노려보았다. 하하하 웃으며 그가 뒷걸음질쳤다.

"잠깐."

돌아선 은혜의 뒷모습을 빤히 보다가 다시 다가온 진호가 은혜를 돌려 세워 끌어당겨 안았다.

"오늘 예뻤어."

"뭐요?"

"아버지랑 형님이랑 같이 있는 모습, 뭔가 찡하니 좋더라."

은혜의 표정이 누그러졌다. 이렇게 끌려 들어가면 안 된다는 걸 잘 아는데, 그럼에도 불구하고 가족으로 그녀를 묶고 싶어 하는 진호의 마음이 안타깝고 안쓰럽다. 사심 없이 곧게 와 닿는 따뜻한 마음.

"난 너 정말 좋아해. 잊어버리지 마. 잘해줄게."

"어제는 까불면 죽는다더니?"

"까불면 죽지만 안 까불면 잘해줄 거야, 완전."

인상을 쓰고 있는 은혜의 미간 사이를 손가락으로 쫙 펴준 진호가 이마에 입을 쪽 소리가 나게 맞췄다.

"못 데려다줘서 미안해. 조심해서 들어가고, 도착하면 바로 문자 보내."

"알겠어요."

그런 진호를 잠시 바라보던 은혜가 고개를 절레절레 젓고 길을 건넜다. 얼른 가서 목욕을 해야겠다. 머리가 띵한 것이, 그녀답지 않게 자꾸 어영부영 말리는 느낌이 든다.

은혜 앞에서는 덩 기덕 쿵 더러러러 쿵 기덕 쿵 더러러러 굿거리장단을 맞추던 두 부자는 진호가 다시 오피스텔로 들어왔을 때는 진지하게 토론 중이었다.

"너무 마르지 않았니?"

"애란이는 더 말랐잖아요. 처음 봤을 땐 피죽도 못 얻어먹은 것처럼 팔다리가 기아 난민 같더니 그래도 애 낳고 좀 나아졌죠? 어쨌든 애 낳을 때는 해골이었는데도 아들 딸 2년 터울로 쑴풍쑴풍 낳는 거 보면 괜찮아요, 그 정도는."

"그러냐? 큰애기는 길어서 그런가, 어째 애가 더 말라 보이는구나."

"아녜요. 마르긴 애란이가 더 말랐죠."

"그러면 뭐."

토론하는 두 사람을 한심하게 바라보던 진호가 의자를 빼고 앉았다.

"변태들처럼 남의 여자 몸매를 놓고 토론하는 거예요?"

"이 자식이!"

날아온 김 사장의 손이 진호의 뒤통수를 후려갈겼다.

"내가 이런 칠푼이를 낳은 기억이 없는데!"

"아, 왜요!"

"보니까 아가씨는 결혼 생각 전혀 없더만! 입만 나불나불 혼자 눈이 하트가 되어가지고서는!"

"아버지가 몰라서 그러는데 걔가 원래 성격이 눈을 하트로 만들고 그럴 성격이 아니에요. 나 그런 쉬운 여자 좋아하지 않는다구요. 그 뾰쪽한 눈이 매력인 건데……."

"시끄러워, 자식아! 늬 형을 본받아야지. 여자 하나 설득 못하는 놈을 어따가 써?"

이쪽은 연애고 저쪽은 중매인데 어디다가 뭘 갖다 댄단 말이냐. 할 말은 많았지만 다 알면서도 눈 가리고 아웅 중인 부친도 그렇고 실실 웃고 있는 형도 그렇고 해서 진호는 입술만 삐쭉였다.

선을 보고 애란을 배우자감으로 찍은 수호가 갖은 정성을 다해 결혼에 골인한 건 사실이지만, 형수 자체도 계산기를 튕겼기에 쉽고 빠르게 결혼이 성사가 된 거다. 물론 수호도 외모, 집안, 학벌을 다 따져보고 그만하면 됐다 싶어 적극적으로 움직인 거고. 솔직히 수호가 애란이 방자하게 구는 걸 눈감아주고 처가 뒷바라지도 넉넉하게 해주는 건 다 계산에 들어 있는 사안이었기 때문이다.

말이 나온 김에 말하자면, 둥글둥글한 외모 탓에 헐렁하니 호구로 보이지만 실은 뒤통수를 쳤으면 쳤지 절대 머리카락 하나 다치는 일 없는 실속형 중의 실속형인 게 바로 수호다. 그 면만은 김 사장 판박이……, 아니, 생긴 것도 판박이니까 그냥 클론인 셈인가?

어쨌든 셋 중 가장 정에 약한 건 진호다. 그러니 자기를 한 번 뻥차버렸던 여자가 돌아와도 이렇게 보담아주는 거라며 혼자서 자뻑에 빠져 있는 중이고.

한때는 적당히 조건 맞춰 사는 것도 나쁘지 않다고 생각했는데 최근 은혜를 만나고 나서 진로를 바꾼 입장이라 한두 번 정도 튕기는 건 기꺼이 받아줄 의향이 있기도 하다. 나를 이렇게까지 빠지게 만들다니, 하고 면죄부를 주는 입장이랄까?

"애 괜찮죠?"

"애는 괜찮다. 나이도 어린 애가 침착하니 아주 또릿해서 좋아. 그러면서도 예의는 바르고."

"잘 컸죠? 하얗고……."

자기가 칭찬받는 것처럼 헤벌쭉하는 진호를 보고 김 사장이 혀를 끌끌 찼다.

"칠푼이, 칠푼이."

"팔푼이보다 낫죠."

"못한 거 아니냐? 십푼이가 좋은 거잖아."

수호가 끼어들었다.

"무조건 많은 게 좋은 거다."

김 사장이 결론을 내렸다. 그러더니 끄응 하고 자세를 바꾸며 고개를 갸웃했다.

"그런데 말이다……, 이야기를 들어보면 평범한 집안에서 곱게 큰 거 같은데 왜 애 눈이 산전수전 다 겪은 팔십 노파 같냐?"

김 사장과 수호가 돌아간 후 휴대전화를 확인한 진호는 집에 도착한 은혜가 남긴 짧디짧은 메시지를 확인했다.

<도착>

성격답게 간결하다.

'잘 자.'라고 메시지를 보내자 이내 '안녕히 주무세요.'라는 건조한 답변이 날아왔다. 아버지를 만난 소감도, 자기를 어떻게 봤냐는 궁금증도 없는 무미건조한 반응이다. 보통 여자들이 남자의 가족을 만났을 때 보이는 반응과는 아주 다르다. 진호는 이런 담담함이랄까, 당당함이 좋지만 김 사장이 말한 '산전수전 다 겪은 팔십 노파'의 의미가 뭔지도 알 것 같긴 하다.

잠깐 눈동자를 굴리던 진호가 휴대전화의 통화버튼을 눌렀다.

- 여보세요?

벨이 세 번 울리기 전에 성마른 목소리가 응답했다.

"너 책 많이 읽어?"

잠깐 사이를 두고 돌아오는 음성이 뾰족하다.

- 느닷없이 웬 홍두깨 같은 소리예요?

"그냥 궁금해서 그래. 책 많이 읽지?"

- 요즘은 시험 준비하느라 많이는 못 봐도 틈틈이 보려고 노력하고 있어요. 왜요?

"아냐. 그럼 됐어. 잘 자."

- 안녕히 주무세요.

못마땅하지만 따지고 들지는 않았다. 그러느니 얼른 전화를 끊고 쉬겠다는 귀차니즘이 엿보이는 대목이다. 그러는 것도 귀여워 진호가 웃으며 전화를 끊었다.

산전수전 다 겪은 팔십 노파의 비밀을 풀어내니 마음이 다 가뿐하다. 비밀은 다독(多讀)이었다.

"역시 책에는 인류의 지혜가 가득 담겨 있는 거였어. 그래서 어른들이 책을 많이 읽으라고 한 거지."

혼자 만족스럽게 결론을 내린 진호가 명랑하게 잘 준비를 시작했다.

14

희미하게 어둠이 내려앉아 있는 방, 침대에 반듯하게 누운 은혜가 몸을 뒤척였다. 이마 위에는 땀방울이 돋아나 있었고 얇은 이불을 움켜쥔 손마디가 하얗게 질려 있다.

어디서 들리는지 알 수 없는 둥둥둥둥, 하는 북소리가 점점 커지며 공간을 메웠다. 공기 자체가 진동하고, 심장이 뛰는 건지 아니면 온몸이 들썩이는 건지 알 수 없이 귀가 울렸다. 어둠과 북소리, 그리고 희미하게 느껴지다 점점 진해지는 피 냄새…….

몇 번이나 몸을 바르작거리던 은혜가 눈을 뜬 것은 가슴을 관통하는 듯한 강한 통증과 함께였다. 상체를 일으킨 채 가슴을 부여잡고 거칠게 숨을 몰아쉬던 은혜가 쓰러지듯 앞쪽으로 몸을 수그렸다.

보였다.

늘 아무것도 보이지 않았는데, 악몽만 계속될 뿐 기억에 남는 건 전혀 없었는데, 오늘은 봤다. 잔상일 뿐이지만 알아볼 수 있었다.

아즈텍……

심장과 같은 속도로 뛰던 북소리, 정신을 아득하게 만드는 고대의 약물들과 전사들의 함성, 그리고 인신공양.

가장 발달된 야만, 죽음의 공포.

"흑!"

눈물이 났다. 가슴을 뭔가가 쥐어짜듯 아파서 견딜 수가 없었다. 그것이 실질적인 통증인지 아니면 마음이 아픈 건지도 알 수가 없었다.

그저 슬펐다.

너무, 슬펐다.

마치 생을 거슬러 올라간 것처럼 은혜는 지금은 존재하지 않는 곳의 슬픔을 느끼고 있었다. 어째서 아주 까마득한 과거의 일이 이렇게까지 생생한 걸까? 두려움과 불안, 무엇보다 선명한 슬픔이 두서없이 마음을 두드렸다.

왜……

은혜는 아즈텍에서의 삶을 기억하고 있었다. 선명하지는 않지만 부분부분, 광활했던 하늘과 아름다운 석조 도시, 그리고 자연의 지혜를 믿던 사람들이 떠오른다.

현대의 사람들이 알고 있는 것보다 훨씬 더 발전한 제국이었다.

그곳에서 은혜는 상류 계급의 첩이었던 어머니와 함께 호화로운 도시에서 살았다. 노예들의 시중을 받는 나름 편안한 삶이었다고 기억하고 있다. 대귀족인 아버지 덕분에 낮은 신분 출신의 첩 소생이었지만 어머니도, 그녀도 귀한 대접을 받으며 살았다. 꽤 팔자 좋은 전생 중 하나였다.

그런데 왜?

은혜는 얼굴을 찡그렸다.

대개 강렬한 삶은 기억에 남는다.

예를 들자면, 아즈텍 바로 다음 생은 광인으로 살았다. 무엇이 원인인지까지는 기억나지 않지만 강렬한 공포에 시달렸고 결국 자살하고 말았다. 그 끔찍한 감각은 생생하지는 않더라도 쉽게 잊을 수 있는 성격의 것이 아니다.

그 다음 생도, 역시 여자였고 평범하게 결혼했지만 임신하면서 이상한 불안에 시달리다가 결국 뱃속의 아이와 함께 자살했었다. 그녀가 더 이상 결혼도 남자도 아이도 싫다고 생각했던 건 그때 이후였던 듯하다.

하지만 아즈텍에서의 삶은…… 딱히 기억에 남은 것이 없다. 지금 시각에서야 인신공양이니 제물이니 하는 게 끔찍하지만 당시의 문화로는 당연한 일이었다. 지금의 기준으로 보면 더 야만스런 문화권에서도 살아봤고, 그 안에서 태어나 자랐던 그녀에게 충격이 되었을 리는 없다. 곰곰이 되새기면 다른 뭔가가 나올지 모르겠지만, 일단 뭔가 강렬한 일은 없었다고 보는 게 맞다.

그런데 왜? 왜 새삼 그 생이 악몽이 되어 그녀를 괴롭히는 걸까?

시계를 보니 진호와 문자를 주고받은 지 10분도 지나지 않은 시각이었다. 그런데도 마치 열 시간 동안 꿈에 시달린 듯 온몸에 기운이 쭉 빠진다.

그러는데 휴대전화가 울었다. 액정을 보니 김진호다.

"여보세요?"

- 너 책 많이 읽어?

전화를 받자마자 날아온 뜬금없는 질문에 은혜가 얼굴을 찡그렸다. 잘 자라더니, 전화해서는 책을 많이 읽느냐고?

"느닷없이 웬 홍두깨 같은 소리예요?"

- 그냥 궁금해서 그래. 책 많이 읽지?

아닌 밤중에 홍두깨도 유분수지, 왜 느닷없이 독서량을 체크하고 그러냐 말이다. 아버님이 책을 많이 읽는 며느리를 보고 싶다고 하기라도 한 걸까?

"요즘은 시험 준비하느라 많이는 못 봐도 틈틈이 보려고 노력하고 있어요. 왜요?"

기분이 뾰쪽해졌지만 트집 잡기도 귀찮아 은혜는 대강 대답했다. 전화를 끊고 차가운 물 한 잔 마시고 싶은 생각뿐이었다.

- 아냐. 그럼 됐어. 잘 자.

그런 은혜의 속도 모르고 전화기 저편의 진호는 마냥 싱글벙글이다. 뾰쪽 돋은 가시가 조금 더 날카로워졌다.

하지만 김진호에게 짜증을 내면 뭐 하랴. 이유 없는 화풀이일 뿐이다. 아니, 이런 기분이 든다는 것 자체가 문제다. 진호에게 바라는 게 있기 때문에 화가 나는 거다. 진호가 그녀의 악몽을 알아주길 바란다는 건 무리한 건데 무심코 생각한다. 내가 지금 이렇게 괴로운데 넌 독서량 체크나 하고 있는 거냐고.

마치 평범한 사람들처럼.

"……안녕히 주무세요."

은혜는 평범한 연인처럼 인사하고 휴대전화의 종료 버튼을 눌렀다.

인정해야 할까? 김진호와 김은혜는 마치 평범한 연인 같기도 하다고. 별것 아닌 일로 싸우고, 별것 아닌 일로 투정부리고, 흔하디흔한 사랑싸움 하는 연인들 같다고.

차가운 물을 연거푸 두 잔, 가슴이 쨍해질 정도로 빠른 속도로 들이켜고 나니 오늘 자기는 다 틀렸다는 생각이 들었다. 아까보다는 훨씬 낫지만 여전히 손발을 뭔가가 얽어맨 듯 답답하다. 비가 오는 것도 아닌데 공기가 눅눅한 것이 숨을 쉬기가 어렵다.

이왕 이렇게 된 것, 잠자는 건 포기하고 뜨겁게 커피를 내린 은혜는 잔을 들고 거실로 가 소파에 무릎을 세우고 앉았다. 까만 TV 화면이 어쩐지 알 수 없는 악몽 같다.

언제부터 악몽이 시작되었더라?

이 정도면 그냥 별거 아니라고 생각하고 넘어갈 때는 지난 것 같다. 한두 번도 아니고 꿈은 점점 더 생생하게 은혜를 옥죄어오고 있었다.

무언가 알 수 없는 어둠에 쫓기는 꿈, 피 냄새가 느껴지는 무언가가 다리를 감아들고, 심장을 쥐어짜고, 이윽고 온통 어둠에 갇힌다. 피부 위를 기어 다니는 끔찍하고도 끔찍한 감각. 가장 두려운 건 이것보다 더 지독한 무언가가 다음 골목에서 기다리고 있을 것 같다는 이상한 예감이다. 호시탐탐 그녀를 집어 삼키려는 괴물이 입을 벌리고 있는 느낌. 아직 실체를 드러내지 않은 그 악몽이 무엇인지는 몰라도 일단 맞닥뜨리면 지금까지와는 차원이 다를 것 같다.

김이 모락모락 피어나는 커피 잔에 의미 없이 호호 바람을 불던 은혜는 잔을 내려놓았다. 그녀의 속눈썹이 파르르 떨렸다.

김진호를 만나고 나서부터인가?

순간 가슴이 덜컥 내려앉았다. 대수롭지 않다고 매번 넘겼지만, 따지고 보면 그런 것 같기도 했다.

이 일련의 꿈의 시작은 김진호, 이 말도 안 되는 인간이 꿈에 등장했던 그 개꿈이다. 그때는 등장 자체도 너무 김진호다워서 그냥 웃고 넘어갔지만 그 다음에는 상당히 공포스럽게 등장했었다. 별 생각 없이 넘어갔던 건, 이 꿈들의 분위기 자체가 진호와는 너무 어울리지 않기 때문이다.

하지만 진호와 헤어지면서부터 악몽이 심해졌고, 진호를 다시 만나고 나서는 꿈이 보였다.

그렇다는 건, 만약, 김진호가……

은혜는 무릎을 바짝 당겨 안았다.

김진호를 전생의 어디쯤 본 적이 있던가?

잠깐 동안 열심히 과거를 더듬어보던 은혜는 이내 고개를 저었다. 이런 인간은 정말 처음이다. 강렬하진 않아도 쉽게 잊힐 만한 인상은 아닌데 전혀 기억에 없다. 그렇다는 건 그녀에게 의미있는 사람이었던 적이 없다는 거다.

게다가 어처구니없는 배신을 당했던 수메르에서의 첫 생 이후로, 원한관계는 가능한 한 만들지 않은 은혜다. 물론 한동안은 원수를 갚지 못하는 게 억울해 속을 끓이긴 했지만 그것도 한때였다. 물리적으로 복수가 불가능하다는 걸 인정하자마자 그 후로는 지금처럼 안전제일의 인생을 살려고 노력해왔다. 이렇게까지 능숙한 안전주의자가 되기까지 험한 생을 산 적은 있지만 최소한 그녀가 누군가를 깊게 미워하거나 얽힐 만한 사건은 없었다.

"없었던 게 맞겠지?"

은혜가 눈을 찡그렸다.

김진호라는 사람 자체는 전혀 거부감이 느껴지지 않는다. 준혁을 만날 때마다 느껴지는 의아할 정도의 거부감을 생각해보면 그것 또한 놀라운 일이다. 처음부터 은혜는 진호에게 묘하게 약했다…… 고 말할 수 있을까?

경험으로 짖는 개는 무섭지 않다는 걸 알고 있는 은혜다. 만일 김진호가 이 꿈들의 원인이라면, 이 꿈들이 진호를 경계하라는 본능의 소리라면 보통 일이 아니다. 분명 예상한 것보다 더 좋지 않은 일이 일어날 것이 분명하다.

확실히 김진호는 무서운 면이 있었다. 처음에는 그저 번지르르

하게 생긴 날라리라고 생각했는데 자기 영역이 무척이나 확실한 흔들림 없는 타입이었다. 자기가 원하는 걸 얻어내는 방식은 유연하지만 은근히 집요하다. 그러면서도 쓸데없는 오기로 뻗대는 게 거의 없다. 무엇보다 지금까지 만나면서 은혜는 자기가 하고 싶은 대로 한다고 했지만, 결론적으로 돌이켜보면 몽땅 다 진호의 뜻대로 되지 않았던가? 고작 30년을 살고 이 강약을 깨닫는 건 쉽지 않다.

점점 생각할수록 김진호의 정체가 수상스럽게 느껴졌다. 그 생글생글 웃는 얼굴 뒤에 뭔가 있는 걸까? 언제까지 다정하기만 할 것 같은 따뜻한 눈빛이 사실은 다른 생각을 품고 있는 걸까?

이렇게 의미 없는 악몽 말고 또렷이 기억나 자신을 괴롭히는 실체를 빨리 알면 좋겠다는 마음 반, 그냥 이대로 변죽만 울리다가 다시 잊어버렸으면 하는 마음이 반. 복잡하다.

가슴이 뜨거워져 은혜는 벌떡 일어났다.

알 수 없는 불안감이 미친 듯이 타오르기 시작했다. 익숙한 집 안에 알 수 없는 공포가 차곡차곡 쌓이기 시작했다. 상대를 알 수 없는 모호한 공포는 드러난 공포보다 더 끔찍하다.

일없이 거실을 서성이던 은혜는 가슴에 손을 올린 채 심호흡을 시작했다. 하나, 숨을 들이마시고, 둘, 숨을 내쉬고, 셋, 다시 숨을 들이마시고.

마지막으로 숨을 크게 들이마시고 내쉰 은혜가 입술을 앙다물었다.

수많은 세월은 마치 한계까지 쌓아올린 돌탑과도 같다. 아주 신중하게 다루지 않으면, 무너져 내린다.

그래서 신은 인간에게 망각이라는 선물을 준 걸까?

피식 쓰게 웃음을 흘리며 은혜는 머리카락을 쓸어 올렸다.

왜 신이 그녀만 미워하는지는 모르겠지만, 은혜는 그 축복을 받지 못했으니 자력갱생을 해야겠다.

머리카락을 쓸어 올린 은혜는 책장 앞으로 향했다. 어차피 오늘은 다시 잠들기 힘들 거 같으니 청소라도 할까 싶다. 머리를 비우기에는 청소만 한 게 또 없으니.

은혜가 아즈텍 관련 파일을 발견한 것은 쌓아둬서 책나무가 되어버린 저번 학기의 교재들을 정리하면서였다. 부전공까지 욕심을 내는 바람에 4학년 때 교양으로 중남미문화사를 들어야 했던 게 은혜가 아즈텍 관련 책을 읽고 파일을 만들었던 이유였다.

그러고 보면 준혁과 엉키게 된 것도 이 책 때문이었다.

은혜가 아즈텍 관련 수업을 들은 이유는 전생에 그곳을 스친 적이 있기 때문에 익숙하다는 것, 즉 성적을 잘 받을 확률이 높다는 것 때문이었다. 더불어 시간표 짜기도 좋았고 말이다.

하지만 준혁은 아즈텍에 대해 진짜 흥미를 가지고 있는 듯했다. 지극히도 현실적이고 실질적인 은혜의 접근법과는 달리, 임준혁은……

뭔가 당연한 듯 침습해오던 준혁의 태도가 생각나 은혜는 불쾌한 표정을 지었다. 정말 기분 나쁜 남자다. 이렇게까지 거부감을 느끼게 하기도 쉽지 않은데.

잠깐 인상을 쓰고 있던 은혜는 곧 고개를 갸우뚱했다.

그리고 보면 준혁이 뭔가 한 건 없다. 물론 강압적이었고, 재수 없었고, 제멋대로지만 그런 남자는 세상에 한둘이 아니다. 오히려 진짜 진상인 남자에 비하면 준혁은 훌륭했다. 학교에서는 선을 지켰고, 물러가야 할 순간에는 순순히 물러서기도 했다.

하지만 거슬리는 느낌은 거의 전례가 없을 정도로 강력하다. 집 앞까지 찾아왔던 날, 엘리베이터 문이 열리자마자 보이는 BMW와 그의 모습에 신경질이 하늘 끝까지 뻗쳤던 것이 지금까지도 생생하다.

하지만 그렇다면…… 김진호도 무섭고 임준혁도 거슬려? 너무 날카로운 게 아닐까?

심리적으로 사람은 자신에게 일어난 사건에 의미를 부여하고 싶어 한다고 한다. 은혜도 지금 그런 오류에 빠져 있는 걸까?

인연이란 때로 징글맞을 정도로 질기지만 대부분은 허무할 정도로 연약하다. 아무리 강렬한 원한이나 사랑도 시간의 풍화작용을 이길 수 없다.

어떤 인연이 의미가 있을 확률은 무의미할 확률에 비하면 형편 없다.

게다가 어차피 생각해봤자 지금 생과는 아무 관계도 없는 것들 이다. 그러고 보면 악몽도 마찬가지지. 김진호든 임준혁이든 설사 전생의 어디쯤에서 슬쩍 스쳤다 하더라도 둘 다 이번 생에서는 그런 것을 까마득하게 모르고 있을 터. 혼자 기억하는 과거를 가지고 전전긍긍하는 건 바보 같다.

"좌우간 살면 살수록 생각만 많아져서……."

머릿속에 달라붙는 편집증적인 생각들을 지우려 머리를 흔들었을 때였다. 위태롭게 쌓여 있던 책나무 중 하나가 붕괴해서 무너졌다. 와르르 바닥으로 쓰러진 책들 사이로 얼마 전 흥미 삼아 샀던 책이 보였다.

〈당신의 뇌를 믿지 마라〉

뇌가 현실을 부정할 수도 있다는 이야기가 나온 게 이 책이었던가, 아니면 그때쯤 읽었던 다른 책이었던가?

뭔가가 신경 쓰여 은혜는 눈살을 찌푸렸다.

대개 전생을 기억하던 사람들은 강렬한 원망 때문이었지……. 그렇다면…….

그때 아슬아슬 걸려 있던 책이 툭 소리를 내며 떨어지며 책나무들이 도미노처럼 동시붕괴를 일으켰다.

"앗! 이런!"

몸을 날려 하나하나 넘어가는 책나무의 도미노를 간신히 붙잡았을 때 은혜의 머릿속에 찰나 지나갔던 깨달음은 날아가고 없었다. 엉망진창이 된 방만이 한심할 뿐이다.

"아, 진짜!"

어차피 치우려고 했지만 엉망이 된 방을 보며 은혜는 신경질을 냈다. 이제는 빼도 박도 못하고 싹 다 치워야 할 정도로 방이 엉망이다.

이왕 이렇게 된 거, 하고 방 한가운데 주저앉은 은혜는 손에 잡히는 대로 옛날 책들을 훑어보기 시작했다. 생각하지 않으려고 했지만 어쩔 수 없이 관심이 많았던 뇌과학이라든지 전생 관련 책들, 그리고 그녀가 살았던 시대와 관련된 책들, 영국전쟁사, 미국사, 그리고 아즈텍……

아즈텍 관련 책을 하나하나 넘겨보던 은혜는 어쩌면 악몽도 이것 때문일지도 모른다고 생각했다. 수업 때문에 최근 관련 서적을 꽤 많이 보지 않았는가? 기억이란 제멋대로 연결되는 거니까 아즈텍에서의 삶과 그때는 당연하다 생각했던 잔인한 문화가 합쳐져서 악몽으로 나타난 걸 수도 있다. 공부하는 내내 당시에는 아무렇지도 않았을 인신공양 같은 종교문화가 끔찍하게 거슬렸으니까. 자세히 볼 수 없을 정도였다. 부러 리포트에서도 그 부분은 슬쩍 에둘렀는데 다행히도 교수님은 눈치 챈 것 같지 않다.

그런데 가장 두껍고 자세해서 숙제에 애용했던 책이 보이질 않았다. 쓰러진 책을 뒤지다 책장까지 뒤져봤지만 너무 양이 많아 리포트 쓰는 데 필요한 것만 대충 훑었던 책은 어디에서도 나타나지 않았다.

"아!"

은혜가 이마를 친 것은 온 방 안을 벌집 쑤시듯 뒤진 다음이었다.

준혁에게 빌려주었던 걸 까맣게 잊고 있었다. 그리고 보니 빌려줄 때는 그가 다른 이야기를 하지 않는다는 사실에 안도한 나머지 받을 생각도 못했었다. 비싼 책이었는데.

잠시 고민하던 은혜는 이내 고개를 저었다. 비싼 게 아니라 이제 못 구한다고 해도 책 한 권을 빌미로 준혁에게 연락하는 건 싫었다. 차라리 밥을 굶고 한 권을 더 사고 말지 별거 아닌 계기로 귀찮아지고 싶지 않다. 게다가 임준혁이라면 비싼 책을 인질로 잡고 있는 이상 언젠가는 은혜가 연락해올 것이라고 기대하고도 남을 인물이다.

아쉬운 대로 다른 책을 펼쳐보며 은혜는 입술을 비쭉거렸다. 일단 급한 대로 준혁에게 빌려준 책은 도서관에서 찾아봐야겠다. 그만큼 자세하고 당시를 정확하게 묘사했던 책도 없었던 것 같다.

보기 괴로울 정도였으니까.

"헉!"

드르륵 하고 뭔가 울리는 소리에 은혜는 고개를 번쩍 들었다. 어느새 거실 쪽이 훤하게 밝아 있었다. 완전히 열중해서 이 책 저 책을 살펴보는 동안 동이 튼 모양이다.

뻣뻣한 몸을 스트레칭 해주며 거실로 나가니 테이블 위에 올려두었던 휴대전화가 몸을 떨고 있었다. 액정에 떠올라 있는 이름은 진호다.

"여보세요?"

- 굿모닝!

"아직 여섯 시도 안 됐는데…… 뭐예요?"

- 모닝콜이야. 그런데 어째 잔 목소리가 아니다?

"일어나 있었어요."

- 아침부터 공주님이 왜 이렇게 심통이 나 있을까?

"내가 뭘요?"

- 목소리가 부루퉁해. 입 내밀고 말하는 거 같아. 뭔가 마음에 안
드는 게 있는데 딱히 논리적으로 지적하기 어려워서 참고 있는 그런
느낌이야.

이 인간이 정말.

"입 내밀고 말하는 재주 같은 거 없거든요?"

날카롭게 쏘아붙였는데 진호는 하하 웃었다. 마치 그러는 그녀
가 귀엽다는 듯한 아주 생뚱맞은 반응이다. 이러다가 한 대 때려
도 좋아할 것 같다. 하지만 덕분에 긴장은 풀렸다. 김진호, 눈치 하
나는 더럽게 빠르다. '뭔가 마음에 안 드는 게 있는데 딱히 논리적
으로 지적하기 어려워서 참고 있는 느낌'이라니, 어제 은혜를 괴
롭혔던 게 바로 이 느낌 아닌가?

- 아침형 인간이 드문데 우린 진짜 천생연분인 거 같아. 살면서
가장 골치 아픈 게 서로 생활리듬 다른 거거든. 우린 우아하게 아침
도 같이 먹을 수 있겠다, 그치?

"난 아침 안 먹어요."

- 아이쿠, 나랑 똑같아. 난 커피 한 잔이면 되거든. 너도 그렇지

않아?

새벽부터 이리 쌩쌩한 거 보면 과연 아침형 인간이다 싶어 은혜는 피식 웃고 자리에 앉았다.

- 그럼 우리 아침부터 독서토론 할까?

"웬 독서토론이요?"

어젯밤에는 심각했는데, 진짜 공포감마저 느껴졌는데. 한밤의 감상이 다 그러하듯 아침의 김진호는 싱거울 정도로 가볍다. 이렇게 발랄하니 실없는 인간을 무섭다고 생각했다니. 스스로가 바보스러워 은혜는 고개를 절레절레 저었다.

- 오늘 도서관 갈 거야?

"가야죠."

- 주말인데?

가지 말라는 느낌이 물씬 나는 질문이다. 놀아줘, 놀아줘, 소리가 뒷배경음으로 재잘대는 것이 환청처럼 들린다.

"주말이 뭐요?"

그렇지만 은혜의 대답은 대놓고 까칠했다.

- 가서 열심히 공부하라고.

얼른 말을 바꾼 진호가 전화기 너머에서 하하 웃었다. 좌우간 아무리 생각해도 놀라울 정도로 상황 판단이 빠른 인간이다.

도서관으로 데려다주겠다는 진호를 뿌리치고 버스를 타긴 했지만, 잠을 못 자서 그런지 컨디션은 확실히 안 좋았다. 진주는 하룻밤 새우면 이틀은 자야 한다고 투덜대지만 은혜는 그 정도는 아니었다. 다만 요 근래 못 잔 날이 너무 많긴 했다. 잘 때도 푹 자는 편은 아니었고.

규칙적으로 흔들리는 버스 안에서 은혜는 멍하니 창밖을 내다보았다.

그래도 진호가 아침부터 수다를 늘어놓은 탓에 기분은 훨씬 밝아졌다. 아니면 막연한 공포를 어젯밤 내내 확인해서 그럴지도 모른다. 그래도 마냥 꿈속의 장면들을 복기하는 것보다 잔혹한 종교의식들을 실제로 확인하는 쪽이 덜 무서웠다.

사실 고대 종교란 어느 정도 공포를 공포로 희석시키는 역할을 가지고 있는 것이 대부분이다. 그 시대의 사람들에게 천재지변이란 그 어떤 것보다도 무서운 공포였을 것이고, 그 공포로부터 도망가기 위해 자신들이 컨트롤할 수 있는 공포를 만들어냈던 것이다. 아이러니한 일이다. 보장할 수 없는 안전을 얻기 위해 무의미하게 자신의 생명을 바친 사람들을 생각하면.

하긴 그 시대에도 인신제물을 얻기 위해 전쟁을 했던 걸 보면 그들도 알고 있었던 건지도 모른다. 제물이 되는 것이 가장 큰 영광이라고 하면서도 항상 전쟁에 진 포로들에게 그 영예를 부여했으니까. 예나 지금이나 사람들이 눈 가리고 아웅 하는 것은 변하지 않는다.

"생각해보면 크게 바뀐 것도 없어. 사람 사는 데는 다 비슷하지."

가볍게 한숨을 쉰 은혜가 창에 머리를 댄 채 눈을 감았다.

나무나팔을 불고 있는 악사들과 긴 흰옷을 입고 큰 석대 위에 앉은 수장. 수피종이를 바른 제구를 앞에 놓고 수장은 바늘로 혀를 찔러 자신의 신성한 피를 넘쳐흐르는 제물들의 피에 더한다.

태양신에게 바치는 제의(祭儀)는 늘 길고도 지루하다. 참가한 사람 중 그 제의가 짧게 느껴지는 것은 죽임을 당할 포로들밖에 없다. 그들은 저마다 손을 내밀고 애원하지만 모두 알고 있다. 그들은 모두 죽임을 당할 것이다.

그래도 마지막 희망을 놓지 못하고 저마다 울며 구원의 손길을 갈구하고 있다. 반쯤 헐벗은 포로들 사이에 여자 하나가 있다. 땟국물이 흐르는 더러운 얼굴로 찢어진 옷을 입고 있지만 눈동자만은 형형하다. 그녀는 방금 소중한 누군가의 죽음을 보았다.

그리고…….

"학생 안 내려?"

누군가가 어깨를 흔들어 은혜는 눈을 번쩍 떴다. 사람 좋게 생긴 아주머니 한 분이 그녀의 무릎에 놓인 학교 로고가 붙은 파일을 가리키며 웃고 있다.

"Y여대 학생 아니야? 다른 학생들은 다 내리는데……."

"아! 고맙습니다."

어느새 학교 앞이었다. 서둘러 허리를 숙여 인사한 은혜가 잽싸게 버스에서 내렸다. 아주 잠깐 눈을 감고 있었던 것 같은데 20분 넘게 잠이 들었고, 심지어 꿈도 꿨다. 밤새 관련 책을 읽어서일까?

손에 잡힐 듯 생생하다.

하지만 어제 책을 다 뒤져본 결론으로는 별일이 있었던 것 같지 않다는 거다. 제법 생생한 유물 사진을 보아도, 벽화를 재현해놓은 그림을 보아도, 건축과 문명의 역사를 보아도 그뿐이었다. 가끔 이곳을 지났구나, 예전에는 이랬는데 세월이 지나면서 이렇게 바뀌었구나, 라고 생각이 날 뿐. 다른 기억이 떠오를 기색은 없다.

"야아, 김은혜!"

터덜터덜 걸어 교문을 통과하는데 누군가가 다다다다 뛰어오더니 과격하게 은혜의 팔짱을 끼었다.

"언니."

생기발랄한 진주의 얼굴을 보며 은혜가 웃었다.

"안녕하세요, 은혜 씨?"

뒤따라오던 교현이 머리를 긁적이며 아는 체를 했다.

"오늘은 오빠도 쉬는 날이라 데려다 달라고 졸랐지룽. 그러다가 생각한 건데 책 가지고 나와서 오빠랑 공부하려고. 너도 같이 움직일래?"

"아뇨. 전 도서관이 편해요."

"커피숍에서 할 거 아냐. 우리 도서관은 남자가 못 들어가니까 안 되고, 오빠네 학교 도서관엔 들어갈 수 있대."

은혜가 미소 지었다. 정말 좋을 때다. 이렇게 24시간 붙어 있고 싶은데 그동안은 어떻게 따로 살았을까?

"같이 하면 더 좋잖아."

은혜가 왜 웃는지 짐작한 진주가 변명하듯 덧붙였다. 그러는 얼굴도 행복해 보여 무척이나 예뻤다.

　"전 여기서 할게요. 언니오빠 열심히 공부하세요."

　"은혜 씨도 같이 하면 좋을 텐데 아쉽네요."

　'거짓말'이라는 네온사인이 붙어 있는 얼굴로 교현이 인사했다. 그도 아마 진주를 모교로 데려가서 하고 싶은 일이 많을 것이다. 그 그림에 후배를 끼우는 건 절대 사양일 테고.

　"오빠, 그럼 나 책 가지고 올게 기다려요."

　진주가 은혜의 팔을 잡아당기며 씩씩하게 손을 흔들었다.

　"응. 그래, 천천히 조심해서 갔다 와."

　까짓 도서관 사물함에 올라갔다 오는 걸 무슨 전쟁터 나가는 색시 보듯 하는 남자가 웃겨 은혜는 푸하하 웃고 말았다.

　세상에서 가장 행복한 사람의 얼굴을 하고 진주가 뛰어나간 이후, 은혜는 잠시 망설이다가 휴대전화를 들고 휴게실로 갔다.

　정말 같이 하면 더 좋은 걸까?

　아이를 가졌었던 어느 삶에 은혜는 지독한 공포를 느꼈었다. 좋은 엄마가 될 수 있을까? 막연히 엄마가 되어버리는 여자들과는 달리 은혜는 아이를 낳는다는 것이 어떤 것인지 너무나 잘 알고 있었다. 그러나 그러한 문제를 설명할 만한 능력이 당시의 은혜에게는 없었다. 그때든 지금이든 만약 전생을 모두 기억하고 있다는 이야기를 누군가에게 한다면 지독한 거짓말쟁이로 몰아붙여지거나 마녀사냥 당하기 딱 좋을 거다.

　그때도 그랬다. 지독히도 평범한 사람이었던 남편은 아버지가
된다는 것에 대해 아무런 생각도 없었고 은혜가 무얼 두려워하는
지 이해 못 했다. 아무런 도움도 되지 않았다.

　순간 지금 이 순간의 감각인 것처럼 뱃속에 통증이 일어났다.

　아이를 가진 채로 그녀는 자살했다. 한계까지 몰아붙여져서 완
전히 판단력을 상실하고 자기를 제어할 수 없었던 그때의 감각이
생생했다.

　은혜가 그녀의 생에는 두 번 다시 연애도, 결혼도, 남자도, 아이
도 없다고 결심한 계기다. 여자라는 굴레 때문에 매번 그 맹세를
지킬 순 없었지만 그 이후 대체로 그렇게 살아왔다. 한두 번 어쩔
수 없이 결혼이란 걸 하긴 했지만 그건 법적인 것이었을 뿐, 감정
적으로는 늘 혼자였다.

　혼자가 편하다고 항상 생각했었다.

　태어나면서부터 인연 지워진 가족의 굴레를 제외하고 더 이상
신경을 써야만 하는 사람은 만들지 않겠다고 결심했다. 자유의지
로 선택할 수 있는 지금 이 삶에 결혼은 천부당만부당한 이야기,
심지어 연애도 귀찮다.

　최근까지도 분명 그랬었다. 그랬는데……

　잠깐 빈 액정화면을 내려다보고 있던 은혜가 문자를 찍었다. 진
호에게다.

<나 컨디션이 좀 안 좋은데…… 오늘 저녁에 데리러 올래요?>

안 하던 짓을 해서일까? 심장이 두근두근 뛰었다. 답문자가 오기까지는 오래 걸리지 않았다.

<우리 은혜, 안 그래도 내가 데리러 가려고 한 걸 어떻게 알고. 주구장창 근처에서 죽 때리려고 했는데 은혜 덕에 시간 세이브 하겠네. 몇 시에 데리러 갈까? -김진호>

문자를 보고 은혜가 피식 웃었다.

<나 컨디션 안 좋은 거 진짜니까 어제 하려다 못한 거 시도하면 안 돼요.>
<은혜 이제 독심술도 하네? -김진호>

하하, 하고 실제로 은혜는 웃음을 터트렸다. 눈물이 가득 차 있는 것처럼 무겁던 눈이 조금씩 개운해지며 가슴 한구석에서 따뜻한 무언가가 조금씩 번진다. 중력에 묶인 듯 무거웠던 손과 발도, 안개가 끼어 있는 듯했던 머릿속도 조금씩 맑아진다.

<집에 데려와서 죽도 끓여주고 간병해주려고 했더니 그럼 안 되겠다. 밀폐된 공간은 곤란하겠어. 난 시방 위험한 짐승이니까. 내

손에 닿으면 은혜는 까마득한 어둠이 될 테니까. -김진호>

김춘수 시인의 '꽃을 위한 서시'를 기가 막히게 패러디한 문자에 은혜의 웃음이 짙어졌다. 센스 넘치는 문자라며 스스로 뿌듯해할 진호의 얼굴이 손에 잡힐 것 같다. 그러는데 연속으로 문자가 날아왔다.

<대신 죽 먹고 약 한 첩 짓자. 내일은 한의원 쉴 텐데 오늘 좀 일찍 나올래? 나 가는 한의원은 오늘도 야간진료 하는데. -김진호>

<약은 됐고, 6시쯤 봐요.>

<내가 안 되겠어서 그래. 얼른 네가 나아야 이것도 하고 저것도 하고 그러지. -김진호>

<약 안 해줘도 나을 거예요. 걱정해줘서 고마워요.>

<알았어. 대신 다음 주말까지 안 나으면 한약 먹는 거다? -김진호>

<네.>

마지막 문자를 보내고 휴대전화 종료 버튼을 누르고 일어서는 은혜의 마음은 아까보다 조금 더 편해져 있었다. 몇천 년의 기억이 있다 하더라도, 사는 건 순간이라 내일을 내다볼 수는 없는 법이니까.

　달그락거리는 소리에 실눈을 떴던 은혜는 옆자리가 텅 비어 있
는 것을 보고 도로 드러누웠다. 온몸이 부서지는 것 같다. 어젯밤
에 언제 잠들었는지 기억이 없다.

　처음에는 분명히 자고 갈 생각이 아니었는데 삼 라운드쯤 뛰었
을 때는 자고 가야겠다는 생각이 들었고, 오 라운드에서는 내쫓으
면 울면서 매달려서라도 여기서 자야겠다고 결심했다. 그러고 나
서는 기억이 없다. 언제 어떻게 잠든 걸까? 옷을 여전히 벗고 있는
걸로 봐서 하다가 잠든 게 아닌가 싶다.

　그럴 만하지. 도대체 몇 번을 하는 거야? 한 주 내내 사리를 만들
었다고 어젯밤도 진호는 장난이 아니었다. 일주일에 하루가 아니
라 한 번으로 횟수 제한을 했어야 했는데. 땅이라도 치고 싶다.

　이대로 더 자고 싶은데 고소한 커피 냄새가 났다. 먹느냐 자느
냐 그것이 문제로다.

　갈등하고 있는데 우렁찬 목소리와 함께 방문이 열렸다.

"일어나세요, 공주님!"

커피 냄새가 가까워졌다. 그래도 고집스럽게 엎드린 채 눈을 감고 있자니 따뜻한 손이 벗은 등 위를 쓱쓱 쓰다듬기 시작했다. 그의 손가락 끝을 따라 솜털이 오소소 일어났다. 카페인의 향기가 나는 손가락 끝이 등에 대고 하트를 그리고 있다.

터져 나오려는 웃음을 간신히 참으면서 은혜는 김진호가 바람기가 다분할지는 몰라도 사귀는 동안은 참 개념 차다고 생각했다. 하기야 세상 모든 바람둥이들은 여자들에게 '너만은 특별해.'라는 확신을 심어준다고 하던가? 그렇지 않으면 바람둥이도 못해먹을 짓이다.

"깼으면서 눈 안 뜬다 이거지?"

그러는데 진호가 와락 달려들어 목과 등줄기가 이어지는 부위에 뜨겁게 입을 맞췄다. 등을 쓰다듬던 커다란 손은 앞으로 돌아와 가슴을 감싸 쥔 채 적당한 압력으로 그녀의 몸을 그의 몸에 바싹 붙인다.

몸을 돌려 진호를 마주보면서 은혜가 턱을 치켜들었다.

"한약 안 먹어도 되겠죠? 이게 바로 나이의 힘이에요. 오빠 모르겠지만 난 어려서 조금 피곤해도 잘 쉬면…… 앗!"

맘껏 진호를 놀리는데 그런 그녀를 빤히 내려다보던 진호가 얼른 그녀의 가슴을 입술로 삼켰다. 깜짝 놀라 그의 어깨를 밀어내며 은혜가 몸을 비틀었다.

"흥. 섹시해가지고선."

크게 힘을 쓰지 않고 밀려준 진호가 대신 은혜의 입술에 살짝 입술을 눌렀다 뗐다.

"걱정이야."

"뭐가요?"

"난 주중 스케줄이 칼 같은 사람인데, 너랑 같이 살면 아침에 출근하기 더럽게 힘들 거 같아."

"저런……."

혀를 끌끌 찬 은혜가 이불을 당겨 가슴께에 두르고는 손을 뻗어 커피를 마셨다. 딱 좋게 내려진 검은 액체는 쓰지도 않고 달지도 않아 입에 딱 맞았다.

"그러면 안 되니까 우린 같이 살지 않는 걸로 해요."

"무슨 소리야? 난 주말부부도 싫은 사람이야."

"'주말'이 문제가 아니라 '부부'도 안 될 텐데요, 뭐. 나랑 결혼할 생각은 접어요. 지금 이대로도 좋잖아요."

냉정하게 선고하며 커피를 마시자 은혜를 노려보던 진호가 그녀의 손에서 커피를 마셨다. 그리고는 뜨거울 텐데도 꿀꺽꿀꺽 쉬지 않고 다 입 안에 털어 넣었다.

"뭐 하는 거예요?"

"나랑 결혼 안 할 거면 커피 안 줘!"

너무 유치해서 할 말을 잃었던 은혜가 어깨를 으쓱하고 도로 드러누웠다. 꼭 커피를 마셔야만 아침이 아니다. 좀 더 자도 아침이다.

그러는 은혜의 뒤에 붙어 누운 진호가 그녀를 돌려 눕혔다. 잠기 없는 그의 눈이 곧장 은혜를 담았다. 나란히 누워서 서로를 마주보는 건, 나쁘지 않다. 이상하리만큼 친밀한 느낌이 든다. 마치 아주 오래전부터 이런 식으로 서로를 바라보았던 것 같은 느낌…… 은혜는 손을 뻗어 진호의 이마를 매만지고, 까맣게 짙은 눈썹을 손끝으로 그렸다.

진호가 고개를 비틀어 은혜의 손에서 벗어나며 그녀를 노려보았다.

"나랑 결혼 안 할 거면 너 이러는 거 뭔데? 엔조이야?"

"사람이 왜 그렇게 이분법적이에요? 결혼할 거 아니면 다 엔조이예요?"

말문이 막힌 진호가 입을 굳게 다물고 은혜를 노려보다가, 남자들이 흔히 말발로 밀릴 때 하는 행동을 했다. 그러니까 실력행사.

"뭐, 뭐 하는 거예요!"

"사람이 왜 그렇게 호기심이 많아? 뭐 하는지 척 보면 몰라?"

은혜는 대답하지 못했다. 진호가 호기롭게 그녀의 입을 턱하니 막았기 때문이다.

평균적으로 남자들은 평생 여자를 기다리느라 현관에서 8시간을 보낸다고 한다. 하지만 진호와 은혜의 경우에는 반대였다.

재빠르게 샤워를 하고 나온 은혜가 머리를 말리고 셔츠에 바지를 입고 로션과 자외선 차단크림을 바르는 동안, 진호는 옷을 벗었다 입었다 백 번도 넘게 고르고, 머리 모양을 잡고, 열두 개도 넘는 스킨케어 용품을 사용했다. 어쩐지 남자치고 피부가 뽀얗게 좋더라니 관리가 아주 철저하다.

서서 기다리다 결국 소파에 엎드려서 가지고 온 교재를 넘겨보며 기다리자니 기분이 이상했다. 낯선 진호의 공간이 익숙한 것도 그랬지만, 방 안에선 느껴지는 그의 기척이 나쁘지 않다.

추호의 의심도 없이 결혼을 이야기한다는 걸 제외하고, 진호는 나쁘지 않았다. 투덕거리는 것도 익숙해지려는 참이고.

열정적이지 않은 건 아니었지만 그렇다고 감정에 도취되어 날뛰는 어린애들처럼 끓어오르지는 않는다. 은혜는 경험상 빨리 끓은 냄비가 빨리 식는다는 걸 알고 있다. 진호의 경우는 하도 처음부터 들이대기에 빨리 끓는 냄비라고 생각했었는데 착오였다. 그냥 시작점이 달랐을 뿐이다. 애정의 온도가 높은 사람이었던 거다. 지나치게 친근하게 군다고 생각했던 건 성격 탓이었다.

김진호는 무척이나 한결같고, 점점 나아지는 남자였다. 은혜의 취향에 무척이나 부합하는.

과거를 돌이켜보면 은혜가 없으면 죽네 사네 생난리를 치던 남자들일수록 오히려 더 빨리 사랑의 상처에서 회복되어 제 갈 길 찾아가곤 했다. 게다가 개인적인 취향으로 진정한 사랑 어쩌고저쩌고 하며 비극을 연기하거나 영원한 사랑을 강요하는 건 싫었다. 책임질 수 없는 그 맹세들은 생각만 해도 피곤하고, 오글오글하다.

사랑의 정의는 사람마다 다르겠지만 은혜에게 있어서 사랑이
란 스며드는 것이었다. 그래서 가족을 사랑했고, 친구를 사랑한
다. 그녀의 생에 스며들어 있는 사람이었으므로. 그렇기 때문에
남자도 그러길 바랐다. 불타오르는 사랑이 아닌, 스며드는 사랑이
었으면 좋겠다.

아니, 무슨 생각 하는 거야.

다 읽지 않은 책장을 한 장 넘기며 은혜는 고개를 털어냈다. 이
번 생에도 결혼은 없다. 아이도 없다. 진호와는 지금 당장은 결론
낼 수 없지만 만약 그가 계속 결혼을 원한다면 말 그대로 '놓아줘
야' 하는 거지 결혼을 고려할 일은 아니다.

"어때?"

그러는데 목소리가 들려 고개를 들자 정말 편하게 입은 진호가
서 있었다.

"여태까지 그걸 차려입은 거예요?"

"왜? 별로야?"

모델처럼 자세를 잡았던 진호가 시무룩해져서 팔을 내렸다. 이
러다가 다시 30분간 옷 갈아입겠다 싶어서 은혜가 얼른 손사래를
쳤다.

"아냐아냐, 신경 쓰지 않은 듯 시크한 게 딱 좋아요."

"오, 은혜가 오빠의 패션철학을 아는구나? 신경 쓰지 않은 듯 시
크하게…… 맘에 드는데?"

은혜의 표현이 상당히 맘에 드는지 진호가 환하게 웃었다.

기상 관측 이래 가장 더운 9월이라고 하지만 그래도 햇살에 잔뜩 달궈진 한낮을 제외하곤 그늘에 들어가면 제법 선선한 것이 확실히 가을은 가을이었다. 바람이 살랑 지나가자 선뜩한 느낌에 은혜가 살짝 몸서리를 치자 주문을 하던 진호가 메뉴판을 내려놨다.

"안으로 들어갈까? 너 추워 보이는데?"

"아니요. 여기가 시원하니 좋아요. 안은 너무 복작거리고 시끄러워서 별로예요. 에어컨 바람도 싫고."

진호가 사는 오피스텔 상가 카페의 브런치는 꽤 먹을 만했다. 일단 담백한 게 마음에 들었다. 토스트도, 달걀도 짜지 않고 기름지지 않게 잘 부쳐내 주말이면 둘이 종종 늦은 아침을 해결하는 곳이었다. 단점은 장사 잘 되는 가게답게 좁은 공간에 테이블이 다닥다닥 붙어 있어서 갑갑하다는 거다. 그래서 참을 수 없이 더운 날이 아니면 은혜와 진호는 이렇게 야외 테이블을 주로 이용했다.

"무릎 담요라도 달라고 할까?"

"아직 여름 날씨구만, 사람들이 보고 웃어요. 그냥 잠깐 한기가 스친 거라니까. 유난 떨지 말고 빨리 주문이나 해요. 난 잉글리시 브랙퍼스트 세트에 핫케이크로 할게요. 음료는 따뜻한 아메리카노."

"잉글리시 브랙퍼스트 세트 둘에 하나는 핫케이크, 하나는 토스트로 주시고, 따뜻한 아메리카노와 샷 추가해서 라떼 하나요."

진호가 기다리는 알바생에게 주문을 넣자 얼마 지나지 않아 주문한 음식이 나왔다. 베이컨이나 햄이었으면 했는데 오늘은 수제 소시지다. 은혜는 자기 접시에서 소시지를 덜어서 진호의 접시로 옮겨줬다.

"소시지는 오빠 먹어요."

별반 좋아하지 않는 관계로 소시지를 양보했더니 진호가 감동받은 표정을 지었다.

"나 소시지 좋아하는 거 어떻게 알았어?"

몰랐지만…… 은혜가 생긋 웃었다.

"보면 알죠."

하기야 입맛은 좀 애기 입맛이니 소시지 같은 거 좋아할지도 모르겠다. 평상시에는 운동하고 관리하느라 식단도 짜여 있다면서, 은혜와 있을 때는 먹고 싶은 걸 먹겠다고 선언한 진호는 정말 땡기는 것만 먹을 때 보면 초딩이 따로 없다.

아쉬운 듯 조금 조금씩 소시지를 잘라 먹으며 진호가 중얼거렸다.

"먹고 싶은 것만 먹으면 좋을 텐데."

"그럼 아파요. 가끔씩 한 번 이렇게 먹는 건 몰라도 관리는 해야죠."

그 말에 포크와 나이프를 움직이던 진호가 손을 멈추고 은혜를 바라보았다.

"네가 나도 관리해주면 안 돼?"

"내 몸 하나 관리하기도 힘들어요."

"그러지 말고, 너 관리하면서 1인분만 더 만들면 되잖아."

"같이 사는 것도 아닌데 그게 어떻게 돼요?"

"같이 살면 되지."

이번에는 은혜의 손이 멈췄다. 얼굴을 찡그린 채 진호를 노려보던 은혜가 포크와 나이프를 내려놓고 커피를 한 모금 마셨다.

"왔다갔다 불편하기도 하고, 주중에 보기 힘든 것도 좀 그렇고……, 나 자주 씻는 편이고 청소도 잘해. 일단 깔끔하다는 건 보장. 너도 봤겠지만 커피도 잘 끓이고. 먹을 거 안 가려서 반찬투정 이런 거 없이 주는 대로 잘 먹을 자신도 있어."

"난 결혼 안 한다고 했잖아요."

"그럼 그냥 같이 살자."

은혜의 얼굴이 본격적으로 차갑게 식었다.

"미안한데 부모님이 아시면 기절하실까 봐 안 되겠어요."

"너는 좋다는 이야기야?"

"나도 싫고요. 아무리 시대가 바뀌었어도 동거했었다는 건 여자에게 훈장은 아니잖아요. 그리고 결정적으로 그래야 할 필요, 나는 못 느끼겠어요. 난 지금이 좋아요. 아니……, 사실 지금도 좀 부대껴요. 이것보다 더 오빠와 가까워질 생각 없어요."

북풍한설보다 더 쌩하니 찬바람이 부는 은혜의 대답에 진호는 약간 상처를 입었다. 깊게 생각해보고 동거 이야기를 꺼낸 건 아니었고, 사실 결혼은 죽어도 싫다니 그럼 동거는 되나 싶어 가볍게 찔러본 건데 이렇게까지 격렬하게 반응할 줄은 몰랐다. 게다가 부대낀다니. 마냥 좋아 구름 위를 걷고 있는 김진호로서는 조금 자존심이 상한다.

"넌 날 어떻게 볼지 모르겠지만 나 선은 지키고 살았어. 여자한테 같이 살자고 해본 건 처음이야. 당장 결혼해도 난 상관없지만 싫다고 한 건 너잖아. 아직 학생이고 임용고시도 있으니 네 의견 충분히 존중해서 한 말인데 그런 식으로 받아들이면 나 서운해."

은혜가 다시 한 번 커피를 마셨다. 그리고 진호를 똑바로 바라보았다.

"그럼 여기서 하나 확실히 하고 가요. 결혼 이야기, 다시 안 하는 걸로요."

"싫으면 또 헤어지자고 하려고?"

"그렇게 받아들이지 말고요. 내 쪽은 결혼이 도저히 용납이 안 되는데 오빠가 자꾸 이러면 난 스트레스 받고 오빠도 스트레스 받고……. 좋으려고 만나는데 이런 식으로 자꾸 부딪치는 거 안 좋잖아요."

"넌 정말 결혼 안 해? 나라서 안 한다는 거야, 아니면……."

"체질상, 결혼하고 아이 낳고…… 이런 게 싫어요. 영원한 사랑이니 하는 거 난 믿지 않아요."

영원한 건 단 하나다. 끊임없이 반복되는 미로 같은 생. 미로에서 있다는 걸 모른다면 더 좋았겠지만 그녀가 알고 있다 해서 달라지는 건 없다. 그저 문을 닫으면 또 다른 문이 열리고, 거기에 이어진 미로를 달리는 거다.

"부대끼고 싸우고 밀고 당기고, 이런 거 싫어요. 지금처럼 만나서 서로 아껴주고 좋은 시간 함께 보내고, 배려해주고, 그러면 안 돼요? 둘 중 하나가 싫증날 때까지."

진호가 은혜를 빤히 처다보았다. 하지만 이 대화는 처음부터 승자가 정해져 있는 대화였다. 그는 이내 두 손을 들고 한숨 물러나 앉았다.

"알았어. 네 뜻이 정 그렇다면 존중할게. 앞으로 결혼 이야기 다신 안 해. 네 말대로 이 관계가 어떻게 되나, 한 번 그냥 갈 데까지 가보자."

잠깐 사이를 두고 은혜가 빙긋 미소 지었다.

"고마워요."

하지만 기실 은혜는 마음속에서 일어난 묘한 감정에 당황하는 중이었다. 분명 진호가 결혼을 조를 땐 피곤했고, 말도 안 되는 소리라고 생각했는데 막상 이렇게 깔끔하게 두 손을 들어버리자 묘하게 서운하다. 한바탕 입씨름을 해야 할 거라고 단단히 대비를 하고 있었던 탓일까? 뭐 이래 쉬워? ……이래서 여자의 마음을 갈 대라고 하는 걸까?

자기에게는 해당사항이 없을 것 같았던 이율배반적인 감정에 은혜는 속으로 헛웃음을 지었다.

겉과 속이 달랐던 것은 은혜만은 아니었다. 억지를 써서 되는 상대가 아니라는 걸 알고 있는 진호 역시 순순히 두 손 든 척 커피를 마셨지만 속은 말할 수 없이 복잡했다.

반 농담 삼아 결혼하자고 조르긴 했지만, 처음 결혼하자고 말한 상대에게 차이다니. 김진호가, 차이다니.

자아붕괴가 일어날 것 같다.

하지만 잘나기 그지없는 초킹카 김진호의 실패는 실패고, 의아한 것이 사실이다. 아무리 봐도 은혜는 이렇게까지 결혼과 사랑에 회의적이어야 할 이유가 없어 보였다. 인생에 회의를 느낄 만한 사랑을 해봤을 것 같지도 않고, 출생의 비밀이 있다기엔 만나본 이모님이 지나치게 사랑 많은 평범하고도 평범한 이모였다. 조카를 끔찍이 아끼는 게 너무나 티가 나는.

뭔가 다른 게 있다면 기미 정도는 느껴야 할 텐데, 책을 너무 많이 봐서 애가 속으로 늙었나 싶은 걸 제외하고는 전혀 잡히는 게 없다.

미스터리로고.

눈을 가늘게 뜬 채 은혜를 샅샅이 스캔하던 진호가 조그맣게 한숨을 내쉬었다. 아닌 게 아니라 미스터리는 미스터리인 게 이렇게 싸가지 없이 정색하고 청혼을 거절한 여자가 여전히 참 예뻐 보인다. 점점 탐이 났다. 이런 깍쟁이가 취향일 줄은 몰랐는데, 적당히 똑똑하면서 착한 여자를 좋아하는 줄 알았는데, 아니었나 보다.

"이제 뭐 할 거야?"

"집에 가서 공부 좀 하다가 쉬려고요."

"공부?"

10월말에 1차 시험이 있어서 은혜는 벌써부터 성실한 입시생 모드를 가동 중이었다. 주말의 이 데이트도 그가 어르고 달래고 난리를 쳐서 얻어낸, 정말 김진호니까 가능했던 인간승리의 결과물이다. 바로 지척에 살면서도 평일엔 잠깐 들러서 구치소 면회하듯 만나는 것 외엔 얼굴도 거의 못 보고 주말 하루 이렇게 감질나게 만나는 처지가 갑자기 심통이 났다.

안 될 거라는 거 알면서도 밑져야 본전이다 싶어 슬쩍 찔러봤다.

"테니스 치러 안 갈래? 친구들하고 코트 예약해놨거든."

"테니스요?"

"응. 칠 줄 알아? 모르면 내가 가르쳐줄게."

"그냥 혼자 가요. 난 배드민턴도 못 쳐요. 공하고는 영 상극이거든요."

"그래?"

아쉬운 마음에 진호가 입맛을 다셨다. 하얀 테니스복을 위아래로 입혀놓으면 그것도 또 죽일 것 같았는데.

"나 시험 끝나면 가르쳐주세요."

그런 진호의 마음을 읽기라도 한 것처럼 은혜가 세상에서 가장 예쁜 미소를 지으며 방긋 웃었다.

미소 한 방에 청혼을 거절당했다는 사실도 까맣게 잊어먹고 행복해져서 테니스장으로 간 진호를 배웅한 은혜는 집으로 들어오자마자 침대에 털썩 엎드렸다. 밤새 차가워져 있던 시트가 기분 좋게 몸을 감아들었다.

그래도 어제는 워낙 피곤해서 그런지 정신없이 잤다. 꿈을 꾼 것 같기도 한데 몸이 피곤해서 깨지 않은 모양이다.

그대로 눈을 감은 채 누워 있던 은혜가 피식 웃음을 흘렸다. 김진호가 이런 식으로 도움이 된 줄 알면 좋아할까 싫어할까?

탈수가 일어나면 안 된다며 틈틈이 물을 챙겨먹이던 진호가 떠오르자 은혜는 쿡쿡 소리 내어 웃기 시작했다. 들썩이던 어깨가 점점 더 진동하더니 그녀는 몸을 휙 돌려 천장을 바라보고 누워 큰 소리로 웃었다. 그녀 외에는 아무도 없는 집에 웃음소리가 혼자 헤매고 다니다 사라졌다.

혼자라는 사실이 어색한 적은 없었는데.

잠깐 천장을 바라보며 낯선 외로움을 느꼈던 은혜는 눈을 감았다. 온몸이 노곤노곤한 것이 이대로 딱 한숨만 더 자고 일어나면 될 것 같다.

그러나 거의 수마(睡魔)의 손을 잡고 수면(睡眠) 아래로 잠길 뻔했던 은혜는 드르륵거리는 진동소리에 눈을 뜨고 말았다. 정말 움직이기 딱 싫어 은혜는 잠깐 그대로 기다려봤다. 하지만 끊겼다가 다시 울리는 집요한 전화에 결국 그녀는 몸을 일으켜야만 했다.

조금 짜증스럽게 액정을 확인했던 은혜의 얼굴이 일그러졌다. 액정에 떠 있는 번호는…… 임준혁이다.

어떻게 해야 하나 고민하다가 은혜는 전화를 받지 않았다. 손 안에서 윙윙 소리를 내며 몸을 떨던 휴대전화는 이내 잠잠해졌다. 부재중 통화 2통. 그리고 다시 벨이 울리기 시작했다.

이번에는 길지 않았다. 10번쯤 윙윙 소리를 내다 멈춘 휴대전화가 다음에 뱉어낸 건 문자였다.

<책 반납하러 들렀어요. 집 근처니까 문자 보면 연락 줘요. 기다립니다. -임준혁>

은혜의 눈썹이 휘어져 올라갔다. 지금 이거, 나올 때까지 지키고 서 있겠다는 선전포고다. 그러거나 말거나 무시하고 싶지만, 테니스를 치고 난 진호가 집 근처에 들를 확률을 생각하지 않을 수가 없었다. 켕길 거야 없지만 둘이 마주치면 별로 신날 일은 아니다.

잠깐 못마땅해져서 입술을 깨물던 은혜는 문자를 찍기 시작했다.

<죄송한데 경비실에 맡겨두고 가세요.>

다시 전화가 울기 시작했다. 아차, 싶어 은혜가 입술을 깨물었다. 이제는 안 받을 수가 없다. 안 받으면 일부러 무시한다는 뜻인데…… 그래도 될까? 하자면야 못할 것도 없겠지만, 또 마냥 스토

커 취급하기에 임준혁은 나름 점잖게 굴긴 했다. 괜스레 벌집을 건드리는 게 아닐까?

본능과 상식 사이에서 고민하던 은혜는 결국 전화를 받고 말았다.

준혁은 은혜의 아파트 정문 앞에 차를 세워놓고 있었다. 그걸 보니 새삼 전화를 받기 잘했다고 생각하는 은혜다. 끝까지 버텼으면 오도 가도 못하고 가택연금을 당할 뻔했다.

"안녕하세요."

은혜가 인사하자 팔짱을 낀 채 차에 기대 있던 준혁이 몸을 일으켰다.

그와 눈이 마주치자 순간, 알 수 없는 전율이 다시 은혜의 등줄기를 타고 내려갔다.

이 사람…… 좀 다르다. 분명히 그녀가 알고 있는 임준혁이지만 묘한 이질감이랄까, 뭐라고 딱히 설명할 수는 없지만 하여간 풍기는 느낌이 달라져 있었다.

무슨 의미일까? 뭐가 다른 거지? 잠깐 수많은 의문이 떠올랐지만 이내 은혜는 머릿속을 비웠다. 이 사람에 관해 깊게 생각하기 싫었다. 그냥 모르는 사이, 아니면 지나치면서 눈인사나 주고받는 사이 정도면 딱 좋겠다.

말없이 준혁이 책을 내밀었다. 빌려줬던 책은 닳지도 않았고 상한 곳도 없이 그녀가 빌려줬을 때 상태 그대로 그의 손에 들려 있었다. 그리고 은혜가 손을 뻗어 책을 넘겨받으려 했을 때다. 준혁이 손을 뺐다. 은혜의 손이 허공을 짚었다. 뭐 하자는 건가 싶어 사납게 그를 올려다보았지만 그의 얼굴에는 장난기가 없었다.

"대여료와 연체료, 오늘 다 내고 싶은데 되겠어요?"

"안 내셔도 돼요. 그동안 저도 잊어버리고 있었거든요. 딱 맞게 돌려주신 거예요."

"내가 불편해서 그렇게는 안 되겠군요. 빚지고는 못 사는 성격이라."

한 번쯤 빚지고 살아보라고 쏘아붙이려던 은혜는 어떻게든 그에게 특별한 사람이 되고 싶지 않아 말을 삼켰다.

"점심식사 했어요?"

"아침을 늦게 많이 먹었어요."

여지를 주지 않으려고 딱 잘랐다. 그런데 그의 반응은 의외였다.

"잘됐군요. 내가 연체료와 대여료를 갚게 잠깐 시간 좀 내줘요."

요즘 주말을 통째로 삼키는 진호와 떨어져 모처럼 즐기려고 했던 달콤한 수면과 휴식을 방해당한 것만으로도 넘치도록 짜증이 났다. 처음엔 단칼에 거절하고 집으로 들어가려고 했다. 그렇지만 오늘은 어찌어찌 피한다고 해도 미봉책일 뿐 분명히 그는 이걸 빌미로 그녀를 계속 귀찮게 할 거였다.

어차피 맞아야 할 매라면 지금 맞고 끝을 내자. 결심한 은혜가 준혁을 물끄러미 쳐다보았다.

"그럼 대신 다시는 이렇게 집 근처로 찾아오지 않겠다고 약속해주세요."

말없이 준혁이 은혜를 내려다보았다. 허공에서 시선이 한 치의 어긋남도 없이 맞물렸다.

"이러시는 거, 이사님께서는 별 생각 없으실지 몰라도 전 곤란하고 무서워요."

"아낀다는 남자친구 때문에?"

"그 이유도 크고, 전 여자니까요. 저와 상관없는 남자가 집 근처에서 절 기다리고 있을지도 모른다는 생각…… 충분히 공포예요."

준혁의 눈 위로 가소롭다는 듯한 기색이 스쳤다. 이렇게 따박따박 말대꾸하고 논리정연하게 따지는 여자가 공포라는 단어를 쓰는 게 어울리지 않는다고 생각하는 것이다.

하지만 준혁은 순순히 대답했다. 오늘 그는 반드시 김은혜에게 해야 할 말이 있었다.

"그러죠. 적어도 내가 김은혜 씨를 찾아오는 일은 앞으로 없을 겁니다. 대신 오늘 저녁까지는 내게 빌려줘요."

하아, 하고 은혜는 한숨을 내쉬었다. 준혁의 말에는 '앞으로는 네가 나를 찾아오게 될 거다.'라는 확신이 묻어 있었다. 잠깐 쓰게 얼굴을 찌푸렸던 은혜가 표정을 지우고 못을 박았다.

"월요일에 내야 되는 리포트가 있으니까 늦지 않게 돌아오도록 해주세요."

　기껏해야 밥 한 끼 먹어주는 정도를 예상했던 그녀는 준혁의 차
가 으리으리한 부티크로 보이는 건물 앞에 서자 얼굴을 찡그렸다.
　"여긴 왜 온 거죠?"
　그렇지만 그는 아무 대답 없이 내리더니 은혜 쪽 문을 열었다.
　"내려요."
　"여긴 왜 온 거냐고 물었는데요."
　"저녁까진 내가 빚을 갚게 해주기 위해 빌려준다고 한 거 아닌
가요? 내려요."
　은혜의 눈이 가늘어졌다.
　알 만하다. 은혜같이 평범한 사람은 꿈도 못 꾸는 세상을 보여
주겠다는 거겠지.
　확실히 여자를 유혹하는 데 쇼핑은 꽤 효율적인 무기다. 특히
그 쇼핑이 단순한 구매행위에 그치지 않고 남자의 세계와 남자의
재력을 보여줄 수 있다면 더더욱. 지금 이 부티크는 아마도 그 모
든 것을 구비한 곳일 것이다.
　하지만 안타깝게도 상대는 김은혜 아니던가? 이런데 혹할 스타
일이었다면 아예 지금처럼 살고 있지도 않았을 거다.
　은혜는 순순히 차에서 내렸다. 실랑이해봤자 소용도 없을 테고,
준다니 일단 받고 구세군이나 아름다운 가게에 기증하면 될 일이
었다. 이것도 일종의 부의 재분배다. 남의 손을 빌어 좋은 일 한 번

한다고 생각하면 딱히 기분 나쁠 것도 없다. 어디까지 하나 한 번 두고 볼까?

준혁의 뒤를 따라 가게의 대리석 계단을 밟는 은혜의 입가에 심술궂은 미소가 떠올랐다.

준혁이 은혜를 데리고 들어오자 아마도 이 가게의 주인이나 매니저로 보이는 엄청 세련된 여자가 얼른 다가왔다. 이미 언질을 받았는지 그녀는 놀라거나 의아한 기색 없이 직업적인 시선으로 은혜의 머리끝부터 발끝까지 재빠르게 슥 훑었다.

"키만 좀 더 크셨으면 모델을 했어도 좋았겠어요. 굉장히 스타일이 좋으시네요. 마침 어제 이태리에서 새 컬렉션이 들어왔는데 그중에 이분 분위기에 딱 어울릴 게 있어요."

"이 실장이 알아서 잘 좀 부탁해. 시간이 별로 없으니까 좀 서둘러주고. 참 정 원장은?"

"금방 도착할 겁니다. 그럼, 저희는 이만."

대강 무얼 시도할 건지는 알았지만 경험해본 적이 없었기 때문에 디테일까지는 짐작할 수 없었다. 은혜는 약간은 흥미진진한 기분으로 돌아가는 상황을 지켜보았다. 그녀의 손을 잡고 안쪽으로 인도하던 이 실장이라는 여자가 그런 그녀의 표정이 의외라는 듯 잘 손질된 눈썹을 치켜 올렸다.

간단히 말하자면, 그 다음부터 벌어진 일은 언니와 엄마 때문에 몇 번이나 봐야 했던 그 구닥다리 영화 '프리티 우먼'의 한국판이었다. 준혁이 대단한 VIP 고객인지 ─ 도대체 얼마나 많은 여자들을 데려왔으면? 이라고 은혜는 삐딱하게 생각했다 — 점원들은 기를 쓰고 비싼 옷을 척척 가져와 은혜에게 입히고 거기에 어울리는 스틸레토 힐과 앙증맞은 클러치까지 코디를 해줬다.

가만히 서 있어도 알아서 입히고 벗기고, 신기고 벗기는 여자들에게 몸을 맡기며 은혜는 피식 웃음을 흘렸다.

어지간한 여자였으면 이쯤에서 눈이 하트가 되어서 심장이 이리 뛰고 저리 뛰고 난리 났을지도 모르겠다. 성질 좀 있는 여자였다면 이쯤에서 준혁의 뺨을 올려치며 지금 뭐 하는 거냐고, 나를 이렇게 쉽게 본 거냐고 따졌으려나?

어느 쪽이든 관계는 이어지고 감정이 섞이게 되는 일이다.

"손님, 손을 좀 이쪽으로 움직여보시겠어요?"

지나치게 무심한 태도의 은혜가 이상하다는 듯이 여자 중 하나가 호들갑을 떨었다.

"어머, 진짜 예쁘다! 이거 진짜 예쁘죠? 영화배우 신소정 씨가 완전 탐내면서 들어오면 바로 연락 달라고 했는데 이사님이 오늘 손님 데려오신다고 해서 저희가 숨겨놨었거든요."

"아, 네."

직원들이 무슨 죄냐 싶어 입꼬리를 끌어당겨 웃어 보인 은혜는 거울을 봤다.

아닌 게 아니라 무척이나 마음에 든다. 가격표도 없는 옷과 구두, 백은 확실히 은혜가 감당할 수 있는 수준의 것은 아니었다. 이런 건 재활용 매장에 보내면 얼마에 팔리나? 누가 살지 몰라도 횡재했다.

"이거랑 이거, 어느 쪽이 마음에 드세요?"

화려한 클러치 두 개를 들고 직원이 물었다.

"어느 쪽이 더 비싸요? 비싼 쪽이요."

순간 바쁘게 움직이던 직원들이 동시에 멈칫했다. 그리고 마치 약속이나 한 것처럼 아무것도 못 들었다는 듯이 행동하기 시작했다. 속으로 은혜는 키득키득 웃었다. 그들이 무슨 생각을 할지 뻔했다. 임준혁이 꽃뱀에게 물렸다고 생각하고 있지 않을까?

커다란 궤짝 같은 하드 케이스를 든 남녀가 들어온 건 그때였다.

"아휴, 정 선생님! 늦는 줄 알고 조마조마했잖아요. 아직 도착 전이시라고 하니까 임 이사님 표정이 장난 아니었어요."

"미안, 이 실장. 나도 아주 속 타서 죽는 줄 알았어. 여유 있게 나오는데 가는 날이 장날이라고 이화가 갑자기 나타나서 죽는 소리를 하면서 붙잡고 매달리잖아. 갑자기 인터뷰 잡혔다고 징징거리는데 떨치고 나올 수가 있어야지. 10분 만에 대충 콘셉트만 잡아주고 애들한테 맡기고 넘어왔어. 이해 좀 해."

"저야 당연히 선생님 바쁘신 거 알죠. 하지만 임 이사님 성격 아시잖아요."

"알아, 알아. 그 양반 시간관념이 레이저 시술 수준인 거 내가 왜 모르겠어. 아이고, 이렇게 수다 떨 때가 아니지."

맹세컨대 이 두 사람이 잠시 나눴던 대화는 단순한 수다가 아닐

터였다. 이화라면 모르는 사람이 없다는 요즘 최고로 잘 나가는 아이돌이다. 여자 둘이 하드 케이스를 줄줄이 열어 세팅하는 모습도 상당히 위압적이고 화려했다. 즉 이 사람들이 하고 싶은 말은 지금 여기에 있는 이 스타일리스트는 엄청나게 잘 나가는 스타일리스트라는 사실일 거다.

아닌 게 아니라 이름까지는 기억나지 않더라도 패션에 관심이 많은 지숙이 애독하는 잡지에서 몇 번 본 얼굴인 것 같기도 했다. 톱스타들은 물론이고 재벌 마나님들까지 그에게 예약을 하기 위해 줄을 선다는 게 기사 내용이었던 것 같다.

그러니까 지금 이 상황은 준혁이 은혜를 위해 그 몸값 높다는 스타일리스트를 부른 상황인 거다.

커다란 거울을 마주보고 앉은 은혜의 입가에 절로 미소가 떠올랐다. 갈수록 재미있다. 지금쯤 임준혁은 무슨 생각을 하고 있을까? 이렇게까지 했으니 은혜가 여기서 나갈 때는 그의 노예가 되어 있을 거라고 생각하지 않을까?

입꼬리를 끌어올리며 킥킥거리고 있자니 정 선생이 슬쩍 그녀를 일별했다. 무슨 생각을 하는지 안 봐도 뻔했다. 어쩌면 짧은 시간에 여기 직원들로부터 아까 은혜가 범했던 테러 ─ 어느 쪽이 더 비싸요? ─ 를 전해 들었을 수도 있고.

그러거나 말거나.

정 선생이 우아하게 오른손을 내밀었다. 마치 외과의사에게 메스를 건네는 것처럼 조수가 잽싸게 가위를 그의 손에 쥐어주면서 다시 한 번, 환골탈태가 시작되었다.

　듣도 보도 못한 기획사이긴 하지만 한두 번 길거리 캐스팅 제안을 받았을 정도니 이번 생의 외모는 객관적으로 봐도 과히 떨어지는 편은 아닐 거였다. 그렇지만 정 선생의 손에서 그녀는 다시 태어나는 수준의 변신을 구경할 수 있었다. 화장의 마법이 과연 이런 거로구나, 감탄이 나오는 정도의 변신. 이런 일로 밥 벌어 먹고 사는 전문가의 손길이 스쳤다고는 하지만 거의 특수효과 수준이었다.

　"피부도 좋고 무엇보다 굉장히 화장이 잘 받는 스타일이네요. 이건 빈말이 아냐."

　은혜를 캔버스로 해서 완성된 작품을 감상하는 정 선생의 눈에 흡족함이 넘쳤다. 은혜에 대한 감탄이라기보다 자신의 실력에 대한 찬탄에 더 가까웠지만 무슨 상관이랴. 아닌 게 아니라 거울 속 여자는 지난 22년간 봐온 김은혜가 아닌 것 같았다.

　역시 정 선생님 솜씨는 최고라는 둥, 옷을 어울리게 잘 골랐다는 둥 자기들끼리 자화자찬을 하면서 그들은 은혜를 준혁에게 데리고 나갔다.

　"이사님, 준비 다 끝났습니다."

　심각한 표정으로 통화를 하고 있던 준혁이 고개를 들었다. 그의 기대에 부응하기 위해 은혜는 생긋 미소까지 지었다. 하지만 다음 순간, 그의 눈이 빛나며 짙은 만족감이 출렁거렸을 때는 도저히 웃을 수가 없었다. 아름답게 꾸며진 자신의 소유물을 감상하는 것 같은 눈빛이 그녀를 훑어 내렸다. 오싹하니 불쾌한 감각과 함께 오한이 그녀를 스치고 지나갔다.

기분 잡쳤다. 상황이 재미있어 잠깐 놀아줄까 싶었던 마음이 빙하의 온도만큼 식어버렸다.

진호도 은혜를 볼 때 독점욕이나 만족감 가득한 눈빛을 보이긴 했었다. 하지만 같잖게 그녀를 귀여워하기는 했어도 그의 시선엔 존중이 있었다. 만약 진호가 어딘가 은혜를 데려가기 위해 옷을 사준다면 그를 뻥 걷어차주고 싶을 정도로 옆에 착 달라붙어서 그녀의 의견을 묻고 시시콜콜 참견하면서 직접 골라줄 거다. 저렇게 거만한 태도로 그녀의 의사는 싸그리 무시한 채 남에게 맡겨놓지 않고.

"정 원장, 바쁜데 시간 내줘서 고마워요. 이 실장도 수고했고."

"별말씀을요. 이사님 일이라면 발 벗고 나서야죠."

스타일링 룸에서는 왕처럼 거만하게 군림하던 정 선생, 혹은 정 원장은 준혁 앞에 서자 갑 앞에 있는 을의 자세를 여지없이 보여주고 있었다. 무슨 약점이라도 잡혔나 싶을 정도였다. 좀 더 공치사를 받고 싶은 눈치가 역력했지만 준혁은 짧은 인사로 충분하다고 보는지 전화를 끊고 일어섰다.

좋은 시간 되라는 인사를 하며 배웅하는 부티크 점원들의 표정엔 왕자와 떠나는 신데렐라를 배웅하는 새언니들처럼 부러움이 묻어났다.

부스스한 물골로 구박만 받다가 공주로 변신하는 신데렐라. 동화에서는 요술 할머니의 마법이 필요했지만 현실에서 그걸 대신해주는 건 돈이었다. 그건 과거에도 현재에도 마찬가지였다. 더불어 변하지 않는 건 그렇게 돈이나 권력이 많은 남자의 눈에 띄어 눈부시게 변신하고 무도회에 가게 된 여자들의 말로가 동화와 다르다는 거다.

차가 출발하고도 한참이 지나도록 차 안엔 침묵이 흘렀다. 꼿꼿이 앉아 정면만 바라보고 있는 은혜에게 준혁의 시선이 꽂혔다.

"어디 가는지 궁금하지 않아요?"

"거기가 어디든 제가 싫다고 해도 안 가실 거 아니잖아요."

내 의사가 반영될 게 아니라면 불필요하게 말을 섞고 싶지도 않다. 지금 이 상황이 그다지 즐겁지 않다는 걸 은혜는 어투에서 팍팍 드러냈다.

"꼭 참석해야 하는 자리가 있어서 잠깐 거기만 들렀다가 대여료 정산을 하죠."

은혜가 우호적인 대화를 이어나갈 의사가 없다는 걸 알아챈 준혁이 양해를 구하는 형식을 갖춘 통보를 마치고 오디오 버튼을 눌렀다. 잠시 뒤 차 안엔 성능 좋은 스피커에서 울려나오는 웅장한 클래식 음악이 울려 퍼지기 시작했다. 은혜가 야기한 불유쾌한 침묵이 희석되기에는 더할 나위 없이 적합한 음악이었다.

참 이상한 일이다. 몰고 다니는 차도, 듣는 음악도 다들 정말 생긴 대로 논다.

임준혁은 꼭 자기 같은 음악에 자기 같은 차를, 김진호는 꼭 자기 같은 음악에 자기 같은 차를…… 그런데 왜 자꾸 진호 생각을 하는 걸까?

머릿속에 달라붙어 우하하 웃고 있는 것 같은 진호를 애써 털어내며 은혜는 귀는 음악에, 시선은 창밖으로 고정했다. 차주야 어떻든 간에 엔진만은 더할 나위 없이 마음에 드는 BMW가 부드럽게 도로를 질주했다.

교외로 빠져나가던 차는 진호와 함께 갔던 양수리 근처의 아주 특이하게 생긴 건물의 진입로로 들어섰다.

시드니의 오페라 하우스처럼 보는 각도에 따라 모양이 다르고, 물에 비치는 모습이 마치 건물의 일부분인 것처럼 설계된 건물은 한국이 아니라 외국 어느 나라의 어느 강가에 있는 게 더 어울릴 것 같았다.

설마 이런 으슥한 곳에서 이상한 짓을 하려는 건 아니겠지. 클러치 안에 든 휴대전화를 꺼낼까 말까 하는 찰나, 주차장에 가득한 차들이 눈에 들어왔다. 즐비하게 늘어선 차들을 본 순간 은혜는 지금 자신이 누구와 함께 있는지도 잠시 잊었다.

포르쉐, 람보르기니, 페라리에다 마세라티, 그리고 롤스로이스. 약간 떨어져서 서 있는 건 부가티 베이론, 재규어다. 마치 슈퍼 카 모터 쇼를 방불케 하는 장면이었다. 갑자기 준혁의 BMW가 아주 소박하고 겸손하게 보일 정도였다. 당장이라도 내려서 차들을 가까이서 구경하고 싶은 욕심에 저도 모르게 손이 문손잡이로 갔다.

"차를 좋아하는군요."

며칠 굶은 사람처럼 홀린 눈으로 차들을 응시하는 걸 준혁이 모를 리가 없다.

"한 대 사주시려고요?"

"원한다면."

"고맙습니다. 차 사준다는 사람이 많아서 신나네요. 남자친구도 한 대 뽑아준다고 난리거든요."

은근히 남자친구가 차를 사준다고 했다는 걸 자랑해 속을 긁으며 은혜는 보이지 않게 혀를 날름 내밀었다. 진심은 아니었겠지만, 비슷한 말을 하기도 했다. ……아닌가? 그냥 차 키만 넘겨준다고 한 거였나?

갑자기 좀 아쉬워졌다. 진호와 함께라면 저 차들을 하나하나 자세히 구경하고 품평을 하느라 반나절은 갔을 거였다. 그렇지만 준혁과는 그런 대화가 될 리도 없었다. 설령 가능하다고 해도 차에 대한 열정과 같은 사적인 취미를 준혁과 나누고 싶지 않고.

"여긴 기업에서 후원하는 미술관 겸 창작공간이에요."

자기 듣기 싫은 말은 무시한 채 준혁이 말을 돌렸다. 눈 돌아갈 만큼 비싼 옷에 스타일링까지 해줬는데도 속을 긁는 은혜의 말에 준혁의 입술이 살짝 굳어 있었다. 하지만 그뿐이었다. 그는 아무 내색도 않고 그와 함께 있는 게 내키지 않는다는 티를 팍팍 내는 은혜를 에스코트 했다.

"정식 개관을 앞두고 1차로 선발된 예술가들의 전시회 오프닝 겸 프라이빗 행사가 오늘 있어요."

너는 짖어라. 나는 약속한 시간만 때우고 내 자리로 돌아가겠다, 그 자세로 내내 무심하던 은혜가 미간을 찡그렸다.

"예? 제가 이런 곳에 왜?"

"본래 어머니가 참석하셔야 하는데 갑자기 다른 중요한 일정이 생겨서요. 잠깐 얼굴만 비치면 되니까 내 파트너로 좀 참석을 해 줘요. 약속한 대여료는 그 이후에 갚도록 하죠."

"……."

아까 부티크의 매니저가 그녀를 맞아들이는 태도며, 무엇보다 그 최고로 바쁘고 잘 나간다는 정 선생 어쩌고를 예약까지 해놓은 걸 보건대 오늘 이 자리는 즉흥적인 게 아니었다. 빤히 보이는 준혁의 거짓말을 따박따박 따져볼까 하다가 그녀는 입을 닫았다.

체력과 머리 모두 최상인 상태에도 이기기 힘든 준혁과 다투기엔 지금 모든 게 너무 불리했다. 자고로 훌륭한 장수는 전장을 고르는 법이었다. 무엇보다 서울이라면 이대로 돌아서서 집에 갈 수 있겠지만 눈을 씻고 봐도 택시나 버스 같은 건 보이지도 않았다.

연륜이 있다는 건 인정해줄 수 있을 듯했다. 보통사람들 같으면 재벌의 세계는 부티크에서 끝날 텐데 그 이상을 보여주겠다고 나서고 있으니까.

유치한 보이콧은 질색이었지만, 불만의 표시로 싫은 티를 폴폴

내며 은혜는 준혁의 에스코트를 받아 미술관으로 들어갔다.

꼭 다른 세상으로 온 것 같았다. 온통 하얀 조명으로 밝힌 벽들도 그랬지만, 미술관답게 예술적인 건물 설계가 저도 모르게 어깨에 힘이 들어가게 만들었다. 홀에 복작복작한 사람들의 화려한 면면도 주목할 만한 부분이었다.

"준혁아!"

들어서자마자 들리는 여자의 청 높은 음성에 초대된 사람들의 시선이 준혁에게, 그리고 이어서 곧바로 그의 파트너인 낯선 아가씨, 은혜에게 집중됐다. 쏟아지는 시선들에 와우, 하고 은혜가 슬쩍 몸을 움츠렸다. 그녀도 약간 불편할 정도니, 멋모르는 스물두 살짜리 어린 아가씨였다면 완전히 공황상태에 빠져들어 준혁에게만 의지하게 되어버렸을 거다.

수민 중, 고등학교에서 하늘과 동격인 준혁을 직함 없이 오로지 이름으로 부른 여자는 성큼성큼 다가와 은혜에게 대놓고 호기심 어린 시선을 꽂았다.

"너무 늦길래 걱정했잖아. 근데 이 아가씨는 누구야?"

"급하게 처리해야 할 일이 좀 있었어. 이쪽은 김은혜 씨. 은혜 씨, 인사해요. 내 사촌 누나 한정민 부관장. 이 미술관의 수석 큐레이터 겸 부관장이에요."

준혁은 은혜와 어떤 관계인지 시시콜콜 설명하지는 않았다. 하지만 친밀하면서도 은근히 독점욕을 보이는 에스코트 태도며 은혜를 소개하는 음성에선 그녀가 그에게 중요한 존재임을 암시하는 울림이 가득했다.

준혁의 사촌 누나는 속내는 어떨지 모르겠으나 최소한 겉으로는 나무랄 데 없이 친절하고 친근감 있게 은혜를 환영했다.

"반가워요. 준혁이가 이런 자리에 파트너와 동석한 건 처음이라 솔직히 좀 놀랐어요."

말은 아낀 채 은혜가 애매모호하게 웃었다. 웃고 있지만 웃는 게 웃는 게 아니라는 것 정도는 눈치 있는 사람이면 다 알 정도의 미소였다.

사촌 누나 앞이라고 체면을 세워주고 싶은 생각은 없었다. 사촌 누나가 부관장이라는 걸 보면 이 미술관을 짓고 후원하는 기업이란 분명히 준혁과 관계가 있는 곳일 거였다. 그런 자리에 데려왔다는 건 은혜를 가족이나 지인들에게 공식적으로 소개해서 어떤 식으로든 얽어매려는 술수였다. 응해줄 이유가 전혀 없다.

그건 준혁과 그의 사촌 누나의 대화를 들으면 들을수록 더 확실해졌다. 은혜의 반응이 심상치 않다는 것을 기민하게 눈치 챈 여자가 떠보듯 이야기를 던진 것이다.

"오늘 네가 사귀는 아가씨 데려오는 거 알았으면 청와대가 아니라 백악관에서 불러도 이모가 다 제치고 달려왔을 텐데. 하필 오늘 오찬 모임을 잡느냐고 하면서 억지로 가시더니. 이모 진짜 속상해하시겠네."

"오늘만 날이 아니니까."

부정하지 않는 그의 의미심장한 뉘앙스에 그렇잖아도 커다란 여자의 눈이 튀어나올 듯 더 커졌다. 그렇지만 목적을 달성한 준혁은 더 이상의 수다를 불필요하게 용납하지 않았다.

"시간 다 됐으니까 빨리 진행하지."

"아, 그래. 너 기다리느라 좀 늦긴 했다."

약간 혼란스러운 표정으로 한정민이 손짓을 하자 로비에서 전시실로 들어가는 쪽에서 대기하고 있던 진행요원들이 부산하게 움직이기 시작했다. 준혁과 정민, 그리고 초대된 주요 후원자들이 선정된 예술가들과 함께 리본을 커팅하고 요란하게 사진을 찍으면서 파티가 시작됐다.

준혁의 파트너로 오기는 했지만 공식적인 관계는 아닌 은혜는 자리를 빛내주기 위한 초대 손님들과 함께 그 광경을 구경했다. 거기에 더해 의사와 상관없이 임준혁에 대한 정보를 줄줄이 주워들어야 했다.

주변에서 들리는 소곤거림을 종합해보건대 임준혁은 그녀가 아는 것보다 더 대단한 배경을 가지고 있었다. 수민재단의 후계자이기도 했지만 외가는 대형 건설업체의 사주. 딸만 셋인 회장은 손자들 중 한 명에게 경영권을 물려주려 하고 있는데 현재 가장 강력한 후보가 준혁이란다. 왜 외가의 행사인데도 저렇게 칙사 대접을 받고 모인 사람들이 그에게 껌벅 죽는 시늉을 하는지 비로소 이해가 됐다.

아마 준혁이 보여주고 싶었던 것도 이거였을 거다. 그는 이곳에서 그녀가 자연스럽게 그의 막강한 배경을 알게 될 거라고 계산했을 거고, 더불어 자신이 줄 수 있는 세계를 보여주면서 은혜가 거기에 현혹되어 빠져들기 바랐을 거였다.

만약 내가 전생을 다 기억하지 못한다면 임준혁의 의도대로 됐을 확률이 높겠지.

은혜는 인정했다. 하지만 그런 순진한 꿈에 빠져들기엔 그녀는 너무 많은 걸 보고 겪었다.

전생 중 한 번 정도는 그녀도 이렇게 미모로 눈에 띄어 팔자를 고쳐봤고, 비슷한 행운을 잡은 다른 여자들을 한 생에 한두 번씩, 다 합쳐선 셀 수도 없이 봤었다. 하지만 남자가 내민 끈을 잡고 구름 위 세상으로 올라가봤자 대부분 허울만 멀쩡한 정부(情婦)가 고작이었고 그나마도 싫증난 상대가 손을 놓는 순간 끝이었다. 본래 있던 자리로 돌아갈 수 있으면 다행이지만 그보다 훨씬 더 아래로 떨어져 아예 산산조각이 나는 게 백에 아흔아홉이었다. 전적으로 남자의 변덕과 자비에 기댄 상승은 너무나 허무하고 불안정했다.

물론 오랫동안 대다수 여자들이 지금 같은 선택권을 가질 수 없었다는 걸 감안하면 그 행운에 목을 맨 여자들을 욕할 수는 없다. 거부가 가능한 지금도 갖가지로 변형된 신데렐라 스토리가 가장 인기 있는 걸 보면 더더욱 그렇다.

이 시대도 여전히 여자에게 불리하고 모순이 많지만 홀로서기가 가능하다는 점에서 과거와 비교할 수 없이 나았다.

힘 있는 남자를 거절하는 일이 목숨을 거는 것과 똑같은 시대가 아닌 게 얼마나 다행인지.

덕분에 은혜는 아주 평온한 상태로, 그녀와 전혀 상관없이 펼쳐지는 연속극을 구경할 수 있었다. 커팅 행사를 마친 준혁이 그녀에게 미술관을 안내하며 그 무대로 본격적으로 끌어들일 때도 등장인물이 아니라 시청자의 자세를 유지했다.

잠깐 얼굴만 비추고 떠나겠다고 했지만 준혁에게 얼굴도장을 찍고 싶어 하는 사람들의 줄은 끊이지 않았다. 모두들 준혁과 친분을 과시하지 못해 안달이 나 있었다.

사업상 지인들, 그의 어머니가 이사를 맡고 있다는 재단과 관련된 예술가들, 그리고 준혁의 대학 시절 모임 회원이었다는 사람들까지. 중산층 끄트머리에 매달려 있는 은혜와 엮일 일이 없는 레벨의 사람들이었다.

다들 은근슬쩍 은혜의 배경을 떠보거나 깔아보기는 했지만 대놓고 무시하는 티를 내진 못했다. 상류층을 묘사한 드라마 세트장 같은 이 철저한 약육강식의 무대에서 준혁은 우두머리 사자였다. 자기에게 반항하지 않는 무리에겐 여유롭게 자비를 베풀지만 반항하면 여지없이 물어뜯어버릴 거라는 걸 모두 본능적으로 느끼는 것 같았다. 임준혁은 그녀가 절대 가까이해서는 안 될 인간이고, 그를 멀리하라는 본능은 정확했다.

익숙하지 않은 스틸레토 힐에 발은 아프고, 수면부족으로 연신터져 나오는 하품을 입술을 깨물고 참으면서 은혜는 시간이 가기만을 간절히 바랐다. 화장실에 숨어서 잠깐 눈이라도 붙일까 하는 찰나, 드디어 준혁이 자리를 뜰 채비를 했다.

만류하는 소리가 있었지만 가볍게 물리친 준혁이 은혜를 데리고 차로 갔다.

그렇게 준혁이 차문을 열어주고, 은혜가 올라타고, 차를 빙 둘러 돌아온 그가 운전석에 올라타 차를 출발시킬 때까지 두 사람은 한 마디도 하지 않았다. 둘만 남게 되면 따지고 싶었던 이야기가 은혜에게 없었던 것은 아니지만 다소 지루한 상류층 드라마를 보는 동안 화도 많이 식었고, 이제 대여료인지 뭔지만 받고 나면 다시 볼 일 없는 사람이라고 생각하니 너그러워지기도 했다.

준혁이 노린 건 오늘의 이 경험으로 은혜가 그를 다시 보는 거였겠지만, 안타깝다. 상대를 제대로 파악 못 한 것이 오늘 그의 패인이었다.

준혁도 어느 정도는 그 사실을 눈치 챈 듯했다. 그는 대화를 시도하는 대신 다시 오디오를 켰다. 아까와는 다른, 그러나 거의 비슷한 느낌의 오케스트라의 연주가 시작되었다.

임준혁, 임준혁, 임준혁…… 온통 임준혁뿐이다. 이 차와 이 공간에는.

김은혜는 여기에 없다.

우습게도 준혁의 차가 멈춘 곳은 W호텔이었다.

이번 생의 운명에 W라는 글자라도 새겨져 있는 건가. 은혜는 실소했다. 진호와 좋은 기억이 있는 공간에 준혁이라는 그림자가 덧

칠된다고 생각하니 기분이 별로였다. 어쨌든 아까 양수리 같은 외진 곳을 벗어난 것은 좋은 일이었다. 이제는 여차하면 튀면 그만이다. 다만 가능하면 핑곗거리를 만들어 다시 붙는 일 없도록 확실히 끝맺음을 지어야겠지. 입술을 꾹 다문 채 은혜는 말없이 예약된 자리로 따라가 앉았다.

물론 준혁은 아까부터 은혜의 불만을 다 알고 있었다. 그녀가 전혀 감동하지 않았고 당연히 감화되지도 않았다는 것도.

은혜를 안쪽에 앉히고 지키듯 바깥쪽에 자리를 잡은 준혁은 관찰하듯 그녀를 찬찬히 살폈다. 검은 머리, 하얀 피부, 어디 하나 흐트러진 데 없이 말끔해 바늘도 들어갈 것 같지 않은 성격이 그대로 드러나는 표정. 어려울 이유가 없는데 쉽지 않은 여자.

"오늘 절 그 행사에 데려가신 의도가 뭔가요?"

표정 없이, 아니, 어떻게 보면 웃는다고 볼 수도 있는 눈빛으로 은혜가 물었다.

"정말 몰라서 묻는 건가요, 아니면 재확인?"

"그럼 처음 제게 한 말과 달리 의도를 갖고 절 데리고 갔다는 건 인정하시는 거네요?"

"의도를 알려줬다면 순순히 따라왔을까요?"

차라리 끝까지 잡아떼는 게 나을 뻔했다. 뻔뻔하게 나오는 준혁을 보니 신경질이 하늘로 뻗쳤다. 그러는데 준혁이 은혜의 머리를 띵하게 만드는 한 마디를 보탰다.

"앞으로 은혜 씨가 살아야 할 세상이 어떤 곳인지 알려주고 싶었어요. 처음엔 좀 적응하기 힘들겠지만 내가 든든하게 바람막이가 되어줄 거고, 또 은혜 씨는 보기보다 훨씬 강단 있고 영리한 사람이니까 자기 자리를 잘 찾을 거라고 믿어요."

이게 바로 요즘 애들이 흔히 얘기하는 멘붕이라는 거로구나. 은혜는 과장으로 치부하던 단어의 본뜻을 처음으로 완벽하게 체험했다. 뭐 이렇게 혼자 이야기하는 경우가 다 있단 말인가?

"저, 뭔가 착각하신 모양인데요, 전 이사님이 말씀하시는 그런 자리에 아무 흥미가 없거든요? 예전에 찾아오셨을 때도 말씀드렸듯이 전 착실히 공부해서 임용고시 봐서 발령받고 제 힘으로 잘 살 수 있어요. 그리고……."

바로 몇 시간 전에 결혼 얘기로 다퉜던 걸 떠올리자 가책이 찾아왔지만 은혜는 다시 진호를 팔아먹었다.

"잊으신 것 같은데 전 졸업하면 바로 결혼하려는 남자친구가 있어요. 솔직히 이런 자리에 앉아 있는 것도 그 사람한테 미안하고요, 무엇보다 전 어설픈 신데렐라 코스프레는 전혀 취미가 없습니다."

"대부분의 여자들은 신데렐라가 되는 걸 아주 좋아한다던데, 은혜 씨는 좀 특이하군요."

"전 그 동화 별로 안 좋아하거든요."

더없이 차갑고 진지한 그의 눈빛에 재미있다는 감정이 살짝 스쳐갔다.

"은혜 씨도 페미니스트인가 보지?"

"특별히 그쪽은 아니지만 이사님과 얘기를 하다 보니 그런 것도 같네요. 어쨌든 12시가 되면 원래대로 돌아간다는 걸 저는 잊지 않고 있으니 신데렐라처럼 난리 날 일은 없겠죠."

"그래도 그걸 잊은 덕분에 유리구두를 남겨서 왕자가 찾아오게 한 거 아닌가?"

은근슬쩍 반말투로 바뀌는 게 거슬려 은혜의 음성에 더더욱 찬바람이 쌩쌩 불었다.

"무슨 말씀을 하시려는지 알겠는데 전 불편한 유리구두는 취미가 없네요. 구두는 편한 게 최고라고 생각해요."

"그…… 남자친구가 편한 구두?"

김진호도 평생 신고 싶은 편한 구두는 아니지만 그래도 준혁보다는 최소한 백 배는 나았다.

"네. 그리고 이사님, 저 이사님과 이런 대화 하는 거 편하지 않아요. 군이 대여료랑 연체료 주시겠다고 해서 따라 나오긴 했지만 지금 이렇게 같이 있다고 해서 제 사생활을 미주알고주알 이사님과 상의하고 싶지 않아요."

"알았어요. 나도 은혜 씨에게 관심 있는 입장에서 남자친구 얘기는 즐겁지 않으니 여기서 그만하죠."

준혁이 물러섰다.

"주문은 내가 해도 되겠죠?"

자세 하나 흐트러뜨리지 않는 은혜를 모르는 것처럼 준혁이 약간 떨어져서 대기 중이던 직원을 불렀다.

"식사하고 싶은 생각이 사라졌는데요."

"해요. 내 이야기는 안 끝났으니까. 내가 내일도, 모레도 집 앞에 서 있는 걸 보고 싶어요? 그 좋아하는 남자친구에게 곤란하지 않을까?"

이걸 협박이라고 하는 건가?

뻔뻔하게도 균열 하나 없는 얼굴로 주문하는 준혁의 옆모습을 보며 은혜는 콧방귀를 뀌었다. 자기 이야기가 안 끝난다니, 의외로 찌질하다 싶었다. 자기가 내민 패가 하나도 먹히지 않았다는 걸 모르지 않을 텐데 미련을 보일 줄은 몰랐다.

문득 차라리 진호를 붙일까 싶어졌다. 성격상 절대 빼지는 않을 거고, 처음부터 진호의 사명⑦은 준혁을 막는 거였다. 안 될 것도 없다 싶다.

하지만…….

이이제이를 노리던 은혜가 쓰게 입맛을 다셨다. 진호가 회사에서는 난다 긴다 하는 딜러에 일반인에 비하면 딸리는 게 없을지 몰라도 연륜으로 보나 뒷배로 보나 준혁과는 상대가 되지 않는다. 임준혁은 일종의 사기캐릭터에 가까운 인물이니까.

게다가 얼마 전에는 회사에서 안 좋은 일도 있었고, 신경 쓰일 만한 일을 만들고 싶지 않다.

다행히도 준혁은 더 이상 거슬리는 이야기를 꺼내지 않았고, 구운 마늘과 치즈를 올린 달팽이를 시작으로 음식이 나올 때까지는 비교적 평화를 유지할 수 있었다. 아침 느지막이 진호와 브런치를 먹은 이후 물 한 모금 넣어주지 않은 위장이 맛있는 냄새를 맡자 요동을 친다.

전투에서 승리했다는 확신으로, 은혜는 다소 편한 맘으로 식사를 시작했다. 허세를 부리긴 했어도 준혁이 더 이상 내놓을 카드가 없다고 믿었기 때문이었다.

사실 음식을 앞에 놓고 버티기 힘들기도 했다. 본능적인 식욕과 별개로 전생 중 몇 번은 내장이 끊어질 정도로 굶주렸던 경험이 있는 그녀는 어떤 이유든 먹을 것을 버리는 건 용납하기 힘들었다.

식사는 한 마디 대화도 없이 진행되었다. 오히려 그게 좋았다. 절대 은혜가 돈을 내고는 오지 않을 것 같은 레스토랑의 음식에 온전히 집중할 수 있었으니까.

그 다음 대화의 포문이 열린 것은 기나긴 식사를 마치고 은혜는 아메리카노를, 준혁은 홍차를 시킨 다음이었다. 온도며 찻잎의 양까지 꼼꼼하게 챙겨서 주문한 홍차를 앞에 놓은 준혁이 입을 열었다.

"지금 이 상황이 은혜 씨에게 많이 황당할 거라는 거 알아요. 그렇게 툭 던져놓고 사라지는 게 아니라 좀 더 일찍 적극적으로 내 의사를 밝히고 은혜 씨를 설득했어야 한다는 것도요. 변명을 하자면 한동안 정말 많이 바빴어요. 출장도 갔다 왔고."

"네에."

관심 없다는 기색을 섞어, 하지만 예의에 어긋나지 않을 정도로 은혜가 대답했다. 하지만 그 무관심을 유지할 수 없는 폭탄이 터졌다.

"미국 쪽이었는데 일 끝나고 충동적으로 멕시코에 다녀왔어요. 아즈텍 유적지요. 그리고 알아야 하는 걸 알아냈죠."

순식간에 빳빳하게 굳는 은혜의 기색을 느낀 건지 아닌 건지 준혁이 느리게 말을 이었다.

"내가 아까…… 은혜 씨가 살아야 할 세상이 어떤 건지 알려주고 싶다고 했을 때 황당하다고 생각했죠? 하지만 난 허튼 말을 하는 타입이 아닙니다. 은혜 씨는 내 옆에 있어야만 하는 사람이에요."

"무슨 말씀을 하시는 건지 잘 모르겠군요."

시치미를 떼려던 은혜는 목소리 끝이 떨려 말을 짧게 끊었다. 준혁이 비스듬히 미소를 지었다.

"이유가 필요하다고 했죠? 이유가 있더군요. 아즈텍에. 다른 사람이 들으면 미쳤다고 할지 몰라도 김은혜 씨는 내가 무슨 이야기하는지 알 것 같은데…… 내 말 틀립니까?"

솔직히 말하자면 몰랐다. 분명 몰랐다. 아무것도 떠오르는 것이 없다.

그런데 왜 이렇게 온몸이 떨리는 걸까? 심해 깊이 잠영하던 심해어가 강제로 끌려 올라와 기압차를 이기지 못하고 터져나가는 것처럼, 은혜는 안쪽 깊숙이 숨죽이고 있던 무언가가 밖으로 튀어나오려는 압력으로 금방이라도 터져버릴 것 같았다. 무언가 그녀도 모르던 것이, 알고 싶지 않았던 것이 그녀의 안을 흉포하게 휘젓고 있었다.

당황한 기색을 보이지 않기 위해 은혜는 두 손으로 양팔을 끌어안았다. 하지만 이미 늦었을지도 모르겠다.

"그냥 듣기만 해요. 어릴 때부터 난 이상하게 아즈텍에 관심이 많았어요. 또래 친구들이 아즈텍이 뭔지도 모를 때부터 나는 그쪽 관련 꿈을 꾸고 책을 찾아봤죠. 왜 그런지 은혜 씨를 만나기 전까지는 몰랐어요. 그냥 한순간의 호기심이라고 생각했었으니까. 하지만 은혜 씨를 만나고, 은혜 씨가 빌려준 그 책을 보면서……."

준혁이 자신의 관자놀이를 툭, 손가락으로 건드렸다.

"뭔가 점점 더 강해졌어요. 내 기억의 어디쯤에 이곳이 닿아 있는 듯한 느낌. 말도 안 된다고 생각하기에는 너무 뚜렷하고 선명한 기억이죠."

준혁의 시선이 흔들림 없이 은혜에게 곧게 꽂혔다.

"처음 만나보고 싶다고 했을 때는 어느 정도…… 내 감정을 확인해보고 싶다는 생각도 있었어요. 은혜 씨가 말한 대로 난 은혜 씨를 신경 쓸 이유가 없는 사람이었으니까. 그런데 신경이 쓰이더란 말이죠. 난 냉정하고 분석적인 사람이에요. 그래서 강한 감정에는 어떤 이유가 있을 거라고 생각하죠. 그래서 확인해봤고……."

준혁이 깊게 숨을 들이마셨다 천천히 내쉬었다. 그리고 한 마디 한 마디 은혜의 심장에 꽂히도록 충분히 느리게 이야기를 이었다.

"나는 김은혜 씨가 나와 함께 그곳에 있었다고 생각하고 있어요. ……아닌가요?"

− 2권에서 계속.